¡MÁRTIR!

Kaveh Akbar nació en Teherán en 1989, y a los dos años su familia se mudó a Nueva Jersey. Poeta y académico iraní-estadounidense, suyos son algunos de los poemarios más celebrados en los últimos años (*Calling Like a Wolf, Pilgrim Bell*), y sus creaciones han aparecido en *The New Yorker, The New York Times, Paris Review* y *The Poetry Magazine* con gran éxito de público y crítica. También documentó su travesía por la sobriedad en *Portrait of the Alcoholic*, en el que explica como la poesía fue un instrumento esencial del proceso. Es también el fundador de *Divedapper*, una publicación que lleva una década ofreciendo entrevistas a los mejores representantes de la poesía moderna. *¡Mártir!* es su primera novela, y en ella pueden verse todos estos escenarios de la vida de su autor. El libro que ha enamorado a Barack Obama y ha sido nominado al National Book Award va sin embargo más allá, dibujando un árbol genealógico que atraviesa décadas y deseos, para narrar la historia más fascinante de los anhelos del hombre y su eterna búsqueda de sentido.

Kaveh Akbar

¡MÁRTIR!

Traducido por Carles Andreu

Título original: *Martyr!*

Diseño de la cubierta de Linda Huang y adaptación de Luis Paadin
Imagen de la cubierta basada en una miniatura iraniana. Chris Heller | Alamy

© Kaveh Akbar, 2024
© de la traducción: Carles Andreu, 2024
© de la fotografía del autor: Beowulf Sheehan
© de la edición: Blackie Books, S. L.
Calle Església, 4-10
08024, Barcelona
www.blackiebooks.org
info@blackiebooks.org

Maquetación: David Anglès
Impresión: Liberdúplex
Impreso en España

Primera edición en esta colección: marzo de 2025
ISBN: 978-84-10323-32-2
Depósito legal: B 21726-2024

Todos los derechos están reservados. Queda prohibida la reproducción total o parcial de este libro por cualquier medio o procedimiento, comprendidos la reprografía y el tratamiento informático, la fotocopia o la grabación sin el permiso expreso de los titulares del copyright.

para los mártires, que viven

Dios mío, acabo de recordar que morimos.

Clarice Lispector

Cyrus Shams

UNIVERSIDAD DE KEADY, 2015

A lo mejor era que Cyrus había consumido las drogas equivocadas en el orden correcto, o las drogas correctas en el orden equivocado, pero cuando Dios por fin le respondió, después de veintisiete años de silencio, lo que Cyrus deseó, por encima de todo, fue una confirmación, algo que aclarara las cosas. Tumbado en su colchón, que olía a pis y a ambientador Fabreze,, en su cuarto, que olía a pis y a Febreze, Cyrus se quedó mirando la bombilla del techo, deseando que volviera a parpadear, rogando a Dios una señal que corroborase que el destello que acababa de ver había sido una obra divina y no una simple consecuencia de la chapucera instalación eléctrica del apartamento.

«Haz que se encienda y se apague —pensó Cyrus, y no por primera vez en su vida—. Hazme un guiño y venderé todo lo que tengo y me compraré un dromedario. Volveré a empezar.» En aquel momento, lo único que tenía era una montaña de ropa sucia y una pila de libros que había sacado prestados de varias bibliotecas y no había devuelto nunca: poesía y biografías, *Al faro*, *Mi tío Napoleón*... Pero eso era lo de menos, Cyrus hablaba en serio. ¿Por qué había sido Mahoma quien había recibido la visita de un arcángel, todo para él? ¿Qué había hecho Saulo para ver la luz del paraíso de camino a Damasco? Profesar una fe inquebrantable tras una revelación tan obvia debió de estar chupado. ¿Qué sentido tenía rendir pleitesía a esa gente por una fe que, en realidad, de fe no tenía nada, sino que era simple obediencia a una verdad que habían visto de forma cristalina? ¿Y qué sentido tenía castigar al resto de la humanidad, que nunca había gozado de una revelación explícita semejante? ¿Obligar a todo el mundo a ir dando tumbos de aquí para allá, de crisis en crisis, en completa soledad?

Pero entonces le sucedió también a Cyrus, ahí mismo, en aquel cuartucho de mala muerte de Indiana. Le había pedido a Dios que se revelara a sí mismo, o a sí misma, o a sí misme, o lo que fuera. Se lo había pedido con toda la honestidad de la que era capaz, que era un montón. Teniendo en cuenta que todas las relaciones son un tira y afloja, Cyrus era siempre el que aflojaba, el que compartía cualquier cosa importante que le pasara a la primera, con una sonrisa, mientras se encogía de hombros como diciendo: «Son hechos objetivos, ¿por qué iba a avergonzarme?».

Estaba tumbado sobre el colchón desnudo —dispuesto sobre el suelo de madera—, dejando que la ceniza del cigarrillo le cayera sobre el estómago, como un príncipe abúlico, mientras pensaba: «Haz que la luz se encienda y se apague, y me compro un burro, te juro que me compro un camello y me voy hasta Medina, o Getsemaní, o donde haga falta. Solo tienes que hacer que la luz parpadee, te lo prometo». Estaba pensando en eso y de pronto sucedió. Sucedió algo. La bombilla parpadeó, o a lo mejor la luz se volvió más intensa, como si alguien hubiera disparado el *flash* de una cámara al otro lado de la calle, durante una milésima de una milésima de segundo, y a continuación todo volvió a la normalidad y la bombilla volvió a ser una bombilla normal y corriente.

Cyrus intentó recordar las drogas que se había tomado aquel día: la combinación habitual de alcohol, hierba, cigarrillos, clonazepam, Adderall y Neurontin dosificada a lo largo del día. Le quedaban un par de Percocets, pero se los estaba reservando para la noche. No se había tomado nada exótico, nada que pudiera provocarle alucinaciones. En realidad, en comparación con sus capacidades, se sentía bastante sobrio.

Se preguntó si era posible que, debido a la fuerza de su deseo o a la intensidad de su mirada, hubiera forzado la vista hasta lograr ver lo que quería ver. Se preguntó si era así como Dios actuaba ahora en el nuevo mundo. Si, cansado de pirotecnias intervencionistas en plan arbustos en llamas y plagas de langostas, tal vez Dios había decidido recurrir a los ojos cansados de chavales iraníes borrachos en el Medio Oeste estadounidense, botellas de bourbon barato y pastillas de color rosa con «G 31» grabado en un lateral. Cyrus dio un trago a la enorme botella de plástico de Old Crow. Para él, el whisky cumplía la misma función que las mesitas de noche para la gente normal: la tenía siempre al lado del colchón, era el pilar que sostenía todo lo que le parecía esencial. Cada día lo sacaba del mismo sueño en el que luego acababa sumiéndolo.

Allí tumbado, reflexionando sobre el posible milagro que acababa de presenciar, Cyrus le pidió a Dios que volviera a hacerlo; una confirmación, como cuando un sitio web te obliga a introducir dos veces la contraseña. Desde luego, si el creador omnisciente del universo había decidido revelarse ante Cyrus, no iba a dejar lugar a la ambigüedad. Cyrus se quedó mirando la bombilla del techo, que en medio de la nube del humo de su cigarrillo parecía una luna líquida, y esperó. Pero no sucedió nada. El sutil parpadeo que había percibido (o tal vez no) no se repitió. Así pues, allí tumbado, entre la bruma sofocante de su relativa sobriedad —en sí misma una especie de subidón—, rodeado de calzoncillos, latas, pis reseco, frascos de pastillas vacíos y libros a medio leer abiertos sobre el suelo de madera, boca abajo y con los lomos agrietados, Cyrus comprendió que era hora de tomar una decisión.

Uno

DOS AÑOS MÁS TARDE

Lunes

UNIVERSIDAD DE KEADY, 6 DE FEBRERO DE 2017

—Moriría por ti —dijo Cyrus a solas, dirigiéndose a su propio reflejo en el pequeño espejo del hospital. No lo dijo demasiado en serio, pero le sentó bien. Llevaba semanas fingiendo que se moría. Pero no al estilo Plath, «Lo he vuelto a hacer, un año de cada diez»; Cyrus trabajaba como actor médico en el Hospital de la Universidad de Keady. Por veinte dólares la hora, quince horas a la semana, Cyrus fingía «estar entre los que perecen». Le gustaba cómo lo decía el Corán, no «hasta que mueras», sino «hasta que estés entre los que perecen», como si fueras a entrar en una nueva comunidad que te esperaba con impaciencia.

Cyrus entraba en la consulta de la cuarta planta del hospital y una secretaria le entregaba una tarjeta con el nombre y la identidad de un paciente inventado, acompañado de una carita dibujada que representaba una escala de dolor del 0 al 10, donde 0 era una cara sonriente («No me duele nada»), 4 era una cara seria («Duele un poco») y 10 era una cara que lloraba («Duele muchísimo»), una caricatura horripilante con una U invertida en el lugar donde debía estar la boca. Cyrus sentía que había encontrado su vocación.

Algunos días el que se moría era él; otros, era su familia. Esa noche Cyrus iba a ser Sally Gutiérrez, madre de tres hijos; y su cara sería un 6: «Me duele bastante». Esa era toda la información de la que disponía cuando un ansioso estudiante de medicina con una bata blanca mal ceñida entró arrastrando los pies y le dijo a Cyrus | Sally que su hija había sufrido un accidente de coche y que, aunque el equipo médico había hecho todo lo posible, no había logrado salvarla. Cyrus ajustó su reacción a un 6, justo al borde de las lágrimas. Le preguntó al estudiante de medicina si podía ver a su hija. Soltó un par de tacos y en un momento dado incluso pegó un gritó. Esa tarde, antes de marcharse a casa, Cyrus cogió una barrita de granola con chocolate de la cestita de mimbre que había sobre la mesa de la secretaria.

Muchos de aquellos estudiantes se mostraban demasiado ansiosos por consolarlo, como si fueran presentadores de un programa diurno de entrevistas. Otros, en cambio, se sentían repelidos por lo artificioso de la situación y apenas lograban implicarse. Le soltaban algún cliché sacado de una lista que les habían hecho memorizar e intentaban derivarlo al ala de psicología del hospital. Cuando se marchaban de la sala de reconocimiento, Cyrus tenía que evaluar su empatía rellenando un formulario fotocopiado. Había una pequeña cámara montada sobre un trípode que grababa cada interacción para su posterior revisión.

A veces, el estudiante de turno le preguntaba a Cyrus si quería donar los órganos de su ser querido. Esa era una de las conversaciones para las que formaban a los estudiantes, que tenían la tarea de persuadirlo. A Cyrus le tocaba ser Buck Stapleton, segundo entrenador del equipo de fútbol universitario y católico devoto. Un tipo estoico, apenas un 2 en la escala de dolor: «Duele un poco». La carita dibujada aún sonreía, aunque a duras penas. Su mujer estaba en coma, su cerebro no mostraba signos de actividad. «Pero todavía puede ayudar a otras personas —le decía el estudiante a Cyrus mientras le ponía la mano en el hombro, con gesto torpe—. Todavía puede salvar otras vidas.»

Para Cyrus, los personajes eran parte de la gracia de aquel trabajo. Un día era Daisy VanBogaert, una contable diabética cuya amputación por debajo de la rodilla había llegado demasiado tarde. Para interpretarla, le habían pedido que se pusiera una bata de hospital. Al día siguiente era un inmigrante alemán, Franz Links, un ingeniero con un enfisema terminal. Al otro era Jenna Washington, que padecía un Alzheimer galopante. Un 8. «Duele mucho.»

La doctora que había entrevistado a Cyrus para el puesto, una mujer blanca, mayor, de labios severos y párpados pesados, dijo que le gustaba contratar a personas como él. Cyrus levantó una ceja y la mujer se apresuró a explicarse:

—Me refiero a personas que no son actores. Los actores tienden a creerse Marlon Brando —dijo, moviendo las manos en círculos—. No pueden evitar acaparar todo el protagonismo.

Cyrus había intentado enchufar a su compañero de piso, Zee, pero este ni siquiera se había presentado a la entrevista. Zbigniew Ramadan Novak, polacoegipcio. Zee, para abreviar. Le dijo que se había quedado dormido, pero Cyrus sospechaba que se había rajado. De hecho, Zee no paraba de decirle lo mucho que lo incomodaba que hiciera aquel trabajo. Un mes más tarde, mientras Cyrus se preparaba para marcharse al hospital, Zee se lo quedó mirando y sacudió la cabeza.

—¿Qué pasa? —le preguntó Cyrus.

Nada.

—¿Qué? —insistió Cyrus.

Zee hizo una mueca apenas perceptible.

—No me parece sano, Cyrus —dijo.

—¿De qué me estás hablando? —preguntó Cyrus. Zee volvió a poner esa cara—. ¿Del trabajo en el hospital?

Zee asintió en silencio.

—Vamos a ver, tu mente no distingue entre actuar y vivir —dijo—. ¿Después de toda la mierda por la que has pasado? Dudo mucho que sea... bueno para ti. Para tu cerebro.

—Veinte dólares la hora es bastante bueno para mí —respondió Cyrus con una sonrisita—, y para mi cerebro.

Lo cierto era que le parecía un sueldo alto. Recordó cómo, cuando aún bebía, solía vender su plasma por esa cantidad: veinte dólares por visita. Su sangre, deshidratada por la resaca, tardaba horas en salir. Era como sorber un batido a través de una pajita muy fina. En el tiempo que Cyrus tardaba en lograr una sola extracción, a los demás les daba tiempo a llegar, hacer todo el proceso y marcharse del centro médico.

—Y estoy seguro de que con el tiempo también será bueno para mi escritura —añadió Cyrus—. ¿No estoy siempre diciendo que tengo que vivir los poemas que aún no he escrito?

Cyrus era un buen poeta cuando escribía, pero la verdad era que escribía muy poco. Antes de dejar el alcohol, más que escribir, Cyrus bebía con la idea de escribir. Se refería a la bebida como un elemento esencial de su proceso, «casi sacramental» (lo expresaba tal cual así) por la forma en que «abría su mente a la voz oculta» bajo la mundana «verborrea del día a día». Pero, por supuesto, cuando bebía, rara vez hacía algo que no fuera beber. «Primero bebes un trago, luego ese trago se bebe un trago, y luego ese trago se te bebe a ti», anunciaba con orgullo Cyrus en una sala o en un bar, olvidando de quién había fusilado la cita.

La abstinencia llevaba consigo largos períodos de bloqueo creativo, o para ser más exactos, de ambivalencia creativa. Antipatía creativa. Y, para colmo, Zee se deshacía en elogios cada vez que escribía algo: adulaba los nuevos borradores de su compañero de piso, alabando cada verso y cada media rima. Solo le faltaba colgarlos en la nevera del apartamento.

—¿Vivir los poemas que no has escrito? —repitió Zee, burlón—. Venga ya, tío, te mereces algo más que eso.

—La verdad es que no —espetó Cyrus, y salió por la puerta del apartamento.

Cuando dejó el coche en el aparcamiento del hospital, Cyrus seguía cabreado. No entendía por qué Zee tenía que complicarlo siempre todo. A veces la vida no era más que lo que pasaba, lo que se iba acumulando. Aquel era uno de los vagos axiomas de su época de bebedor al que seguía aferrándose aunque ya hubiera dejado el alcohol. No era justo que todos esperaran que se cuestionase cada una de sus decisiones solo porque ya estaba sobrio. Que si este o aquel trabajo, que si esta o aquella vida... No beber le suponía un esfuerzo titánico, por lo que los demás debían tener más compasión con él, no menos. La larga cicatriz de su pie izquierdo —fruto de un accidente sufrido años atrás— le latía dolorosamente.

Cyrus firmó el registro de entrada del hospital y recorrió varios pasillos, dejó atrás a dos madres lactantes sentadas una al lado de la otra en una sala de espera y una fila de camillas vacías con la ropa de cama desordenada, y se metió en el ascensor. En la oficina del cuarto piso, la recepcionista le hizo firmar otro registro y le dio la tarjeta que le correspondía esa tarde. Sandra Kaufmann. Profesora de matemáticas de instituto. Con estudios, sin hijos. Viuda. 6 en la escala de dolor. Cyrus se sentó en la sala de espera, mirando a cámara, y se fijó en un póster titulado «CÁNCER DE PIEL» colgado en la pared, con horripilantes imágenes de «lunares atípicos» y «crecimientos precancerosos». El ABC del melanoma: Asimetría, Bordes, Cambios de color, Diámetro y Evolución. Cyrus imaginó que Sandra tenía el pelo de color rojo carmesí, como el lunar que ilustraba la sección del póster titulada «Diámetro».

Al cabo de un momento, una joven estudiante de medicina entró sola en la habitación. Miró a Cyrus y luego a la cámara. Era un poco más joven que él y llevaba el pelo castaño recogido en la nuca. Su postura impecable le daba un aire de niña de internado, como de la aristocracia de Nueva Inglaterra. Cyrus la detestó por acto reflejo, por su barniz nobiliario yanqui. La imaginó sacando notas perfectas en los exámenes de acceso y estudiando en alguna universidad de la Ivy League, y luego imaginó su decepción al ver que le asignaban Keady en lugar de Yale o Columbia para hacer las prácticas. La imaginó practicando sexo clínico y carente de alegría con el cincelado hijo del socio de su padre, los imaginó en un lujoso restaurante a la luz de las velas, mordisqueando sin ganas una *piccata* de ternera para dos, sin prestar atención al pan de la mesa. Lo invadió un desprecio inexplicable, despiadado. Cyrus detestó incluso el ruido que había hecho al abrir la puerta, mancillando la quietud en la que estaba plácidamente inmerso. La estudiante miró de nuevo a cámara y se presentó:

—Hola, señorita Kaufmann. Soy la doctora Monfort...

—Señora Kaufmann —la corrigió Cyrus.

La estudiante dirigió una mirada fugaz hacia la cámara.

—Eh... ¿perdón?

—Puede que el señor Kaufmann esté muerto, pero yo sigo siendo su esposa —dijo Cyrus, señalando el anillo de boda imaginario que (no) llevaba en la mano izquierda.

—Ah, sí, lo siento, señora. Es que...

—No pasa nada, cariño.

La doctora Monfort dejó el portapapeles y se apoyó en el lavamos, como resituándose.

—Señora Kaufmann —dijo entonces—, me temo que los escáneres muestran una masa de dimensiones considerables en su cerebro. Varias masas, agrupadas. Por desgracia están adheridas al tejido sensible que controla la respiración y la función cardiopulmonar, de modo que no podemos operar sin correr el riesgo de dañar gravemente esos sistemas. Podemos valorar la opción de hacer quimioterapia o radiación, pero teniendo en cuenta la ubicación y el estado de desarrollo de las masas, lo más probable es que los tratamientos fueran paliativos. Nuestro oncólogo le podrá dar más información.

—¿Paliativos? —preguntó Cyrus. Se suponía que los alumnos debían evitar la jerga y los eufemismos. Nada de «ir a un lugar mejor»: se les recomendaba pronunciar la palabra «morir» a menudo, para evitar confusiones y ayudar al paciente a superar cuanto antes la fase de negación.

—Ehhh, sí. Para aliviar el dolor. Para que esté cómoda mientras pone sus asuntos en orden.

«Mientras pone sus asuntos en orden...» Lo estaba haciendo fatal. Cyrus la odiaba.

—Perdone, doctora... ¿Cómo era? ¿Milton? ¿Me está diciendo que me estoy muriendo?

Cyrus esbozó una media sonrisa al pronunciar aquella palabra que ella aún no había dicho en voz alta. La doctora hizo una mueca y Cyrus se regodeó en ella.

—Pues... Sí, señorita Kaufmann. Ehhh, lo siento mucho.

Su voz era como un conejo silvestre a punto de perderse de vista.

—Señora Kaufmann.

—Eso, claro, disculpe —se excusó la doctora, revisando su portapapeles—. Es que en mi informe pone «Señorita Kaufmann».

—Doctora, ¿está tratando de decirme que no sé cómo me llamo?

La estudiante de medicina dirigió una mirada de desesperación a la cámara.

Un año y medio antes, al principio de su rehabilitación, Cyrus le dijo a Gabe, su padrino en Alcohólicos Anónimos, que se consideraba una persona mala en esencia. Egoísta, egocéntrica. Incluso cruel. Un ladrón de caballos borracho que deja de beber no es más que un ladrón de caballos sobrio, había dicho Cyrus, orgulloso de su ocurrencia. Más tarde usaría dos versiones de esa misma frase en sendos poemas.

—Pero tú no eres una mala persona que intenta reformarse, sino una persona enferma que intenta curarse —respondió Gabe.

Cyrus se quedó pensativo.

—El mundo no distingue entre un buen tipo y un mal tipo que se comporta como un buen tipo —prosiguió Gabe—. De hecho, diría que Dios incluso quiere un poco más al segundo.

—Un disfraz de buena persona —pensó Cyrus en voz alta, y a partir de entonces lo llamaron así.

—Claro que no, señora Kaufmann, no quiero discutir con usted —balbuceó la estudiante de medicina—. Deben de haber puesto mal su nombre. Lo siento mucho. ¿Quiere que llamemos a alguien?

—¿A quién voy a llamar? —preguntó Cyrus—. ¿A la directora de mi instituto? Estoy sola.

La doctora Monfort estaba sudando a chorros. La luz roja de la cámara parpadeaba, como una luciérnaga que se burlara de aquella comedia.

—Tenemos muy buenos terapeutas aquí en Keady —dijo la doctora—. De los mejores del país...

—¿Alguna vez ha tenido algún paciente que deseara morir? —la interrumpió Cyrus.

La estudiante de medicina se lo quedó mirando, sin decir nada: emanaba desdén en estado puro, una furia apenas contenida. Por un momento, Cyrus pensó que le iba a soltar una bofetada.

—O no que deseara morir —continuó Cyrus—, pero que quisiera tan solo poner fin a su sufrimiento.

—Bueno, como le estaba diciendo, ofrecemos una amplia gama de opciones paliativas —dijo entre dientes la doctora y le clavó la mirada, buscando a Cyrus debajo de la máscara de señora Kaufmann, instándolo a ceñirse a su papel.

Pero él la ignoró.

—La última vez que pensé que quería morir, agarré una botella de Everclear, noventa y cinco por ciento de alcohol, me metí en la bañera y me la bebí a morro, echándome un poco en la cabeza. Un trago para mí, otro para mi pelo. El objetivo era vaciar la botella y luego prenderme fuego. Un poco dramático, ¿no?

La doctora Monfort no dijo nada. Cyrus siguió hablando.

—Pero cuando llevaba más o menos una cuarta parte de la botella, de repente me di cuenta de que no quería incendiar al resto de vecinos del edificio.

Eso era verdad, ese breve destello de lucidez, de luz, como el reflejo del sol en una serpiente oculta entre la hierba. Había sucedido unos meses antes de que Cyrus dejara de beber; solo borracho había reparado en la existencia de otras personas y en el hecho de que el fuego se propaga; y que si se prendía fuego en la bañera de un apartamento del primer piso, era probable que el resto de los apartamentos se incendiaran también. A veces el alcohol tenía ese poder, aportaba una clarividencia (momentánea) de la que su mente no era capaz. Era como en la consulta del oculista: la bebida te iba colocando diferentes lentes delante de la cara y, a veces, durante un instante, daba con la graduación correcta, la que te permitía contemplar el mundo tal como era, más allá de tu dolor, más allá de tu pesimismo. Esa era la claridad que el alcohol (y nada más que el alcohol) aportaba; te mostraba la vida tal como la veían los demás, como un lugar que podía amoldarse a ti. Pero, por supuesto, al cabo de un segundo esa claridad se desvanecía con una ráfaga de lentes cada vez más opacas, hasta que solo quedaba la oscuridad de tu propio cráneo.

—¿Se imagina? —continuó Cyrus—. Tuve que emborracharme para considerar siquiera que un incendio en una bañera no iba a extinguirse solo.

—Señora Kaufmann... —dijo la estudiante de medicina retorciendo las manos, una de las «muestras de desasosiego físico» que Cyrus debía anotar en su evaluación.

—Recuerdo estar sentada en la bañera, haciendo cuentas. En plan: ¿me preocupa llevarme por delante a tanta gente? ¿A todos esos desconocidos? Tuve que decidir si me importaban o me daban igual. Qué chungo, ¿no?

—Señora Kaufmann, si tiene pensamientos suicidas, disponemos de recursos para...

—Ay, venga, hable conmigo. Quiere ser médica, ¿no? Estoy aquí, hablando. Al final salí del bloque, mojada por el alcohol, aunque no demasiado; se evaporó bastante rápido, creo. Recuerdo que me sorprendió no estar empapada. Entre nuestro edificio y el siguiente había un pequeño parterre con un banco de picnic y una parrilla de carbón. Recuerdo que me pareció gracioso prenderme fuego junto a una parrilla. Saqué el Everclear y el mechero. Recuerdo... Es rarísimo, recuerdo que era un mechero de los Chicago Bears; no tengo ni idea de dónde salió. Me senté allí en el banco y, a pesar de la cantidad de Everclear que llevaba dentro y por encima, recuerdo que me sentí..., no feliz, exactamente, pero tal vez... ¿elemental? Como una medusa flotando. Alguien dijo que el alcohol reduce la «intensidad fatal» de la vida. Quizá fuera eso.

Fuera las nubes eran cada vez más densas y oscuras, el cielo entero parecía un animal herido en un último arrebato de furia. La habitación del hospital tenía una ventanita cerca del techo, colocada allí tal vez para que la gente que pasara por la calle no pudiera mirar dentro. La estudiante de medicina no se movió.

—¿No tiene usted un órgano aquí? —le preguntó Cyrus, señalando la base de su propia garganta—. ¿Un órgano fatalista, que late todo el tiempo? ¿Que irradia miedo, un día tras otro, con obstinación? ¿Como si estuviera esperando a que una pantera saliera de detrás de la cortina para devorarla, cuando en realidad no hay ninguna pantera y resulta que tampoco hay cortina? A eso quería poner fin.

—¿Y qué hizo? —preguntó por fin la estudiante de medicina. Parecía haberse relajado un poco, como resignándose al fluir del momento.

—Volví a entrar en mi apartamento —dijo Cyrus, encogiéndose de hombros—. Quería poner fin al dolor, pero de pronto me pareció que quemarme vivo iba a doler mucho.

La doctora Monfort sonrió y asintió con la cabeza.

—Me duché y perdí el conocimiento —continuó Cyrus—. Y sigo aquí. Pero el miedo también. Se me ocurrió que estar sobrio tal vez ayudaría. Aunque eso vino después. Decidí desintoxicarme. Y lo logré, en cierto modo. Desde luego, dejé de ser una carga para la gente de mi entorno. Por lo menos ahora no sufren tanto por mí. Pero mi órgano fatalista sigue ahí —dijo, señalándose otra vez el cuello—. Aquí, en la garganta, palpitando a todas horas, todos los días. Y la rehabilitación, los amigos, el arte... Todos esos rollos solo lo adormecen durante un instante. ¿Cuál es la palabra que dijo antes?

—¿«Paliativo»?

—Eso, paliativo. Son medidas paliativas. Alivian el sufrimiento, pero no lo eliminan.

La estudiante se quedó inmóvil durante un instante y entonces se sentó en la silla frente a Cyrus. Por la ventana entraban unos rayos negro-azulados que le teñían el rostro, como si la iluminara un foco celeste.

—Bueno, señora Kaufmann, es posible, o incluso habitual, tener comorbilidades psicológicas. Entiendo que ha estado recibiendo ayuda para sus problemas de adicción, y eso es estupendo, pero es posible que presente otro diagnóstico no tratado. Un trastorno de ansiedad, una depresión grave u otra cosa. A lo mejor sería útil que buscara ayuda también para eso. —La estudiante sonrió un poco—. No es demasiado tarde, incluso con los tumores —añadió. Era su forma de invitar a Cyrus a volver al papel, y él accedió. De pronto se sentía avergonzado.

Cyrus se comportó durante el resto de la entrevista. Terminaron unos minutos más tarde y, cuando la estudiante de medicina abandonó la sala de exploración, completó un informe rápido pero entusiasta antes de marcharse a toda prisa del hospital, presa de la vergüenza.

Dos

De: Contralmirante William M. Fogarty, Armada de EE. UU.

Para: Comandante en jefe, Mando central de EE. UU.

Asunto: INVESTIGACIÓN FORMAL DE LAS CIRCUNSTANCIAS DEL DERRIBO DE UN AVIÓN COMERCIAL POR PARTE DEL USS VINCENNES (CG 49) EL 3 DE JULIO DE 1988 (U)

IV. OPINIONES

A. GENERAL

1. El USS VINCENNES no derribó un avión comercial iraní a propósito.

Esa tarde, Cyrus cogió el coche y fue a una reunión de Alcohólicos Anónimos en el Camp5 Center, el centro de desintoxicación local de Keady. Se trataba de una casa estilo Arts and Crafts reconvertida, con tejado a dos aguas y un desvencijado armazón de madera que en su día habían pintado de color lavanda, pero que ahora estaba descolorido. En el aparcamiento, un grupo de veteranos con cara de pocos amigos fumaban sin parar. Había jóvenes avergonzados que entraban y salían a todas horas, con las órdenes del juzgado en la mano, evitando cualquier contacto visual.

Cyrus atravesó la nube de humo de tabaco y cigarrillos electrónicos, entró en el edificio y subió las escaleras hasta la ventanita donde Angus B., un veterano sin pelos en la lengua, trabajaba durante todo el día sirviendo tazas de café y galletas por cincuenta centavos, y sándwiches de ensalada de huevo por dos dólares, dinero que se usaba para pagar el alquiler de Camp5. Cyrus pidió una taza de café y bajó al sótano. Había seis largas mesas de plástico plegables dispuestas a lo largo de una sala oscura, rodeadas todas ellas de incómodas sillas de madera que habían sobrado del campus.

Su padrino estaba allí. Gabe B., Gabriel Bardo. Tenía unos cincuenta años y llevaba treinta y tres sobrio. Se había criado en Orange County y había trabajado durante un tiempo en el mundo de la televisión, pero ahora enseñaba a escribir obras de teatro en la universidad local. Gabe parecía un roble con chaqueta vaquera, la cara toda mandíbula, un enorme bigote blanco y unas manos grandes y agrietadas de tanto trabajar en sus proyectos. Cyrus entró, lo vio sentado en la mesa más alejada de la sala y, sin decir palabra, ocupó la silla vacía que había a su lado.

A Cyrus le costó prestar atención durante la reunión. El tema era «La vida en los términos de la vida», un asunto tan vago que carecía de sentido práctico. Un hombre blanco de mediana edad celebró treinta días de abstinencia por cuarta vez en un año. Todos le aplaudieron. Un veterano se deshizo en elogios hacia sí mismo por su magnanimidad en una reciente disputa de negocios, diciendo: «¡Si avanzas sin esfuerzo es que vas cuesta abajo!». Todos asintieron. En su camiseta ponía «Yo no huyo, yo DISPARO» con letras grandes de color blanco. Una joven de nariz aguileña contó que se había metido coca en el lavabo de la guardería de su hija durante la jornada de puertas abiertas. Todos se echaron a reír. Gabe habló de su hijo (Shane, por el protagonista de *Raíces profundas*), que tenía problemas en el colegio, se saltaba clases y, en general, se comportaba como un adolescente. Tras relatar una bronca reciente con Shane por dejar la cocina hecha un asco, Gabe dijo: «Para mí, la diferencia entre el cielo y el infierno es que no te importe una mierda el desorden».

Toda la sala soltó una especie de mugido en señal de aprobación. Algunas personas más compartieron sus experiencias. Cyrus no tenía previsto decir nada, había ido más que nada por costumbre, o inercia, pero hacia el final de la reunión sintió que algo se agitaba en su interior y tomó la palabra:

—Hola, soy Cyrus y soy alcohólico.

Un par de cabezas se volvieron hacia él, pero la mayoría de los presentes ya sabía quién era y qué aspecto tenía.

—Hoy la he tomado con una mujer, en el trabajo. No la conocía de nada y me he portado como un gilipollas sin ningún motivo. Y, la verdad, me ha sentado bien. Me ha encantado ponerla en su sitio. Asumir el control. Aquí no paramos de hablar de rendirse, rendirse. «Libérame de la esclavitud del ego para que pueda hacer tu voluntad.» El objetivo parece ser siempre renunciar al control. Pero de un tiempo a esta parte, los momentos en los que tomo el mando de la situación al vuelo, aunque luego termine estrellándome, son los únicos en que de verdad siento algo, los únicos en que aún me acuerdo de quién soy. Bueno, ahora me doy cuenta de que lo de tomar el mando y estrellarse tal vez no sea una metáfora muy afortunada, pero... —dijo Cyrus con una sonrisa y respiró hondo—. No tomo grandes decisiones en mi vida. Me paso la mayor parte del día escuchando a mi cerebro repetir la misma mierda una y otra vez: «¿No preferirías estar masturbándote? ¿No preferirías estar agobiado?». Y la respuesta es que sí, siempre que sí, sí. Subo el volumen de los auriculares hasta que me duele, me comporto como un capullo con una desconocida que solo está haciendo su trabajo... Y lo hago porque así puedo sentir algo distinto a la nada. Que es lo que es la abstinencia: la nada. Nada por todas partes. Antes solo sentía algo cuando podía experimentar el éxtasis más extremo o el más insoportable de los dolores. Las drogas y el alcohol eclipsaban todo lo demás. Pero ahora todo forma parte de una medianía carente de textura.

Un tipo de aspecto ladino y más joven que Cyrus, Joe A., se volvió con gesto exagerado hacia el reloj de pared, pero Cyrus siguió hablando:

—Cuando era pequeño, mi padre, que era uno de esos borrachos que mejoran cuando beben, solía insistirme para que rezara antes de acostarme. «Habla con Dios, habla con tu madre. Diles cómo te sientes.» Hablar con Dios y hablar con mi madre muerta era lo mismo. Y yo lo hacía, le decía a Dios que estaba hecho mierda y le suplicaba a mi madre que me hiciera sentir menos triste. Incluso a los siete, a los diez años, les ofrecía todo tipo de trueques. «Te cambio veinte años de vida por una existencia menos deprimente.» Ni siquiera sé por qué estaba tan triste. Tenía amigos, no pasaba hambre... Pero había algo podrido en mis entrañas. ¿Dios? ¿Mi madre? No eran más que palabras. Y esa es la cuestión. Hoy, esa mujer del trabajo ha empezado a decirme palabras, un montón de palabras, pero todas vacías. La he odiado por ello. Y lo mismo pasa con este programa: solo son palabras. A ver, yo antes me meaba en la cama cada dos por tres e intentaba suicidarme. Y ahora, por lo menos, ya no me meo en la cama. O sea que algo es algo, ¿no? Desde un punto de vista objetivo, digo. Pero yo me resisto. Estoy siempre deprimido, enfadado. Si os soy sincero, sigo pensando que la mayoría de vosotros sois unos gilipollas integrales. Y que si estuviéramos fuera de esta sala lo más probable es que quisierais deportarme...

—¡Eso es una cuestión externa! —gruñó Big Susan, una anciana menuda pero arisca que, a pesar de su apodo, no llegaba ni al metro y medio—. ¡No tiene relación con Alcohólicos Anónimos!

Al oír su voz, el resto de los presentes se enderezaron un poco en las sillas.

—¿Veis? A eso me refiero —dijo Cyrus, señalando a Big Susan con ambas manos—. La rehabilitación está hecha de palabras, y las palabras tienen un montón de reglas. ¿Cómo podemos esperar que una cosa tan limitada repercuta en algo tan vasto como un «poder superior», sea lo que coño sea eso? ¿Cómo va a ayudarme a librarme de esa enorme masa de podredumbre que llevo dentro, esa esponja gigante que absorbe todo lo que se supone que me tiene que hacer sentir bien? ¿Qué palabras pueden influir en eso? —Cyrus resopló, exasperado consigo mismo—. No lo sé, no tengo ni idea. Lo siento.

Se desplomó en su silla y resopló. La sala se quedó en silencio durante un segundo, dos segundos (una eternidad para ese grupo), y entonces Mike P., un exadicto al *crack* reconvertido en propietario de una cafetería, empezó a hablar de lo maravilloso que era estar sobrio: que si el sol, que si las nubes, que si los árboles... Gabe miró a Cyrus durante una fracción de segundo, frunciendo los labios y medio asintiendo, con una expresión que significaba algo así como: «Te habrás quedado a gusto...».

Después de la reunión, Gabe le preguntó a Cyrus si quería ir a Secret Stash, la cafetería de Mike P. en el centro, aunque Cyrus sabía que en realidad no era una pregunta. Fueron cada uno con su coche, Gabe en su Volvo azul y Cyrus en su viejo Chevy Cavalier. Gabe llegó antes, de modo que cuando Cyrus entró en la cafetería, Gabe se había pedido ya un *espresso* doble para él y un americano para Cyrus. Los dos hombres esperaron en silencio a que les sirvieran sus bebidas y se instalaron en una mesita circular de la parte de atrás. Las paredes estaban forradas con obras de arte de alumnos de instituto. En su sección, en concreto, había varios bocetos a carboncillo de adolescentes haciendo muecas dentro de marcos de Instagram dibujados a mano.

—Así que un Dios hecho de palabras, ¿eh? —dijo por fin Gabe, que rasgó un sobrecito de azúcar moreno de caña, lo vació en el café y le dio unas vueltas. En la cafetería sonaba a todo volumen esa canción de Arcade Fire que ponían en los partidos de hockey.

—Yo qué sé, tío —dijo Cyrus—. Estoy triste y punto. ¿No se supone que hay que hablar de esas cosas?

—Sí, claro, claro —repuso Gabe. Entonces se inclinó sobre la mesa y clavó la mirada en Cyrus—. Tienes algo rojo en el ojo.

—¿Cómo?

—¿Se te ha roto un vaso sanguíneo o algo así? —añadió Gabe, señalando la comisura de su propio ojo derecho. Cyrus sacó el teléfono y usó la cámara frontal para mirarse. Una pequeña Pangea roja en el blanco del ojo, pegada al iris.

—Joder.

—¿Estás bien? —preguntó Gabe.

—Sí, no sé. Habré dormido raro o algo así.

—Raro es, desde luego. Bueno: que si un Dios hecho de palabras, que si estás triste... ¿Qué más?

Dio un sorbo al café y le quedó una pequeña luna de espuma en el borde del bigote blanco.

—En realidad eso es todo. La tristeza patológica de siempre. Da igual que piense en ello o no: es como dormir con una bola de bolos en la cama, todo acaba rodando hacia ella.

—¿Crees que Dios no quiere que seas feliz? ¿Es eso? Bueno, Dios, tu madre, la poesía, lo que sea... ¿Crees que todos lo merecen menos tú? ¿Qué es lo que te hace creerte tan especial?

—¿Se puede saber qué significa eso? «Dios, tu madre, la poesía, lo que sea.» Cuando tú, Big Susan, Mike o cualquiera de los demás habláis de un «poder superior», no tengo ni idea de qué queréis decir. La mayoría piensan seguramente en un viejo barbudo que vive sobre las nubes, un señor que se enfada cuando chupo una polla y que manda a todos los musulmanes al infierno. ¿De qué me sirve a mí ese poder superior? —Cyrus hizo una pausa—. He estado leyendo a los místicos antiguos. Creo que, si encontrara algún poder superior persa, algo en el Islam...

—Por favor, déjate de gilipolleces —dijo Gabe, poniendo los ojos en blanco con expresión teatral. Las bocas abiertas de los adolescentes de carboncillo les dirigían sus horribles muecas—. Eres el chaval más americano que conozco. Le enseñaste a Shane a jugar al Madden y a bajarse *torrents* de películas de Marvel. ¡Pero si compras discos de vinilo, joder! Estamos teniendo esta conversación en Indiana, no en Teherán.

Gabe era la única persona en la vida de Cyrus, blanca o no, que le hablaba así. Sus palabras tenían algo, una especie de pasotismo de punki viejuno, que Cyrus admiraba desde hacía mucho tiempo, aunque eso significara que Gabe a veces se pasara tres pueblos de lo políticamente correcto. Pero por mucho que, en abstracto, envidiara la capacidad de Gabe de hablar sin el lastre de la higiene retórica del momento, en aquella ocasión en concreto, atormentado aún por el episodio con la doctora Monfort, a Cyrus le hirvió la sangre con la furia de los justos.

Dos años atrás, cuando iba por el quinto paso de AA —catalogar para Gabe sus secretos más recónditos—, Cyrus había mencionado como si tal cosa que se había acostado con hombres. Esperaba que Gabe reaccionara con estupefacción, o por lo menos que le dirigiera una de esas miradas de «Vaya, vaya» tan suyas, pero, en lugar de eso, Gabe le había contado que él también se había acostado con cientos de hombres.

—Eran los setenta en el sur de California —añadió encogiéndose de hombros, como si fuera algo obvio.

—Creía que ibas a estar más sorprendido —admitió Cyrus—. Por eso de que tengo pinta de hetero.

—Angelito —se rio Gabe—, ¿en serio crees que tienes pinta de hetero?

Gabe veneraba a John Wayne, e incluso se le parecía. Su cara era toda mentón y mandíbula, y tenía unos ojos oscuros y cavernosos como dos amapolas. Construía decorados enteros con sus alumnos de dramaturgia, a base de rebuscar en palés abandonados de todo el campus de Keady y cargar en su Volvo todo lo que encontraba. Era padre soltero de Shane desde que su mujer, a la que había conocido en AA, sufriera una recaída en la bebida y desapareciera de Indiana sin dejar rastro. Cyrus se había acostumbrado a llevarse ciertas sorpresas con su padrino, un hombre de quien solía esperar un talante muy concreto —almidonado, conservador—, pero que una y otra vez iluminaba el abismo que existía entre la imagen que proyectaba y la historia que llevaba a cuestas.

Cyrus optó por ignorar el chascarrillo de Gabe sobre Indiana y Teherán, y se limitó a cruzarse de brazos y a poner morros, con gesto vagamente beligerante.

—He leído tus poemas, Cyrus —continuó Gabe—. Y ya entiendo que eres persa: nacido allí, criado aquí... Sé que forma parte de ti. Pero sospecho que has pasado más tiempo mirando el móvil hoy, ¡solo hoy!, que pelando granadas en toda tu vida. En conjunto. ¿Me equivoco? Y, en cambio, ¿cuántas putas granadas hay en tus poemas? ¿Y cuántos iPhones? ¿Entiendes lo que quiero decir?

Cyrus le habría pegado una patada en la boca. Por racista. Y por tener un poco de razón.

—No te lo tomes a mal —dijo Gabe en un tono más suave—. Pero es un truco. Es un truco y está lastrando tu rehabilitación. Y tu arte. Nadie te lo va a decir tan claro como yo, porque nadie puede hacerlo. Y si quieres cabrearte conmigo, adelante. Me refiero a esa cara de culo que estás poniendo; puedo vivir con eso. Lo que no soportaría, en cambio, es que recayeras en la bebida por culpa de esto. Que volvieras a hacerte daño.

En una mesa cercana, un tipo delgado con unos auriculares gigantes tecleaba furiosamente en su portátil, como un hacker de película intentando entrar en la web del Pentágono. Por los altavoces de la cafetería sonaba una balada susurrante que Cyrus no reconoció.

—¿Hay algún elemento de acción en este monólogo? —gruñó Cyrus.

Gabe se inclinó hacia él.

—¿Sabes cuál es la primera regla de la dramaturgia?

Cyrus negó con la cabeza, con un gesto apenas perceptible. Permitir siquiera las preguntas de Gabe ya le parecía una concesión.

—Nunca saques a un personaje al escenario sin saber lo que quiere.

Cyrus frunció el ceño.

—Yo sé lo que quiero —dijo.

—¿Seguro?

Gabe estaba encorvado, con las manazas apoyadas sobre la mesa redonda, que parecía un plato de madera.

—Quiero ser relevante —susurró Cyrus.

—Eso tú y todo el mundo. Profundiza.

—Quiero hacer arte. Arte de verdad, que a la gente le parezca importante.

—Vale, sigue.

—¿No es suficiente? —preguntó Cyrus, exasperado.

—Cyrus, aquí todo hijo de vecino cree ser un artista no reconocido. ¿Qué quieres, específicamente, de tu existencia? ¿De esta vida sin precedentes y que nunca más va a repetirse? ¿Qué es lo que te hace distinto de los demás?

Gabe se hurgó entre los dientes con la uña del dedo meñique. Le faltaba un incisivo, lo que le daba un aspecto un poco infantil. Cyrus hizo una pausa y dijo:

—Quiero morir. Creo que siempre he querido.

—Mmm —dijo Gabe, entrecerrando los ojos—. Luego volveremos sobre eso. Continúa.

—Joder, ¿yo qué sé? Mi madre murió por nada. Por un error de cálculo. Tuvo que compartir su muerte con otras trescientas personas. Mi padre murió en el anonimato después de pasar décadas limpiando mierda de pollo en una granja industrial. Quiero que mi vida y mi muerte importen más que eso.

—¿Quieres ser un mártir? —preguntó Gabe, alzando las cejas.

—Puede. Sí, la verdad. Algo así.

—Cyrus, pero si ni siquiera sabes lavarte la ropa —dijo Gabe con una sonrisa, y señaló con la cabeza la camiseta arrugada de Cyrus, llena de manchas de café alrededor del cuello—. ¿De verdad crees que vas a ser capaz de pegarte una bomba al pecho y entrar en una cafetería?

Su tono de voz no cambió en absoluto cuando pronunció la palabra «bomba», pero Cyrus se estremeció.

—¿Tú te das cuenta de lo racista que es eso? —le susurró, mientras la ira le subía por la garganta como una serpiente saliendo de su agujero, siniestra, lamiendo el aire.

—¿No tengo razón? —preguntó Gabe con seriedad.

—No me refiero a ese tipo de mártir —repuso Cyrus—. Aunque...

—¿Aunque qué? —preguntó Gabe. La luna de espuma que tenía en el bigote parecía ridícula.

—¿Te imaginas tener una fe así? —preguntó Cyrus—. ¿Estar tan seguro de algo que no has visto nunca? Yo no estoy tan seguro de nada; ni siquiera de la gravedad.

—Esa seguridad es justo lo que hace que terminen con el cerebro lleno de gusanos, Cyrus. Los únicos que se expresan con certezas son los fanáticos y los tiranos.

—Sí, sí, desde luego. Pero ¿no hay una pequeña parte de ti que envidia en secreto esa seguridad, esa convicción?

—No me incomoda vivir en la incertidumbre. En cualquier caso, no pierdo el culo por despejarla. Me pusieron cuatro multas por conducir borracho en un mes porque estaba seguro de que controlaba. Para eso me sirvió la certidumbre, para pasar dieciocho meses en la cárcel. ¿Cuánto hace que no lees el tercer paso?

Cyrus puso los ojos en blanco. El tercer paso era aquel en el que renunciabas a todo, a tu vida entera, y se la entregabas a Dios, o a la poesía, o a tu abuela, o a lo que fuera.

—Pero ¿has escuchado algo de lo que he dicho? —preguntó Cyrus—. ¡Ni siquiera sé qué es ese poder superior!

—Eso no te impidió arrodillarte a mi lado hace un año y pedirle que aliviara tu sufrimiento.

—¿Pedirle a qué? ¿A quién? —preguntó Cyrus—. ¿De qué estábamos hablando?

—¿Qué más da eso? —respondió Gabe—. A cualquier cosa que no sea tu puto ego, joder. Eso es lo único que importa.

—¿Tú te escuchas cuando hablas? —preguntó Cyrus. De pronto la serpiente estaba erguida y agitando la cola, lista para el ataque—. ¿Te das cuenta de lo hipócrita que te pones cuando intentas controlar la vida de los demás? A lo mejor es porque tu propia vida es un puto desastre. Porque tu hijo es un inútil y tu mujer prefirió la bebida a ti. Quizá por eso intentas entrometerte en mi vida, para poder sentirte mejor con la tuya. ¿Es por eso que me llamas falso persa? ¿Por eso me tildas de diletante?

—Yo no creo haber dicho que seas un diletante —repuso Gabe sin perder la calma.

—¿Sabes qué dijo Borges sobre los padres y los espejos? Que son abominaciones. Porque ambos duplican el número de hombres.

—En realidad, estoy seguro de que nunca he usado la palabra «diletante» —insistió Gabe.

—¡Ni siquiera me estás escuchando! —exclamó Cyrus, levantando la voz cada vez más. El hacker miró hacia su mesa.

—Que sí, que sí —respondió Gabe, con voz imperturbable—. Que estás enfadado conmigo y citas a Borges para atizarme con tu intelecto. Muy impresionante.

—Vete a la mierda —le dijo Cyrus, poniéndose de pie—. No necesito nada de esto. Ni tus sermones ni toda la mierda de esta secta de mierda.

Cyrus cogió su café, que aún no había tocado, y se alejó de la mesa. Gabe ni siquiera se movió. Por los altavoces salía la voz de Nick Cave: «Hernia, Guernica, furniture». Cyrus se metió en el coche, dio un portazo y dejó atrás Secret Stash (y a

Gabe) inundado por una mezcla narcotizante de indignación justiciera y de autocompasión. Le latía el pie. Atisbó su propia imagen en el retrovisor. La mancha roja se había tragado todo el lado derecho de su ojo derecho y los colores se fundían unos con otros como en un cuadro de Rothko.

Cyrus estaba furioso consigo mismo por no haber dicho algo más contundente al marcharse que «la mierda de esta secta de mierda». Mientras volvía a casa, iba pensando en alternativas mejores: iglesia republicana de pollaviejas, aquelarre de crápulas racistas. Era relajante parar el tiempo y reconstruir los recuerdos, reimaginarlos con la ayuda del multiverso del diccionario de sinónimos. Insípido templo de las palabras. Escoria de césares viviseccionando a Dios. Pensó en todos los poetas que había leído cuyo éxtasis arrebatado sobrepasaba incluso la capacidad del lenguaje para expresarlo. Se dio cuenta de que no recordaba la última vez que había sentido siquiera un atisbo de bondad, incandescente y espontánea. Aquella, decidió, había sido su última reunión de Alcohólicos Anónimos. Y la última vez que hablaba con Gabe.

Tres

Desde que tenía uso de razón, a Cyrus siempre le había parecido extrañísimo que el cuerpo tuviera que recargarse cada noche. Y también que el sueño se produjera no como una acción, como tragar o ir al baño, sino como un acto de fe. La gente fingía dormir con la confianza de que, al final, aquel fingimiento se convertiría en realidad. Era una mentira que practicabas todas las noches. O, si no una mentira, por lo menos una pantomima. Y eso no tenía por qué negar la sinceridad de aquel acto, pero desde luego que la alteraba. El discurso que practicabas frente al espejo siempre era distinto del que acababas pronunciando.

Ninguna otra cosa funcionaba así, con aquella insistencia en fingir. Nadie se sentaba delante de un plato de arroz a fingir que se lo comía para que los granos terminaran en el estómago. Solo el sueño exigía aquel vergonzoso teatro.

Como un incentivo para el calvario, el cuerpo ofrecía sueños. A cambio de un tercio de tu vida, te ofrecía grandes festines, exóticas aventuras, amantes hermosas, alas. O, por lo menos, la promesa de unas alas, que solo resultaba un poco menos embriagadora por la curiosa amenaza de la pesadilla. A veces, sin más, tu mente decidía reducirte a un gemido, o a un jadeo en medio de la noche.

Aquellas eran condiciones innegociables; si no estabas de acuerdo te volvías loco, enfermabas o morías. Cyrus había leído sobre ello un montón de veces. Transcurridas apenas veinticuatro horas sin dormir, perdías la coordinación y la memoria a corto plazo. Después de cuarenta y ocho horas se te disparaba el azúcar en sangre y el corazón te empezaba a latir de forma irregular.

A Cyrus le resultaba difícil no ver la vigilia como el enemigo. Corroía tu capacidad de existir —de vivir y de pensar con perspicacia— hasta que terminaba sometiéndote. Estar despierto era una especie de veneno cuyo único antídoto era el sueño. ¿Y si todo el mundo tomara mayor conciencia de ello? ¿Cómo cambiarían sus vidas? ¿Se volverían más urgentes? «Me han envenenado y solo me quedan dieciséis horas antes de sucumbir.»

Desde muy pequeño, Cyrus dormía fatal. De bebé dormía tan poco que su padre, Alí, llegó a pensar que tal vez tenía una discapacidad. Cyrus miraba desde su cuna con ojos de viejo, soñoliento, visiblemente cabreado, como preguntando: «¿En serio tengo que hacer esto?».

Alí mecía a su hijo una y otra vez, le trazaba círculos con los dedos sobre el cuero cabelludo, le cantaba, lo metía en el coche y conducía hasta altas horas de la noche, pero Cyrus se aferraba a su vigilia como quien se aferra a un clavo ardiendo, como un caballo pigmeo que trata de salir de unas arenas movedizas, pero se hunde cada vez más. Cuando su cuerpo infantil ya no podía aguantar más, Cyrus se dormía con una invariable expresión de perplejidad y fastidio en el rostro, como preguntándose: «¿De quién fue idea todo esto?».

El sueño de Cyrus fue empeorando todavía más a medida que crecía. Pronto empezó a experimentar terrores nocturnos. Sin aviso ni motivo alguno, se levantaba a media noche gritando, llorando, a veces incluso golpeándose con violencia. Aquellos ataques de pánico de Cyrus llegaron a someter a Alí y se convirtieron en el dios al que este rezaba, suplicaba y ofrecía tributo.

Durante esos ataques, Alí se acercaba a su hijo y lo sacudía para despertarlo, pero si Cyrus se despertaba, lo hacía en un estado de terror absoluto; no sabía ni dónde estaba ni qué había provocado su miedo. Entonces su padre lo acunaba y le suplicaba, como en innumerables ocasiones antes: «Koroosh *baba*, por favor. Duérmete, Cyrus *baba*. Duérmete».

Pero Cyrus seguía gritando, o llorando, o zarandeándose, a veces durante horas, antes de volver a sucumbir a un estado de tenso reposo, como una lengua dentro de la boca entre un bocado y el siguiente.

A menudo Cyrus mojaba la cama, y Alí tenía que cambiarle la ropa y las sábanas antes de volver a acostarse unas horas más. Eso significaba otro viaje a la lavandería, otra carga que lavar y secar, otra hora perdida, otros 2,50 dólares.

De haber hablado con alguien sobre aquella época, Alí habría confesado que le parecía una situación del todo injusta: el universo que le había arrebatado a su mujer debería haberle concedido al menos un hijo fácil. Un niño tranquilo, que durmiera bien. Aquello era una injuria más, pensaba Alí, un dedo que hurgaba en una herida abierta.

La esposa de Alí, Roya, había muerto pocos meses después de nacer Cyrus. Las circunstancias eran indescriptibles. Iba en un avión rumbo a Dubái para pasar una semana con su hermano Arash, que estaba traumatizado desde que había servido en el ejército iraní en la guerra contra Irak. Arash se había trasladado a Dubái durante unos meses, y Roya había decidido por impulso ir a verlo, ir de compras, salir a comer y descansar. Desde el embarazo y el parto estaba agotada, distanciada de Alí y de su propio hijo. Alí esperaba que aquel viaje le permitiera recuperarse y que le devolviera su calidez. Era la primera vez que Roya se subía a un avión y la primera vez que salía de Teherán desde el nacimiento de Cyrus. Estaba como un flan. Había salido de casa con ganas de estar guapa, con su atuendo preferido: una estilizada gabardina blanca y unos elegantes pantalones de lana, a pesar del calor de julio. Llevaba regalos para su hermano, el nuevo casete de los Black Cats y unos dulces de turrón persa.

Poco después del despegue, un barco de la Marina estadounidense había destruido el avión de Roya. Lo había borrado del cielo. Abatido como un pato.

Un buque de guerra de la Marina estadounidense, el USS Vincennes, disparó dos misiles tierra-aire. Uno de ellos alcanzó el avión y lo fulminó al instante, junto con los 290 pasajeros que iban a bordo. Los informes decían que el vuelo 655 de Iran Air había quedado «convertido en polvo», literalmente. Tal vez la idea era que eso —que hubiera sido instantáneo— hiciera que las familias se sintieran mejor. Polvo eres y al polvo volverás. En cierto modo era limpio, si no pensabas demasiado en ello.

Sesenta y seis niños habían muerto en el vuelo 655 de Iran Air. Habrían sido sesenta y siete, pero Roya le había dicho a Alí que su hijo era demasiado pequeño para volar y que ella se había ganado un descanso tras el largo embarazo. De no ser por eso...

Alí era el que quería tener un hijo; su mujer no estaba tan segura. La madre de Roya había sido una madraza, una mujer cariñosa a más no poder. Solía diseñar manualidades y actividades para sus hijos; preparaba tres comidas al día, meriendas y galletas aparte; y llenaba la casa de libros, arte y música. La maternidad para ella había sido algo natural e instintivo, una de esas madres que hacen que las demás se sientan como unas negadas.

Roya sabía que nunca lograría ser una madre como la suya, una de esas madres que se estremecen de amor como una rama mojada. Incluso de adulta, Roya apenas se tomaba la molestia de alimentarse ni de bañarse.

La madre de Roya había consentido a sus propios hijos tal como los abuelos consienten a sus nietos. Y ahora Roya sospechaba que convertiría a su hijo en un niño consentido a base de mimarlo hasta el sinsentido. Pero Alí insistía en que sería él quien se encargaría de la mayor parte de la crianza:

—No soy un hombre típico —decía—. Las noches en vela, los pañales. ¡Los primeros dientes! ¡Esos dientecitos como granos de arroz! —exclamaba, agarrando la mano de Roya—. ¡Todo me hace mucha ilusión!

Roya sacudía la cabeza.

—Eso es porque no sabes de qué hablas.

Y, sin embargo, Roya terminó cediendo. Cyrus nació el 13 de marzo de 1988, una semana antes del Nouruz, el año nuevo persa. En todo Irán, la gente se veía a sí misma habitando el futuro con cuerpos más esbeltos y mejores trabajos. Las familias preparaban hermosos festines de col, zumaque, ajo y frutos secos para dar la bienvenida al nuevo año, decorados con monedas. Rollizos peces de colores daban vueltas, indolentes, en peceras redondas.

El parto fue rápido. Roya estaba echada en la cama del hospital. Las enfermeras no paraban de preguntarle si estaba incómoda o si tenía dolores, pero la verdad era que no; no estaba cómoda, desde luego, pero tampoco se retorcía de dolor. Se le ocurrió que tal vez eso era una mala señal. Al cabo de unas horas empezó a sentir más presión, y cuando fue a comprobar qué pasaba, su mano se topó con el pelo del bebé. Gritó pidiendo una enfermera. Quince minutos más tarde, su hijo llegó al mundo. El parto no fue como le habían contado. Su médico ni siquiera estaba en la sala cuando ocurrió.

El bebé nació sin gemidos ni lágrimas. Roya tampoco lloró, y se limitó a jugar con aquellos deditos tan pequeños. El niño parecía una fruta, pensó, y bromeó con que deberían llamarlo Bademjan, «berenjena» en persa.

—Podemos hacer estofado de berenjena. Será el mejor amigo de algún tomate.

Alí no se movió de su lado. No hacía más que llorar por los tres y repetir «Alhamdulillah», una y otra vez. No era particularmente religioso, pero ¿qué otra cosa puede uno decir cuando nace un hijo?

—¡Tiene ojos! *Alhamdulillah*. ¡Tiene pelo! *Alhamdulillah*.

El bebé soportó aquella prueba de fuego con gran decoro y estoicismo. No paraba de mirar a su alrededor, estudiando las nuevas luces, las nuevas caras.

—*Alhamdulillah*. Es como un reyecito —dijo Alí.

Lo llamaron Cyrus.

En las semanas que siguieron a la muerte de su esposa, a Alí le tocó encargarse en gran parte del niño y también de todo el resto. Quería largarse de Teherán, alejarse de los amigos y la familia de Roya, que lo acosaban sin cesar con visitas inesperadas, condolencias y guisos. Estaba harto de las bandejas con papel de aluminio de las ancianas: *gormeh sabzi*, *kūbide* de pollo... Estaba harto de la compasión de la gente.

Detestaba tener que convencer a los demás de que estaba petrificado por la desesperación y, al mismo tiempo, lo bastante bien como para cuidar de sí mismo y de su hijo. La gente intentaba ayudarlo maldiciendo los Estados Unidos, y también los detestaba por eso. ¿Qué sabrían ellos? Los Estados Unidos no habían abatido a sus mujeres, sino tan solo a la de él.

Alí había sido el encargado de llamar de Dubái y hablar con Arash, el hermano de Roya, que esperaba en su apartamento de alquiler la llegada de su hermana. Arash bramó, unos bramidos violentos y bestiales que habían hecho que Cyrus se estremeciera, incluso desde el otro lado de la línea y en el extremo opuesto de la habitación. No gritaba, sino que aullaba, como aúlla un animal herido, enloquecido por la rabia y la confusión. Arash ya había quedado tocado por la guerra, pero la muerte de Roya lo atravesó como una flecha. Pasó meses sin hablar, y cuando volvió a hacerlo, sus palabras apenas tenían sentido. Alí casi apreciaba aquella reacción de su cuñado. Por lo menos era honesta, más honesta que las condolencias trilladas y los *chelo* kebab congelados que dejaban junto a su puerta.

La ira de Alí: una luna. Había crecido tanto que le daba miedo, tan profunda que parecía terror. En las noticias, vio cómo el vicepresidente de los Estados Unidos decía: «No me importan los hechos. No soy de los que piden perdón por Estados Unidos».

Que la familia de Alí y sus amigos fueran capaces de circunscribir su ira con palabras significaba que esta era algo totalmente distinto de lo que él sentía. La ira de Alí era voraz, casi sobrenatural, como un perro muerto ávido de roer sus propios huesos.

A veces quería perder de vista a Cyrus. Se iba a otra habitación y se dedicaba a fumar a oscuras —había vuelto a fumar—, y cuando oía a su hijo moverse, dejaba pasar tanto tiempo como podía hasta que, con un suspiro, iba a regañadientes a ver qué necesitaba, a enfrentarse a los vivaces ojos marrones de la difunta Roya observándolo desde la cuna. Alí dejó de comer y de contestar al teléfono. Su rabia se endureció hasta formar una placa alrededor de su corazón. Alí lo notó, sintió como todo su ser se iba endureciendo y no hizo nada por evitarlo. Empezó a comprarle garrafones de vino casero a un vecino, solicitó un visado. Cada vez que se miraba al espejo, le parecía que tenía los dientes más de punta.

Alí alimentaba a Cyrus con leche de fórmula fría. Detestaba aquellos polvos, habría preferido poder producir leche con su propio cuerpo. Roya había comprado fórmula para varias semanas antes de marcharse, pero hacía tiempo que esas reservas se habían terminado. ¿Por qué tenía que comprar aquella leche en polvo alienígena? A saber de qué estaba hecha. No era justo. Y seguro que la fórmula tenía la culpa de que Cyrus no pudiera dormir por las noches. Era probable que la empresa que producía la fórmula lo hiciera a propósito, que pusieran cafeína en el polvo para que el bebé se despertara y hubiera que darle cada vez más fórmula. Así funcionaba el mundo. Eran todos unos mercenarios y no había nada que hacer al respecto.

Un día, Alí vio un folleto de una gran empresa avícola estadounidense que ofrecía puestos de trabajo en una granja de Indiana, en Estados Unidos. No se requería inglés. «Cobra en efectivo desde el primer día», decía. De repente le entraron unas ganas irrefrenables de volver a empezar lejos de las tristes pantomimas de rabia, pena y lástima de los demás. No había sido una gallina quien había pulverizado a su mujer. Alí arrancó el folleto y se lo metió en el bolsillo.

Un mes más tarde se mudaron juntos, el viudo y su reyecito insomne. Antes de marcharse de Irán, Alí vendió o regaló todas sus pertenencias: su televisor y sus muebles, su pistola militar y el vestido de novia de Roya, un broche de perlas y dos *pahlavis* de oro. A su nuevo apartamento de Fort Wayne se llevaron tan solo lo que cabía en una maleta: cuencos, ropa, partidas de nacimiento. Las botas militares de Alí, que pensó que le serían útiles en la granja. Un par de garabatos arrugados que Roya había hecho mientras amamantaba a Cyrus: una ventana por la noche, una jirafa. Una pequeña foto de boda: Alí y Roya sentados bajo un paño blanco que varios parientes levantan sobre sus cabezas, con Arash sosteniendo una esquina, mirando a su hermana con una tierna sonrisa en los labios. En realidad, la maleta apenas iba medio llena. Alí no lloró cuando el avión despegó de Teherán, pero sí se le escaparon algunas lágrimas silenciosas cuando aterrizaron en Detroit.

Cyrus apenas durmió durante el vuelo, pero cuando lo hizo no sufrió terrores. Tan solo murmuró un poco. Parecía fascinado por todo lo que ocurría: la vibración de los motores, la interminable panorámica azul. Los dos hombres Shams empezaron su nueva vida en Estados Unidos despiertos, en un insólito estado de alerta, como dos ventanas con las persianas arrancadas.

Cuatro

Bandar Abbas, Irán

DOMINGO 3 DE JULIO DE 1988

Era la primera vez que se subía a un avión, nunca antes había tenido ocasión de volar. Y no era que no se lo pudieran permitir: su marido tenía un trabajo decente y, aunque no eran ricos, se apañaban mejor que muchos. Roya había visto a las viejas matriarcas enrollando las alfombras sobre las que habían criado a sus hijos y, a menudo, también los de sus hermanos y primos. Las enrollaban y, con un pesado bulto debajo de cada brazo, las arrastraban hasta el mercado, donde las vendían por una miseria.

En cualquier parte de Teherán siempre era la misma historia. Algunos hombres criaban pollos en el cuarto de baño o en un armario; esas casas se olían a una manzana de distancia. La carne se había puesto carísima. Todos los domingos, un anciano de Tajrish iba a la ciudad acompañado de su hijo y vendía pollitos en la parte de atrás de su camioneta. Siempre se formaba una larga cola de compradores, decenas de hombres y niños que pasaban la mañana entera esperando para poder marcharse con varios pollitos sacudiéndose dentro de una funda de almohada. Los que volvían a casa con las fundas vacías se exponían a las reprimendas de sus esposas y a los bofetones de sus padres. Algunos, por miedo a volver con las manos vacías, intentaban derribar a pedradas alguna paloma o algún gorrión.

Por la noche, jóvenes desesperadas caminaban por las aceras de la calle Reza Shah (hoy llamada calle de la Revolución), con la esperanza de que los hombres que se les acercaban fueran solícitos, limpios y ricos, y que no trabajasen para la secreta. Y casi siempre estaban en lo cierto, pero algunas veces no. Una noche, mientras volvía a casa con su marido, Roya había visto cómo metían a una joven, apenas una adolescente, a empujones en una furgoneta blanca que esperaba al ralentí. «Pero, ¿por qué? —gritaba la chica—. ¡No estoy haciendo nada! ¡No estoy haciendo nada!»

Los hombres no respondieron y se limitaron a meterla en la furgoneta, que arrancó de inmediato. En ese momento, de solo recordarlo, a Roya le dieron escalofríos. Se revolvió en el asiento y su pie se topó con una botella vacía de agua mineral que algún pasajero anterior había dejado en el avión. Por alguna razón, aquello la tranquilizó; era la prueba de que el avión ya había despegado y aterrizado antes. Era el primer día que montaba en avión, pero el vuelo anterior, que había salido a primera hora de la mañana de Teherán rumbo a Bandar Abbas, había sido felizmente aburrido. El avión iba medio vacío y nadie se había sentado cerca de ella. Las azafatas sirvieron té, pan de sésamo con mantequilla y mermelada de cereza ácida. Ella no tomó nada y trató de recordar si había comido algo antes de salir de casa. Era como si desde esa misma mañana hubiera transcurrido una semana, un mes, un segundo. En aquel segundo vuelo se aseguraría de comerse todo lo que le ofrecieran.

Cuando subió al avión —el segundo del día, el segundo de su vida— de Bandar Abbas a Dubái, se dio cuenta de que iba casi lleno. Era extraño, porque en la puerta de embarque no había visto a mucha gente. Una pareja intentaba acallar a sus dos hijos, ambos bebés, cuyos llantos le provocaron una reacción de alivio, y luego de culpa.

Se dirigió hacia el fondo del avión e intentó sentarse junto a un corpulento hombre de mediana edad, con un bigote severo y gafas con los cristales teñidos de amarillo. Este la miró sin pronunciar palabra, con una expresión a medio camino entre el desdén y la amenaza. Una azafata se apresuró a comprobar su billete. «Veintisiete D, no veinticinco D, querida», le dijo, y la acompañó hasta un asiento con ventanilla junto a una mujer árabe con chador negro que le sonrió con gesto distraído antes de volver a su libro.

Mientras por los altavoces se oían las instrucciones de seguridad, se quedó mirando por la ventanilla, intentando no pensar en nada, observando a los hombrecillos que correteaban por la pista. Incluso con el avión aún en tierra, parecían diminutos, ridículos. Se palpó el bolsillo del abrigo en busca del pasaporte: seguía allí. El pasaporte, y la fotografía de dentro, era valiosísimo. Se encorvó un poco para protegerlo.

El avión empezó a rodar y los hombres de la pista se desvanecieron. La mujer, deseosa de descargar su energía nerviosa, abrió la revista de vuelo de Iran Air, embutida en el asiento de enfrente. La hojeó y leyó por encima un artículo titulado «Alfombras de Kashan, las más famosas del mundo». Y otro: «Viaje a Shush, cuna de la civilización antigua», ilustrado con una fotografía a página completa de una esfinge de piedra alada. «El Palacio de Darius —rezaba el pie de foto—. ¡Más antiguo que el Coliseo romano!» La historia, el hecho de que otras civilizaciones también se hubieran destruido a sí mismas, brindaba tal vez cierto consuelo. De hecho, los antecedentes parecían sugerir que dicha destrucción era inevitable, el punto final de todos los pueblos.

En todo Irán, habían derribado las estatuas de los shas y las habían sustituido por estatuas de los ayatolás, hombres de aspecto ceñudo. En Qom, los futuros mulás estudiaban esos rostros y practicaban frunciendo el ceño ante el espejo de sus cuartos de baño. En cada pueblo había carteles que alardeaban de que el país tenía «Más hombres santos que ninguna otra cultura».

En Isfahán, la antigua capital, los soldados llamaban una y otra vez a la puerta de alguna anciana y le decían: «Enhorabuena, su hijo se ha convertido en mártir».

Las madres no tenían más remedio que contener las lágrimas y torcer los labios, dibujando las inquietantes casi-sonrisas que pasarían el resto de sus vidas perfeccionando. Y ellas eran las afortunadas: en la Plaza de la Revolución de Teherán, hijos de otras madres colgaban de los brazos de altas grúas.

En cuanto el avión estuvo en el aire, Roya por fin se relajó. Al menos por un tiempo dejaba atrás aquel horror. Un horror que vivía en el suelo, en el pasado. En el aire, en aquel presente que ella habitaba, todo estaba en calma. Tranquilo. El avión ronroneaba imperturbable. La mujer árabe que tenía a su lado había cerrado el libro sobre el regazo y dormitaba con la cabeza inclinada hacia el pasillo.

Roya intentó no pensar en la gente a la que había dejado atrás. Se lo había ganado, se lo había ganado con creces. Se resistió al nudo caliente, de culpa, que le subía por la garganta. «Nadie va a echarte en falta», se dijo, tragando saliva. Aún había muchas cosas que podían salir mal, desde luego, pero por primera vez desde que tenía memoria podía respirar hondo y sentir cómo el aire le llenaba los pulmones. Incluso eso, el simple hecho de respirar, parecía estar de pronto más lleno de sentido, del mismo modo que el dinero significaba más para los pobres que para los ricos.

«Emkanat», esa era la palabra. Posibilidades. No recordaba cuándo la había dicho por última vez. Mirando por la ventanilla, trató de hacer memoria. Aquella mañana, en Teherán, se había despertado tan temprano que era como si aún se le estuviera encendiendo el cerebro. El sol, con el contorno de un rosado ardiente. Las nubes ahí abajo, como un paño fino sobre un cazo de leche a medio enfriar. Y, más abajo, el océano.

Azules y azules y más azules. A lo lejos, dos guijarros blancos, flotando. ¿Se movían? ¿Se estaban acercando?

Su marido, su familia, sus amigos..., todas las personas que conocía en Irán eran unas cínicas, convencidas de que tener esperanzas era de ignorantes, de una ingenuidad mortal. Pero mañana sería mejor que hoy. Por primera vez en mucho tiempo, lo creía de verdad.

Cinco

WASHINGTON, 3 de julio — Un buque de guerra de la Marina de los Estados Unidos ha derribado hoy un avión de pasajeros iraní en el Golfo Pérsico. La Marina afirma que lo confundió con un caza. Irán ha confirmado que las 290 personas que viajaban a bordo han muerto.

«Las autoridades justifican la acción»
The New York Times, 4 de julio de 1988

Cyrus y Alí Shams

INDIANA, EE. UU.

Por suerte para Alí —aunque no para Cyrus—, a medida que el niño fue creciendo y alcanzó la adolescencia, sus terrores nocturnos se volvieron cada vez más esporádicos, hasta que desaparecieron por completo y fueron reemplazados por un insomnio pertinaz.

Para Cyrus, incluso de niño, aquello era aún peor, ya que era consciente de sus efectos. Por la noche se quedaba despierto, procesando una y otra vez los acontecimientos del día, reviviendo cada momento y descubriendo en sus conversaciones cotidianas desaires y pasos en falso que en su momento no le habían parecido motivo de preocupación. Entonces intentaba convencerse a sí mismo de que esas afrentas eran imaginarias, pero su cerebro siempre le llevaba la contraria: eran reales, y cada persona a la que había faltado las recordaría para siempre. El amigo en cuyas zapatillas nuevas Cyrus no se había fijado, el profesor cuyo saludo había ignorado por accidente... El ciclo se repetía, interminable.

A veces, a Cyrus le preocupaba que pudieran deportarlo, mandarlo de vuelta a un Irán que no recordaba. O algo todavía peor. No entendía la situación del visado de su padre, pero sabía que era precaria; siempre había papeleo. Alí le insistía en que respondiera a las preguntas de la gente sobre su origen con un «no me acuerdo», que se atrincherara en su ignorancia, por disparatada que resultara, hasta que los otros se dieran por vencidos. Según Alí, la alternativa (proclamar su iranidad) significaba abrir la puerta a la violencia, a todo tipo de perjuicios. Su padre siempre se mostraba vago en cuanto a esta parte, y esa vaguedad era otra de las cosas que le quitaba el sueño a Cyrus.

La angustia nocturna de Cyrus solía prolongarse hasta las 4:30, cuando su padre se levantaba para ir a la granja industrial de pollos, donde llegaba a las 5:30 seis días a la semana para alimentar a las aves y tomar las mediciones necesarias (cantidad de agua y pienso consumidos, residuos generados...) antes de que llegaran el resto de los trabajadores a recoger los huevos. Llegar al trabajo una hora antes que sus compañeros permitía que Alí ganara 1,25 dólares más a la hora, y eso (según le contaba a Cyrus) se notaba a final de mes.

Un mes, con el «dinero extra», Alí compró un Big Mouth Billy Bass, una lubina de goma montada sobre un tablero de madera que movía los labios al son de una versión digitalizada de «Don't Worry, Be Happy», de Bobby McFerrin. Era una extravagancia ridícula, pero hacía las delicias de los dos hombres Shams. En cuanto Alí lo ponía en marcha, Cyrus dejaba lo que estuviera haciendo y se reunía con su padre en el dormitorio individual del apartamento, donde, con una falta de ironía sobrecogedora, se reían de aquel autómata que daba coletazos y rechinaba al ritmo de la canción. Años más tarde, cuando Alí murió y Cyrus, que ya iba a la universidad, volvió a casa para organizar las cosas de su padre (un par de cajas de ropa y platos para la beneficencia y poco más), aquel pez cantarín fue una de las pocas reliquias que decidió conservar.

Los dos hombres Shams estaban solos en Estados Unidos. Los dos hombres Shams estaban siempre solos. Una vez al año, en Nouruz, Alí llamaba a Arash, el hermano de su difunta esposa, y hablaban un poco con él, pero solo sobre trivialidades: los éxitos escolares de Cyrus (nunca sus traspiés), las cosas que comían, fútbol iraní...

A veces, Alí intentaba explicarle a Cyrus lo que le había ocurrido a Arash durante la guerra.

«Los combates contra Irak lo dejaron enajenado», decía.

Alí le explicaba que al tío Arash le habían encomendado la misión más extraña del ejército persa. Todas las noches, después de que los ataques de ola humana y gas mostaza dejaran decenas, cientos de iraníes muertos, Arash se ponía una larga túnica negra, montaba en secreto sobre un caballo y recorría el campo de batalla, entre los caídos, con una linterna bajo el rostro. Debía parecer un ángel. La idea era que inspirara a los moribundos a morir con dignidad y convicción. Que evitara que se suicidaran. Los moribundos veían a Arash en su montura, con la capucha iluminada, y en su delirio creían que les visitaba el mismísimo arcángel Gabriel, o que el duodécimo imán volvía a por ellos.

—Tu tío era un ángel —le dijo Alí a su hijo—. Literalmente. Ayudó a mucha gente.

Para cientos de iraníes moribundos, la imagen de Arash a caballo fue lo último que vieron. Lo que significaba que Arash había visto morir a cientos de hombres. A Cyrus le costaba asimilarlo. Y, si era sincero, a Alí también.

A Arash, presenciar tanta muerte le había provocado una enajenación crónica. Estrés postraumático, lo habrían llamado en otro lugar. En cualquier caso, Arash vivía solo, con una pequeña pensión gubernamental, en las estribaciones de los montes Elburz. Podía cuidar de sí mismo, cocinar y limpiar, pero los trabajos nunca le duraban y a menudo pasaba días sin dormir. Tras la muerte de su hermana, Arash regresó a Irán y se había sumido aún más en sus propias neurosis. Empezó a ver espíritus malignos en las ventanas, demonios, ángeles, soldados iraquíes... Se estremecía a causa de unos disparos que nadie más oía. Alí le contó a Cyrus que a veces Arash se ponía su túnica negra de cuando la guerra y hablaba con el arcángel Gabriel como si ambos estuvieran sentados a la mesa.

Los hombres Shams llamaban a Arash una vez al año, justo después del cumpleaños de Cyrus, para desearle un feliz Nouruz. El tío de Cyrus siempre se alegraba de tener noticias suyas, pero su voz poseía un timbre de dolor inconfundible, ineludible, aunque hablara en farsi, aunque su voz les llegara por teléfono después de atravesar medio mundo; los padres de Arash, luego su hermana y ahora también su cuñado y su sobrino lo habían abandonado para que lo devoraran sus fantasmas.

En Estados Unidos, Alí bebía ginebra cada noche para conciliar el sueño.

«El cuerpo humano no está hecho para dormir cuando aún no se ha puesto el sol», le decía a Cyrus, sacando la botella de ginebra del congelador. En invierno se sentaba en el sofá a ver partidos de baloncesto, o cualquier película que dieran en los canales de cine gratuitos (de suspense, o tal vez policiaca), y bebía ginebra mezclada con zumo de naranja hasta que terminaba el partido o aparecían los créditos de la película. Entonces se iba a su habitación y dormía como un tronco.

Su padre conciliaba el sueño con facilidad, pero a Cyrus le costaba. Algunas noches se daba por vencido y se levantaba para leer, dibujar o hacerse un bocadillo. Era arriesgado, ya que vivían en un apartamento muy pequeño y no era nada fácil moverse sin perturbar el sueño de Alí. Una noche, Cyrus tiró un cuenco de uvas al suelo y su padre se despertó, confuso y furioso, salió del dormitorio y, aún medio inconsciente, abofeteó a Cyrus y rasgó por la mitad el cómic de *Los Simpson* que había sacado de la biblioteca. Ese tipo de violencia era infrecuente en el hogar de los Shams, pero su recuerdo indeleble dominaba la conciencia de Cyrus.

Al devolver el libro partido en dos, Cyrus le había dicho a la bibliotecaria que su hermano pequeño lo había roto sin querer y que lo sentía mucho. La mujer se echó a reír y no le cobró la multa, pero durante años, cada vez que lo veía, le preguntaba cómo le iba a su hermanito y le recomendaba algún libro infantil para que lo sacara prestado.

—Este tiene las páginas plastificadas, ¡no lo podrá romper! —decía entre risas. A veces, por vergüenza, Cyrus le echaba un vistazo al libro que le recomendaba.

Después de aquella noche con el cuenco de uvas, Cyrus se quedaba casi siempre en la cama, dándole vueltas a algo que había pasado durante el día anterior, o preocupándose por lo que iba a pasar al siguiente, a veces intentando dormir, pero casi siempre tratando de no pensar.

Una vez había visto una película en TNT en la que el personaje de Sandra Bullock hablaba de la meditación como un proceso que consistía apenas en concentrarse en el aire que pasaba por encima de su labio superior al respirar. A veces lo intentaba. En esas ocasiones, sentía que el aire era más frío, como si le entrara agua por la nariz.

Otras veces intentaba negociar con Dios y prometía leer por fin el Corán o no tocarse en la ducha a cambio de una noche de sueño profundo. Eran súplicas desesperadas, urgentes, pero rara vez funcionaban. Y, la verdad, ninguna de las dos partes hacía gran cosa por cumplir lo prometido.

En un momento dado, para romper aquellos círculos interminables de pensamiento corrosivo, Cyrus había empezado a escribir pequeños diálogos mentales. Era como un ejercicio filosófico, solo que, en lugar de grandes pensadores de la Antigüedad, Cyrus imaginaba conversaciones entre sus ídolos personales y sus seres queridos: imaginaba a su padre hablando con Michael Jordan, a la niña del colegio que le gustaba hablando con Madonna, o incluso a Batman hablando con Emily Dickinson.

Por lo general era un simple pasatiempo, una forma de jugar a escribir en su cabeza y de conservar la mente lo bastante ocupada como para mantener la ansiedad a raya durante cinco minutos seguidos. Pero había veces, quizás una de cada tres noches, en que su cerebro le seguía el juego.

Cyrus empezaba a imaginar una conversación de forma consciente y entonces la guionizaba, imaginaba lo que Cindy Crawford podría decirle al inspector Gadget, inventaba bromas y ocurrencias mordaces, y luego, poco a poco, se iba sumiendo en un sueño ligero. Su inconsciente seguía escribiendo la conversación y, al final, si las condiciones eran propicias, terminaba soñando la interacción al completo: sus personajes conversaban para él, una película que él mismo había rodado y montado.

Se convirtió en su forma de pasar un tiempo con los mitos de su vida psíquica, un intercambio fáustico con su insomnio. Era la única forma que tenía de relacionarse con Marie Curie, Allen Iverson o Kurt Cobain. Era el único momento en que oía la voz de su madre.

Cuando se marchó de casa para ir a estudiar literatura en la Universidad de Keady, una institución estatal de Indiana que le ofrecía una buena beca, Cyrus empezó a beber de inmediato. Llegó una semana antes para la orientación de primer año, y los de su planta dijeron que iban a ir a una fiesta en el apartamento del hermano mayor de uno de los chicos. Cyrus decidió que iría con ellos, para pasar el rato, pero que no bebería. Quería estar con esa gente nueva, pero no tenía ningún interés en terminar aletargado y sacar su lado más mezquino, como le pasaba a su padre con la ginebra. Esa noche, Cyrus pilló su primera borrachera. Hacia el final de la fiesta, no podía parar de reírse y de robar latas de cerveza de manos de desconocidos. Arrancó sin querer la cortina de la ducha y todos se partieron, él incluido.

De pequeño, Cyrus no sabía nada sobre la bebida, aparte de que era algo que solo hacía la gente tirada. Así los llamaba su padre, «gente tirada». Y por lo general, añadía Alí, morían a causa de ello. «Eso si no los meten antes en la cárcel.»

Lo que su propio padre hacía cada noche con la ginebra era distinto. Alí se lo había explicado una y otra vez: su forma de beber era controlada, farmacéutica. ¿De qué otro modo habría podido dormirse lo bastante temprano para despertarse a las 4:30 e ir a la granja de pollos? Alí lo necesitaba. La gente tirada bebía porque quería, porque carecía de imaginación o de espíritu. Y lo pagaban caro.

Una vez, cuando iba a primero, el colegio montó una salida a un local de comida rápida Chuck E. Cheese para a toda la clase. Se lo habían ganado porque habían leído un determinado número de libros durante el año. En la pizarra había un espacio en el que su maestra iba marcando la cuenta atrás: «¡24 días para Chuck E. Cheese! ¡21 días para Chuck E. Cheese!».

Cuando por fin llegó el día, montaron en un autobús y comieron pizza y bebieron refrescos. La camarera repartió Coca-Colas y cerveza de raíz en vasos de papel. Cyrus no tenía ni idea de lo que era la cerveza de raíz, pero no podía creer que les estuvieran dando cerveza a unos críos. Pidió un vaso de Coca-Cola, pero cuando le dio un sorbo no sabía a Coca-Cola, sino a medicina. A lo que imaginaba que sabía el alcohol. Era cerveza, cerveza de raíz. La escuela les había dado cinco dólares en fichas de juego a cada uno, pero Cyrus se encerró en el baño y estuvo llorando en uno de los retretes hasta que llegó la hora de volver a la escuela.

Esa noche, cuando el autobús lo dejó en casa, su padre estaba viendo un episodio de *The Waltons* en el que un personaje moría de alcoholismo. Había una escena en la que este, macilento y cubierto de maquillaje, se acurrucaba en un armario como un signo de interrogación, borracho e ictérico.

—¿Todos los que beben cerveza mueren? —le preguntó Cyrus a su padre—. ¿Aunque solo beban un poco?

Alí levantó la vista del televisor.

—Sí —respondió con rotundidad.

Cyrus pasó el resto de la semana preparándose para morir. No le dijo nada a Alí, aún estaba en esa edad en que el miedo a hacer enfadar a su padre eclipsaba cualquier otro miedo, incluso el miedo a la muerte. Si veía a Alí cepillarse los dientes o cortarse las uñas de los pies, pensaba: «Es la última vez que le veo lavarse los dientes. Es la última vez que le veo cortarse las uñas».

Al mes de llegar a la residencia de estudiantes de la Universidad de Keady, Cyrus bebía todas las noches y se dedicaba a experimentar con la hierba, las benzodiacepinas y, una vez durante ese mes, un día en que estaba muy borracho, la heroína. Empezó a tener relaciones sexuales y a fumar cigarrillos. Fue como volver a nacer: ¡había tantas sensaciones que nunca había experimentado! Había perdido años detrás de la meditación y la manzanilla. Había un montón de estaciones que nadie mencionaba, nuevas humedades, nuevas formas de calidez, blandas y templadas. Quería vivirlas todas.

El padre de Cyrus, Alí, murió de un derrame cerebral repentino cuando Cyrus apenas había empezado su segundo año en la universidad. Fue todo muy rápido, y aunque, al enterarse de la noticia, Cyrus se quedó hecho polvo, pronto comprendió que su padre había vivido tan solo para asegurarse de que su hijo ingresara sin complicaciones en la edad adulta. Alí rara vez había expresado una alegría intensa por algo; de vez en cuando gritaba al final de un partido de baloncesto particularmente reñido, pero luego, casi como si se avergonzara de sí mismo, se quedaba muy callado, más circunspecto aún que antes. Por lo general, las facciones graníticas de Alí parecían responder tan solo a su propia resignación ante alguna necesidad u obligación. Y puede que, de forma consciente o inconsciente, le pareciera que, una vez había dejado a Cyrus en manos de la universidad, o de su propia autonomía, su larga y tortuosa andadura sobre la Tierra podía darse por terminada. Hacía ya tiempo que la muerte se había apoderado de su mente; y ahora se había apoderado también de su cuerpo.

Los hombres de la granja de pollos donde Alí había trabajado durante diecinueve años le organizaron un pequeño homenaje y le entregaron a Cyrus una cartulina donde podía leerse «ALÍ SHAMS», escrito con letras grandes y festivas, compradas en una tienda de todo a un dólar. Los hombres (o, seguramente, sus esposas) la habían decorado con fotografías de la granja tomadas a lo largo de los años en las que aparecía el padre de Cyrus, montadas en marcos de cartulina de colores: Alí con el mono de trabajo de la granja, sujetando un pollo por debajo de las alas; Alí frunciendo el ceño en la sala de descanso, tomándose una taza de café. Cyrus se llevó la cartulina a su dormitorio de la residencia, pero mirarla lo deprimía de una forma que no era capaz de describir. Una tarde la tiró al contenedor de la residencia.

Con la muerte de Alí, Cyrus se quedó solo en el mundo. Nunca había conocido a sus abuelos y, más allá de su tío Arash, no le quedaba familia. Tal vez debería haberse sentido abandonado o asustado, pero la verdad era que apenas sintió nada. Hacía ya mucho tiempo que eran solo Cyrus y su padre, y hacia el final Cyrus casi nunca llamaba a casa, de modo que aquel sutil cambio —la ausencia total de su padre— apenas le hizo sentirse más solo de lo que ya estaba. Era una realidad difícil de admitir y hacía que Cyrus sintiera que era una mala persona.

En el fondo, Cyrus se sentía vacío, un desolador vacío interior que podía con él. Debería haber muerto en el avión, con su madre, pero lo habían dejado en casa. Y ahora, con su padre también muerto, Cyrus ya no tenía a nadie que se preocupara por él. Era consciente de que lo que restaba de su vida no tenía sentido intrínseco, pues ese sentido solo podía forjarse en relación con otras personas.

Sobrellevó el dolor que sí sentía, o, mejor dicho, lo exprimió y se columpió en él, bebiendo y drogándose cada vez más. Escribió lastimeros correos electrónicos a sus profesores para avisarles de que su padre había muerto, y estos, a su vez, excusaron su presencia en las clases y lo aprobaron por compasión. Algunos incluso le recomendaron los servicios de terapia de la facultad, y Cyrus fingió no haber oído hablar nunca de ellos, aunque ya se los había manipulado para conseguir un buen cargamento de narcóticos: Xanax, Adderall, Ambien, Neurontin, Flexeril, todos ellos nombres de flores alienígenas. Cyrus creó toda una economía en miniatura alrededor de aquellos medicamentos, que usaba para conseguir drogas: hierba, cocaína, MDMA, heroína... A menudo las intercambiaba por alcohol. Las drogas eran amantes nuevas y sugerentes, y cada una le descubría nuevas formas de emoción, nuevas formas de excitación. Iban y volvían y volvían y volvían. Pero el verdadero amor de Cyrus, su piedra angular, su alma gemela, seguía siendo el alcohol. El alcohol era fiel, omnipresente, predecible. El alcohol no exigía ningún tipo de monogamia, como los opiáceos o la metanfetamina. El alcohol solo te pedía que al final de la noche volvieras a casa con él.

Cyrus y el alcohol se instalaron en una especie de felicidad doméstica. La universidad le ofreció una suspensión temporal por duelo y él la aceptó: dos semestres enteros aplazados, seguidos de un semestre con una sola asignatura, para que poco a poco fuera recuperando el ritmo habitual. Tardaría unos años más en graduarse, pero a Cyrus no le importaba. Keady parecía un lugar tan bueno como cualquier otro para vivir. Las pretensiones y elevados propósitos que antes albergaba para su futuro dieron paso a la deliciosa supremacía del presente. Cyrus quería lo mismo que todo el mundo: sentirse bien todo el tiempo. Parecía un propósito racional: ¿por qué iba uno a elegir sentirse mal si tenía la opción de sentirse bien? Así, pues, se dedicaba a transitar de forma mecánica entre amantes, amigos, jefes, terapeutas y profesores, cada uno con sus crisis, más o menos llevaderas. Cyrus se sentía seguro entre ellos, sabedor de que, si alguno se ponía demasiado pesado, o resultaba tener una sangre demasiado caliente, le bastaba con beber para salir propulsado hacia las alturas, hasta que desaparecían. Era lamentable que nadie le hubiera hablado nunca de eso, pensaba; la fórmula secreta de la invencibilidad.

Durante los años posteriores a la muerte de su padre, Cyrus dormía con facilidad. Bebía con resignación o se drogaba lo justo para quedarse frito sin siquiera intentarlo. A veces eso traía de vuelta los terrores nocturnos de su infancia; se levantaba en la cama y empezaba a decir cosas sin sentido: «Galgo lago globo», o «Sí porque las raíces aplauden», o «¡Enfermera me arde aquí!».

Por las mañanas no se acordaba de nada, ni de sus soliloquios de oráculo delirante, ni tampoco de los extraños sueños que los provocaban.

Otras veces, los narcóticos que se alimentaban del sueño de Cyrus se apoderaban por completo de su recipiente, como un incendio en un bloque de oficinas que se alimenta de oxígeno y revienta las ventanas. Entonces Cyrus se dirigía a la nevera —con los ojos abiertos y vacíos como aquellas pastillas que trituraba y esnifaba— y se tomaba otra cerveza. La gente le hablaba y él respondía con un gruñido, de camino a la cama para seguir durmiendo, siempre sin sueños, tambaleándose al borde de algo más oscuro, sin fondo.

A veces su embriaguez avanzaba así, sin compañía de nadie. Ansiosa por mantenerse viva.

Todos esos tragos inconscientes hacían que a menudo Cyrus mojara la cama. Se despertaba, notaba el frío (lo primero era siempre el frío, que está íntimamente ligado a la humedad) y limpiaba la cama con la exasperada determinación de alguien que desentierra su coche del hielo, el desagradable pero ineludible precio a pagar para poder moverse por el mundo.

Tras años viviendo así, cuando, mucho después de la muerte de su padre, Cyrus dejó la bebida, descubrió que su capacidad para dormirse de forma natural se había atrofiado por completo por la falta de uso, y que aún le costaba más pegar ojo que durante la adolescencia. Melatonina, meditación, manzanilla, Benadryl... Nada lograba contrarrestar su insomnio. Era como si su cuerpo estuviera empeñado en recuperar todas las horas de vigilia que había perdido mientras Cyrus bebía.

Lo único que ayudaba, a veces, era volver a los diálogos oníricos de su infancia. Durante aquellos años, marcados por pesados sueños narcóticos, no había tenido razones para volver a practicar el juego y, al principio, cuando volvió a intentarlo, le pareció cursi, artificioso. Pero al menos su mente inquieta tenía algo que hacer.

A veces se le ocurría una frase o una idea que se anotaba para luego, a la hora de escribir, profundizar en ella. Y a veces, milagro de los milagros, el guion de aquellos diálogos empezaba a escribirse solo. El sueño se apoderaba de él, y Cyrus se hallaba una vez más escuchando una conversación entre ídolos y personas queridas.

Así fue como empezó a hablar con Scheherezade, Spider-Man o Rimbaud. Así se reencontró con su padre. Y así reanudó las conversaciones con su madre, tras años de un silencio vacío de sueños.

Lisa Simpson y Roya Shams

Lisa miró a la madre de Cyrus.

—¡A ti sí que no esperaba encontrarte aquí! —dijo Lisa, enfatizando el «a ti» con aquel tono de incredulidad que solo su voz, de entre todas las voces humanas, podía transmitir.

—¿Nos conocemos? —preguntó Roya.

Estaban en una habitación blanca, de una esterilidad abrumadora; por contraste, el pintalabios azul de Roya y la piel amarilla de Lisa refulgían como si fueran de neón.

—Soy amiga de Cyrus. Me llamo Lisa Simpson.

Roya abrió mucho los ojos.

—¿Conoces a Cyrus? ¿Cómo le va? Hace años que no lo veo.

—Ya lo sé, me ha hablado de ti. ¿No lo vigilas desde donde estás?

Lisa estudió el rostro de Roya, que apenas se movía cuando hablaba. En realidad, no se movía en absoluto, ni siquiera sus labios.

—Cyrus debe de tener ya..., ¿qué? ¿Qué edad tiene?

La madre de Cyrus pronunciaba su nombre «Cyrus», en inglés, en vez de «Koroosh», en persa, pero lo pronunciaba a la manera iraní, «Sayirrús», añadiendo media sílaba extra en medio de la palabra y haciendo sonar la erre como si masticara un caramelo blando.

—¿En serio no puedes verle desde ahí? —insistió Lisa, inquieta.

Roya dio un respingo. La habitación empezó a tomar forma a su alrededor: un gran salón con techos altos y ventanales cubiertos con cortinas de color bermellón, una larga mesa de madera oscura. En el salón se había celebrado un elegante banquete. Esparcidos por la mesa había huesos de cordero, cáscaras de melón y copas de vino medio vacías; los restos de un pato asado relleno de pistachos. En una chimenea había unos leños que ardían en silencio y proyectaban las sombras de Roya y Lisa, varias veces más grandes que su tamaño real.

—No funciona así —dijo Roya—. No andamos volando por ahí, lanzando sonrisitas beatíficas desde lo alto de una nube.

Aparecieron dos sillas y ambas se sentaron de cara al fuego. Lisa era plana, bidimensional, y cuando se giró hacia la silla de Roya hubo una fracción de segundo en la que desapareció por completo.

—¿Así que no puedes ver nada de la Tierra? —preguntó Lisa, con una mezcla de impaciencia e incredulidad.

—¿Has oído hablar alguna vez del efecto mariposa? —preguntó Roya.

—Sí, leímos ese relato en clase de la señorita Hoover —dijo Lisa con un afán algo excesivo—. Ray Bradbury.

—Exacto. Cuando uno piensa en viajar al pasado, se da a sí mismo una relevancia exagerada. En plan, «Uf, será mejor que no pise esa flor o mi abuelo no nacerá». Pero en el presente, en cambio, cortamos el césped como si nada, echamos veneno para hormigas y dejamos de ir a todo tipo de celebraciones y fiestas de cumpleaños. Nunca nos paramos a considerar las ramificaciones de esas decisiones —dijo Roya, embalándose en su explicación—. Nadie piensa en el presente como el pasado del futuro.

En la mesa, entre los cubiertos y los platos, habían empezado a brotar briznas de hierba. Crecían a ojos vista, un poco más largas a cada segundo que pasaba. Era una hierba desigual, con un aspecto poco saludable, pero aun así crecía y lo hacía deprisa, hasta que engulló por completo los restos de la comida y los cubiertos.

—Y lo mismo ocurre con el futuro —añadió Roya—. Plantamos un árbol y no podemos dejar de imaginar a nuestros hijos jugando bajo sus ramas algún día, o vamos a una mierda de reunión de trabajo por si a nuestro jefe se le ocurre darnos un ascenso. Las decisiones más triviales se saturan de importancia hasta paralizarnos.

Lisa se la quedó mirando. Esa no había sido su experiencia en la vida: a ella le pasaba de todo, vivía auténticas locuras y encima sucedían de inmediato, como resultado directo de sus acciones. Rozaba lo inquietante. No podía salir a pasear ni visitar el zoo sin provocar algún desmadre.

—No sé —dijo Lisa—. No sé.

—Nos cuesta ver que nuestro yo presente ocupa un lugar en la historia; en cambio sí lo vemos en nuestro yo pasado y nuestro yo futuro —continuó Roya—. Eso es lo único que quería decir.

La mesa cubierta de hierba se había convertido en la cama de Lisa, y el salón en su dormitorio. Al otro lado de la ventana se había desatado una tormenta, y los relámpagos iluminaban de vez en cuando un roble retorcido al otro lado del cristal.

—Vale, eso tiene sentido —dijo Lisa. Roya y ella estaban sentadas una al lado de la otra en la cama. Los pies de Lisa colgaban a un palmo del suelo—. Pero ¿qué tiene que ver eso con Cyrus?

—Bueno —respondió Roya—, pasamos volando por nuestros días. Saltamos de una decisión a la siguiente, sin siquiera darnos cuenta de que estamos tomando decisiones. Tratamos nuestras mentes como si fueran coronas, coronas magníficas para nuestras magníficas autonomías. Pero nuestras mentes no son coronas, sino relojes. Por eso lo invertimos todo en nuestras historias. Las historias son el excremento del tiempo. Ahora no recuerdo quién dijo eso.

—Adélia Prado —dijo Lisa.

—Pues sí, Adélia Prado —respondió Roya—. ¿Cómo lo sabías? —preguntó.

Lisa parpadeó. El silencio flotó entre ellas como una campana.

—Una vez volé —dijo por fin Lisa—. Me iban a poner aparato en los dientes y me colocaron una máscara de gas. De repente estaba volando sobre un campo enorme, lleno de flores y de globos oculares y de manos.

—Qué miedo, ¿no?

Ahora Roya estaba bebiendo una taza de té y cada vez era más grande. Encima de la cama, el vestido de Lisa parecía un pañuelo rojo.

—En realidad no estuvo tan mal —dijo esta—. Creo que la emoción de poder volar eclipsó cualquier miedo que pudiera sentir.

Roya se echó a reír.

—¿Qué pasa? —preguntó Lisa. Roya se la quedó mirando, a la espera. Lisa se encogió aún más, parecía una gota de pintura amarilla sobre una gota roja—. Oh, madre míaaa —dijo Lisa, arrastrando la «a» como si acabara de resolver un problema de matemáticas súper difícil—. Lo siento mucho... Se me había olvidado que...

—No pasa nada —dijo Roya con una carcajada—. Yo tampoco tuve miedo. Estaba volando y en cuestión de un segundo, quedé convertida en polvo.

La cara de Lisa se volvió muy plana, casi borrosa.

—Convertida en polvo —murmuró.

—Convertida en polvo —repitió Roya.

Ambas se quedaron sentadas en silencio durante un rato. Había una luz cálida y azulada, a pesar de la tormenta.

—¿Qué querías ser cuando tenías mi edad? —preguntó Lisa, que ahora era del tamaño de un osito de peluche.

—¿Cuántos años tienes?

—Creo que ocho. Quizás a veces tengo siete.

La lluvia había empezado a entrar a través de la ventana. El cristal se había vuelto blando, pastoso.

—A esa edad tenía la idea de ser florista oceanógrafa.

—¡Juas! ¿Y eso qué es?

Lisa estaba escorada hacia Roya, como un girasol inclinado hacia el sol.

—Teníamos un tío que vendía flores —contó Roya—. Alquilaba un campo donde las cultivaba, y todas las mañanas cortaba varios manojos, los metía en la cesta de su bicicleta y los llevaba a vender al mercado.

Lisa asintió y Roya dio un sorbo de una taza de té plateada.

—Un día, en un libro de la biblioteca de Teherán, vi unas fotos de un arrecife de coral y decidí que sería la primera florista que cortara corales y los dispusiera en hermosos ramos. Decidí tomar la idea de mi tío y mejorarla.

—Ay, qué mona —dijo Lisa—. ¡Pero el coral está vivo!

—Las flores también lo estaban, supuse. Y lo mismo la levadura. En realidad, no entendía lo que eran los corales. Yo solo quería nadar entre ellos y sentirlos entre los dedos.

—Pronto ya no quedarán —dijo Lisa.

—¿Perdón? —preguntó Roya.

—Los corales, digo. Se están muriendo.

Ambas se quedaron calladas.

—¿Cómo podemos abrirnos paso entre toda esta belleza sin destruirla? —preguntó Roya.

Lisa se la quedó mirando. Ahora, cuando Lisa movía la cabeza, sus facciones iban un segundo por detrás del resto de la cara, de modo que sus ojos y su boca se arrastraban por el aire antes de volver a colocarse en su sitio.

—Deja de hacer eso —dijo Lisa.

—¿De hacer qué? —preguntó Roya.

—De intentar encontrarle un significado a todo —añadió Lisa—. De tratar de reducirlo todo a un símbolo, a una tesis. Los corales se están muriendo por culpa de las microperlas de los geles de ducha y por culpa de Monsanto y porque nadie con el poder necesario para hacer algo al respecto tiene motivos para hacer algo al respecto.

Roya se quedó mirando a la niña, que ahora tenía el tamaño de una niña. Piel amarilla, perlas blancas, vestido rojo. El dormitorio se estaba llenando de agua. Un saxofón salió flotando de debajo de la cama y Lisa lo cogió. Empezó a tocar una canción que parecía tratar de la inconmensurable misericordia de los animales, aunque no tenía letra.

Seis

Roya y Arash Shirazi

TEHERÁN, 1973

Durante el último mes, Roya se había despertado varias noches empapada en orina. Tenía diez años, demasiados para seguir mojando la cama. Su hermano mayor, Arash, de casi doce años y con unos hombros cada vez más anchos, siempre se pellizcaba la nariz durante el desayuno, incluso después de que ella se hubiera lavado y cambiado la ropa mojada.

—Uf, Roya —le decía—, hueles a vaca muerta.

—Mal rayo te parta —replicaba ella entre dientes.

Roya había dejado de beber en la cena. Engullía cucharadas de arroz seco y *kotlets* de patata, y fingía dar sorbos al vaso de agua que su madre le ponía delante y que ella misma vaciaba en el fregadero después de cenar. Justo antes de acostarse iba al baño y se quedaba sentada en la taza mucho después de haber terminado, para asegurarse de que había echado hasta la última gota. Tenía la lengua tan seca que le raspaba el paladar. Y, aun así, se despertaba empapada, apestando a orina.

Sus padres hacían poco menos que caso omiso del problema. Su padre, Kamran, se afeitaba en silencio, se cepillaba las botas y salía a trabajar en la red eléctrica de Teherán sin siquiera despedirse. Su madre, Parvin, metía las sábanas y el camisón en el cesto para llevárselo a la lavandería, y miraba a Roya con una mezcla de lástima y frustración.

A los diez años, la vergüenza se cose a tu persona como un monograma que proyecta al mundo aquello que te somete y que domina tu alma. En la escuela, Roya percibía aquel hedor húmedo aunque se hubiera enjabonado y cambiado de ropa. No era tanto que lo llevara encima como que formaba parte de sí misma. Era algo constitucional. Lo llevaba adherido al interior de sus fosas nasales, como una especie de putrefacción. Estaba convencida de que los demás también podían olerlo.

De mayor, Roya se plantearía operarse la nariz —una fantasía que de vez en cuando se convertiría en obsesión—, desolada ante su tamaño arrollador. En una ocasión, un amante, un académico británico, la describió como «helénica»; para Roya fue como si la llamara «narizotas» a la cara. A medida que fue envejeciendo y se le fueron acentuando los rasgos, Roya trató de pensar en su perfil como una especie de nobleza persepolina. Como si llevara una corona en la cara. No siempre lo lograba.

En la escuela, Aghaye Ghorbani pedía a sus alumnos que despejaran la x, y estos lo hacían. Les pedía que elaboraran una lista con sus palabras y expresiones favoritas, y sus compañeros escribían «mahtab», «firuz», «duset daram». El maestro insistía en que las palabras más bonitas terminaban en sonidos vocálicos, pero los ejemplos de sus alumnos no respaldaban su tesis. Roya estudiaba las caras de sus compañeros, tratando de averiguar si percibían su hedor. Tenía la sensación de que cada mirada y cada ceño fruncido iban dirigidos a ella, que eran a causa de ella.

—¿Roya?

Se le había ido el santo al cielo.

—Perdón. ¿Cuál era la pregunta?

Algunos de sus compañeros se rieron.

—¿Tu palabra favorita, *khanoom*?

Le entró el pánico.

—¿*Bini*? —aventuró, pronunciando la palabra persa para «nariz».

Sus compañeros se echaron a reír sin disimulo, pero Agha-ye Ghorbani asintió con la cabeza.

—¡Muy bien! La nariz en sí no es bonita, pero escuchad la palabra: «biniii» —dijo, alargando la última vocal—. Son sonidos hermosos, no hay duda.

Dos chicas sentadas en las filas de enfrente se volvieron hacia Roya, luego se miraron entre ellas y se rieron. Roya se hundió en la silla; su vergüenza era una piedra en el pecho que la aplastaba.

Aquella noche, mientras su familia charlaba a su alrededor, ella apenas probó la cena. Su hermano y su padre comentaban un partido de fútbol en el que habían expulsado a uno de sus jugadores favoritos con una tarjeta roja discutible. Su madre les contó que había usado bicarbonato de sodio para rebajar la acidez de la melaza de granada del *fessenjan* que estaban comiendo.

—O sea que no te pongas tanto azúcar, Roya *jaan* —le dijo a su hija, que asintió como si tomara notas para un futuro libro de cocina. Su madre la quería mucho y le encantaba compartir trucos domésticos con Roya, como si sintiera que le estaba dando ventaja en un futuro exactamente igual que el suyo, lleno de bicarbonato y melaza de granada. Pero Roya, con apenas diez años, ya intuía que no tendría un futuro como el de su madre. No sabía qué tipo de futuro quería, pero cuando trataba de imaginarlo no veía ni mesas de comedor, ni cocinas. Lo que veía, más bien, era un gran espacio abierto, libertad y pasión, y un calor que lo oscurecía todo, como la llama de una vela consumiendo la mecha.

Esa noche, antes de acostarse, pasó tanto rato sentada en el retrete que su padre llamó a la puerta para asegurarse de que estaba bien. Roya no había bebido nada de agua, más allá de unos sorbitos con el desayuno, y sentía como si tuviera la garganta desollada y en carne viva. Cuando se metió en la cama, rogó a Dios que le permitiera despertarse seca y que evitara a sus padres la decepción de otra mañana húmeda.

—¿Puedes controlarte esta noche, por favor? —le preguntó Arash desde su lado de la habitación que compartían—. Ya apesta bastante por aquí...

Roya no respondió nada, sabedora de que cualquier comentario por su parte no haría más que fomentar la crueldad de su hermano. Y consciente también de que este tenía razón: ambos querían lo mismo.

Esa noche, mientras Roya y Arash maldormían en su dormitorio, en la habitación contigua sus padres cuchicheaban de las cosas que cuchichean los padres: Kamran acababa de enterarse de que la compañía eléctrica donde trabajaba iba a cerrar. Había oído hablar de un distribuidor textil que contrataba electricistas en Qom, a dos horas de su casa en Teherán. Parvin le dijo que no pidiera el trabajo, que no quería que viviera tan lejos de la familia, pero ambos eran conscientes de que no había muchas alternativas, ya que la economía no hacía más que empeorar para las familias como la suya. Conocían a personas que ya habían recurrido a crímenes atroces (contra otros y contra sí mismos) para poder llegar a fin de mes. Parvin tenía una prima con la que le habían prohibido hablar debido a sus métodos para pagar el alquiler. Al parecer, no pasaba ni una semana sin que una nueva historia saliera a la luz.

Fuera hacía un frío atípico para Teherán. Los zorros se escabullían en la oscuridad, acechando a las perdices. En los parques, los rodales de árbol de hierro y las zosteras marinas absorbían el potasio del subsuelo de la ciudad. Roya soñaba con flores, enormes flores amarillas y rojas que crecían por todas partes, en las paredes de los edificios y en los ojos de las cabras. La despertó un silbido, como el de un globo desinflándose. Notó una presión a su alrededor, un pliegue en el espacio. No se movió, pero abrió un poco los ojos en la oscuridad. De pie sobre ella, en su cama, estaba Arash. Con los pantalones bajados, su hermano se le estaba meando encima.

Siete

De: Contralmirante William M. Fogarty, Armada de EE. UU.

Para: Comandante en jefe, Mando central de EE. UU.

Asunto: INVESTIGACIÓN FORMAL DE LAS CIRCUNSTANCIAS DEL DERRIBO DE UN AVIÓN COMERCIAL POR PARTE DEL USS VINCENNES (CG 49) EL 3 DE JULIO DE 1988 (U)

(t) El sonido de los misiles al estallar quedó grabado en IADNet.

Martes

Cyrus Shams, Zee Novak y Sad James

UNIVERSIDAD DE KEADY, 7 DE FEBRERO DE 2017

Sentado en el patio del Café Napoli durante el descanso de la sesión de micro abierto, Cyrus recreó para Zee y su amigo Sad James la discusión que había tenido Gabe, la repugnante insolencia de blanquito de su padrino, y cómo aquella experiencia le había dado una nueva idea para un proyecto de escritura —quizás incluso un libro— sobre el martirio.

—En plan..., ¿un poemario entero solo sobre gente que murió? —preguntó Sad James mientras se sacaba una bolsita roja de tabaco Bugler del bolsillo trasero.

—Como en la canción de Jim Carroll —añadió Zee.

—Todavía no estoy seguro —dijo Cyrus—. Es lo que estoy intentando averiguar. Estoy escribiendo, el texto va tomando forma a medida que avanzo. No sé ni si serán solo poemas.

El campus de Keady tenía dos cafeterías. Una de ellas, Bluebarn, ofrecía café de origen único, camareros con certificados enmarcados que anunciaban su formación en la «Espresso Academy» y elegante mobiliario *mid-century*. Cada vez que Cyrus iba allí, los camareros se mostraban tan amables que casi lo incomodaban con su carácter stepfordiano. Cyrus se había sentido tentado de pedir su café con un chorrito de misantropía, por favor. O cuando menos de hosca ambivalencia. Su entusiasmo le resultaba ofensivo, insoportable.

La otra cafetería (que se llamaba «Napoli» a pesar de ser propiedad de una pareja turco-palestina) tenía café en grano comprado al por mayor, una sola cafetera oxidada y poco fiable, y unas mesas y sillas incomodísimas, sacadas de algún departamento del campus que ya no las necesitaba. Ambos locales estaban en la misma manzana, pero, aunque el Napoli ni siquiera era mucho más barato que Bluebarn, por algún oblicuo sentido de lealtad cultural o antipatía de clase se había convertido en el punto de reunión preferido de los jóvenes contraculturales de la zona. Estaba lleno de fanzines punk con títulos como *Rat!* o *SPUNK GXRLS* tirados por las sillas, y era el lugar donde la sección universitaria de los Democratic Socialists of America organizaba sus reuniones, que se prolongaban hasta altas horas de la noche, mientras aquellos marxistas adolescentes de barbas desaliñadas se reían a carcajadas rodeados de tazas de café con leche.

El micro abierto de los martes por la noche del Napoli se había convertido en uno de los pilares de la amistad entre Cyrus y Zee. Era un evento sin pretensiones, sin nada que lo distinguiera de la miríada de eventos similares que se celebraban en otros lugares del país, excepto que aquel era su micro abierto, su comunidad orgánica de bichos raros, viejos hippies que cantaban Pete Seeger, jóvenes trans que rapeaban sobre la liberación, y apasionadas actuaciones de enfermeras y adolescentes, profesores y cocineros. Como en el micro abierto de cualquier campus, de vez en cuando aparecía algún ganso de una fraternidad para venirse arriba con unas cuantas versiones de rap acústico y desahogarse relatando en público todas sus rupturas sentimentales. Pero incluso esos tipos eran bienvenidos en un lugar donde todos se sentían básicamente a salvo, un pequeño oasis de comunidad en el desierto relativo de aquella ciudad universitaria en medio de Indiana. Aquellas sesiones eran una forma sana de pasar el rato sin emborracharse ni drogarse.

Sobra decir que el Napoli no tenía su propio equipo de sonido, por lo que Zee solía presentarse quince minutos antes con su mesa de mezclas y sus altavoces destartalados Yamaha, y lo preparaba todo para Sad James, que era siempre el presentador. Lo llamaban Sad James para distinguirlo de DJ James, un tipo que todas las noches recorría los bares del campus. Y aunque DJ James no era un artista particularmente interesante, sí era lo bastante conocido en la comunidad universitaria como para justificar el prefijo nominativo de Sad James, que había empezado como una broma pero que al final había cuajado, y al que Sad James se había terminado acostumbrando con actitud bonachona; de hecho, de vez en cuando incluso usaba el apodo para alguna pequeña actuación. Sad James era un tipo blanco, tranquilo, con barba de dos días y una larga cabellera rubia que le enmarcaba el rostro, y ponía una música electrónica de una solemnidad exagerada en la que intercalaba pitidos de sus aparatos tuneados. Pasado un tiempo en Keady, se había convertido en uno de los amigos más leales y duraderos de Zee y Cyrus.

Esa noche, Cyrus había empezado leyendo un poema, una antigua pieza experimental de una serie para la que había asignado palabras a cada dígito del 0 al 9 y luego había usado un documento de Excel para generar una letra a partir de esas palabras, según los dígitos iban apareciendo en la sucesión de Fibonacci: «labios sudor dientes labios ábrete dientes labios gotea sudor profundo profundo sudor piel», etcétera. Era malo, pero le encantaba leer aquellas palabras en voz alta, recrearse en los ritmos, las repeticiones y los pequeños *riffs* extraños que iban surgiendo. Sad James puso una canción antigua en la que los versos «burning with the human stain | she dries up, dust in the rain» se repetían varias veces, modulándose sobre los pitidos líquidos de una vieja Game Boy con los circuitos modificados. Zee —que en su tiempo libre tocaba la batería e idolatraba a partes iguales a J Dilla, John Bonham,

Max Roach y Zach Hill— no había llevado nada propio para tocar esa noche, pero sí tenía un pequeño bongo con el que, si el intérprete lo deseaba, podía acompañar cualquier actuación acústica.

—Yo me lo imagino como una serie de poemas diferentes con las voces de todos esos mártires históricos con los que estás obsesionado —dijo Zee. Estaban en el patio y Cyrus acababa de hablarles de su nuevo proyecto—. Cyrus ha empapelado el apartamento con caras enormes, terroríficas, impresas en blanco y negro —añadió entonces Zee, dirigiéndose a Sad James—. Bobby Sands en la cocina, Juana de Arco en el pasillo...

Sad James abrió mucho los ojos.

—Me gusta tenerlos presentes —dijo Cyrus, hundiéndose en la silla. No añadió que había estado leyendo sobre sus mártires místicos en la biblioteca y que había colgado un enorme póster pixelado con sus rostros impresos en escala de grises encima de su cama, medio creyendo que, de algún modo, sus sabidurías vitales se le pegarían mientras soñaba, como esas cintas que aseguraban que podías aprender español mientras dormías. Entre las imágenes del Hombre Tanque, Bobby Sands y Falconetti interpretando a Juana de Arco, Cyrus tenía una foto de boda de sus padres. Su madre, sentada con un vestido blanco de manga larga, miraba a cámara con una sonrisa tensa, mientras su padre, que llevaba un esmoquin gris superhortera, sonreía a su lado, cogiéndola de la mano. A sus espaldas, un grupo de invitados sostenían una ornamentada sábana blanca por encima de sus cabezas. Era la única foto que tenía de su madre. Junto a esta, su padre tenía un aspecto rutilante, tanto que parecía que irradiara luz.

—Podrías escribir un poema en el que Juana de Arco dijera: «Vaya, cómo quema este fuego», o algo así —continuó Zee—. Y luego otro en el que Hussain diga: «Vaya, qué burro fui no arrodillándome», ¿entiendes?

Cyrus se rio.

—¡Lo he intentado! Pero al final queda muy cursi. ¿Qué voy a decir que no se haya dicho ya sobre el martirio de Hussain o Juana de Arco o quien sea? ¿O que valga la pena decir?

Sad James preguntó quién era Hussain, y Zee le explicó en pocas palabras lo del juicio en el desierto, cómo Hussain se había negado a arrodillarse y cómo lo habían matado por eso.

—¿Sabías que se supone que la cabeza de Hussain sigue enterrada en El Cairo? —dijo Zee con una sonrisa—. Un momento, El Cairo... ¿en qué país estaba?

Cyrus puso los ojos en blanco y se volvió hacia su amigo, que —como a Cyrus le gustaba recordarle cada vez que este se flipaba con todo ese rollo de «la mayor civilización antigua del mundo»— solo era medio egipcio.

—Joder... —dijo Sad James—. Yo me habría arrodillado y habría cruzado los dedos en la espalda. ¿A quién pretendía impresionar? Y más tarde lo retiraría, diría que me había tropezado y me había caído de rodillas, o algo así.

Los tres amigos se echaron a reír. Justine, una asidua de aquellas sesiones cuya imitación de Bob Dylan con abrigo de pana y armónica de la época de *Blonde on Blonde* era un clásico del micro abierto del Napoli, salió y le pidió un cigarrillo a Zee. Este le dio un American Spirit Yellow, y Justine se lo encendió mientras doblaba la esquina, hablando ya con alguien por el móvil.

En momentos como ese, a veces a Cyrus le entraban ganas de pedirle también uno. Antes de estar sobrio fumaba un paquete y medio al día, y había seguido con el tabaco incluso después de renunciar a todo lo demás. «Deja las cosas en el orden en que te están matando», le había dicho Gabe tiempo atrás. Cuando ya llevaba un año sin beber se centró en los cigarrillos y logró dejarlos por completo reduciendo el consumo de forma paulatina: de un paquete y medio al día pasó a uno, luego a medio, luego a cinco cigarrillos, y así hasta que solo fumaba un cigarrillo cada varios días y, por fin, ninguno. Seguramente podía permitirse fumar algún cigarrillo de vez en cuando, pero en su mente se reservaba aquella transgresión para una ocasión trascendental: sus últimos momentos tumbado sobre la hierba, muriendo por una herida de bala, o saliendo a cámara lenta de un edificio en llamas.

—¿En qué estás pensando entonces? —preguntó Zee—. ¿Una novela? O, en plan..., ¿una guía de campo poética sobre mártires?

—La verdad es que todavía no estoy seguro. Pero toda mi vida he pensado en mi madre en ese avión y en el sinsentido de su muerte. Es un sinsentido, literalmente: no tiene sentido. La diferencia entre 290 muertos y 289 es estadística. Ni siquiera es trágica, ¿me explico? Entonces ¿fue una mártir? Tiene que haber una acepción de la palabra que pueda encajar con ella. Eso es lo que busco.

Sad James y Zee asintieron con la cabeza. Ambos conocían a Cyrus lo bastante bien como para que su franqueza no los incomodara. Cyrus, en cambio, quedó muy sorprendido por las palabras que acababa de pronunciar, por cómo daban forma a algo amorfo que hacía tiempo que llevaba en su interior. Era como si el lenguaje que flotaba en el aire aquella noche fuera un molde donde estuviera vertiendo su curiosidad. Harina espolvoreada sobre un espectro.

—Su muerte es trágica a nivel humano —repuso Sad James—. Esa diferencia estadística fue trágica para ti, para tu padre, para vuestras familias...

—No, eso sí, pero ese nivel de tragedia no resultó legible para Estados Unidos ni para Irán. No es legible para el imperio. Cuando digo que no tuvo sentido quiero decir que no lo tuvo a nivel del imperio. Lo mismo que mi tío. Ni siquiera está muerto, pero la guerra entre Irán e Irak lo dejó tan hecho mierda que ya ni siquiera sale de casa. Cree que todavía ve espíritus, soldados y todos esos rollos. Y no se alistó en el ejército iraní para poder ir gratis a la universidad, o para conseguir un seguro médico, o por lo que sea que lo haga la gente de aquí. En Irán no hay elección: si eres un hombre, te reclutan. Si yo volviera a Irán, no podría salir del país hasta haber hecho el servicio militar.

En el aire, el tabaco se mezclaba con el olor a comida china del local de enfrente y con el tufo a cerveza derramada del bar de al lado. En el vacío entre las dos siluetas urbanas en miniatura —ambas formadas por bloques de pisos, edificios universitarios, bancos y viviendas estudiantiles— flotaban un puñado de estrellas como migajas de Cheerios en un tazón de leche negra.

—La persona que mi tío podría haber sido murió en la guerra y sin motivo alguno —prosiguió Cyrus, cada vez más atropellado—. Que a él en concreto se le fuera la olla no hizo perder ni ganar la guerra. No tuvo ningún sentido. Y eso es lo que me jode. Mi padre me acompañó a la universidad y se murió apenas un año después. Y que conste que todo esto no lo digo en plan «pobrecito de mí», ni siquiera «pobrecitos de nosotros». Pero es que ninguna de esas muertes significó nada. No creo que sea una locura querer que la mía sí signifique algo. O estudiar a personas cuyas muertes importaron, ¿no? Gente que por lo menos intentó que sus muertes tuvieran alguna trascendencia.

—No es ninguna locura —dijo Zee—. Yo te entiendo. O sea, no lo entiendo, no he vivido lo mismo que tú, pero entiendo que quieras escribir sobre esto.

Hubo un momento de silencio.

—¿Tú crees que todo esto lo pondrás en el libro? —preguntó Sad James—. ¿Lo de tu madre, tu padre, tu tío...? ¿O lo tratarás más bien como material previo? ¿Como parte de la investigación?

—Buena pregunta —dijo Cyrus, encogiéndose de hombros—. Lo único que sé es que todo esto me fascina. Por ejemplo: en Irán hay escuelas exclusivas para los hijos de los hombres que mueren en la guerra, a los que llaman «mártires». Y esas escuelas de mártires son las buenas, las escuelas de postín, todo el mundo quiere que sus hijos entren en ellas. Los niños con padres sanos tienen celos de los huérfanos, porque los hijos de los mártires entran en la universidad de forma automática y reciben todo tipo de tratos de favor. He oído que hay hijos de mártires que intentan ocultarlo, como si les diera vergüenza tener todos esos privilegios. Como los niños con fondos de inversión, solo que en vez de pasta estos tienen un padre muerto. Es de locos.

Sad James sacudió la cabeza con incredulidad, asimilando la información. Zee se estaba encendiendo un cigarrillo. Había empezado a fumar muy pronto y con gran afectación, el típico fumador adolescente que sacude el cigarrillo aun cuando no hay ceniza y que da caladas largas y teatrales. Aunque con los años le había ido pillando el tranquillo, seguía fumando con un aire extravagante, como cuando Elizabeth Taylor fumaba en la pantalla. Y sus cigarrillos American Spirit de combustión lenta acentuaban ese efecto.

—Me recuerda a esa exposición de arte que hay en Nueva York. En el MoMA, creo —dijo Sad James—. Una artista que se muere en directo, en el museo, o algo así... ¿Os suena?

—¿Se está muriendo en el museo? —preguntó Zee.

—Sí, vi algo en Twitter. Seguramente también lo habéis visto...

Cyrus y Zee se miraron y se encogieron de hombros. A Cyrus, el tren de las redes sociales le había pasado completamente de largo, lo cual ahora le suponía un pequeño motivo de orgullo, aunque sus amigos seguían poniéndole al día de los escándalos cotidianos, los memes absurdos y los famosos que se lanzaban lindezas pasivo-agresivas. Sad James se sacó el teléfono y se enfrascó en él durante unos segundos. El cigarrillo le ardía de forma irregular entre los dedos índice y corazón de la mano derecha.

—Ah, ya lo he encontrado. Es en el Brooklyn Museum, no en el MoMA.

Le pasó el teléfono a Cyrus, y Zee se inclinó sobre la silla de este. En la pantalla había un tuit de la inauguración, con 2.200 me gusta y 465 retuits. En la parte izquierda del folleto aparecía la cara de una mujer, una expresión tocada por la aspereza cósmica tan habitual en los moribundos. Por la foto no parecía que fuera muy mayor, tendría unos cincuenta (aunque cuando alguien estaba muy enfermo costaba saberlo con certeza), y su cabeza calva enfatizaba la tirantez de su piel cetrina sobre el cráneo. Incluso en la diminuta foto del móvil, sus ojos parecían dos pozos profundos y secos; casi podías oír el eco. En la parte derecha del folleto, en letras gigantes, ponía «Death-Speak», una curiosa construcción que podía leerse como una orden, «Habla, muerte», o como un sustantivo modificado: «Conversación sobre la muerte». Debajo, ponía:

La renombrada artista visual Orkideh presenta su última instalación, DEATH-SPEAK. Se invita a los visitantes a hablar con la artista durante las últimas semanas y días de su vida, que tendrán lugar *in situ* en el museo. No es necesario concertar cita. Inauguración el 2 de enero.

—Joder —dijo Cyrus, pasándole el teléfono a Zee.

—Parece justo lo que estás diciendo tú, ¿no, Cyrus? —preguntó Sad James.

—Sí, creo que sí. Joder. O sea, no sé. Creo que incluso es iraní.

—¿Qué? —dijo Zee, leyendo el teléfono y poniéndose al día con la conversación—. Espera, ¿cómo lo sabes?

Cuando era niño, una vez al año, su padre Alí lo llevaba en coche a Chicago e iban a comer a un restaurante persa llamado Ali's Sofreh. («¿A que no sabías que tengo un restaurante?», bromeaba Alí Shams con su hijo.) Hasta donde sabían, era el único restaurante persa en un radio razonable de Fort Wayne. Aquellos viajes suponían un dispendio tremendo para Alí Shams, que consideraba una extravagancia incluso la comida rápida. Para Cyrus eran motivo de una increíble expectación: pasaba días fantaseando con lo que leería durante el trayecto, con lo que pediría en el restaurante... Incluso años después de la muerte de su padre, en una reacción de claros tintes pavlovianos, le bastaba con pensar en cualquier cosa relacionada con Chicago (la Torre Sears, el Navy Pier, Scottie Pippen) para que le diera hambre.

Una vez, durante un viaje a Alí's Sofreh cuando Cyrus tenía ocho años, Alí empezó a señalar discretamente a cada camarero y cada trabajador del restaurante.

—Persa —le susurró a Cyrus refiriéndose a una mujer que rellenaba los vasos de agua—. Árabe —dijo haciendo un gesto hacia un chico de pelo desaliñado que limpiaba una mesa sucia—. Persa —dijo mirando un hombre calvo que estaba sentado en una mesa, rodeado de papeles y una calculadora—. Blanca —dijo de una mujer de pelo rizado que hablaba por teléfono detrás de la barra.

Cyrus no entendía cómo su padre podía saber todo eso. A él le parecía que todas las personas que Alí había señalado se parecían a él: morenas y con el pelo negro.

—Yo creía que aquí todos eran como nosotros —le dijo a su padre.

—Pues claro, ¡eso es lo que quieren! —explicó Alí—. Quieren que creas que aquí todo el mundo es iraní, así el restaurante parece más auténtico.

La camarera pasó por la mesa para ver si necesitaban algo y Alí le pidió la cuenta. Cuando esta se fue, miró a su hijo.

—¿Tú qué crees? —le preguntó.

Cyrus se lo pensó un momento.

—¿Árabe?

Su padre negó con la cabeza y se echó a reír. La camarera volvió con la cuenta y Alí la estudió un momento antes de darle una tarjeta.

—Persa —le susurró a su hijo.

Cyrus se quedó perplejo.

—¡¿Cómo lo sabes?! —preguntó, incrédulo.

Alí esbozó una sonrisa.

—Es fácil —dijo—. Los persas somos más feos.

En boca de cualquier otra persona, aquel podría haber parecido un comentario autocrítico, incluso cruel. De hecho, durante un segundo Cyrus se preguntó si Alí no se habría expresado mal en inglés, si no habría querido decir justo lo contrario: que todos los demás eran más feos que los iraníes. Pero la sonrisa de su padre sugería que sabía perfectamente lo que había dicho. El rostro de Alí delataba una especie de orgullo ante el hecho de que los iraníes fueran más feos, una satisfacción que Cyrus tardó años en desentrañar.

En la terraza de la cafetería, estudiando la foto de aquella artista moribunda en el teléfono de su amigo, Cyrus vio con claridad lo que su padre había visto en su día, aquello a lo que Alí se había referido como «fealdad», sin asomo de desprecio. La artista en cuestión, Orkideh, sin duda había sido guapa, e incluso seguía siéndolo; tenía unos pómulos altos y unos ojos grandes, sin duda llamativos. Pero la fealdad, la fealdad iraní a la que se había referido Alí, era algo que uno se ganaba a pulso. Alí, el padre de Cyrus, que escuchaba casi exclusivamente a los Rolling Stones incluso antes de mudarse a Estados Unidos y que consideraba a los Beatles «un grupo para niñas»; que tenía tan solo tres pares de pantalones: dos para el trabajo y uno para la casa. El padre de Cyrus, con aquellos brazos siempre marcados por cicatrices de granja, viejas y nuevas, la carne desollada por el terror absurdo de las aves. El padre de Cyrus: apuesto, feo, muerto.

Cyrus había tardado una década, si no más, en comprender de verdad lo que Alí había querido decir con «feo». La dureza de una sonrisa, la flacidez de las bolsas bajo los ojos. Aunque allí, en el rostro de aquella artista moribunda, la fealdad era evidente en todas partes.

Pero en lugar de intentar explicar todo eso a sus amigos, Cyrus se limitó a decir:

—Estoy bastante seguro de que «orkideh» significa «orquídea» en farsi.

—¡Oh! —exclamó Zee.

—¿En serio? —dijo Sad James—. Deberías escribirle y hablarle de tu proyecto. Me pregunto si habrá alguna forma de mandarle un correo electrónico...

Buscó algo en el móvil durante un momento. A sus espaldas, Justine abrió y cerró la puerta del Napoli, y una balada acústica pregrabada inundó el patio.

—¡Pues tenías razón! —dijo Sad James, señalando la pantalla del teléfono—. Aquí pone que creció en Irán pero se marchó «en algún momento después de la revolución». Se ve que le han diagnosticado un cáncer terminal y se niega a recibir radiación. Vive, duerme y come en el museo, y no acepta ningún tipo de tratamiento ni de fármacos, más que para el dolor. Según lo que pone aquí, hablará con los visitantes del museo durante cuatro horas al día hasta que no pueda más.

—La verdad, yo creo que tendrías que ir a la exposición y conocerla —dijo Zee.

Cyrus resopló. La idea de cruzar el país en avión como quien va en coche al súper le parecía un lujo reservado a Richard Branson o Bill Gates.

—Sí, claro, iré a Nueva York a ver una exposición de arte. Luego iré a Madrid a ver una corrida de toros. Y luego iré a Oriente a comerciar con especias.

Sad James se rio, pero Zee insistió.

—En serio, Cyrus, ¿por qué no? Estás empezando tu gran

proyecto sobre el «martirio alternativo», o como quieras llamarlo, ¿y de pronto resulta que hay una mujer iraní moribunda que dice «ven a hablar conmigo sobre la muerte»? Yo no creo en nubes que se parten ni en zarzas ardientes, pero si alguna vez me ha parecido que algo era una señal es ahora.

Cyrus negó con la cabeza:

—¿En serio crees que no tengo otra cosa que hacer que coger un avión así, sin más, e ir a Nueva York por capricho? —dijo—. ¿En qué mundo vives?

—A ver... —dijo Sad James, ladeando la cabeza.

Zee se inclinó sobre la mesa.

—Tío, aquí solo estás viendo la vida pasar —le dijo—. Llevas años así. Tienes ese trabajo raro donde finges que te mueres, o lo que sea, y ni siquiera es a tiempo completo. Te graduaste hace años, no tienes pareja y andas siempre deprimido y sin escribir, compadeciéndote de ti mismo. A mí me parece que no tienes mucho que hacer, la verdad.

—Por Dios —dijo Cyrus.

—A mí tampoco —intervino Sad James, y para suavizar las palabras de Zee, añadió—: Te veo bastante abierto a las vicisitudes del destino.

—Quieres ser escritor, ¿no? —continuó Zee—. Pues eso es lo que hacen los escritores, seguirle la pista a una historia. Es un punto de inflexión. Puedes seguir siendo ese abstemio tristón que no sale de Indiana mientras habla de ser escritor, o puedes pasar a la acción y serlo.

Cyrus se quedó mirando a Zee, que de pronto tenía una expresión fría, dura. La piel oscura de su compañero de piso parecía más tirante, casi trémula sobre la carne dura que había debajo. Cyrus no podía negar que llevaba mucho tiempo a verlas venir, que se acercaba a los treinta y no había hecho nada digno de mención, más allá de dejar de beber y de sacarse, a base de trampas y manipulaciones, una licenciatura en Filología que no servía para nada.

—La verdad es que aún tengo la compensación de mi madre... —dijo Cyrus por fin.

Se refería al dinero que Estados Unidos había entregado a su padre por la muerte de su madre como «compensación». Aunque Estados Unidos nunca había asumido la responsabilidad por haber derribado su avión, en 1996 había enviado un cheque a las familias de las víctimas: 300 000 dólares por cada hombre asalariado y 150 000 dólares por las mujeres y los niños (la mayoría de los fallecidos). El padre de Cyrus no había tocado el dinero y lo había ingresado en una cuenta que tenía previsto regalarle a Cyrus cuando se graduara de la universidad. Cyrus había usado parte del dinero para liquidar su deuda universitaria y otra parte para cubrir la deuda acumulada de varias tarjetas de crédito. Pero en un momento dado le había parecido de mal gusto gastar el dinero que le quedaba para algo tan banal como vivir. Usar aquel dinero manchado de sangre, ni aunque fuera para hacer cosas buenas, le hacía sentirse mal. No podía evitarlo. Y, sin embargo, la idea de visitar a aquella artista lo atraía. Al oír la palabra «recompensa», Sad James y Zee se estremecieron un poco.

—Bueno, supongo que podría ir un fin de semana. Entra dentro de lo posible. Aunque no tengo ni idea de qué le diría...

—Pregúntale por qué hace lo que hace —sugirió Zee—. Me da la sensación de que es justo de lo que estás hablando tú, como si quisiera que su muerte significara algo.

—A ver, también existe la posibilidad de que tenga un huevo de deudas médicas —añadió Sad James—. Un último bolo para que su familia no herede chorrocientos millones de dólares en facturas médicas.

—Dios, es jodidísimo que esa pueda ser la verdadera razón —dijo Cyrus.

Sad James asintió en silencio y luego sacudió la cabeza. Zee apagó el cigarrillo de forma dramática y dijo:

—Oye, si al final vas a Nueva York, iré contigo. Podemos alojarnos en algún hotelucho y compartir los gastos. Le pediré a alguien que me cubra en el trabajo durante un fin de semana. De hecho, podríamos ir este fin de semana mismo. ¿Por qué esperar? Estaría de puta madre poder dar un voltio por la ciudad mientras tú trabajas en tu libro...

—Joder, tíos. Yo os acompañaré en espíritu —dijo Sad James. Trabajaba en una gran empresa sin escrúpulos que solo le dejaba libres los fines de semana a regañadientes—. Pero sí, creo que tenéis que ir.

Dentro, los asistentes al micro abierto habían empezado a ponerse nerviosos y miraban por la ventana del Napoli hacia la mesa donde estaban los tres amigos, preguntándose cuándo terminarían de fumar y volverían a entrar para reanudar la velada. Cyrus tenía por costumbre no gastar mucho; de hecho, tenía por costumbre no gastar, punto. Lo que se sacaba trabajando en el hospital sumado a lo que ganaba atendiendo el teléfono del Café Jade algunas noches a la semana apenas le daba para comer y pagar el alquiler. Pero aquella artista, y lo que estaba haciendo, le parecía algo extraordinario, una oportunidad. Algo inquietante, incluso.

Cuando aún era un adicto, Cyrus solo lograba abandonar su espeso estupor paralizante si experimentaba un terror y una desolación que lo pusieran contra las cuerdas, o un éxtasis físico, de euforia, que lo elevara y lo hiciera abandonar su cuerpo de forma casi literal. Ahora que estaba sobrio, por absurdo que fuera, a veces seguía esperando eso del universo: una sacudida de éxtasis personificado, un ángel precipitándose desde el cielo para infundirle lucidez a garrotazos. Cyrus había empezado a darse cuenta de que en realidad el mundo no funcionaba así, que a veces las epifanías eran tan sutiles como un amigo enseñándote algo que había visto en Twitter.

—¿Este fin de semana? —preguntó Cyrus, dubitativo.

—Se está muriendo, Cyrus —repuso Zee—. No creo que puedas esperar.

Cyrus se mordió el labio inferior.

—A la mierda, creo que voy a hacerlo —dijo, con súbita emoción.

Ocho

Zee Novak

UNIVERSIDAD DE KEADY, ABRIL DE 2014

Principios de primavera, ese fue el momento en el que pensé por primera vez que a lo mejor lo amaba. Una época del año en la que, en Indiana, el sol salía cada tarde para derretir la nieve de la noche anterior; brotes curiosos asomaban a través de la tierra, atraídos por aquel calor tan sospechoso, pero la noche los reprendía con sus repentinas heladas. Yo trabajaba de camarero en el Green Nile y de vez en cuando les pasaba algo de hierba a mis amigos. Cyrus seguía encargándose del teléfono del Café Jade y pasaba el rato en la biblioteca o en Lucky's Bar.

Llevábamos un año viviendo juntos, desde poco después de graduarnos —yo un semestre antes, aunque Cyrus había empezado la carrera antes que yo—, y nos dedicábamos a salir con cualquiera que se nos pusiera por delante y a beber un montón. Faltaba aún un año para que Cyrus dejara el alcohol, para que conociera a Gabe en Alcohólicos Anónimos, y para que yo me solidarizara con él como por osmosis y dejara también de beber para facilitarle las cosas. Facilitarle las cosas a Cyrus había empezado a consumir gran parte de mi energía, aunque no me di cuenta hasta mucho más tarde.

Una vez a la semana, Cyrus y yo íbamos a casa de un tal Jude, junto a la autopista. Cyrus había encontrado un anuncio en Craigslist en el que Jude decía que necesitaba a alguien que lo ayudara a arreglar el patio de su casa, y que podía ofrecer producto fresco a cambio. Intrigados —sobre todo ante la posibilidad de que «producto fresco» pudiera ser un eufemismo de algo más emocionante—, nos pusimos en contacto con él. Resultó que «producto fresco» significaba ni más ni menos que eso: producto fresco. Así pues, todos los sábados nos colocábamos un poco e íbamos a casa de Jude, en teoría para trabajar en el patio, aunque lo que sucedía a la hora de la verdad era que Jude se sentaba en calzoncillos en una silla de jardín medio rota y se dedicaba a beber cerveza y a mirarnos mientras nosotros fingíamos trabajar en el patio.

Nunca se tocó, ni tampoco nos tocó a nosotros. Se quedaba allí tirado, con sus chanclas y sus calzoncillos blancos, mirándonos. El trabajo era lo de menos. En cuanto terminábamos de cortar el césped y de podar los setos, nos hacía arrancar clavos de un montón de tablas viejas, o cavar y rellenar hoyos en el jardín. Lo que le daba morbo era vernos trabajar. La verdad es que no entendíamos de qué rollo iba. A cambio, después de nuestra hora de trabajo semanal, nos llevaba hasta su cocina, donde tenía estantes y más estantes repletos de comida (arroz, habas, melocotones en almíbar, piezas de fruta, la mayoría magulladas o pasadas), y nos dejaba llenar unas cuantas bolsas de la compra.

En una de las contadas ocasiones en que nos dijo algo, más allá de qué troncos teníamos que mover o qué tablones quería que pintásemos, nos contó que era distribuidor mayorista de comestibles para varios supermercados de la zona, y que a veces se las arreglaba para llevarse «movidas de estas». Cyrus bautizó nuestras visitas de cada sábado a casa de Jude como «ir de compras».

—Es como ser voluntario de una cooperativa —dijo una vez, de camino a casa de Jude.

—Solo que más sexy —añadí yo.

—¡Ya te digo! —exclamó Cyrus—. Ya ves, tío. Oye, ¿somos trabajadores sexuales? ¿Esto es un trabajo sexual? ¿Estamos vendiendo nuestros cuerpos?

—Angela Davis diría que todos vendemos nuestros cuerpos —respondí yo con una sonrisa—. Que la única diferencia entre un minero del carbón y una prostituta son nuestros valores retrógrados y puritanos en torno al sexo. Eso y la misoginia.

Cyrus puso los ojos en blanco y preguntó:

—¿Y qué diría Zee Novak?

Me reí.

—Zee Novak dice que la comida gratis es comida gratis.

Así que todos los sábados íbamos a casa de Jude y trabajábamos bajo su mirada asquerosilla pero poco amenazante. Era un tipo enclenque, no mucho mayor que nosotros pero ya medio calvo, el pelo rubio y ralo sobre una mueca perpetua de dolor; uno de esos hombres cabizbajos que, después de que el mundo los haya ignorado toda la vida, parecen haberse resignado y ya ni siquiera protestan. Todo él era tendón y piel blanca: aquella hora que dedicaba a vernos trabajar al sol era seguramente el único momento de la semana que pasaba al aire libre.

Ese sábado llegamos un poco más tarde de lo habitual. Cyrus había intercambiado algunas de sus recetas médicas por un parche de fentanilo, y había pasado la tarde anterior disolviéndolo en alcohol y después dejando que este se evaporara sobre un viejo tablero de ajedrez de cristal, como un químico.

—¡Sesenta y cuatro dosis! —dijo sonriendo y levantó el tablero de ajedrez, donde su tintura estaba ya a punto de secarse. Para Cyrus, el hecho de que «se le dieran bien las drogas» era motivo de orgullo. A mí me dejaban bastante indiferente; mi madre siempre andaba hasta las cejas de alguna mezcla de medicación real y aceite de serpiente ayurvédico, benzos y remedios tradicionales egipcios basados en el Libro de Thoth.

—¿Sabías que eran capaces de diagnosticar y tratar la diabetes? —decía, refiriéndose a nuestros antiguos antepasados egipcios.

«Nosotros también podemos», pensaba yo, aunque no lo decía.

Pero el entusiasmo de Cyrus era contagioso, así que lamimos dos recuadros de fentanilo del tablero de ajedrez y salimos hacia la casa de Jude. Empecé sintiendo como que flotaba, como si planeara a un palmo por encima del asiento del copiloto del coche de Cyrus, que a su vez flotaba a un palmo del asfalto. Y luego fue como si el viento nos levantara, como si el viento se llevara una hoja, como si el viento pronunciara su propio nombre, tan misterioso y liviano.

La casa de Jude era un pulcro rancho junto a la autopista. Nos abrió la puerta antes de que tuviéramos tiempo de llamar y, como siempre, no llevaba puestos más que unos calzoncillos ajustados —con un tono amarillo mantequilla en la parte de la entrepierna y de la cintura— que le colgaban sobre la ingle tal como su piel paliducha y cubierta de manchas colgaba sobre los propios calzoncillos. Nos guio a través de su casa —donde dos perros de pelaje rubio dormían uno encima del otro en una perrera metálica instalada en la sala— hasta el patio trasero. Había carrillones de viento colgados delante de cada ventana de la casa, pero por dentro, a modo de rudimentarias alarmas antirrobo. Algunas ventanas tenían varios, e incluso había unas campanillas colgando de las aspas del ventilador de techo del salón.

—¿Cómo se llaman los perros? —le pregunté a Jude, en un intento de entablar conversación.

—El grande es Noah. Y el que siempre anda haciendo ruido es Shiloh.

Parecían hermanos. A simple vista habría dicho que tenían el mismo tamaño y ninguno de los dos hacía ruido. Cyrus me dirigió una breve sonrisa burlona.

En el patio había una enorme pila de troncos y un hacha tan grande que parecía de dibujos animados, apoyada en un tocón también enorme.

—He invitado a unos amigos esta noche y vamos a hacer una hoguera —explicó Jude—. Necesito que cortéis esos troncos para hacer leña. —Tenía unos pezones tan rosados que eran casi invisibles, casi tan pálidos como su piel—. Deprisa.

Sin decir nada más, arrastró la silla de jardín a la sombra del toldo del patio, se puso unos auriculares y se dispuso a observarnos.

El aire era denso y yo ya estaba sudando por el fentanilo. Sentí una leve brisa sobre los brazos húmedos y los noté aún más fríos, como cuando estás mascando chicle de menta y bebes agua, y de pronto esta parece más fría. Cyrus se quedó mirando los troncos, luego me miró a mí y preguntó:

—¿Tú has cortado madera alguna vez?

Nos reímos.

—¿Tú qué crees? —le dije.

Cyrus se encogió de hombros.

—Gente más tonta que nosotros lo hace todo el tiempo —dijo, empuñando el hacha.

—No creo que la variable que determina el éxito de esta actividad sea la inteligencia —dije yo. Cyrus era alto, pero aquella hacha era tan gigante que lo hacía parecer esmirriado.

—Aguanta esto, anda —dijo. Entonces colocó un tronco triangular en equilibrio sobre el tocón y lo sujetó con un dedo sobre el extremo, como si fuera un balón de fútbol americano.

—¿Perdón? —dije yo—. ¿Quieres que lo aguante con un dedo? ¿Un dedo de esta mano tan adorable, que aún tengo unida a este brazo también adorable? ¿Como Lucy, de los Peanuts? ¿Mientras tú le pegas un hachazo?

Cyrus hizo una pausa.

—Joder, ¡a ver si resultará que sí somos demasiado tontos para esto! —dijo con una carcajada.

—O demasiado altos —añadí yo.

Jude nos observaba desde su silla, inmóvil. Había sacado, no sé de dónde, una lata de Coors Light fría, y la había dejado a sus pies, aún sin abrir.

Cogí el hacha de las manos de Cyrus y coloqué el tronco sobre el tocón. Esta parecía deliciosamente elemental, como si todo su peso hubiera salido proyectado de un volcán o hubiera surgido de una piedra mágica. Yo pasaba la mayor parte del tiempo introduciendo pedidos de comida en los ordenadores del trabajo, y andaba siempre pensando en tocar la batería, pero nunca encontraba el tiempo ni la ocasión para hacerlo. Empuñando aquella hacha tuve la misma sensación elemental que cuando sujetaba las baquetas: coge esto, golpea aquello. La levanté y la descargué sobre la madera. Fue un gesto torpe, pero logré arrancar una pequeña astilla del tronco.

—¡Una yesca! —exclamó Cyrus, emocionado—. ¡Has hecho una yesca!

A pesar de andar siempre oscilando entre el odio hacia sí mismo y la autocompasión, Cyrus experimentaba los logros más banales de sus amigos con una alegría sincera. Incluso en ese momento.

—Estamos hechos un par de Johnny Appleseeds —añadió.

—Y ahí está nuestro buey azul —dije yo, señalando a Jude con la cabeza.

Cyrus frunció el ceño y asintió con la cabeza.

—Estás pensando en Paul Bunyan —me corrigió.

—¿Cómo?

—El del buey azul gigante era Paul Bunyan.

Cyrus siempre estaba corrigiendo a los demás. Incluso drogado con fentanilo, incluso cuando se metía típica mierda de blancos.

—Tío, cállate un rato —zanjé, descargando otra vez el hacha. El sol asomaba entre las nubes y volvía a esconderse. Jude se ajustó la entrepierna y abrió la lata de cerveza.

Poco a poco, Cyrus y yo fuimos desmenuzando los troncos. Parecía que controláramos la geometría, que moldeáramos la física a voluntad. De vez en cuando, algún gorrión entraba en el patio y picoteaba la tierra.

—Pequeños zampagusanos —dijo Cyrus con tono distraído, y nos entró un ataque de risa exagerado.

Llevábamos así quince o veinte minutos cuando Jude se revolvió en su silla.

—¡Eh! —exclamó, y señaló un neumático de goma que había entre un montón de maleza, en un rincón del patio—. Si queréis lo podéis usar —dijo.

Cyrus y yo nos quedamos mirando el neumático, luego nos miramos uno a otro y entonces nos volvimos hacia Jude, perplejos. Este suspiró, se levantó y se acercó al neumático con gesto dramático. Con un esfuerzo exagerado, lo levantó y lo colocó encima del tocón.

—Meted los troncos aquí dentro —dijo—. Así, cuando se partan, no tendréis que recoger los pedazos por todo el patio.

Tenía una absurda voz de barítono, como un pajarillo que al cantar sonara como una tuba. Regresó a su silla con otro suspiro dramático. Tenía la espalda cubierta de franjas blancas y aceitosas de bronceador, apenas visibles sobre su piel pálida.

—Gracias —le dije. Coloqué un par de troncos dentro del neumático y di un paso atrás para dejar sitio a Cyrus, que descargó el hacha sobre un tronco, con fuerza. La madera se partió y todos los fragmentos quedaron dentro del neumático.

—Anda, pues tenía razón —dijo Cyrus, levemente sorprendido—. Mola.

—Aún no sé si todo esto es un rollo chungo —dije yo—. Dejar que nos mire así, digo. ¿Es una renuncia ética?

—Es una pregunta autocentrada, Zee —repuso Cyrus.

—¿Cómo iba eso de que el dinero es la exteriorización de la capacidad humana? —pregunté—. ¿Cómo encaja la comida que nos da en todo eso?

—¡Mírame, soy un hombre capaz! —exclamó Cyrus y, sonriendo, descargó el hacha con fuerza.

—Sí, a cambio de latas de remolacha y sopa de champiñones —dije yo—. Eso es... ¿mejor? ¿Que el dinero? Sí, ¿no?

Cyrus había dejado de escuchar. Alrededor del cuello de su camiseta verde, un semicírculo de sudor describía una parábola oscura bajo la nuez de Adán.

—¿Crees que podríamos lamer un par de cuadraditos más cuando volvamos a casa? —preguntó—. ¿Sin que nos den náuseas?

—No sé. Yo todavía estoy bastante colocado.

Me sentía como si mi cerebro fuera un vergel inundado. Todas las flores —doradas, azules, blancas, violetas— flotaban sobre el agua. Cyrus volvió a blandir el hacha. Cada crujir de la madera parecía un momento trascendental, como si anunciara el nacimiento de una gran persona. Dentro de la casa, uno de los perros había empezado a ladrar por los hachazos.

—¡Cállate, Noah! —le gritó Jude, molesto de que lo hubieran arrancado de su trance observador.

—¿No se suponía que el ruidoso era Shiloh? —le susurré a Cyrus, que se limitó a sonreír y descargó el hacha. La hoja impactó con un sonido apagado y se le escapó de las manos. La vi sobre la hierba, pero tardé un instante en comprender qué había pasado.

—Oye, ¿estás bien? —le pregunté a Cyrus. El hacha había rebotado sobre la goma del neumático y había salido volando.

—Mierda... —dijo. Miré hacia abajo: el hacha había quedado junto a su pie izquierdo, pero entonces me fijé mejor y vi que la lona de la zapatilla tenía un corte y que alrededor de este se estaba formando una mancha de color rojo intenso.

—Joder —dije.

Shiloh —o tal vez Noah— ladraba ahora sin control. Jude se levantó de un brinco.

—¿Qué ha pasado? —preguntó, corriendo hacia nosotros—. Pero ¿qué...? ¿Qué es eso? —dijo al ver el pie de Cyrus.

—Joder —dijo este.

—¡Es sangre, Jude! —grité—. ¿Tienes...? ¿Podemos usar la bañera?

Cyrus estaba muy pálido. Movió la cabeza de aquí para allá para mirar el pie desde distintos ángulos, estudiándolo con incredulidad, como diciendo: ¿es un truco? ¿Qué está pasando aquí realmente?

Jude nos guio a toda prisa a través de la casa hasta una bañera. Cyrus caminaba apoyado en mi hombro, dando saltitos sobre su pie bueno. Delante del espejo del baño había una campana de viento de madera que se reflejaba en el cristal. Colgada del toallero había otra más pequeña.

—La verdad, ni siquiera me duele —dijo Cyrus atónito, los ojos fijos en su zapatilla ensangrentada.

—No me digas... —repuse yo, lanzándole una mirada para recordarle que nos habíamos tomado un potente analgésico pensado para enfermos terminales.

—Mierda, mierda, mierda —murmuró Jude, que, ataviado con su ridícula ropa interior, parecía un pollo hervido.

—¿Me voy a quitar la zapatilla? —dijo Cyrus, pronunciándolo como una pregunta.

—Seguramente parecerá peor de lo que es —dijo Jude para sí, aunque era más un deseo que una evaluación objetiva de la realidad.

Cyrus se sentó en la tapa del váter y apoyó los pies en la bañera. Parecía entre aturdido y colocado. Yo también lo estaba, la verdad. El vergel inundado de mi cabeza se había convertido en un océano embravecido, las flores habían desaparecido bajo la espuma de las olas. Jude iba del baño al pasillo, mirando el pequeño rastro de sangre y tierra que habíamos dejado a nuestro paso, mientras sacudía la cabeza.

Ayudé a Cyrus a quitarse la zapatilla, una raída Vans de lona azul, desgarrada justo debajo de la puntera, donde palpitaba una mancha de sangre púrpura y negra. Se la quité con cuidado. Cyrus hizo una mueca de dolor y yo —no hay otra forma de decirlo— la vacié. Flipé ante la cantidad de sangre que había, me sorprendió que el calcetín y la propia zapatilla no hubieran absorbido más. ¿Cómo era posible que toda esa sangre más un pie entero hubieran cabido ahí dentro? Parecía vulnerar algún principio de la física. Detrás de nosotros, Jude dio una arcada exagerada. Cyrus esbozó una sonrisa.

—Vale, eso sí que ha dolido —dijo con los dientes apretados mientras yo le quitaba el calcetín negro empapado. Por alguna razón seguía sonriendo.

—¿Necesitas... guantes? ¿Guantes? En alguna parte tengo guantes —dijo Jude, que, ya recuperado, aprovechó la excusa para desaparecer por el pasillo.

Los ladridos de uno de los perros resonaban por toda la casa. Abrí el grifo de la bañera.

—¡Noah! —gritó Jude aún desde el pasillo—. ¡Cállate la puta boca, joder!

—En el Islam, Noé es un profeta desquiciado ¿sabes? —dijo Cyrus, tan estoico que daba miedo—. Cuando intenta convertir a sus vecinos, estos lo ignoran, y es el propio Noé quien le pide a Dios que los ahogue.

Con gesto delicado, le puse el pie debajo del chorro de agua, que se tiñó de rosado antes de irse por el desagüe. Por fin pude ver el corte: no era mucho mayor que una moneda de veinticinco centavos, pero parecía profundo.

—Creo que tenemos que ir al hospital, Cyrus —le dije, pero él no estaba prestando atención.

—Es de locos —prosiguió—. Creo que Noé era el nieto de Matusalén, o algo así. El tío le pide a Dios que mate a la humanidad entera, y luego va y vive hasta los mil años.

—Cyrus... —insistí.

Jude apareció en el umbral con unos guantes de jardín floreados cubiertos de tierra reseca.

—¿Os sirven... —empezó a decir, pero entonces hizo una pausa, comprendiendo la respuesta a su pregunta antes siquiera de formularla— de algo?

El tajo del pie de Cyrus era redondo, lo cual me pareció curioso para una herida de hacha. Expresé mi sorpresa.

—Aunque, la verdad —añadí acto seguido—, tampoco sé qué aspecto debería tener una herida de hacha.

—¿En serio crees que tenemos que ir al hospital? —preguntó Cyrus—. Parece que la sangre sale cada vez más despacio.

Tenía razón. El agua alrededor el desagüe tenía ahora un tono rosa pálido, como jirones de nube durante la puesta de sol.

—Sí, yo también lo creo —dije—. ¿Tienes gasas? —le pregunté a Jude—. ¿O vendas?

Este volvió a desaparecer al momento. La corriente de aire que generó su partida arrancó un tintineo a las campanillas de viento del espejo.

—¿Quieres ir al hospital? —le pregunté a Cyrus—. Tú mandas.

—No, a menos que sea cuestión de vida o muerte —dijo él—. Aunque sería tronchante oírte contar nuestros pinitos como leñadores —añadió.

Me reí un poco. Seguramente sí deberíamos haber ido al hospital, porque semanas e incluso meses después de aquello, Cyrus seguía cojeando un poco. La herida nunca llegó a curarse del todo. Cicatrizó mal y terminó convirtiéndose en un dolor sordo que, según Cyrus, nunca llegó a desaparecer del todo, aunque apenas lo mencionaba. Pero en aquel momento, en medio de aquella situación tan extraña, en el ridículo cuarto de baño de Jude, me limité a reírme y cerrar el grifo. La herida tenía un tono rosado, entre rosado y rojo, pero ya no sangraba. En mis oídos resonó el tañido de un gong que hacía años que no oía. Jude volvió a aparecer con un rollo de papel de cocina nuevo bajo el brazo y un rollo de cinta aislante gris con un tubo de Neosporin en la mano.

—¿En serio? —dije yo, viendo los productos de primeros auxilios de Jude. Cyrus soltó una risita. Jude seguía en calzoncillos; no había aprovechado la excusa para ponerse unos pantaloncitos de deporte o una camiseta, algo más acorde a la gravedad de la situación.

—Ni que fuera una enfermera, joder —gruñó—. Os tenéis que ir —añadió entonces—. Va a llegar la gente en unas horas y tengo que limpiar todo este caos —dijo, señalando la alfombra manchada de sangre—. Me da igual si os vais a casa o al hospital —aseguró con voz lastimera—, pero os tenéis que ir.

Me dio el rollo de papel. Lo saqué del envoltorio de plástico y usé unas cuantas servilletas para secarle el pie a Cyrus.

—¿Tienes zumo de coco? —le preguntó Cyrus a Jude—. Eso funciona, ¿no? —añadió entonces, volviéndose hacia mí—. El zumo de coco hace el mismo efecto que la sangre, ¿no? O que el plasma sanguíneo. Cuando te lo bebes, digo...

Me encogí de hombros.

—Tampoco soy un supermercado —dijo Jude—. Puede que tenga coco rallado para hacer pasteles. Puede...

—Vale, eso también debería funcionar —intervine yo, basándome en nada, solo para que Jude nos dejara en paz, cosa que hizo. Cubrí la herida de Cyrus con Neosporin y le envolví el pie con papel de cocina, con sumo cuidado, aunque tampoco parecía que le doliera mucho.

—Ahora sí que hay que lamer más cuadraditos cuando lleguemos a casa —dijo Cyrus, con una sonrisa.

Le di un apretón en la pantorrilla y lo miré a los ojos; estaba incomprensiblemente tranquilo, si bien un poco pálido. Parecía incluso eufórico, tal vez porque ya tenía una excusa para tomar más fentanilo. Algo delicado se soltó en mi pecho, como un anillo de oro cayendo en un cuenco de leche.

Jude apareció con una bolsa abierta de coco rallado azucarado y se la dio a Cyrus, que se encogió de hombros y empezó a comérselo a pellizcos como si tal cosa, mientras yo le envolvía el pie con papel de cocina y cinta adhesiva, hasta que hube gastado medio rollo. Aquella escayola improvisada era tan gruesa que resultaba caricaturesca. Tenía casi el tamaño de una pelota de baloncesto, pero ¿qué otra cosa podía hacer? Jude seguía en la puerta del baño y de vez en cuando se volvía para lanzar miradas asesinas a sus perros.

—Esta semana nos hemos ganado unas bolsas de la compra extra, ¿no? —le dijo Cyrus a Jude con una sonrisa.

Me volví hacia Cyrus.

—Sí, desde luego —dije, siguiéndole el juego—, y también algo de dinero para unos zapatos nuevos. Y vendas y gasas de verdad.

Jude se quedó mirando a Cyrus, y luego a mí. Era imposible sentirse intimidado por aquel hombre vestido tan solo con unos calzoncillos amarillentos. Y, aun así, se notaba que intentaba con todas sus fuerzas transmitir un aire amenazante que había perdido hacía tiempo.

—¿Cuánto queréis por largaros y no volver nunca más? —masculló, intentando que cada palabra sonara como una amenaza.

—No sé, unos cien dólares —respondió Cyrus, sin perder un segundo.

—Por lo menos —añadí.

—Sí —repuso Cyrus—. O incluso más, en plan ciento cincuenta. Voy a necesitar zapatos nuevos seguro...

Jude soltó un siseo (recuerdo que siseó, literalmente) y salió del baño.

—A mí todo esto tampoco me va a salir gratis, ¿eh? —gritó desde el pasillo—. Vuestra negligencia. Voy a tener que comprar friegasuelos y tal. Y los perros están histéricos.

Los perros se callaron en seco. Solté una risita ahogada y me volví hacia Cyrus, que me la devolvió. Jude regresó con un puñado de billetes arrugados, la mayoría de cinco y de uno.

—Ciento veinte dólares —dijo Jude—. Hala, largo.

—También quiero esas campanillas —dijo Cyrus.

—¿Cómo? —preguntó Jude.

Miré a Cyrus, que de pronto tenía una expresión muy seria.

—Esas —insistió Cyrus, señalando el gran carrillón de viento que había sobre el espejo del baño, media docena de tubos de madera de distintas longitudes que pendían de un cardenal tallado del tamaño de una manzana.

Jude se volvió hacia Cyrus con los ojos entrecerrados y le clavó la mirada durante un par de segundos. Sin romper el contacto visual, Cyrus cogió un pellizco de coco rallado, se lo metió en la boca y lo masticó. Jude se acercó al espejo y, sin mediar palabra, descolgó el carrillón de viento. Lo hizo mirando para otro lado, como si no quisiera ver su propia cara reflejada. Las campanillas sonaron entre sus dedos, su delicado tintineo pareció una extraña consecuencia del gesto rabioso con el que Jude se las ofreció a Cyrus.

—Y ahora, aire —dijo.

Cyrus se echó a reír, las cogió y dijo «increíble», en voz alta, antes de incorporarse a la pata coja.

Yo agarré el fajo de billetes y ayudé a Cyrus a llegar hasta la puerta de la casa tambaleándose con un solo pie. Shiloh y Noah estaban en posición de firmes dentro de su perrera; parecían calcados el uno al otro. Cada vez que Cyrus daba un salto hacia delante, las campanillas tintineaban un poco, y con cada tintineo los perros levantaban las orejas, una y otra vez, mientras Cyrus se dirigía hacia la puerta dando saltitos, con una sonrisa de oreja a oreja.

Esa noche compramos varias botellas de alcohol con el dinero de Jude e invitamos a algunos amigos a nuestro apartamento. Cada vez que alguien llegaba y preguntaba por el pie de Cyrus, quien había decidido dejarlo embalsamado en mi escayola de papel de cocina y cinta aislante, él volvía a contar la historia, con orgullo visible. Y con cada nueva repetición, esta se volvía un poco más rara. La ropa interior de Jude acabó convirtiéndose en un tanga. Además de las campanillas de viento, tenía beicon crudo colgando de las paredes. Los dos perros dentro de la perrera se convirtieron en feroces mastines que intentaban arrancarnos la cara a mordiscos. Siempre había admirado las imaginativas recreaciones de Cyrus; eran como un ejercicio creativo en tiempo real, en el que intentaba decidir cómo acabaría escribiendo la historia. Sus intereses me gustaban tanto como su falta de filtro.

—Espera, ¿para qué era el coco? —preguntó nuestro amigo Zain, desternillándose de risa.

—¿O sea que el tío no se ha puesto ni un chándal? —preguntó Eleni.

—Cuando volváis la semana que viene deberíais llevarle zumo de coco —añadió Sad James con una carcajada.

Todos lamieron las casillas del tablero de ajedrez, se partieron de risa e hicieron sonar las campanillas de viento, que yo había colgado del tocadiscos del salón. Bebimos, nos pasamos cuencos de esto y de aquello, cantamos, nos reímos un poco más... En algún momento me dirigí a mi dormitorio porque sentía que iba a perder el conocimiento, mientras los demás cantaban un tema de Of Montreal de letra alegremente suplicante: «¡C'mon chemicals, c'mooon chemicals!».

A la mañana siguiente, cuando me desperté, fui al salón y lo encontré vacío. Solo quedaba Cyrus, que roncaba dormido en el sofá, aún sentado y con el pie malo apoyado en la mesita, como si fuera un trofeo. La capa exterior de la escayola de papel de cocina estaba ya sucia, de un gris ceniciento visible a través de la cinta aislante. Cerca del dedo asomaba ya un círculo rojo, húmedo, pequeño como una cereza.

Nueve

BOBBY SANDS
1954-1981

hay una calle Bobby Sands en Teherán
a una manzana de la avenida Ferdousí,
es cierto, Irlanda, Irán, mitologías intercambiables,
petroestados y, además, la no violencia

es para los pimenteros. «Violencia», así es como la iglesia describió
tu huelga de hambre, y Thatcher dijo que eras «un criminal convicto
que eligió quitarse la vida», rechazo, hierro corrugado,
sesenta y seis días sin té de menta

ni una migaja de pan, y a solo cuarenta minutos de Belfast,
podrías recorrerlo en un día y
aún te sobraría un día, la mayoría de los conceptos pasan

la vida así, buscando un objetivo,
mientras tú, afortunado y afeitado, desnudo, menta, alondra:
los barrotes de los hombres se oxidan

—extraído de LIBRODELOSMÁRTIRES.docx de Cyrus Shams

Viernes

Cyrus Shams y Orkidesh

BROOKLYN MUSEUM, DÍA 1

—He estado pensando en morir —le dijo Cyrus Shams a la artista en cuanto se hubo sentado en la silla negra que había frente a ella. Las palabras se le escaparon de golpe y lo sorprendieron un poco—. Morir pronto. O, mejor dicho, suicidarme pronto, aunque eso suena demasiado mecánico. —Se pellizcó la barba con el pulgar y el índice—. He estado practicando. Mi trabajo consiste... en morir.

En su mente sonaba mucho mejor.

La artista escribió algo en un cuadernito negro que había encima de la mesa, entre los dos, y volvió a dejarlo en su sitio. Entonces dio un sorbo largo y pausado a una taza blanca con agua y la colocó de nuevo entre sus pies.

—¿Y a qué esperas? —preguntó, midiendo las palabras. Su voz era fina como el papel.

Cyrus hizo una pausa.

—Esa es la cuestión: no lo sé. ¿A que signifique algo? Tengo este trabajo que te digo y he estado estudiando a un montón de gente que murió por lo que creía. Qu Yuan, Juana de Arco, Bobby Sands. Es como que morir porque sí es un desperdicio. Desperdiciar la única muerte que te han regalado.

La artista levantó la vista, miró a Cyrus y enarcó las comisuras de los labios esbozando una sonrisa. Observó cómo

Cyrus caía de inmediato (o casi) en la cuenta de que la que se estaba muriendo de cáncer terminal, literalmente, en ese preciso instante, era ella.

—Bueno, «desperdiciar» tampoco es la palabra —se apresuró a corregirse—. Y la muerte no es un regalo. O sea, la muerte es la muerte. Siempre es un desperdicio y nunca un regalo. Alma inmortal, enferma de deseo y uncida a un animal agonizante, o algo así. Pero tú no estás desperdiciando tu muerte, ¿sabes? Estás aquí, haciendo esto, o sea que tu muerte sí significa algo.

Al decir «esto», Cyrus hizo un gesto con el brazo que pretendía abarcar la oscura galería al completo y agitó la mano al aire como un jugador de dados antes de una tirada importante. Hablaba demasiado deprisa, revelando su ansiedad, lo mucho que esperaba de aquel momento para el que había tenido que cruzar medio país, después de días de preparativos. Su rodilla derecha rebotaba con energía.

La artista soltó una pequeña carcajada y tosió un poco.

—A ver, frena un poco —dijo, mostrándole las dos palmas abiertas—. Yo soy Orkideh. ¿Cómo te llamas tú?

Sentada en una silla plegable metálica de color negro, con solo una delgada almohada negra entre ella y el asiento, Orkideh casi parecía una escultura que ella misma podría haber creado al principio de su carrera. La única luz de la galería, procedente de una lámpara de pie situada en un rincón, proyectaba una sombra definida sobre la pared que tenía a sus espaldas, donde la bóveda redondeada del cráneo de la artista parecía reposar sobre los ángulos estrechos de la mandíbula y el cuello, como una bola de cristal colgando de una cuerda invisible.

Detrás de ella, sobre la pared de un tono blanco roto de la galería del Brooklyn Museum, se leían las palabras «DEATH-SPEAK» en enormes letras negras estilo Helvética. Debajo, una descripción de la exposición anunciaba que la artista, conocida solo como Orkideh, se estaba muriendo de un cáncer terminal y hacía dos meses que había cancelado todo tratamiento. Pasaría sus últimos días allí, en el museo, hablando con quienquiera que entrara, sobre cualquier cosa que la persona en cuestión quisiera. Se animaba a los visitantes a preguntarle qué se sentía al morir o simplemente a sentarse en silencio con la artista, que aquel día vestía un jersey negro holgado que contrastaba con un impecable pantalón de vestir azul marino con rayas blancas. Orkideh había doblado las perneras y las había sujetado por encima de los tobillos, lo cual hacía resaltar sus pies descalzos, morenos y esqueléticos.

Una vez —en una entrevista, mucho tiempo atrás—, Orkideh comentó que veía una cierta nobleza privada en los pies, que, al igual que las partes más íntimas del cuerpo, permanecían casi siempre ocultos a ojos del mundo. Sin embargo, a diferencia de esas partes ocultas, añadió, los pies realizaban un trabajo ingrato y a menudo degradante, mientras que las demás partes dormían envueltas en nailon, algodón o encaje. Incluso cuando uno llevaba calzado abierto, como sandalias o zapatos de tacón, las plantas de los pies permanecían ocultas, recostándose en secreto contra el mundo en un acto de resistencia, como si quisieran detener su avance.

—Cyrus —contestó.

—¡Cyrus! —exclamó Orkideh con una sonrisa—. ¡Qué nombre tan principesco! —añadió, pronunciando «principesco» con un marcado acento persa y una sílaba de más—. ¿Y de apellido? —inquirió.

Cyrus se lo dijo. Ella se quedó callada y le estudió el rostro. Cyrus imaginó lo que debía de estar viendo mientras lo observaba: el vello facial como maquillaje mal aplicado, la barba corta pero descuidada y más espesa en unas zonas (el bigote, el mentón) que en otras. No parecía viejo, no era eso, pero sí tenía una cara que parecía más vieja que el resto del cuerpo. Las bolsas de debajo de los ojos y las cuencas demacradas resaltaban la redondez de sus globos oculares y le daban a su expresión una urgencia peculiar. Sus profundas líneas de expresión se le tragaban el rostro entero cuando sonreía, y si se mantenía inexpresivo desviaban la atención de su nariz persa —«noble» era como él la describía a menudo, la única parte de su cara que le gustaba— y de su barba desaliñada.

—Cyrus Shams —dijo Orkideh despacio, tomando el sonido de su voz y extendiéndolo sobre su cara, como una sábana. Entonces ladeó la cabeza—. Es un nombre precioso. ¿Y cuántos años tienes, Koroosh?

—Veintiocho. Veintinueve en un mes —respondió él, de repente cohibido—. ¿Y tú?

Orkideh contuvo la respiración. Entrecerró los ojos y abrió la boca para decir algo, pero la volvió a cerrar enseguida.

—Tengo cincuenta y cuatro años —respondió por fin, sin dejar de estudiar su rostro—. Y eres iraní, ¿verdad?

—Pues sí. Nací en Teherán pero vine a Estados Unidos cuando aún era un bebé.

Si hubiera estado dibujando a Cyrus, lo primero en que Orkideh se habría fijado habrían sido sus ojos, grandes y húmedos. El ceño partido por una arruga semiperpetua, como si siempre estuviera un poco preocupado. Camiseta marrón claro arrugada con un bolsillo en la pechera izquierda, pelo negro y rizado, vaqueros grises gastados, zapatillas de lona azul sucias. Más que delgado era flaco, menos como un corredor de fondo que como un matemático al que se le olvida comer. La artista se rascó la nuca. En algún lugar de la sala contigua, una mujer estornudó.

—¿No te preocupa convertirte en un cliché? —le preguntó Orkideh tras otra larga pausa.

—¿A qué te refieres?

—Otro hombre iraní obsesionado con la muerte...

Cyrus se desinfló, se hundió en la silla y soltó un débil suspiro.

—Esa es la cosa: hasta hace relativamente poco no tenía

ni idea de que existe todo ese rollo del culto a los mártires. Que las familias van de pícnic a los cementerios de los caídos durante la guerra, que el Estado contrata a poetas para que lean en sus tumbas. Todo eso no tiene nada que ver conmigo.

—Pero ahora quieres morir. Y quieres que tu muerte sea gloriosa. Como todos los hombres iraníes.

—Bueno, sí, pero, al final, ¿eso no es lo que quiere todo el mundo? ¿Que su muerte importe? ¿No debería ser así?

Orkideh enarcó una ceja y se inclinó hacia él.

—Así pues, ¿creciste aislado de la muerte?

—Bueno, tampoco es exactamente eso, pero no tenía nada que ver con nada persa. Crecí comiendo Hot Pockets y viendo a Michael Jordan, no pensando en Hussain, ni en Ashura, ni en la puta guerra Irán-Irak. Mi padre ni siquiera me dejaba hablar farsi en casa.

—Ah, ¿no?

—Creía que iba a ralentizar mi aprendizaje del inglés, o que me confundiría porque aún era demasiado pequeño. Quería que yo fuera estadounidense. De hecho, sacaba de la biblioteca unos libros enormes de preparación para los exámenes de acceso a la universidad y se estudiaba el vocabulario de la parte de atrás, lleno de palabras ridículas que nadie usa. Él se las aprendía todas y las incluía en su vocabulario cuando hablaba conmigo. El apartamento no era un «caos», sino una «barahúnda». Yo no «contaba», «enumeraba». Fui el último alumno de mi clase de primero en aprender a atarse los zapatos, pero cuando me preguntaban si prefería mantequilla de cacahuete o galletas de queso, respondía cosas como que «estoy dubitativo».

Orkideh sonrió. Detrás de Cyrus había entrado una elegante pareja de turistas alemanes, hombres de mandíbula floja; uno de ellos llevaba gafas de sol redondas a pesar de la penumbra de la sala de exposiciones. Se quedaron atrás, sonriéndose entre susurros.

—Lo que quiero decir es que mi punto de partida es sincero —continuó Cyrus—. Con todo este rollo de los mártires...

—¡Mártires! —exclamó Orkideh—. Por Dios, ¿ahora quieres convertirte en un mártir?

Cyrus hizo caso omiso.

—No tiene nada que ver con el islam. No nace de los mártires de los libros de texto, ni de los nombres de soldados muertos en las paredes de las mezquitas, ni porque quiera llevar colgada del cuello la llave de latón que abre las puertas del cielo, ni nada por el estilo. Pero no hay escapatoria; es lo que tiene el culto iraní a los mártires. Si mañana muriera intentando matar a un dictador genocida, las noticias no dirían que un estadounidense de izquierdas ha hecho un sacrificio basado en sus principios y por el bien de la especie. No, las noticias dirían que un terrorista iraní ha intentado cometer un magnicidio.

Orkideh soltó una carcajada.

—¿Tienes intención de matar a un dictador genocida?

Los turistas alemanes parecían impacientarse. Cyrus volvió a suspirar.

—No, claro que no. Ojalá fuera tan valiente. No, yo solo quiero escribir una epopeya, un libro, algo sobre mártires laicos y pacifistas. Personas que han dado su vida por algo más grande que ellas mismas, sin espadas en las manos.

—Dios mío, ¡así que también eres poeta! Realmente, cumples con todo lo que se espera de un persa.

Ahora las dos rodillas de Cyrus botaban en un febril baile sincopado. Tenía una fina pátina de sudor en la frente.

—¡Yo no he dicho nada de poesía! No sé qué va a salir, de momento solo estoy escribiendo. Hablo en serio: creo que es el libro que nací para escribir.

—Y la idea es que este libro sobre mártires termine contigo mismo.

Cyrus hizo una mueca, avergonzado. Había pensado en todo eso leyendo sobre Malcolm X, el estudiante que se colocó delante del tanque en Tiananmen, y en Hipatia de Alejandría. Había estudiado numerosas imágenes de Bhagat Singh, de las suliotas y de Emily Wilding Davison. Y Cyrus sentía que estaba listo para unirse a todos ellos, para incorporase a las filas de los muertos honorables. Se sentía preparado para tirar de sí mismo hasta esa meta. Casi siempre; unas veces estaba listo, otras no tanto. Como las bolas oscilantes de esas máquinas de movimiento perpetuo, su deseo de morir contrarrestaba con una fuerza equivalente: su deseo de tener una muerte dramática, de que esta significara algo. ¿Era solo ego? ¿Miedo a ser olvidado?

—Aún no lo sé. Siento que escribir mi propia elegía de antemano seguramente invalidaría mi derecho a que se me considerara un mártir, secular o no, ¿verdad? Pero aún no he escrito el libro, o sea que aún no sé cuáles son las reglas.

—¡¿Las reglas?! Estás hablando de personas que murieron por otras personas. No murieron por la gloria, ni por un Dios impresionable, ni tampoco murieron por la promesa de un más allá luminoso. Estás hablando de mártires terrenales.

Cyrus abrió los ojos de par en par.

—Mártires terrenales... Me gusta.

En algún lugar de la sala contigua se disparó un flash. La voz de un guía reprendió al fotógrafo accidental. Los dos alemanes se mantuvieron impertérritos.

—¿Por qué estás aquí, Cyrus Shams?

De pronto sudaba de todas partes, también de las axilas y alrededor del ombligo. No había previsto que iba a estar tan nervioso.

—Bueno, me gustaría escribir sobre ti. Para el libro. Sobre tu... —dudó un instante—. Sobre ti aquí, muriendo así.

Orkideh se sacó un pañuelo del bolsillo del pantalón y tosió en él. Cyrus se fijó en sus ojos, que habían empezado a brillar, nubes blancas sobre lunas pardas. Había anticipado una reacción de tolerancia jovial o un reproche acalorado, pero no detectó ninguna de las dos cosas. La artista se lo quedó mirando durante diez segundos, quince, treinta, con una expresión que parecía ocultar más de lo que revelaba, como si esta se prolongara más allá del propio rostro. Por fin, después de lo que pareció una eternidad —aunque seguramente no fuera más que un minuto—, la artista le tendió la mano por encima de la mesa.

—Ha sido una suerte increíble conocerte, Cyrus.

Cyrus le estrechó la mano, casi ingrávida.

—Esto.... Gracias, pero...

—Ven a verme mañana, si es que los dos seguimos aquí.

—En realidad solo voy a estar en la ciudad un par de días, y esperaba...

Orkideh sonrió a la pareja alemana y les hizo un gesto con la cabeza para que se acercaran. Cyrus se levantó, azorado. Los alemanes evitaron mirarlo a los ojos, y el que no llevaba gafas de sol se instaló con gesto lento en el asiento. Cyrus empezó a salir de la sala, confundido, recreando para sus adentros lo que acababa de ocurrir. Los alemanes estaban ya hablando de un taxista de Nueva York, que les había contado cómo una vez había llevado a Robert De Niro al aeropuerto. «¡El taxista del taxista!», exclamaron al unísono.

Cyrus atravesó el museo a toda prisa y salió por la entrada principal. Sentado en la gran escalinata había un anciano sin camiseta. En la acera, varios carros amarillos y blancos vendían perritos calientes, carne halal y helados. De repente, al verlos, a Cyrus le entró una sed tremenda y le compró una Coca-Cola a la mujer del carrito de la carne halal. Dio unos pasos y se bebió el líquido empalagoso mientras trataba de calmarse. «Mártir terrenal», pensó.

La idea del libro, de su propia muerte... Al entrar en el museo había intuido la forma que tendría y por qué era importante. Era una idea limpia, valiente, acerca del valor de renunciar a la propia vida por algo más grande que tan solo vivir. Convertirse en un mártir terrenal. Tenía sentido, pero de repente había dejado de tenerlo. Tenía una forma definida hasta que de repente la había perdido, como si alguien hubiera vertido agua hirviendo en una taza para luego echársela sobre la cabeza. Se sentía abrasado, confuso, repentinamente vivo.

Diez

Me dispongo a escribir un libro de elegías dedicadas a personas que no he conocido. Sí, pretender que puedo imaginar cualquier parte de su vida y escribir sobre ella es de una arrogancia imperdonable. También lo es escribir sobre cualquier otra cosa.

—extraído de LIBRODELOSMÁRTIRES.docx de Cyrus Shams

Alí Shams

La granja de pollos de Fort Wayne donde trabajé no era una granja normal. No criábamos pollos para el consumo humano. Criábamos a los abuelos de los pollos que luego se destinaban al consumo humano. Una granja de pollos sementales que, en realidad, era más un laboratorio que una granja. El objetivo, empleando la cría selectiva, era producir un pollo que fuera del huevo al matadero en el menor tiempo posible, consumiendo la menor cantidad de alimento posible. Un pollo era una máquina que convertía el grano en proteína. Como premisa era bastante sencilla.

En cuanto Cyrus empezó primaria, ya se vestía solo y cogía solo el autobús del colegio. Yo salía de nuestro apartamento en las afueras de Fort Wayne a las cinco, y él se quedaba durmiendo en nuestro dormitorio compartido. Al llegar al trabajo tenía que ducharme y ponerme bata, como un enfermero. Lo primero que hacíamos con los pollos era dejarlos sin sistema inmunológico: para unos animales que nunca iban a salir de aquellas instalaciones biológicamente controladas, este suponía un desperdicio de calorías. Pero eso significaba que, si alguien metía un solo germen en la granja, podía acabar con la pollada entera.

Es probable que imaginéis pollos picoteando en la tierra y chapoteando en charcos embarrados, pero nuestros pollos jamás habrían sobrevivido al aire libre; demasiadas bacterias y virus. Pollos industriales, así era como llamábamos a nuestras aves. Eran como mágicas. Crecían como la mala hierba y apenas había que darles de comer. Los sacrificábamos a los treinta y cinco días, cuando ya casi pesaban dos kilos. Un pollo criado al aire libre puede tardar más de un año en alcanzar ese peso.

En casa, todos los sábados cocinaba una olla enorme de estofado con arroz, y eso era lo que comíamos durante la semana. Patatas y menudillos, comida barata. Algunos tomates. Los viernes por la noche, Cyrus y yo metíamos una pizza congelada en el horno y veíamos alguna película juntos. Él se pasaba toda la semana esperando aquel momento; íbamos a la biblioteca, elegíamos un VHS o un DVD y lo sacábamos prestado, uno cada uno. A Cyrus le gustaba todo lo que me gustaba a mí. Y a mí sobre todo me gustaban las películas del oeste. John Wayne y Clint Eastwood. Hacían lo correcto y al final las cosas les salían bien. A Cyrus le gustaban las comedias y las pelis tontas. Adam Sandler, Eddie Murphy... Me gustaba ver reír a Cyrus. Si era temporada de baloncesto, veíamos los partidos de los Pacers. Nuestro jugador favorito era Reggie Miller. Era implacable y nos encantaba. Metía una canasta y se burlaba del jugador que intentaba marcarlo. También nos gustaban los jugadores musulmanes, sobre todo Kareem, pero también Hakeem Olajuwon y Shareef Abdur-Rahim. El deporte era un idioma universal tanto en la granja como en la escuela de Cyrus, de modo que también aprendimos a hablarlo.

Compraba ginebra a granel, unas botellas de plástico enormes de casi dos litros con nombres británicos: Barton's, Bennett's, Gordon's. En Irán había gente que creía que los británicos habían puesto a los mulás en el poder para impedir el progreso en Irán. Tal vez ahora los británicos estaban haciendo lo mismo conmigo con su ginebra. Era una medicina asquerosa, pero ¿cuál era la alternativa?

En el trabajo comía como un rey. Era un pequeño placer. El primer descanso era a las diez y el almuerzo, a las doce y media. Los jefes de la granja llenaban la nevera y el congelador de bocadillos para nosotros; por razones de bioseguridad, no podíamos llevar comida de casa. Todo lo que nos daban era vegetariano: la carne tenía demasiados gérmenes. Pero era ilimitado. Comía burritos de alubias, platos de arroz congelado... Los otros hombres hablaban de deporte, de mujeres, o simplemente no hablaban. La mayoría eran inmigrantes, como yo, pero intentábamos hablar siempre en inglés, para practicar. «Los platos están sucios.» «Se acabó el café.» De los chicos aprendí un poco de español y de francés.

Mi trabajo, a primera hora, consistía en ir de gallinero en gallinero recogiendo los huevos. En cada gallinero había entre mil y dos mil huevos enterrados bajo las virutas del suelo. Algunas gallinas hacían pequeños nidos entre las virutas, y nuestro trabajo consistía en descubrirlos todos. Pero a veces tenían escondites, huevos camuflados bajo montañas de detritos. Las gallinas hacían lo posible por enterrarlos y a nosotros nos tocaba cavar hondo. Y, por supuesto, cagaban allí mismo. Los huevos estaban siempre cubiertos de todo tipo de fluidos corporales.

Nuestro trabajo consistía en recoger los huevos a diario —destruyendo el menor número posible en el proceso— y depositarlos en unas bandejas monorraíl que colgaban a la altura de los ojos. Los huevos eran viscosos, cubiertos de desechos, más duros de lo que la gente se imagina. Cuando se te caía uno de las manos, si aterrizaba sobre las virutas por lo general no pasaba nada. Aun así, yo tenía cuidado y me fijaba en dónde y cómo pisaba. Adondequiera que fuera, las aves huían despavoridas.

Los demás rara vez mencionaban sus hogares, ni los antiguos ni los nuevos. Un verdadero alivio. De lo que sí hablábamos era de comida. Había un congoleño, Jean-Joseph, que se pasaba el día hablando de cocina. Que si yuca, que si *fufu*, que si pescado... Y también de comida francesa. Algunos querían saber qué se comía en Irán, y yo les contaba lo que podía, aunque nunca fui un gran cocinero. Melaza de granada, nueces. Berenjenas. Arroz. *Koobideh*. No podíamos llevar nada para compartir, así que los platos que describíamos solo existían en nuestras cabezas. En una ocasión, un entusiasmado Jean-Joseph les contó a los hispanohablantes que había probado los tamales y que le recordaban al *kwanga* de su país. Pero, claro, ni ellos ni ninguno de los demás sabía lo que era el *kwanga*, o sea que...

Cyrus creció y yo seguí trabajando. ¿Qué más puedo decir?

Cyrus fue básicamente adulto desde buen principio. Si me preguntaba, yo le hablaba de su madre, de su tío y de nuestras familias. Pero la mayoría de las veces no preguntaba. Era un buen chico.

Una vez, cuando yo era niño, nuestro maestro nos contó el hadiz del hombre hambriento. El hombre se estaba muriendo en medio del desierto, y entonces se puso de rodillas y le rogó a Dios: «Por favor, ayúdame, estoy hambriento, medio muerto y demasiado cansado para seguir buscando agua. No quiero sufrir más. Por favor, Dios Todopoderoso, ten piedad y pon fin a este tormento». En su infinita sabiduría, Dios le envió un bebé, un niño al que tenía que cuidar. De pronto el hombre tenía un propósito, una razón para seguir viviendo.

Recuerdo que en su día pensé que la historia no tenía sentido. ¿Por qué no le había enviado comida, agua y una cama? Las historias sobre Dios siempre funcionaban así, de manera indirecta, enrevesada. Eran como esas complejas máquinas de reacción en cadena que la gente construye de la forma más disparatada, empleando un riel, un resorte, una vela y un globo para hacer sonar una campana.

Pero Cyrus era un buen chico. Nunca tuvo problemas con sus estudios y le gustaba leer, como a su madre. A veces tenía la sensación de que apenas le conocía. Llamábamos a su tío Arash a larga distancia una vez al año, durante el Nouruz, cerca del cumpleaños de Cyrus, y las cosas que descubría durante esas llamadas nunca dejaban de sorprenderme. Una vez, le contó a su tío que había aprendido a jugar al ajedrez con un libro y que había estado practicando contra sí mismo con un tablero hecho a mano y con piezas recortadas en papel. Después de la llamada me enseñó el tablero e intentó enseñarme a mí. También le dijo a su tío que trabajaba en el periódico de la escuela, donde escribía sobre cine y música. Yo ni siquiera sabía que su colegio tuviera un periódico. Cuando hablaba en inglés parecía un profesor universitario.

Después de comer, en la granja, yo y un tipo de Guatemala llamado Edgar teníamos que limpiar los huevos, uno por uno. Era un trabajo importante. Edgar se quejaba de cosas de fútbol y de sus hijos. Contaba chistes verdes. Yo le escuchaba y me reía un poco mientras iba quitando el moco y la mierda que recubría los huevos. Todos los días, seis días a la semana, durante años; lavé miles y miles de huevos.

A Cyrus le encantaba enseñarme las cosas que aprendía de sus libros. Yo le llamaba Doctor Shams. Llegaba a casa del colegio, o salía entusiasmado de nuestro dormitorio compartido con un libro en la mano, ansioso por explicarme que en los caballitos de mar el que se quedaba embarazado era el macho y que el sol era un gigantesco horno nuclear, o para enseñarme a contar hasta diez en ruso. Quería escribir canciones para Tina Turner y Bruce Springsteen. Quería aprender mandarín y marcharse a China a dar clases. Yo nunca sabía qué decirle, pero por lo general mi respuesta era algo tipo: «Bueno, pero antes limpia la cocina».

Una vez me enseñó una fotografía de una antigua tablilla de arcilla (babilónica, sumeria o algo así) de 4000 años de antigüedad. Yo creía que sería algo sagrado, un poema a una diosa de la fertilidad o alguna fábula antigua, pero Cyrus me contó que era un texto de protesta por una transacción comercial en la que alguien había recibido el tipo de cobre equivocado. «El cobre es de mala calidad. Me han tratado sin respeto. No he aceptado el cobre, pero ya pagué por él.» Se me quedó grabado. Cyrus se echó a reír, le pareció divertidísimo, por supuesto. «¡Una reseña de una estrella de la antigüedad!», dijo. Estoy bastante seguro de que yo no contesté.

Por lo general, yo solía pensar despacio, más despacio de lo que pide el lenguaje. Para cuando lograba formarme una idea sobre algo, ya había pasado el momento de hablar. Roya solía decir que se me daba muy bien escuchar; pero lo que pasaba, en general, era que se me daba mal hablar.

Durante semanas, no logré quitarme aquella tablilla de la mente. Caminando entre las virutas del suelo, y mientras los pollos huían de mis botas, me rondaba la imagen de aquella piedra antigua. A pesar de todos nuestros avances científicos —pollos que van del huevo al matadero en un mes, aviones capaces de cruzar el mundo y misiles capaces de derribarlos—, nuestras almas han sido siempre igual de mezquinas y detestables. Milenios de encono ininterrumpido, al tiempo que la ciencia avanzaba. ¡Qué injusta, esa entrega de cobre! ¡Qué injusta, esta vida! Mis heridas son mucho más profundas que las tuyas. La arrogancia del victimismo. Y la autocompasión. Asfixiante.

A lo mejor era así debido a nuestra capacidad de transmitir la ciencia: escribías algo en un libro y ahí se quedaba, hasta que quinientos años más tarde llegaba alguien y lo mejoraba. Lo refinaba, le daba una implementación más útil. Así de fácil. El aprendizaje del alma, en cambio, no funcionaba así. Todos empezábamos de cero. De menos de cero, en realidad. Empezábamos entre gemidos y lamentos, carentes de gracia. Obsesionados tan solo con nuestras propias necesidades. Y los muertos no podían enseñarnos nada sobre eso. No había hechos, ni tablas, ni pruebas que valieran. Tenías que vivirlo y sufrirlo, y luego enseñar a tus hijos a hacer lo mismo. Desde lejos, haciendo que la costumbre pareciera felicidad.

Ir a trabajar. Escarbar entre las virutas, buscar huevos. Comer. Limpiar los huevos. Echar virutas nuevas. Limpiar las líneas de goteo. Volver a casa. Cenar con Cyrus. Poner el baloncesto o una película. Beber. Dormir sin sueños, sueño de analgésicos. Ir a trabajar. Buscar huevos.

¿Qué motivos había para quejarse? ¿Una esposa asesinada? ¿El dolor de espalda? ¿Cobre de mala calidad? Uno vivía hasta que dejaba de vivir. No había otra opción. Decir no a un nuevo día habría sido impensable. Así que cada mañana decías que sí y apechugabas con las consecuencias.

Viernes

Cyrus Shams

BROOKLYN, DÍA 1

Las palabras de Orkideh orbitaban alrededor del cráneo de Cyrus, como un halo invisible, mientras este se alejaba del Brooklyn Museum hacia Prospect Park. Mártires terrenales, todo lo que se espera de un persa. La diferencia entre no querer estar vivo y querer morir. Cyrus se terminó la Coca-Cola y se agachó para atarse los zapatos. Llevaba unas Vans de lona azul oscuro que reemplazaba cada seis meses, como un reloj, cuando se gastaban las suelas. Cada seis meses encargaba un par idéntico en el sitio web de Vans, azul oscuro con suela de goma y cordones negros. Se ponía las nuevas los días de lluvia, para que se dieran de sí, e iba retirando las viejas y gastadas, tratándolas tal y como los hombres blancos ricos trataban sus descapotables: sacándolos a pasear solo los días soleados, para fardar de capital.

Con sus zapatos viejos Cyrus también fardaba: de su autenticidad, de su antipatía de clase, de su lealtad al proletariado... Llevaba todo eso ahí, en los pies, como dos banderas raídas. Y sí, esas banderas raídas en concreto estaban fabricadas por una empresa de calzado multimillonaria, pero el capitalismo tardío no entendía de consumo ético y, además —se decía Cyrus a sí mismo—, uno tenía que considerar con precaución qué batallas libraba. Intentaba no pensar demasiado en esas contradicciones.

Zee, su compañero de piso, había pasado dos años enteros llevando el mismo par de Crocs de camuflaje color verde bosque todos los días, a todas partes.

«La moda es un arma capitalista», solía decir Zee con una sonrisa si alguien le preguntaba por ellas. Al cabo de un tiempo fue ya imposible imaginarlo con cualquier otro tipo de calzado. A Cyrus, sus zapatillas le parecían un primo político más discreto de las Crocs de Zee y, además, le gustaba no tener que pensar qué tenía que ponerse en los pies. «Los mártires siempre han llevado calzado sencillo», pensaba para sus adentros.

Cerca de allí, una mujer acercó un porro de un tamaño considerable a los labios del busto de cobre de John F. Kennedy mientras una amiga le sacaba una foto. De un tiempo a esta parte, Cyrus intentaba prestar más atención a esos momentos y valorar más la textura y especificidad que aportaban a su vida.

«Y la idea es que este libro sobre mártires termine contigo mismo», había dicho Orkideh. ¿Era cierto? A Cyrus le entraron ganas de sentarse en un banco del parque. Quería comer algo.

Cyrus creía que centrarse más en los momentos por los que valía la pena estar agradecido haría que, llegado el momento, su muerte fuera más conmovedora, más valiosa. Si una persona melancólica que odiaba la vida se suicidaba, ¿a qué renunciaba, en realidad? ¿A una vida que odiaba? Cyrus sentía que abandonar una vida que uno disfrutaba tenía que ser mucho más trascendental. El té aún caliente, la miel aún dulce: ese era el verdadero sacrificio. Eso sí significaba algo.

Consideró convertir eso, el dejar atrás una vida que te importaba, en una característica esencial de su libro. Era una de las cosas en las que más tendría que trabajar. Llevaba una vida bastante cómoda, no tenía que trabajar mucho para seguir donde estaba. Su alquiler era barato, tenía amigos y había libros que le entusiasmaba leer. Aun así, había días en que todo eso le parecía tan abstracto que no le veía ningún sentido. Cyrus lloraba a menudo sin motivo, se mordía los pulgares hasta hacerse sangre. Algunas noches se quedaba despierto hasta el amanecer, ahuyentando el sueño con la misma desesperación con la que deseaba su llegada.

A Cyrus le preocupaba también que la idea de la gratitud fuera clasista, o algo aún peor. ¿Acaso una pobre niña siria, cuya vida y muerte habían quedado marcadas de forma indeleble por los caprichos asesinos de una serie de hombres malvados, solo tenía derecho a la gracia si demostraba una capacidad sobrehumana de ver más allá de sus penurias y fijarse en la belleza de una flor solitaria que crecía entre un montón de escombros? Además, ¿la gratitud por esa flor no iba a verse contaminada por la conciencia —o ignorancia— de los cuerpos que abonaban la tierra en la que crecía?

Y si esa misma niña pasaba a formar parte de los escombros a causa de una granada de mortero errante, con los ojos llenos de lágrimas, fijos en ese último momento de vida, en aquella flor, ¿qué pesaría más en la balanza cósmica? ¿Una lágrima de gratitud ante la conmovedora belleza de una flor que se alza entre la ceniza, o una lágrima de rabia delirante?

Era posible, se dijo, que la experiencia de la gratitud fuera en sí misma un lujo, un descapotable que uno conduce a través de una vida siempre soleada. Incluso los tópicos que se intercambiaban después de una tragedia (un divorcio, la muerte de una mascota) parecían basarse en la expectativa de que la gratitud era el nivel base al que uno regresaba después de un intervalo de dolor necesario: «Con el tiempo solo recordarás los momentos felices». La gente realmente decía eso, personas como Cyrus, para quienes era razonable pensar que cultivar el espíritu revelaría unas existencias casi infinitas de gratitud oculta en cada hoja, en cada sonido y en cada cielo vacío de bombas de mortero.

Las palabras de Orkideh: «Otro hombre iraní obsesionado con la muerte». La imperdonable vanidad de fantasear con la propia muerte. Como si seguir viviendo fuera una certeza, una inercia que había que interrumpir de forma inorgánica.

Cyrus se planteó durante un instante si imaginar a una niña siria muerta como contrapunto a su relativa fortuna y usarla como atrezo en su obra psicológica sobre la ética de la gratitud era de enfermos. Quería preguntarle a Orkideh qué pensaba de esto, qué pensaba de la gratitud en general. Gran parte de su ancho de banda mental estaba ocupado con pensamientos contradictorios sobre preposiciones políticas: las implicaciones morales *de* la leche de almendras; la ética *del* yoga; las consideraciones políticas *de* los sonetos. No había nada en su vida que no estuviera contaminado por lo que él denominaba, casi sin pensar, el «capitalismo tardío». Lo odiaba, como se suponía que debía odiarlo todo el mundo, pero era un odio estéril, que hacía que no sucediera nada.

Cyrus quería estar «del lado correcto de la historia», fuera lo que fuera eso. Pero más aún (como tenía que reconocer para sus adentros cuando practicaba para ser rigurosamente sincero), quería que los demás lo vieran como alguien preocupado por estar del lado correcto de la historia. Era difícil imaginar a un mártir terrenal que al mismo tiempo fuera un eugenista ferviente o que hubiera apoyado a Mussolini. Estar del lado correcto de la historia parecía una característica fundamental para el tipo de personas que le interesaban.

Cyrus se acordó de que, cuando la había visto en el museo, Orkideh estaba descalza. De repente, aquello le pareció significativo. Se agachó, se desató las zapatillas, se las quitó y caminó así las tres manzanas que quedaban hasta la estación de metro.

Once

HIPATIA DE ALEJANDRÍA
370-415

un poco como las bibliotecas
te creías peligrosa
y te quemaste,

hombres despiadados como madres de alambre
aplastaron tus astrolabios, tus manos,
mientras los mansos heredaban esto y aquello,

el dulce cielo anda revuelto, amiga,
aquí en el futuro estamos muy solos
con todas nuestras drogas y conocimiento,

brigadiera incauta,
que con audacia declaraste
«esto es un círculo» y «esto es un cono»,

el confort de piedra de las x y las y
en medio del colapso incipiente

—extraído de LIBRODELOSMÁRTIRES.docx de Cyrus Shams

Arash Shirazi

MONTES ELBURZ, FEBRERO DE 1984

Me alisto porque lo tengo que hacer. No puedo recurrir a ninguna de las pocas escapatorias posibles: una enfermedad crónica, ser el hijo mayor de un padre viudo o ser rico. Conozco a hombres que han intentado convencer a los médicos de que tienen problemas de espalda, de rodillas o de corazón. A veces funciona. Los hombres se quedan en casa, con sus familias, y los vecinos ni siquiera los tratan con excesiva crueldad. La mayoría entiende que no quieras morir por un país que ya no reconoces. No sé cómo, pero los fanáticos idiotas acabaron acaparando todas las armas y los tanques cinco años después de una revolución liderada por estudiantes e idealistas, pacifistas con jacintos en la pechera. ¿Cómo se llegó aquí? Fanáticos. Armas, tanques. Y ahora, la guerra.

Cuando muera pondrán mi foto en la mezquita. Arash Shirazi, con la cabeza rapada, la cara afeitada. La falta de pelo hace que mi cráneo sea más llamativo, agudiza los ángulos de mi mandíbula. No es una cara atractiva, no lo es, pero tiene una fealdad que funciona. Filas y filas de nuestras fotos cubriendo la pared de la mezquita. Todos convertidos en mártires. ¿Cómo es posible distinguir cuál es tu mártir calvo muerto? ¿Cuál era? Una cicatriz en la mejilla, un lunar sobre el ojo...

Mientras me vacunan, antes del entrenamiento básico, en

la sala de espera una chica le echa la bronca a un chico aún más joven que yo. De hecho, parece que aún ni se afeita.

—Tú lo has querido —le dice—. Podrías haberles hablado de Beeta, te podrías haber librado de todo esto. Y ahora tienes lo que te mereces.

El tipo se mira las manos, de dedos largos y delicados. Tal vez sea un pianista brillante, un prodigio, pienso. A lo mejor Beeta es su profesor, su maestro de piano, a quien ha decepcionado alistándose. Hay una emisora de radio AM que pone música clásica todos los jueves y los domingos por la mañana, y siempre que puedo la escucho, a menudo tumbado en la cama con los ojos cerrados, mientras las canciones giran a mi alrededor como planetas. Prefiero a los compositores apasionados: Rachmaninoff, Mahler y Vivaldi. Pero a este hombre —este chico, en realidad, este chico delicado— lo imagino tocando Debussy. Tengo la impresión de que le encantará Chopin, pero sobre todo Debussy. Me lo imagino nadando por una catedral submarina, vidrieras y peces diminutos, con solo sus dedos, sus delicadas manos creando sonidos de catedral sumergida. Eso es lo que debería estar haciendo. Yo no sé hacer nada, no tengo ningún talento, ni grande ni pequeño. Mi lugar es este. Pero el de este chico, este niño con manos de catedral, no.

Mientras la chica (¿su esposa?, ¿su hermana?) lo regaña, la sombra de un estremecimiento recorre sus manos, un destello de rabia que se desvanece como el humo de una cerilla. A lo mejor Beeta es la hija de ambos, aquejada de alguna enfermedad congénita. O a lo mejor son primos. A lo mejor Beeta es su madre, ya muerta, y el chico es quien cuida de sus hermanos pequeños.

Pienso en qué motivos pueden llevar a un chico a ir a la guerra. Ideología, creencias personales, sí, desde luego. Irak nos invadió. Creían que derribarían la puerta y la casa entera se vendría abajo, o algo por el estilo. Después de la revolución estábamos débiles. Querían el petróleo de Juzestán, y Saddam quería que le besáramos la mano. Que le hiciéramos reverencias, ni más ni menos. No nos creíamos los desatinos del ayatolá, desde luego, pero la idea de aquella intromisión extranjera nos resultaba aún más odiosa que él, de modo que le seguimos la corriente. Pero este hombre que hay sentado frente a mí, este muchacho al que su esposa o su hermana está regañando, no tiene los dientes apretados, ni la convicción propia de quien posee una ideología. Tiene unas manos demasiado bonitas para ser un nacionalista. A lo mejor su padre lo presionó. O a lo mejor fue su imán.

En cuanto a mí, no siento gran cosa por hacer el servicio militar. Para mí es algo ineludible, como la enfermedad o la muerte. ¿Qué sentido tiene patalear y bracear cuando el remolino ya te está succionando? He visto los rostros de los muertos de guerra, en la mezquita y en los mercados. Nuestros mártires, feos y al mismo tiempo hermosos, mirando al frente, hacia un lugar que solo ellos pueden ver. Me pregunto cómo imaginarían ese lugar antes de llegar allí. Me pregunto si se llevarían una decepción, o si ni siquiera hay un lugar al que llegar.

Mi madre me afeitó la cabeza antes de las vacunas. Al parecer creía que el zumbido de la maquinilla cubría sus sollozos casi silenciosos, y yo dejé que lo siguiera creyendo. Soy pobre y soltero. No terminé el instituto y pasé varios años perdiendo el tiempo en el campo, trabajando donde podía, corriendo detrás de las chicas. Eso significa que soy prescindible, un «soldado cero»: cero educación, cero habilidades especiales, cero responsabilidades más allá de mi país. Hay una expresión que dice: «Si un soldado cero tiene que usar una granada para salvar la vida, es mejor que no desperdicie la granada».

«Prescindible» puede parecer una palabra dura para describir tu propia vida, pero a mí me resulta liberadora. Te quita toda presión por llegar a ser algo, tan solo te pide que seas.

Me marcho de casa en autobús, junto a varias decenas de jóvenes vacunados y afeitados, hacia un campo de entrenamiento improvisado al pie de los montes Elburz. Mi madre me da una foto de familia de hace años: yo, un adolescente grave y melancólico con un bigote incipiente. Mi hermana pequeña, Roya, sonriendo como solo lo hace en las fotos, enseñando los dientes de arriba y de abajo. Mi madre y mi padre de pie detrás de nosotros, muy serios, como dos leones de piedra. Después de tomar la foto, mi hermana y mis padres se enzarzaron en una pelea. Habían detenido a un vecino en una reunión subrepticia de los socialistas del Partido Tudeh de la que mis padres creían que Roya estaba al corriente. Hubo gritos durante toda la noche, seguidos de una semana de silencio.

Ya en el campamento, a los soldados nos envían a tres zonas según nuestro nivel educativo: los graduados universitarios, que empezaron su formación durante los veranos, entre semestres, son trasladados a la zona donde recibirán formación como oficiales; los graduados de secundaria van a otra parte para su entrenamiento de infantería; y los que no tenemos ni estudios secundarios, como yo —a pesar de contar con madres cariñosas y hermanas superdotadas—, somos los soldados cero y nos quedamos en la zona de Elburz, el mismo lugar donde nos movilizaron de entrada.

Hace frío. Nunca había estado en las montañas. Se parecen tanto a las fotos de sí mismas que cuesta un poco creer que sean reales. Parecen de cera, casi chatas contra el cielo. La tierra es dura y el campamento parece levantado en un día, todas las paredes son telas plastificadas y postes de metal. Es el tipo de lugar que podríamos desmantelar y evacuar en cuestión de minutos. Supongo que esa es la idea.

Un hombre con uniforme de faena, bigote espeso y gafas de sol ordena a todos los soldados cero según nuestra estatura y nos asigna un número en función del lugar que nos corresponde en la cola. Yo soy alto, de modo que me toca el número 11 de 208. Ese será mi nombre. 11. هدزای. «Yazdah.» El nombre tiene algo de monolítico. Limpio.

Una vez, cuando aún era un niño, mi hermana Roya y yo fuimos andando hasta un estanque helado que había cerca de nuestro apartamento. Yo tendría unos nueve años, o sea que ella debía de tener siete. Estábamos solos en el estanque, donde unos enormes bloques de hielo se mecían en el agua de forma casi imperceptible, como coches planeando un centímetro por encima del asfalto. A veces íbamos allí y jugábamos al pillapilla, o tirábamos piedras a las flores acuáticas. Rara vez veíamos a alguien más.

Mi hermana no le tenía miedo a nada, pero mientras rodeábamos el estanque me di cuenta de que intentaba disimular sus escalofríos para que yo no los viera. En aquel entonces yo creía que todas las hermanas pequeñas eran así, deseosas de demostrarles a sus hermanos mayores lo duras que eran; y eso me molestaba, tenía ganas de negarle la aprobación que con tanta ansia buscaba. Ella nunca sería como yo: un niño, un hombre en ciernes, con toda la hombría y la tolerancia al dolor que eso implicaba. Y era mejor que lo aprendiera de mí que del mundo.

Nuestro estanque estaba en el centro de una especie de valle, unas cucharadas de sopa en el fondo de un cuenco enorme. Las colinas que descendían hasta él estaban moteadas de arbustos y de campos de trigo de invierno, todo ello helado. En lo alto de la colina rompíamos cañas que usábamos para romper más cañas. También tirábamos rocas a los témpanos flotantes. Roya se enfadaba un poco si no llegaba tan lejos como yo, y lo intentaba una y otra vez. Allí, en lo alto de la colina, el terreno se volvía llano y daba paso a un campo helado, tierra dura salpicada por algún que otro arbusto muerto, o un tallo disecado de algo que en su día había sido verde. Desde allí arriba, el estanque parecía un ojo morado, vidrioso. Nuestra *mamabazorg* también tenía los ojos así, unas cataratas gruesas como culos de botella.

—Dame la mano —dijo Roya, mirando al estanque. Interpreté aquello como una admisión de su miedo y se la di con mucho gusto. Llevaba unos guantes negros y finos, tal vez de algodón, mientras que los míos eran morados brillantes y de plástico, aún muy infantiles. Lo recuerdo, como recuerdo mi sorpresa cuando añadió—: Vamos a correr colina abajo, hacia el agua. ¡El primero que deje de correr y se suelte es un gallina!

No tenía opción, por supuesto; negarme habría equivalido a renunciar a mi posición como el mayor y el más valiente de los dos. Incluso en el caso de que protestara por su propia seguridad, ambos lo percibiríamos como una demostración de miedo. Resoplé y cerca de nosotros un grupo de pájaros echaron a volar al oír nuestra conversación, tal vez para asegurarse de que mi hermana y yo nos quedáramos realmente a solas. Le apreté la mano y nos precipitamos colina abajo.

Mientras comemos un *abgoosht* insípido, uno de los hombres más veteranos del campamento, el número 137 —quizás unos años mayor que yo— nos cuenta que un viejo amigo de la familia hizo dos servicios militares obligatorios de dos años. El vecino, un hombre llamado Alireza, tenía un hermano que murió dos años antes de que él naciera. Para asegurarle un desarrollo académico más rápido, los padres de Alireza habían decidido que este adoptara el nombre de su hermano muerto. Eso fue antes de la estandarización del papeleo oficial, de modo que Alireza no tuvo ningún problema para convertirse en su hermano mayor muerto y completar toda la educación con el nombre de este. Cuando terminó, por supuesto, tuvo que cumplir el servicio militar obligatorio de dos años de su hermano, cosa que hizo con absoluta obediencia y sin rechistar.

Pero entonces, cuando hacía apenas un mes o dos que había regresado a casa, sus padres recibieron una notificación según la cual había llegado el momento de que Alireza se incorporara al servicio militar. El Gobierno, que no disponía de ningún registro educativo o médico de aquel niño llamado Alireza, se había acordado, después de dieciocho años clavados, de que le había llegado la hora de servir en el ejército. Por supuesto.

Alireza tuvo que elegir entre admitir el engaño de sus padres durante años y someterlos (a ellos y también a sí mismo) a las consecuencias de haber mentido al Estado, o cumplir otros dos años de condena. Aunque 137 aseguró que Alireza ni siquiera había considerado la primera posibilidad: volvió a alistarse, usando su nombre real por primera vez en años (incluso sus padres lo llamaban por el nombre de su hermano muerto). Apenas un mes después de iniciar su segundo servicio, Alireza murió en un accidente durante un entrenamiento. Y se convirtió en mártir. Por lo menos lo hizo con su propio nombre.

Mientras 137 cuenta esta historia, los demás se ríen.

—Es imposible que eso ocurriera de verdad —afirma uno—. Alguien habría descubierto la artimaña años antes de que lo reclutaran.

—Debería haber dicho la verdad y ya está —dice otro hombre.

—Y ahora a sus padres les pertenece también el dolor de tener dos hijos muertos —añade el primero.

Es una historia graciosa, creo, tal como los cuervos son pájaros graciosos, y más listos de lo que aparentan. A primera vista es una historia sobre nombres, pero en realidad es una historia sobre el tiempo, sobre cómo el tiempo arrasa con todo.

La familia, el deber... Todo termina bajo tierra. Y hay algo reconfortante en eso, algo tremendo y, sí, ineludible. Como tinta brillante derramándose sobre todos al mismo tiempo.

Total, que Roya y yo estábamos cogidos de la mano en lo alto de la colina. Yo llevaba zapatillas de deporte y pantalones de algodón, un conjunto que daba muestra, una vez más, de mi desprecio por el frío. Mi hermana iba mucho más abrigada, con un grueso anorak de poliéster con capucha y unos vaqueros acampanados. La ropa holgada hacía destacar su cabeza, manos y pies, y le daba aspecto de estrella de mar. Sin soltarle la mano, conté hacia atrás en voz alta («¡Tres, dos, uno, ya!») y nos lanzamos pendiente abajo hacia el estanque helado, imparables de inmediato, o al menos así lo sentí yo, como dos gotas de agua deslizándose por el exterior de un vaso frío.

Nada podía detener nuestro descenso, nuestras piernas a la carrera ya no corrían, sino que intentaban a la desesperada seguirle el ritmo del mundo, que zumbaba junto a nosotros, el suelo que se escabullía bajo nuestros pies a toda velocidad, nuestras piernas, flacas y torpes, tecnologías ridículas, lo único que impedía que termináramos desmoronándonos, mientras mi hermana se reía y yo gritaba, aterrorizado, pero Roya seguía riendo a medida que el estanque se iba haciendo más y más grande, y yo intentaba encontrar la forma de hacer que el mundo se ralentizara lo suficiente como para que mis piernas pudieran seguirle el ritmo, pero mi hermana, la estrella de mar de apenas un metro de altura, se reía, glugluteando como un pavo, cogida de mi mano y aún corriendo en línea recta, y sus piernas ya ni siquiera eran un borrón, sino una forma sólida, como las llantas de los coches de los anuncios, inmóviles a pesar de que el coche avanza por la carretera, hasta que el estanque era lo único que veíamos ante nosotros, cuando de pronto me resbalé, no recuerdo exactamente cómo sucedió, pero creo que la zapatilla se me hundió en la tierra helada, se me trabaron las piernas, el hielo se levantó y me resbalé, y la tierra dejó de moverse de forma acaso demasiado repentina, sentí cómo mi cerebro se agitaba dentro del cráneo, todo tan rápido que tal vez la tierra incluso se movió un poco hacia atrás, como para corregirse, y con el resbalón solté la mano de Roya, el mundo se detuvo a mi alrededor y por fin pude ver lo rápido que se movía, todo aceleración y descontrol, y recuerdo que grité «¡Roya no!», mientras ella levantaba la mano, la misma con la que hacía un momento que sujetaba la mía, en el aire, como un boxeador, como si empuñara un trofeo de boxeo, o más que un trofeo, como si por fin hubiera podido agarrar un trocito de sol, caliente y cargado de energía, todo el calor que necesitaba, mientras, con una risa triunfal, se precipitaba de cabeza al agua helada.

He oído que el olfato es el sentido más ligado a la memoria, pero para mí siempre ha sido el lenguaje, si es que el lenguaje se puede considerar un sentido (y por supuesto que se puede). Incluso en comparación con el perro más incapaz, los humanos no podemos oler nada. Pero, en cambio, en comparación con... ¿qué?, ¿con un mono que puede decir «manzana» haciendo señas con las manos?, somos los dioses del lenguaje; todo lo demás son gorjeos y eructos. Y es de lo más apropiado que nuestro superpoder como especie, la fuente de nuestra divinidad, provenga de un invento tan imperfecto.

Porque el lenguaje es un invento, por supuesto. El primer bebé no salió hablando farsi, ni árabe, ni inglés, ni nada. Lo inventamos nosotros, este idioma en el que un hombre se llama «iraquí», y otro se llama «iraní», y por eso se matan unos a otros. Donde a un hombre se le llama «oficial» y, por lo tanto, envía a otros hombres, con cabezas y corazones iguales que los suyos, a destriparse sobre trincheras de alambre de espino. Es por el lenguaje que un sonido significa una cosa, y otro sonido significa otra, un montón de sonidos inventados que van por ahí pavoneándose, engreídos como gallos. No es de extrañar que haya tantos malentendidos.

Con el trasero aún en el suelo, la vi desaparecer. Mi hermana se hundió entera en el agua, iba tan rápido que no se dio cuenta de que el suelo bajaba en picado; a veces los estanques artificiales son así, pierdes pie nada más entrar. El agua se la tragó en un abrir y cerrar de ojos.

Me quedé un momento buscándola con la mirada, pero se había desvanecido nada más entrar en el agua. El único rastro de su presencia eran unos enormes círculos concéntricos que hacían oscilar los témpanos de hielo, como ondas sonoras buscando un oído. Y entonces, antes incluso de que pudiera procesar lo que acababa de suceder, antes de que pudiera tomar siquiera la decisión de ser valiente o cobarde, antes de que se produjera un punto de inflexión que sin duda habría determinado la idea que tenía de mí mismo durante el resto de mi vida, un chapoteo en el agua, la cara de Roya, ridícula y empapada, rompiendo las aguas, agitándose, moviendo aquellos brazos de estrella de mar para mantenerse a flote, sacudiéndose y, lo juro por Dios, riendo, riendo como una loca, entre jadeos.

—¡Cobarde! —me gritó, tosiendo agua mientras nadaba hacia la orilla. Los enormes témpanos de hielo se apartaban a medida que ella iba avanzando—. ¡Gallina!

No soy un hombre de lágrima fácil. He conocido a hombres así, hombres que lloran como niñas, hombres de mi propio pelotón que cada noche, después de apagar las luces, rompían en sollozos, o Rostam, nuestro vecino retrasado, que casi a diario salía de su casa y se ponía a murmurar, a llorar y a reír, a veces todo al mismo tiempo, hasta que una de sus exasperadas sobrinas salía a buscarlo y lo hacía entrar de nuevo en casa. Hay algo patético en esos hombres, desde luego, una debilidad imperdonable, pero, si soy sincero, siempre los he envidiado un poco. La claridad de una respuesta emocional física, algo íntimamente relacionado con la tristeza y el terror. Esa forma de mostrarse.

En Irán todo estaba cambiando. Calles con nombres de flores y pájaros pasaban a llevar nombres de figuras religiosas y mártires. Arrancaban carteles publicitarios de relojes, coches y películas, y los sustituían con el rostro furioso de algún ayatolá. Yo no entendía el significado de todo aquello, pero sabía que era un significado intenso. Los adultos hablaban en voz baja cuando creían que estábamos durmiendo. A veces oía a mi madre llorar. Mi padre la regañaba y le decía que parara, pero a mí la claridad de esas lágrimas me parecía una suerte, sobre todo en comparación con la confusión y el miedo que me hacían un nudo en el pecho y en la cabeza, y que seguramente me iban dejando secuelas en el estómago y en el cerebro.

Recuerdo que, en la escuela, Agha Pahla sostuvo una piedra suspendida en el aire con una cuerda y nos contó que esta estaba cargada de energía potencial (energía potencial, ¡menudos nombres les damos a las cosas!) y que, si la dejábamos caer, toda esa energía potencial se convertía en movimiento, en energía cinética, en acción, o algo así. Y esa transformación de energía potencial en movimiento es lo que hace que las piedras sean tan poderosas, terribles, capaces de aplastar a la gente. A veces yo también me siento así, como si anduviera por ahí desbordante de energía potencial, una piedra suspendida sin un cuchillo lo bastante afilado como para cortar la cuerda.

A veces me pregunto cómo me sentiría si rompiera a llorar, si me golpeara el pecho y me pusiera a bramar como una vieja en un funeral, sin guardarme nada potencial para más tarde, todo movimiento y energía. Pienso en ello y me siento atascado incluso en mi imaginación: como una nariz tapada que te impide respirar, mi cerebro no es capaz de llevarme hasta ese lugar, ni siquiera puede hacer como si existiera. Sucede una cosa y luego sucede la siguiente, y así durante mucho, mucho tiempo.

Cuando la cabeza de Roya asomó a través del agua, cuando esta empezó a reír y a salpicar y a burlarse de mí mientras nadaba de vuelta a la orilla, no lloré, por supuesto. Ni siquiera en ese momento. Ahora que lo pienso, si hubiera llorado, ¿habría sido de felicidad, por saber que a mi hermana no le había pasado nada? ¿O de alivio porque tampoco me hubiera pasado a mí? Hoy me resulta difícil recordar con exactitud lo que sentí en ese momento, solo sé que cuando Roya volvió a salir, me levanté del suelo sin pensarlo y corrí hacia la orilla.

—¡Qué demonios haces! —le grité mientras ella se reía y me llamaba «gallina»—. ¡Sal del agua! ¡Fuera!

Estaba poseído por el miedo y mi incertidumbre se tornó en acción.

—Ya voy, hermanito —dijo ella, divertida—. ¡Ya voy!

Cuando se acercó a la orilla y me tendió la mano, quise apartársela de un manotazo y decirle: «Te has metido ahí solita, ¡ahora te apañas para salir!». O tal vez quería hacerle sentir el mismo miedo que había sentido yo, y que aún sentía. Sus carcajadas, su forma de sonreír y de comportarse, como si fuera invencible, me ponían furioso. Aunque tal vez «furioso» no sea la palabra justa, porque mi sensación tenía algo de desconcierto, una furia sorda, una rabia tan honda que era imposible no estar un poco impresionado.

Así pues, la agarré de la mano y la saqué del agua. Roya chapoteó al salir, tal vez más de lo necesario, para mojarme a mí también e involucrarme aún más en aquel jaleo que había provocado. Tiré de ella, y mi hermana salió y se echó en la hierba, en el barro, resollando, empapada de pies a cabeza, riendo, jadeando como un pez estúpido. Niñata estúpida.

En el campamento nos levantamos cada mañana a las 4:30 y tenemos media hora para prepararnos para el día. Hacemos el *wudhu* —las abluciones matutinas— y luego decimos el *faŷr* en grupo. Entre nosotros nos llamamos «hermano»: «Perdona, hermano»; «Hermano, pásame la toalla». Mis padres no eran particularmente religiosos y las únicas veces que rezábamos juntos en familia eran cuando alguna tía o nuestros abuelos de Qom se instalaban en casa. El *faŷr* siempre fue mi oración favorita porque era muy corta, apenas dos *rakats*. La plegaria cabía entera en el lapso de un sueño, quince minutos dirigiéndote como un sonámbulo hacia la rendición, la obediencia, Dios, o lo que fuera. Siempre me había parecido muy inteligente que Dios les pidiera a sus siervos que rezaran cuando aún tenían la mente embotada por el sueño, cuando la pared que separaba nuestro mundo del suyo era más delgada.

Por supuesto, la vida castrense arruina por completo esa experiencia, ya que exige un entrenamiento físico entre el *faŷr* y el desayuno, con lo cual uno no puede volver a dormir, ni tampoco rezar con la mente embotada por el sueño: una vez te has levantado, te has levantado. Aquí, el *faŷr* adquiere un significado completamente distinto, los últimos momentos de quietud relativa, la última calma del día, el último instante antes de que la omnipresente mirada de nuestros superiores nos convierta en hombres angustiados y extraños. En nuestro baño compartido no hay espejos, dicen que para prevenir el orgullo, la idolatría o algo así, aunque el resultado real es un pelotón con uniformes desaliñados, botones caídos y solapas torcidas. Cuando hago el *wudhu* y me lavo la cara con agua, a veces imagino que es una especie de disolvente que me corroe la piel, el músculo y el hueso que hay debajo; el agua disuelve no solo el sueño que me embota la cabeza, sino la cabeza en sí, hasta que al final estoy frotando apenas lo que queda cuando desaparece la vanidad, la existencia pura, lo que sea que hay debajo de mi cuerpo y de los demás aparejos que me mantienen aquí; eso es lo que imagino que lavo. Tengo la sensación de que mi ser está más sucio que el de los demás, lastrado por toda esa inmundicia.

Viendo a Roya echada sobre el barro, el barro del estanque, quise estrangularla. No para hacerle daño, sino para que sintiera miedo, el mismo miedo que sentía yo, o el miedo que sentía que debería haber sentido, para que se sintiera igual de bloqueada en su sentir que yo. O tal vez solo quería arrebatarle aquella sensación de invencibilidad: una niña no puede ir por la vida como si nadie pudiera hacerle daño. ¿En este mundo? Ni hablar. Pero incluso eso presenta mi rabia —una rabia que era como un alfiler candente atravesándome el ojo— como algo noble, con un objetivo definido, cuando en realidad no era así. Era solo que había algo en su actitud, en aquella forma de comportarse como si no pasara nada, que me repugnaba, me provocaba un vahído furioso.

—¿Se puede saber qué has hecho, so burra? —siseé—. ¿Qué vamos a hacer ahora?

Estaba empapada y chorreando, y toda esa agua pronto se congelaría sobre su abrigo y sobre su cuerpo.

—¿Por qué estás tan...? —empezó a decir, pero la corté.

—¡Veneno de serpiente! —grité, algo que en mi mente significaba algo así como «¡Cierra la boca!», o «¡Gilipolleces!», pero con más mala leche.

Me di cuenta de que iba a tener que colar a Roya en casa sin que la viera nuestra madre. Por suerte, nuestro padre estaba en el trabajo. Arreglaba líneas eléctricas: si se iba la luz en cualquier lugar de Teherán, llamaban a su empresa, a cualquier hora del día o de la noche, incluso los fines de semana. Esa semana había estado haciendo horas extra en el centro de la ciudad, cerca de la mezquita de Al-Aqsa.

Llevé a Roya de vuelta a casa, y poco a poco su orgullo fue dando paso a escalofríos, y luego a estremecimientos. Al principio intentaba disimularlos, pero al poco tiempo ya no podía; oía cómo le castañeteaban los dientes incluso sin mirarla, y al final le di mi abrigo. Aunque quería que sufriera, aunque quería que se avergonzara y se arrepintiera, le di mi chaqueta. Cuando llegamos a casa, fui corriendo hacia mi madre, que estaba cortando pepinos en la cocina, y empecé a hablar con ella, a contarle esto y aquello, ya no recuerdo qué, y creo que la emocionó tanto que yo —un chico por lo general tan callado— le hablara, que no sospechó nada. Roya entró en casa a hurtadillas unos segundos después que yo y se metió en el baño, donde pasó lo que debieron de ser veinte minutos bajo la ducha. Y no recuerdo de qué hablamos mi madre y yo, ni qué terminó cocinando, pero sí recuerdo que mientras conversábamos de todo y de nada, y mientras ella me preguntaba por mis amigos y por el colegio, disfrutando de que su hijo le prestara atención y charlara con ella, yo oía a Roya en la ducha de arriba, dando pisotones para calentarse, cantando, tronchada de risa.

Doce

Gilles Deleuze se refería a la elegía como *la grande plainte*, «la gran queja», una forma de decir «lo que está pasando es demasiado para mí». En Irán, la Ashura es un día de elegía que se celebra ayunando y llorando el martirio del imán Hussain, asesinado en el año 680 de la era cristiana, el día de su cincuenta y cinco cumpleaños, en la batalla de Karbala. Un día de elegía. «Lo que pasó hace trece siglos sigue siendo demasiado para nosotros», dicen los iraníes. Lo llevamos en la sangre, *la grande plainte. Shekayat bazorg*. Aún nos acordamos. Claro que nos acordamos.

—extraído de LIBRODELOSMÁRTIRES.docx de Cyrus Shams

Cyrus Shams

UNIVERSIDAD DE KEADY, JUNIO DE 2012

Había caído una de esas tormentas de verano tan típicas de Indiana: despiadada, sin principio ni fin. En aquella época, Cyrus tenía la sensación de que las tormentas y demás fenómenos meteorológicos le sucedían directamente a él. No, contra él. Las tormentas existían solo para molestarlo y la nieve, para hacerlo llegar tarde al trabajo, donde atendía el teléfono del local de comida china para llevar del campus, que abría toda la noche. Y el sol salía solo para quemarlo, a propósito, para hacerlo estremecerse por su palidez.

Aquel verano, Cyrus había decidido ampliar sus horizontes saliendo con una republicana.

Se había criado como iraní en el Medio Oeste estadounidense, en el contexto del 11 de septiembre y el patrioterismo consiguiente: las banderas en el césped, los lazos amarillos y los «¿No te alegras de estar aquí?». Cyrus lo veía dentro de sus cuerpos cuando lo miraban, era como si los americanos tuvieran un órgano extra para aquella mezcla de odio y miedo, que les latía en el pecho como un segundo corazón.

Una vez, poco después del 11-S, el profesor de matemáticas de Cyrus, un hombre calvo a excepción de una despeinada franja de pelo anaranjado alrededor de las orejas, colgó un póster de George Bush junto a la pizarra. Después de clase, le contó a Cyrus en tono conspiratorio que había oído un nuevo término para referirse a la gente como él. Lo dijo con un susurro, aunque estaban solos en el aula: «Negratas del desierto». El profesor de Cyrus se rio, como incluyendo a Cyrus en la broma. Este no supo cómo reaccionar, de modo que se rio con él. Más tarde se odió por ello.

En otra ocasión, la profesora de estudios sociales de Cyrus, una mujer recién salida de la universidad, lo señaló en plena clase y dijo que «nuestros chicos» estaban ayudando a «los suyos» a «entender cómo funciona la democracia». La mayoría de los alumnos del aula asintieron en gesto de aprobación (si es que pillaron la idea), de modo que Cyrus también lo hizo y no mencionó lo que «nuestros chicos» le habían hecho a su madre. Más tarde también se odió por ello.

En el punto de intersección entre su identidad iraní y su identidad del Medio Oeste había una cortesía patológica, una compulsión por evitar provocar angustia en los demás, que lo inmovilizaba. Cyrus pensaba mucho en ello. Arrullabas a sus bebés amorfos al tiempo que asentías con la cabeza ante sus gilipolleces racistas. En Irán se conocía como «taarof», una elaborada coreografía de etiqueta que, de forma casi totalmente tácita, determina todas las interacciones sociales. El viejo chiste era que dos hombres iraníes no podían subir a un ascensor, porque no dejaban de decir «tú primero», «no, tú», «no, no, por favor», «insisto», mientras las puertas se abrían y cerraban una y otra vez.

Cyrus descubrió que con la cortesía del Medio Oeste pasaba algo parecido, como si te dejara agujeros de cigarrillo en el alma. Te mordías la lengua y luego te la mordías un poco más fuerte. Intentabas mantenerte lo bastante impávido para poder decirte a ti mismo que no habías sido cómplice, que por lo menos no estabas alentando lo que sucedía a tu alrededor. Lo que te sucedía a ti.

Kathleen era la primera republicana con la que salía, y también la primera persona rica. Estaba estudiando un posgrado de negocios en la prestigiosa Morris School of Management de Keady. Procedía de una familia adinerada de Arizona, pero la suya no era una riqueza como las que Cyrus había visto, de manera periférica, mientras crecía en Fort Wayne, en plan «mi madre es dentista». No, su familia poseía el tipo de riqueza en torno al cual Cyrus había construido su aversión vitalicia hacia la gente rica.

El dinero de la familia de Kathleen provenía del petróleo, el tipo de fortuna que se asocia a escuelas de protocolo y establos, un tipo de riqueza nuevo que traía de cabeza la brújula moral de Cyrus, que se movía como loca entre el desprecio y la curiosidad. Una vez Kathleen le había contado que John McCain había asistido a su fiesta de graduación universitaria.

«Es un viejo amigo de mi padre», había añadido, encogiéndose de hombros.

Durante unos meses, Cyrus logró disimular el asco que le provocaban sus inclinaciones políticas en pro de la novedad: Kathleen compraba libros y los dejaba en la cafetería tras haber leído solo una cuarta parte; en un bar dejaba una propina equivalente al total de la cuenta, y en el siguiente no dejaba nada. El dinero no tenía ninguna relevancia para ella. Tomaba prestada la chaqueta de Cyrus, su sudadera con capucha, y no se la devolvía, ajena al hecho de que él no tenía ropa de repuesto. Sabía el nombre del tipo que pilotaba el helicóptero de su padre y del hijo de su niñera, y los mencionaba a menudo como prueba de su magnanimidad. Era cristiana, pero cristiana americana, una de esas personas que están convencidas de que lo que necesitaba Jesús era un rifle más grande.

A Cyrus le encantaba que fuera más ambiciosa, más decidida y más atractiva que él. Cuando se acostaban, ella se echaba a su lado y le sonreía un poco, como diciendo «de nada». Ese tipo de atractivo.

Si era rigurosamente sincero, a Cyrus también le encantaba que se encargara siempre de la cuenta en todos los restaurantes y todos los bares. Que pudiera pedir comida a domicilio dos veces al día sin inmutarse. Que hiciera la compra en Whole Foods en lugar de en Aldi. El zumo de pomelo recién exprimido casi compensaba la disonancia cognitiva.

Una noche, en medio de una tormenta de verano, montaron en el BMW de Kathleen y desde su apartamento fueron hasta al Green Nile, el bar de cachimbas del campus. Fue allí donde Cyrus conoció a Zee, que trabajaba como camarero y se presentó con su nombre completo, Zbigniew.

—¿Zbigniew? —respondió Kathleen de inmediato—. ¿Y eso qué es?

Sin dudar un instante, Zee sonrió y dijo:

—Suena como un estornudo, ¿verdad? Soy polaco-egipcio y el nombre me viene de la parte polaca. Mis amigos me llaman solo Zee.

Cyrus se había tomado un poco de clonazepam antes de salir del apartamento, unas pastillas pequeñas de color amarillo anaranjado que sabían a cítrico cuando las mordías —Cyrus estaba convencido de que las compañías farmacéuticas lo hacían a propósito para complacer a los consumidores recreativos—, y luego había esnifado un poco de Focalin para quitarle las aristas al subidón. En el Green Nile se limitó a asentir con gesto perezoso, mientras Kathleen pedía la primera de muchas jarras de «sangría de la casa». (Muchos meses después, Zee le confesó a Cyrus que la sangría en cuestión no era más que vino tinto de garrafa con trozos de manzana congelada.)

Cuando Kathleen y Cyrus se terminaron la primera cachimba, Zee les anunció que la siguiente iba a ser «especial». A Cyrus, la experiencia de los bares de cachimba estadounidenses le parecía vagamente desagradable y orientalista: hijos de agricultores de soja y vendedores de seguros sentados alrededor de una mesa, mojando falafel rancio en hummus de supermercado y fumando *shisha* sabor «Frambuesas eléctricas» con cachimbas fabricadas en Taiwán. Pero Cyrus nunca había dejado que sus creencias le estropearan un colocón y se estremeció de regocijo ante la perspectiva de conseguir alcohol y hierba gratis.

—Mis disculpas a Edward Said —musitó Cyrus, creyéndose muy ingenioso.

—¿Eh? —preguntó Kathleen, pero Cyrus se limitó a negar con la cabeza. Según los cálculos de yonqui de Cyrus, sentirse moral e intelectualmente superior a Kathleen (aunque ella fuera mucho más rica y atractiva) los ponía de alguna manera en pie de igualdad. Sentían una fascinación mutua.

—Esta es bastante potente —dijo Zee al sacar la segunda cachimba—, o sea que tomáoslo con calma.

No se lo tomaron con calma. Al principio, Cyrus se emparanoió por si el olor de la hierba era más fuerte que el olor de la *shisha*. (Zee les había recomendado el sabor «Ositos de goma blancos», pues era el que mejor disimulaba el olor.) Cyrus solía reaccionar así cuando fumaba hierba, se ponía nervioso, era incapaz de escapar de la sensación de que todo el mundo estaba hiperactivo y le daba por obsesionarse por los detalles más insignificantes de su personalidad. Por eso la hierba no habría entrado en el top 10 de sus colocones preferidos, lo que no era obstáculo para que Cyrus fumara casi a diario: la marihuana era omnipresente. Siguió bebiendo más y más rápido para contener su paranoia. El alcohol lo calmó un poco y entonces se dio cuenta de que el resto de los clientes no parecían percibir el olor a hierba, o por lo menos, no parecían darle importancia. Afuera, la lluvia fue amainando hasta convertirse en una llovizna, a medida que la noche aceleraba hacia su conclusión natural.

Kathleen llevaba un rato quejándose de sus amigos y sus compañeros de clase. Había un profesor que nunca contestaba a sus correos electrónicos, una amiga que engañaba a su novio y esperaba que ella la apoyara... Cyrus se esforzó por concentrarse en sus ojos, azules como los que suelen tener las personas rubias, tan comunes que es fácil olvidarse de lo bonitos que son. Como ocurre con las palomas.

—¡Aquí soy minoría! —exclamó en un momento dado Kathleen entre risas, y dio un largo trago a su sangría. Iban ya por la tercera o la cuarta jarra.

Cyrus estudió su rostro: los ojos azules, el pelo rubio y lacio por debajo de los hombros... Su americana de pata de gallo parecía estar dando vueltas, pero bueno, también las daba el papel pintado. Kathleen era guapísima, con ese estilo tan agresivamente americano, el tipo de mujer que suelen poner en los anuncios de medicamentos para el resfriado. Cyrus recordó que le había contado cómo una vez, en Los Ángeles, había tomado una clase de interpretación con James Franco, que había intentado acostarse con ella.

—¿Minoría? —preguntó Cyrus, esforzándose por enfocarla.

La decoración de Green Nile evocaba un Medio Oriente indefinido: mensajes enmarcados escritos con caligrafía árabe, una fotografía de un camello, una pirámide, un río, una alfombra. Junto a la caja había un gato de la suerte chino, que movía el brazo arriba y abajo en medio de la niebla de humo de cachimba.

—Vamos a ver. Fíjate en este sitio. Tú y el camarero, la música, las paredes... ¡Parece Bagdad, Indiana!

La música era tan anodina que hasta ese momento Cyrus no había reparado en ella: extrañamente relajada, un rollo pop con sitar, tal vez Ravi Shankar. Cyrus se preguntó por qué habría creído Kathleen que «Bagdad, Indiana» le iba a hacer gracia. ¿Porque hablaba inglés sin acento? ¿Porque se acostaban juntos? ¿Porque Cyrus estaba siempre mordiéndose la lengua? ¿Porque casi nunca le echaba en cara sus ideas políticas retrógradas? Todos esos factores eran ajenos a la idea de «ellos» de Kathleen, y por eso Cyrus podía formar parte de su «nosotros».

Cyrus se preguntó qué porcentaje de su vida se basaba en el hecho de que los demás asumieran que formaba parte de su «nosotros». El profesor de secundaria que había compartido subrepticiamente un insulto racista con él, como si fuera una jugosa naranja que pudieran pelar y saborear juntos. Incluso su nombre podía pasar por blanco: Cyrus Shams. Peculiar, probablemente extranjero, pero al mismo tiempo insondable. Cyrus se sentía como Blade, el superhéroe interpretado por Wesley Snipes, mitad humano, mitad vampiro, con todos los superpoderes de cada especie y una fuerza sobrehumana y, al mismo tiempo, capaz de caminar bajo la luz del sol. Como Blade, Cyrus podía moverse sin disimulos bajo la luz del sol, estadounidense cuando le convenía e iraní cuando no. ¡Las balas le rebotaban en el pecho! ¡Podían cortar metal con los dientes! Estaba súper, supercolocado.

—Vamos a sacarte de Bagdad —dijo Cyrus, que intentó pensar en algún chiste chocante, sin éxito, y luego se alegró de no haber encontrado ninguno. Estaba demasiado colocado para sentirse decepcionado consigo mismo. Kathleen sonrió y le hizo una señal a Zee. Le entregó su tarjeta de crédito, de un negro mate.

—¿Qué tal por aquí? —preguntó Zee cuando se la devolvió.

—De. Puta. ¡Madre! —respondió Kathleen, pronunciando cada palabra de forma independiente, como una adolescente releyendo un poema—. Creo que hasta hemos conseguido que deje de llover.

Fuera todavía lloviznaba, pero Kathleen tenía razón, la furia de la tormenta había pasado.

Zee sonrió y dijo algo. Cyrus no lo oyó bien, pero Kathleen se rio, de modo que Cyrus hizo lo mismo. Zee le dirigió una mirada, una fracción de una milésima de una mirada, que Cyrus interpretó como un «¿Esta tía? ¿Seguro?», pero que tal vez significaba «No vas a conducir, ¿verdad?». Cyrus se encogió de hombros en dirección a nadie en particular y se levantó con gestos calculados, intentando no tambalearse.

La lluvia había cesado por completo cuando llegaron al coche de Kathleen. A su alrededor, las hojas caían sobre las aceras y el viento formaba ondas en los charcos. Kathleen cogió la 233 y volvieron a su casa bajo el pesado aliento de las farolas. Cuando llegaron al apartamento, Cyrus arropó a Kathleen y le dijo que se iba a dar un paseo. Ella tenía demasiado sueño para protestar.

—Ten cuidado —dijo por toda respuesta, y acto seguido se dio la vuelta.

Cyrus se sirvió un zumo de pomelo de lujo en un vaso de plástico y salió a la calle.

Echó a andar sin un rumbo claro, en la dirección general del campus, y en su iPod puso «Sister», de Sonic Youth, desde la primera pista. La borrachera de vino y el subidón de hierba habían empezado ya a pasársele, y en ese estado intersticial pegajoso en el que la congestión psíquica se combinaba con una excitación emocional exacerbada, Cyrus oyó a Kim y a Thurston cantar en harmonía «It feels like a wish coming true, it feels like an angel dreaming of you...», y se echó a llorar.

Era un llanto feo, incontrolable. Más que llorar, bramaba al tiempo que caminaba. En ese instante, Cyrus se sintió como si llevara una corona. Sonic Youth, las farolas, el olor a tierra mojada: todo era por él. Su zumo de pomelo se había transubstanciado en ambrosía. Estaba tan bueno que lo mareaba. Cyrus se sintió nuevo: sin pecado, invencible.

Pensaría mucho en aquello durante los años siguientes. Antes de que la adicción lo hiciera sentirse de pena, lo había hecho sentirse de puta madre. Vaya que sí. Era como magia, como si estuviera lo bastante cerca de Dios como para rozarlo con las pestañas.

«You've got a magic wheel in your memory. I'm wasted in time...»

Si en ese momento hubiera tenido un bloque de mármol, habría podido esculpir el David. Si hubiera tenido una espada, habría podido cortar un coche en dos. Si hubiera tenido madre, esta habría delirado de orgullo, lo habría abrazado contra su pecho y le habría secado las lágrimas.

Al cabo de un rato —quince minutos, una hora—, Cyrus se encontró al otro lado del río, caminando de vuelta al Green Nile. Lucky's, su bar de referencia, estaba a una manzana de distancia. Vio a un par de clientes habituales fumando cigarrillos frente al letrero de neón de Old Style. En otro momento se habría unido a ellos, habría gorroneado un cigarrillo y habría entrado a pedir una jarra de Pabst Blue Ribbon de cinco dólares. Pero algo le decía a Cyrus que regresara al Green Nile. Cuando entró, vio un grupo de indios que ya estaban allí cuando él y Kathleen se habían marchado, fumándose otra cachimba.

—Hey, ¿qué tal? —exclamó Zee al verlo—. Has perdido a tu novia.

Cyrus pensó en mentir y decirle que se había olvidado el paraguas. Por un lado, sonaría más noble y quedaría mejor que si decía: «La he dejado durmiendo para poder volver aquí y seguir bebiendo». Pero, por otro lado, Cyrus sabía que su deseo de beber más resultaría evidente dijera lo que dijera, y que aquel paraguas fantasma era tan obvio como cualquier otra pistola humeante.

—Ha vuelto a casa —respondió por fin—. Ya ha terminado la ronda de servicio obligatorio.

Se sintió orgulloso de la broma, aunque Zee no la pillara. Tuvo la sensación de recuperar parte de la dignidad que había perdido antes.

—¿He llegado tarde para tomarme la última?

Zee se metió detrás de la barra.

—Justo a tiempo. ¿Qué te pongo?

—¿Cuál es la bebida más barata que tienes?

Hacía ya tiempo que a Cyrus no le daba vergüenza hacer esa pregunta. Zee sacó dos botellas de High Life de una mini nevera.

—Invita la casa.

Zee era compacto y su barba incipiente se confundía con el nacimiento del pelo, que se afeitaba a ras de piel cada dos días. Tenía la piel cobriza y la barba negra: los genes egipcios de su madre se habían impuesto sobre los genes polacos de su padre. Su complexión física no lo hacía parecer enclenque; no era pequeño en sí, como un ratón, sino que más bien parecía estar enroscado, replegado en sí mismo, como un gato a punto de saltar.

Poco después, los indios pidieron la cuenta y se perdieron en la noche. Zee les dio las buenas noches a cada uno por su nombre. Entonces se dirigió al iPod conectado a los altavoces del restaurante, quitó el raga de sitar que había estado sonando de fondo y puso una lista de reproducción personalizada que empezaba con «Strictly Business», de EPMD. Zee subió el volumen y empezó a limpiar las mesas.

—¿Te echo una mano? —preguntó Cyrus desde la barra; le gustaba tener algo que hacer con su cuerpo. Zee se rio.

—No ya casi he terminado —dijo.

Zee empezó a bromear sobre esto, aquello y lo de más allá, comentando los samples que habían usado para la canción: Eric Clapton, Kool and the Gang... Mientras seguía limpiando y preparándose para cerrar, habló sobre pilotar aviones, sobre un curso de aeronáutica que estaba tomando en Keady solo por diversión («Pierdes un cuarto de litro de agua por cada hora que estás en el aire, pero no puedes beber porque no hay donde mear»), sobre cómo su padre se había convertido, sin mucho entusiasmo, al islam («Éramos tan musulmanes como esas familias católicas que solo van a la iglesia por Navidades y Pascua») y sobre la batería de *Mama's Gun*, de Erykah Badu («Hace bum, chic, bum, bum en vez de bum, bum, chic, bum»). Aunque no entendió casi nada, a Cyrus le gustaba notar la botella de High Life en la mano y logró reunir un vago entusiasmo por los arrebatos de Zee. Después de narrar una historia un tanto confusa sobre cómo había reventado el bombo de su batería en un concierto de jazz, Zee contó las mesas que le faltaban.

—A ver: una, dos, tres, cuatro, cinco más y habré terminado —dijo. Había contado con los dedos: el uno en el índice, el dos en el corazón, el tres en el anular, el cuatro en el meñique y el cinco otra vez en el índice. A Cyrus le pareció encantador.

—¿No usas el pulgar para contar? —le preguntó.

Zee lo miró y luego bajó la mirada hasta su mano, como si de repente hubiera recordado que estaba allí.

—Ah —dijo, no cohibido, sino más bien como si acabara de caer en la cuenta de que no se conocían—. De niño tardé mucho en aprender a hablar, así que mi madre me enseñó a contar con los dedos: uno, dos, tres y cuatro, y el pulgar servía para decir «muchos». Si me preguntaba cuántas patatas fritas o cuántos lápices de colores quería, yo le decía «muchos» levantando el pulgar. No servía para contar, como los otros dedos; nunca había pensado en ello...

—Mola —dijo Cyrus, pero de pronto se sintió tonto por haber dicho eso e intentó reponerse añadiendo algo medio profundo—. El infinito en el pulgar de la mano, la eternidad en una hora...

Se sintió aún más ridículo, pero Zee soltó una carcajada.

—¡Ja! ¡Supongo que sí! —dijo—. La verdad es que no lo sé. ¿A qué te dedicas, Cyrus?

Cyrus se alegró de poder correr un tupido velo sobre sus memeces.

—Aún estoy estudiando —dijo—. Llevo en el último curso desde... ya ni lo sé. Llevo bastante tiempo aquí. Filología inglesa. La mayoría de las noches cojo el teléfono y tomo los pedidos a domicilio en el Café Jade.

—No, no me refiero a qué estudias o qué haces por dinero, sino a qué te dedicas —dijo Zee—. ¿Qué te gusta hacer?

Zee se había sentado en una mesa que acababa de limpiar y estaba contando las propinas. Por los altavoces, Emmylou Harris cantaba sobre arrancar cabezas de dientes de león.

—Ah, bueno, escribo. Poesía, pero no he publicado nada.

Zee levantó la vista, los ojos muy abiertos.

—¡Eres poeta!

—Yo no diría tanto —respondió Cyrus, llevándose la botella de High Life a la boca antes de darse cuenta de que ya estaba vacía. Zee sonrió.

—A ver, ¿no escribes poemas?

—Sí.

—Pues entonces tienes derecho a considerarte poeta. —Zee pronunció la última palabra, «poeta», con retintín, como un abogado presentando un alegato—. Yo nunca he grabado un disco y no tengo ningún problema en considerarme batería —añadió.

Cyrus quiso objetar, mencionar alguna vaguedad política sobre la responsabilidad de presentarse a uno mismo como poeta, pero la confianza de Zee era contagiosa y, además, Cyrus volvía a estar un poco borracho. Escribía mucho. Y, desde luego, leía tanta poesía como cualquiera que conociera, sacando de manera indiscriminada pilas de libros de la sección 811.5 de la biblioteca para luego leerlos con calma en casa. De hecho, esa misma tarde se había saltado un examen sobre Hero y Leandro correspondiente a su clase de teatro isabelino porque estaba inmerso en la lectura de Jean Valentine: «Acudí a ti, Señor, por la puta reticencia de este mundo».

Zee volvió detrás de la barra. Entonces se volvió hacia Cyrus y dijo:

—En casa tengo ron. Vivo cerca de aquí, subiendo por

Chauncey. ¿Quieres oír *Mama's Gun*? Mi colega está en casa de sus padres, en Chicago, o sea que podemos ponerla a todo trapo.

Eran poco más de las dos de la madrugada y Cyrus era ideológicamente contrario y constitucionalmente incapaz de rechazar alcohol gratis.

—Sí, genial —dijo.

Recogieron sus cosas y caminaron unas pocas manzanas hasta el apartamento de Zee, un estudio en un cuarto piso con vistas a River Road, con dos viejas bicis de montaña delante del fregadero de la cocina. Zee sacó una botella de Captain Morgan medio llena del congelador y conectó su iPod a unos altavoces de ordenador baratos. Se sentaron en un sofá viejo y raído que parecía tapizado con arpillera.

Se fueron pasando la botella, hablando un poco de todo, y de vez en cuando Zee señalaba algún detalle musical o biográfico importante: esto es un sample de Stevie Wonder, este verso habla de cuando rompió con André 3000. A mitad de «My Life», Cyrus le pidió que parara el disco para salir a fumar. Hacía viento, y Zee se encorvó e intentó encender el cigarrillo apagado que llevaba entre los labios protegiéndose con el abrigo. A Cyrus le pareció un gesto supercool. Luego se dedicaron a beber y escuchar en silencio. En algún momento antes de «Green Eyes», Cyrus se quedó dormido. Cuando volvió en sí ya era de día. La botella, casi vacía, estaba encima del sofá, entre él y Zee. Sus hombros apenas se tocaban.

Trece

He aquí la ley de hierro de la sobriedad (y que me perdone León Tolstói): las historias de los adictos son todas iguales, pero cada persona se desintoxica a su manera. La adicción es como una vieja canción de *country*: pierdes a tu perro, pierdes tu camioneta, pierdes a tu novia del instituto... Pero durante la recuperación empiezas a tocar esa canción al revés, y ahí es donde la cosa se pone interesante. ¿Dónde encontraste la camioneta? ¿Se acordaba de ti, tu perro? ¿Qué dijo tu novia cuando te volvió a ver?

No dejé el alcohol después de pelearme con un policía, ni de estrellar mi coche contra un Burger King, ni nada dramático por el estilo. Toqué fondo unas veinte veces, y cualquier persona razonable se habría percatado de la gravedad del problema, pero yo no era una persona razonable. El día en que por fin salí tambaleándome en busca de ayuda fue un día como cualquier otro: me desperté solo en mi apartamento, todavía borracho de la noche anterior. Recuerdo que di un par de tragos de la botella casi vacía de bourbon Old Crow que tenía junto al colchón, y luego pasé un rato buscando las gafas y las llaves del coche. Cuando por fin las encontré, con toda la calma del mundo, me dirigí a buscar a alguien que pudiera ayudarme.

Es terrible y al mismo tiempo hermoso cómo la sobriedad te despoja de la sensación de haber sido un príncipe hijoputa gloriosamente incomprendido, que duda entre esta y aquella corona narcotizante. Los detalles superficiales pueden cambiar (no era un camión, era un negocio; no era mi novia, era mi familia), pero el algoritmo es inexorable. Las drogas funcionan hasta que dejan de hacerlo. La dependencia va creciendo hasta eclipsar todo lo demás en la vida del adicto. El sol se pudre. La dicha se marchita en ausencia de luz. Pasión, trabajos, libertad, familia. Todos tenemos alguna historia sobre la vez que esnifamos coca sobre los azulejos del baño, pero eso solo les interesa a aquellos pocos que han tenido la fortuna cósmica de no conocer a ningún adicto real de cerca. La adicción activa es un algoritmo de una uniformidad aplastante. La historia es lo que viene después.

—extraído de LIBRODELOSMÁRTIRES.docx de Cyrus Shams

Roya Shams

TEHERÁN, AGOSTO DE 1987

La verdad es que nunca me encantó estar viva. Sin un poco de perspectiva es difícil, del mismo modo que es difícil describir la forma de una nube desde dentro de la nube. Del mismo modo que le daría más valor a la gravedad si hubiera tenido problemas para salir volando en la adolescencia. Las pocas cosas que podía arramblar para mí sola parecían notorias tan solo si las comparaba con mi generosidad y desprendimiento innatos. Rascar media hora por la mañana para poder tomar el té tranquila o garabatear sin pensar en nada parecía un respiro tan solo porque todo lo demás (cocinar, limpiar, hacer la compra) era todo lo contrario a un respiro.

Por eso me enfadé tanto cuando conocí a Leila. Nuestros maridos eran amigos desde el servicio militar. Una vez al año iban juntos al norte, a los bosques de Rasht, cerca del Caspio, para fumar puros, beber, pescar y contarse las mismas historias que se contaban todos los años. Gilgamesh, el marido de Leila, era un hombre achaparrado, musculoso y calvo. Leila era más alta que él, no mucho, pero lo suficiente para que se notara. Me contó que una vez él le había pedido que no se pusiera tacones, a lo que ella había accedido encantada. Después del ejército, Gilgamesh había entrado en el cuerpo de policía de Teherán. Alí me contaba que a veces, durante aquellos viajes, Gilgamesh disparaba contra ardillas y palomas con su revólver reglamentario. Eso no me hacía mucha gracia, pero las ganas de tener la casa para mí sola durante unos días al año eclipsaban la aversión que sentía por las cosas que Alí pudiera estar haciendo y las personas con quien estuviera haciéndolas.

Conocía a esposas que no podían ir al baño sin pedirles permiso a sus maridos. Mi matrimonio con Alí nunca fue de esos, pero el mero hecho de que tener siempre a alguien percibiendo mi presencia ya era agotador. Las vacaciones de Alí también eran vacaciones para mí.

Fue más o menos por esa época cuando me di cuenta de que estaba embarazada de Cyrus. Aún no me había hecho la prueba, no quería confirmar lo que ya sabía en mi fuero interno. Pero manchaba a menudo y mi saliva sabía a alambre de cobre. Me dolían los pechos y si inspiraba profundamente sentía un pinchazo. No había duda de lo que estaba pasando. La aparición de unas líneas azules sobre la tira reactiva de la prueba de embarazo me obligaría a contárselo a Alí, y yo sabía que, en cuanto se lo contara, ya nada volvería a ser lo mismo. Quería sentirme libre un tiempo más. Libre de su leal atención, de su compasión.

Cuando Gilgamesh se presentó en nuestra casa para recoger a Alí, llevaba el coche cargado con todo lo necesario para ir de acampada: una tienda de campaña, un juego de cacerolas pequeñas, ginebra y vino. Aquel verano se había casado con Leila, una pequeña ceremonia que recuerdo sobre todo porque asistieron muy pocos familiares de la novia: un padre severo y de complexión pálida que fumaba un cigarrillo ruso tras otro, y una serie de primos ambivalentes. Y ahí estaban ahora, en la entrada de nuestra casa, Gilgamesh y su nueva esposa, una mujer corpulenta de veinticuatro o veinticinco años, con unos ojos que se movían sin parar y le daban un aire de picardía infantil. Gilgamesh le preguntó a Alí si su mujer podía quedarse conmigo mientras ellos se iban de viaje, y añadió algo así como que no era seguro dejar a Leila sola en su casa (no me quedó claro si para ella o para él). Le dirigí una mirada suplicante a Alí para que dijera que no, desesperada por salvaguardar aquellos días contados de autonomía absoluta, pero Alí accedió sin vacilar y no hubo nada que discutir. Gilgamesh apenas me miró, caminando con gestos torpes por nuestra casa con aquel cuerpo musculoso que le iba dos tallas grande a su cerebro. Era como si hubiera ido al banco, hubiera depositado a su mujer, aquella desconocida, y hubiera recogido a Alí. Los hombres se marcharon y Leila y yo nos quedamos solas.

Leila tardó muy poco en salir de detrás de su decoroso velo de mansedumbre. Fue como si los hombres se llevaran su timidez con ellos. Yo había preparado *zereshk polo* aquella primera noche, pero no era —ni soy— una buena cocinera. Solía perder la paciencia, me distraía, nunca acertaba con los tiempos de cocción. El arroz me salía pegajoso, se me quemaban los kebabs... Serví la comida y Leila ni siquiera esperó a que terminara de llenarme el plato para atacar el suyo. Era compacta y se había cortado el pelo, de modo que tenía la cabeza cubierta de unos rizos del tamaño de una moneda que se movían cuando masticaba. Al principio hablamos de cosas sin importancia: sí, las moras eran del vendedor del mercado con el perro greñudo; no, a Gilgamesh no le gustaba el *zereshk polo*.

—No le gustan las cosas dulces —dijo Leila—. A veces coge una pizca de zumaque con un poco de sal y lo chupa. ¿Eso es normal? —preguntó.

—Nunca lo había oído —admití yo.

—Es como si fuera un extraterrestre que finge ser humano. «Ah, ¿esto es comida? Lo voy a comer. Ah, ¿bailar? Déjame probar» —dijo, imitando a su marido mientras ejecutaba una especie de baile espasmódico.

Se me escapó una sonrisa, y eso pareció alentarla.

—¡Lo digo en serio! Se echa jarabe para la tos ¡en el té! ¡Por la mañana y por la noche!

Yo no sabía ni qué cara poner, de modo que intenté mostrarme inexpresiva. No conocía de nada a esa mujer y no entendía por qué me estaba contando todas esas cosas.

—Ay, no quiero hablar más de maridos —dijo de repente—. A fin de cuentas, se han ido, *¡alhamdulillah!*

No respondí, pero me sentí un poco insultada: había sido ella quien había sacado el tema de Gilgamesh. Yo ni siquiera había mencionado a Alí.

—Vale —me aventuré a decir—. ¿De qué quieres hablar?

—¡Ay, Dios! Si tienes que preguntármelo ya vamos mal, ¿no crees? —dijo Leila entre risas, y yo traté de disimular mi frustración—. ¿Qué tal si vamos a dar un paseo? —preguntó—. Quiero enseñarte algo.

Se nos había hecho tarde, serían ya las siete de la tarde, pero no quería ser descortés con aquella invitada, aunque en realidad no la hubiera invitado, y aunque estuviera siendo bastante descortés conmigo. Se levantó de la mesa y, sin tocar el plato, se dirigió al perchero que había junto a la puerta. Con gesto metódico, recogí su plato, cubiertos y vaso, con tanta parsimonia que Leila exclamó:

—¡Vamos, Roya *jaan*, déjalo! ¿Para quién estás limpiando?

«¿Para mí misma?», pensé de forma instintiva, pero no lo dije.

—Solo quiero aclararlo un poco para que no se pegue la comida —dije, sin tratar de disimular mi fastidio.

Leila puso los ojos en blanco y se plantó junto a la puerta con gesto impaciente, como una adolescente petulante, mientras yo me tomaba mi tiempo enjuagando los tenedores y los cuchillos. Entonces cogí el abrigo y me dirigí hacia la puerta. Cuando llegué, Leila se estaba mirando en el espejito dorado que teníamos colgado junto a la entrada. Fue una de las cosas que, con el tiempo, más me gustaba de ella. No era narcisismo, pero estaba siempre mirándose. Más tarde me di cuenta de que la forma en que trazaba con los dedos las arrugas de su sonrisa y de su frente tenían un punto de asombro, como diciendo: «¿De dónde habéis salido? ¡Qué envoltura tan extraña, la piel!». Pero en ese primer momento solo vi a una mujer tonta y vanidosa.

—¿Adónde vamos? —pregunté, abriendo la puerta.

—Al lago —respondió Leila—. Quiero enseñarte algo.

Estaba intentando ser una buena anfitriona, pero mi hospitalidad se estaba agotando. El lago estaba a unos veinte minutos en coche, y ya había empezado a oscurecer. Me fastidiaba tener que acceder a los caprichos de aquella desconocida. Y estaba triste por mi soledad perdida.

—¿No es un poco lejos? —pregunté, sin disimular mi contrariedad.

—¿Tienes algún plan urgente? —preguntó Leila con picardía.

Fruncí el ceño, pero me cubrí la cabeza con el pañuelo. A pesar de que había empezado a oscurecer, Leila cogió unas enormes gafas de sol con montura negra, que le tapaban media cara, y salimos.

Catorce

QU YUAN
340 A.C.-278 A.C.

laureado de lengua y piedra,
entre los tonos más raros
del espectro, del más brillante de los brillantes
al más oscuro de los oscuros...

los aldeanos tiran arroz al río
para alejar a los peces de tu cadáver,

radiante aún, mientras los barcos surcan
el agua bajo la luz rosada...

no, yo tampoco me apunto a la vejez,
anacondas
y perlas comunes:

al principio del principio
¿quién contó la historia?

fuiste tú, fuiste tú

—extraído de LIBRODELOSMÁRTIRES.docx de Cyrus Shams

Sábado

Cyrus Shams y Orkidesh

BROOKLYN, DÍA 2

Cyrus se despertó en su hotel de Brooklyn con el pulgar de Zee en la boca. Se habían repartido el coste de una habitación individual durante el fin de semana, de modo que el alojamiento les había salido mucho más asequible de lo que esperaban. Incluso habían encontrado uno de esos hoteles hípsters de Brooklyn, y cada noche había un DJ que pinchaba música en directo en el vestíbulo. En el minibar había dos tipos diferentes de mezcal y una baraja de tarot con «iconos feministas», con una imagen de Gloria Steinem como la reina de copas en el exterior de la caja.

Cyrus se había chupado el dedo hasta muy mayor. Cuando cumplió trece años, su padre decidió resolver el problema de una vez por todas y cada noche, después de cenar, obligaba a Cyrus a mojar las uñas de los pulgares en jugo de chile picante. Durante semanas, Cyrus se despertó en medio de la oscuridad, con el pulgar en la boca y los labios y la lengua al rojo vivo. Nada podía apaciguar su dolor. Su cuerpo tardó una eternidad en rechazar los pulgares mientras dormía, como si fueran veneno. Más tarde, casi a modo de protesta, el subconsciente de Cyrus empezó a usar el pulgar de cualquiera que compartiera la cama con él como sustituto del suyo. El de Zee era el suplente más habitual.

Habían empezado a compartir habitación poco después de conocerse, y no tardaron mucho en compartir también la cama. Cuando dormían juntos, por lo general no había nada sexual. En una de las pocas ocasiones en las que hablaron de ello, Cyrus le dijo a Zee que era como aquella frase de *Moby Dick*.

—¿La parte sobre tolerar la manta de cualquier hombre medio decente? —preguntó Zee.

Cyrus estaba pensando en otra frase, la que dice que es mejor acostarse con un caníbal sobrio que con un cristiano borracho. Se veía a sí mismo como el caníbal sobrio y a los americanos, así en general, como los cristianos borrachos. Pero se limitó a reír y dijo:

—Sí, esa. La verdad es que tus mantas son muy bonitas.

Con el tiempo, Cyrus llegó a conocer bien los pulgares de Zee. En las manos de Zee parecían largos, pero eran bastante más cortos que los de Cyrus. Con su metro noventa, Cyrus le sacaba casi medio metro a su compañero de habitación, aunque si hacían la cucharita, la mayoría de las veces Zee seguía siendo el cucharón. Los pulgares de Zee eran como miniaturas del propio Zee: compactos pero musculosos, robustos y fuertes. Podrían haber pertenecido a un masajista o a un escultor, a una costurera o a un carpintero.

Rara vez se besaban, aunque si lo hacían casi nunca era en los labios. La mayoría de las veces se abrazaban y jugueteaban con la piel, la espalda y los dedos del otro. Pero lo que hacían más a menudo era dormir.

A veces, Cyrus se volvía hacia Zee y le metía la mano en los calzoncillos, o Zee rodeaba a Cyrus y le recorría con delicadeza el vello púbico con los dedos hasta llegar a la entrepierna, y se corrían así, con los ojos cerrados y la respiración agitada. O a veces, tendidos uno frente al otro, se tocaban, usando la mano libre para acariciarse los pezones, la nuez de Adán o los labios.

Pero por lo general se limitaban a abrazarse y dormir. Era así de sencillo, tan solo dos hombres medio decentes compartiendo una manta.

Cuando Cyrus o Zee salían con alguien, presentaban a su compañero de piso como su mejor amigo. Si ambos tenían pareja, salían en citas dobles y ponían la música a todo volumen en sus respectivas habitaciones para cubrir cualquier sonido sexual. Cyrus nunca le dijo a ninguna de sus parejas que se acostaba con Zee, y Zee tampoco se lo contó a ninguno de sus novios.

No era por discreción ni por vergüenza: Zee era abierta y felizmente gay, y Cyrus siempre terminaba estando con alguien, sin que el género influyera mucho en su interés. Pero les parecía imposible describir su relación sin exagerar o subestimar la intimidad que compartían, de modo que ni lo intentaban.

Aquella mañana, en aquel hotel tan hípster de Greenpoint, Cyrus se quitó el pulgar de Zee de la boca y lo depositó con delicadeza sobre la cama. Zee se dio la vuelta y, aún dormido, soltó un gruñido que significaba algo así como: «Adiós no hagas ruido y que tengas un buen día shhh».

Cyrus salió de la ducha y se vistió en un santiamén, tratando de no pensar demasiado en sus decisiones, optando por los mismos pantalones que se había puesto el día anterior y una camiseta negra limpia. Le echó un vistazo a Zee, que seguía dormido como un tronco, y salió de la habitación.

Llegó al Brooklyn Museum sobre la una, mucho más tarde de lo previsto, después de tomar el metro en la dirección equivocada y salir en la parte alta de la ciudad, totalmente perdido. La aplicación de mapas del teléfono no le sirvió de nada. Nunca había estado en Nueva York (algo que, como escritor a punto de cumplir los treinta, le avergonzaba admitir) e intentó por todos los medios que no se notara que se había perdido, pero eso solo hizo que se desorientara aún más. Había oído que los turistas eran los únicos que miran hacia arriba en la ciudad, ya que los neoyorquinos siempre andan con la vista al frente, y se pescó a sí mismo varias veces levantando los ojos para contemplar las imponentes estructuras de acero. Le resultaba imposible imaginar que seres humanos como él hubieran erigido semejantes cimas. Aquel asombro le hacía sentirse bien, como alguien todavía impresionable, aunque también vergonzosamente provinciano. Como un paleto.

Por fin, tras lo que le pareció una eternidad vagando medio perdido, subiendo y bajando de metros hasta confirmar que sí, que se dirigía de vuelta a Brooklyn, logró encontrar de nuevo el museo. Se dio cuenta de que el día anterior no había tenido problemas por pura potra. Cuando llegó, se dirigió de inmediato a la galería «Death-Speak», pero le sorprendió encontrarla atiborrada de visitantes, con una larga cola de gente que esperaba para hablar con Orkideh. Cyrus vio al mismo guía del día anterior —un grueso séptum, un pendiente de plumas— sentado cerca de la puerta de la galería, mirando el teléfono.

—¿Qué pasa hoy? —le preguntó Cyrus.

—¿Eh? —preguntó el guía.

—¿Por qué hay esa cola tan larga?

El guía se encogió de hombros:

—¿Por el fin de semana? Los sábados siempre es así —dijo, y volvió la vista al móvil.

Cyrus se puso en la cola, detrás de un padre y de su hija, ambos vestidos con sudaderas deportivas. Una parte nada insignificante de su mente odiaba al resto de las personas que esperaban en la galería. «Intrusos...», no podía evitar pensar; vulgares mirones que solo querían fisgonear embobados a la moribunda, la «turba que masca cacahuetes» que se agolpaba para presenciar su sufrimiento. Cyrus, en cambio, estaba allí porque tenía una misión (y tal vez, o acaso con suerte, para planear su propia muerte), y eso le eximía de aquel burdo voyerismo, aunque al tiempo que esa idea iba tomando forma en su mente, no estaba seguro de creérsela del todo.

En su mesa, Orkideh hablaba con un hombre blanco y musculoso, vestido con una camisa con la bandera de Estados Unidos en blanco y negro. El tipo tenía un muñón en el brazo derecho y hablaba con entusiasmo, gesticulando con desenfreno, mientras la artista sonreía con lo que parecía ser una combinación de perplejidad e indulgencia.

Cyrus echó un vistazo a su teléfono. Varios mensajes de Zee: una foto de un disco de Daniel Johnston con un dibujo de unos pechos de mujer en la carátula. Un ejemplar de bolsillo del Purgatorio de Dante abandonado y abierto dentro de un charco, en la acera. Un póster de aspecto romanticón de alguna tienda anodina en el que aparecían Mick Jagger y Klaus Kinski vestidos con ropa veraniega en un campanario europeo, que Zee había acompañado por el mensaje: «¿Lo necesitamos?», a lo que Cyrus respondió: «Pues CLARO que lo necesitamos». Zee contestó con tres emojis del pulgar hacia arriba.

La cola avanzó un poco. Cyrus comprobó los demás mensajes. Había uno de una mujer con la que solía trabajar, que le preguntaba si estaba por ahí para cuidar de sus gatos. Un enlace de Sad James a un vídeo de YouTube de un antiguo espectáculo de The Locust. Y un mensaje de su padrino, Gabe, el primero desde su pelea. «¿Sigues sobrio?», le preguntaba Gabe. «Sí.» Cyrus respondió lacónicamente, por acto reflejo, pero al volver a leer su mensaje decidió que el punto final hacía que pareciera demasiado cortante y, al cabo de unos segundos, añadió: «¿Tú?».

Recibió una notificación de la aplicación de su banco diciéndole que aquel mes ya había gastado un 411 % más que el anterior. Cyrus ocultó la notificación de inmediato y guardó el teléfono. Se concentró en observar la galería y estudiar a los asistentes. Una a una, las demás personas se fueron sentando delante de la artista: un hombre calvo con una poblada barba de marinero, un adolescente con kipá. A Cyrus le pareció que Orkideh solo les prestaba atención a medias, aunque tal vez era que estaba demasiado cansada, y dejaba que fueran sus interlocutores quienes llevaran el peso de la conversación. En un momento dado, mientras el hombre de barba de marinero hablaba, levantó la mirada y vio a Cyrus en la cola. Este le sonrió y ella le devolvió una sonrisa de oreja a oreja —cuando sonreía así se le formaban unos pequeños hoyuelos sobre las cejas—, asintió y devolvió su atención al hombre que tenía sentado frente a ella, que miraba por encima del hombro, confuso.

Por fin, después de que tres personas más se sentaran en la silla y se levantaran, le llegó el turno a Cyrus.

—¡Cyrus Shams! —exclamó Orkideh, sin darle tiempo a sentarse, ni siquiera a saludar—. Has vuelto.

—Pues claro que he vuelto —dijo él—. ¡Estoy en la ciudad para hablar contigo!

Nada más pronunciar aquellas palabras se dio cuenta de que la artista podía interpretarlas como una carga, como si la estuviera presionando para que fuera lo bastante brillante y así poder justificar su viaje.

—O sea, también estoy haciendo otras cosas —añadió—. Pasear, curiosear, comer, escribir... Pero lo que estás haciendo aquí me parece increíble.

Orkideh puso los ojos en blanco e hizo un gesto con la mano izquierda como para quitarle importancia a las palabras de Cyrus. Tenía unos dedos largos y esqueléticos con las uñas mordidas.

—Cuando llegué a Nueva York hice lo mismo —dijo Orkideh, cambiando de tema—. Pasear, curiosear, pasear, curiosear. Se parece mucho a Teherán, en realidad. El paisaje es similar, aquí y allá: gente pobre que saca mantas a la calle y vende marcos de fotos y películas y relojes de pulsera. Y mientras tanto, a cuatro pasos, en Central Park y en Park-e Shahanshahi, los ricos mandan a sus criadas, sus niñeras, que extiendan mantas sobre el césped para que ellos puedan comer fruta con sus bebés y echar la siesta al sol.

—Nunca he estado en Irán —confesó un avergonzado Cyrus, que anhelaba poder asentir con conocimiento de causa ante las referencias de la artista.

—Ah, ¿no?

—Bueno, no desde que era un bebé.

—No te pierdes gran cosa —dijo Orkideh con una sonrisa—. La gente es gente en todas partes. La hierba es hierba, las mantas son mantas. Los países son los países.

—¿No lo echas de menos? —preguntó Cyrus.

—Bueno, no sé. Echo de menos lugares, comidas... *Barbari noon* recién horneado, mangos de verdad, ese tipo de cosas.

—¡Pero le has sacado tanto provecho al tiempo que has pasado aquí!

Orkideh volvió a poner los ojos en blanco.

—Lo digo en serio —siguió diciendo Cyrus—, nunca he oído de nadie que haya hecho algo parecido. Quiero decir..., con sus últimos días. Es justo sobre lo que quería escribir: cómo convertir la muerte en algo útil. Quién sabe cuántas de estas personas —añadió, señalando hacia la fila que se había formado detrás de él— necesitaban hablar contigo. Cuántas vidas vas a cambiar... Es heroico, literalmente...

—Vale, Cyrus —lo cortó Orkideh—. Dichas las palabras de rigor, ¿las podemos dejar atrás? ¿Ya podemos ser amigos? ¿Y hablar como personas normales?

Cyrus se quedó mudo un instante. Sintió una punzada de vergüenza que le resultaba de lo más familiar: toda su vida había sido una procesión de momentos en los que había amado con pasión cosas que a los demás solo les gustaban, y que lo habían obligado a esforzarse, casi siempre sin éxito, por explicar cómo y por qué le importaba todo tanto. Se dio cuenta de que tal vez estaba haciendo lo que Sad James había bautizado como «la matraca»: su reacción típica cuando algo le gustaba en exceso y se obsesionaba con ello hasta asfixiar a los demás.

—Cyrus, me encanta saber que todo esto tiene sentido para ti —añadió Orkideh, como si hubiera percibido que Cyrus se estaba azorando—, pero me conozco demasiado bien como para dejar que alguien se siente frente a mí y me tilde de heroica. ¿Por qué? ¿Porque tengo cáncer y un par de sillas de metal en un museo? —Orkideh se rio y Cyrus sonrió un poco—. Además —susurró con tono conspiratorio—, estoy hasta las putas cejas de analgésicos. Cuando te estás muriendo te dan mierda de la buena.

La artista volvió a reírse y Cyrus la imitó.

—Me parto —dijo Cyrus, acallando la parte de su cerebro que de inmediato quiso preguntarle qué analgésicos concretos tomaba: opiáceos casi con toda seguridad, quizás incluso fentanilo. ¿Pero cuántos miligramos? ¿O llevaba un parche? A Cyrus nunca dejaba de sorprenderle lo fuertes que seguían siendo sus reflejos de adicto, a pesar de llevar tanto tiempo sobrio. «La adicción se dedica a hacer flexiones en un rincón de tu inconsciente y se va haciendo más fuerte, a la espera de que cometas un desliz», le había dicho una vez un veterano—. He estado pensando mucho en nuestra conversación —añadió Cyrus, cambiando de tema—. No sé cuánto recordarás...

—Ja, ja, Cyrus, lo recuerdo todo. La mayoría de quienes se dejan caer por aquí no son chicos iraníes obsesionados con el martirio —dijo, riéndose entre dientes—. Eres un visitante muy especial. ¡Y me temo que has logrado que nos añadan a los dos a todas las listas de la CIA!

Cyrus esbozó una sonrisa.

—Pues la verdad es que eso es algo que me preocupa. ¡No lo digo en broma! Un joven iraní que trabaja en un libro sobre el martirio y que va por ahí contándole a la gente que quiere convertirse en mártir... En fin, que no es precisamente un asunto neutro.

Detrás de Cyrus, la cola recorría casi la sala entera. Su conversación ya había durado más que las anteriores.

—¿Conoces la obra de W. E. B. Du Bois, el sociólogo estadounidense? —preguntó Cyrus.

—No —dijo Orkideh—. ¿De qué va?

—No soy un experto, pero he leído un montón de cosas suyas en la uni. Escribió sobre derechos civiles y racismo. Recuerdo que habla de la idea de la doble conciencia, de cómo los negros en Estados Unidos tienen que estar siempre pensando cómo los verán los blancos racistas. Y de cómo eso se aplica a muchos grupos marginados, que se ven obligados a verse a sí mismos a través de los ojos de la gente que los odia. Y, bueno, como hombre iraní más o menos musulmán en un país que odia ambas cosas, y cada una de ellas por sí sola, y dedicándome además a escribir sobre el martirio, con una obsesión honesta por lo que ese concepto puede significar para mí, en mi propia vida o en mi propia muerte... me resulta difícil no pensar «qué diría de todo esto una persona que me odiara».

—¿Por qué te preocupa lo que piense de tu arte la gente que te odia?

—Bueno, porque la gente que me odia es la misma que tiene todas las armas y todas las prisiones —dijo Cyrus, seguido de una risa.

—Ja, ja. Sí, eso es verdad —respondió Orkideh.

—A veces me imagino los titulares de Fox News: «Incautado en Indiana manifiesto de culto a la muerte de un musulmán iraní», o algo por el estilo.

—No creo que sea muy recomendable ponerte a imaginar titulares sobre tu arte antes siquiera de crearlo, Cyrus *jaan*.

—Ah, pero ¿ves? —sonrió Cyrus—. Es que eso también

forma parte de todo lo demás. ¿Qué papel tiene mi ego en todo este asunto? ¿Hasta qué punto lo que pasa es que quiero ser más importante que los demás? ¿En la vida o, si no, en la muerte?

—Anoche estuve pensando que tu proyecto me recuerda el noble arte persa de los espejos —dijo Orkideh—. ¿Te suena?

—Pues no, ¡cuéntame! —dijo Cyrus. Sentía que iba a explotar de tantas cosas que quería decirle, pero también se moría de ganas de que Orkideh le enseñara, de sentarse a sus pies y aprender. Quería quedarse en aquella silla todo el día, toda la semana, sin dejar avanzar la cola. Quería a Orkideh toda para él.

—Hace siglos, los exploradores safávidas de Isfahán viajan por toda Europa, a Francia, Italia, Bélgica, donde ven espejos gigantescos por todas partes, enormes espejos ornamentados en todos los palacios y en los grandes salones, espejos del tamaño de un edificio. Al volver se lo cuentan al sha, que, cómo no, quiere una colección entera para él. Así que da órdenes a sus exploradores y diplomáticos para que vuelvan a Europa y le traigan muchos espejos, espejos gigantes, que los compren a cualquier precio. Y eso hacen, pero, por supuesto, durante el trayecto de vuelta a través de medio mundo, esos enormes espejos se hacen añicos, se fracturan en millones de trocitos de cristal. De modo que, en lugar de espejos gigantes, los arquitectos del sha de Isfahán se encuentran con un montón de esquirlas de espejo en las manos. Y así es como empiezan a crear increíbles mosaicos, santuarios y nichos de oración.

—Ostras.

—Pienso mucho en eso, Cyrus. En todos esos siglos en los que los persas trataron de emular la vanidad europea o, para ser exactos, de copiar su reflejo. Y en cómo este nos llegó hecho pedazos. Cómo tuvimos que mirarnos a nosotros mismos en todos estos fragmentos rotos y cómo esos fragmentos de espejo terminaron en todas las mezquitas, parte de obras de azulejería y mosaicos ornamentados. Cómo, en esos espacios, nuestros reflejos fracturados se convirtieron en algo casi sagrado.

Hizo una pausa, bebió un sorbo de agua de su taza blanca y continuó.

—En mi humilde opinión, eso significa que llegamos al cubismo cientos de años antes que Braque o Picasso o cualquier europeo. Que es probable que llevemos siglos habitando la compleja multiplicidad de nuestros seres, de nuestras naturalezas. O, por lo menos, muchos años. Nada de heroicos Sigfridos monolíticamente buenos contra dragones monolíticamente malvados.

Cyrus sabía que aquello era una referencia al héroe y al villano de una ópera de Wagner, pero solo por un chiste de un viejo episodio de *Los Simpson*. Asintió en silencio y Orkideh continuó:

—Y ya ves qué trajo esa creencia en el bien absoluto contra el mal absoluto. A Hitler escuchando a Wagner en Nuremberg. Y ahí es adonde quiero llegar, a esa imagen plana de mí como la héroe-artista, o de ti como esa mártir que supone una amenaza para la Agencia de Seguridad de Estados Unidos. Nada de eso es real, y lo sabes. Yo tengo tan poco de Sigfrido como tú de dragón.

Cyrus y Orkideh estaban inclinados sobre la mesa para poder hablar mejor, con tono íntimo, casi entre susurros. Detrás de ellos, la gente de la cola había empezado a moverse con actitud pasivo-agresiva. Una mujer mayor del medio de la cola resopló.

—Te entiendo —dijo Cyrus—. De verdad. En parte, puede que en mi caso se trate tan solo de un deseo de que mi vida, por insignificante que sea, tenga alguna transcendencia. De que lo que haga o deje de hacer tenga relevancia. —Hizo una pausa y añadió—: De que mi vida importe.

Orkideh sonrió y puso una mano sobre la de Cyrus. Estaba fría y seca, como un lienzo.

—No envejeceremos juntos, Cyrus. Pero esto, este momento, importa. ¿Tú lo notas?

Cyrus dudó un instante, y Orkideh añadió:

—A mí me importa, que lo sepas. Me importa mucho. —Entonces echó un vistazo a la cola, suspiró y se reclinó en la silla—. Volverás mañana, ¿verdad?

—Sí, sí. Claro que sí, aquí estaré. Sí, gracias.

Casi sin darse cuenta, estaba ya de pie y alejándose de la artista, de su mesa y de sus sillas plegables, de sus manos resecas, de sus labios aún más resecos y de la fila de impacientes visitantes. De pronto, de vuelta al exterior del museo y al sorprendente frío de febrero, Cyrus sintió cómo las palabras de la artista, su voz, su mente y su presencia, se abrían paso a través de su mente como un incendio forestal. Espejos safávidas, la trascendencia de la vida... Los hoyuelos sobre sus cejas. «No envejeceremos juntos, Cyrus. Pero esto, este momento, importa. ¿Tú lo notas?» Sí, de pronto se dio cuenta de que lo había notado. Deseó habérselo dicho.

Quince

Es tan americano descartar determinados sueños porque no están hechos de objetos, de cosas que se pueden sostener, catalogar y finalmente guardar en una caja fuerte... Los sueños nos brindan voces, imágenes, ideas, terrores mortales y seres queridos que se han ido. No hay nada que cuente más para un individuo, ni menos para un imperio.

—extraído de LIBRODELOSMÁRTIRES.docx de Cyrus Shams

Kareem Abdul-Jabbar y Beethoven Shams

Lo primero que vio Cyrus fue la ubicación, un aparcamiento vacío que se elevaba un par de pisos sobre el suelo y estaba rodeado de árboles. Casi nunca era así. Por lo general, primero aparecían las personas y se ponían a hablar. Así era como solían empezar esos sueños, no tanto con una ausencia de contexto, sino con la ausencia de la necesidad de contexto, tal como un buen orador hace que los detalles de la sala donde se encuentra se vuelvan borrosos, mientras que dos logran que la sala en sí desaparezca por completo. En este caso, sin embargo, el aparcamiento del sueño se hizo visible antes que los protagonistas. Los árboles que rodeaban la estructura estaban llenos de flores abiertas. Magnolias, tal vez. Aunque no se trataba exactamente de un bosque, ya que más allá de los árboles se abrían unas extensas llanuras de hierba amarillenta. Pero había muchos árboles y, en el centro de ellos, en un cuadrado bien delimitado, un aparcamiento sin coches, a unos diez metros del suelo.

Al cabo de un momento, dos hombres se acercaron caminando a la claridad del aparcamiento, uno de ellos unos treinta centímetros más alto que el otro. Ambos vestían con ropa de baloncesto, y el más alto llevaba unas gafas de plástico transparentes, pantalones cortos amarillos y una camiseta demasiado ajustada con el número 33. El más bajito tenía el pelo largo y rizado, del color de la tierra mojada, y llevaba unos pantalones de chándal Nike rojos sobre unas sucias zapatillas Jordan azules y blancas.

—¿Qué cosas te gustan? —preguntó Kareem Abdul-Jabbar al hombre más bajo, que Cyrus reconoció como el hermano pequeño que, de niño, solía imaginarse que tenía. Kareem era un habitual de aquellas escenas, pero hacía tiempo que Cyrus no veía a su hermano pequeño imaginario; no formaba parte del elenco habitual de sus sueños. A Cyrus lo emocionó verlo en aquel momento y comprobar lo mucho que le había crecido el pelo, que le llegaba ya por debajo de los hombros.

—¿Cómo? —preguntó el hermano imaginario de Cyrus, que se llamaba Beethoven en honor al perro que daba título a la película infantil de 1992 *Beethoven*. Si Cyrus pudiera volver a bautizarlo, buscaría un nombre mejor para su hermano imaginario, algo humano y agresivamente iraní, como Shabahang, Rostam o Shahryar. Pero sabía que en cuanto le das un nombre a alguien, aunque lo hagas de pequeño, ese nombre es para siempre, así que su hermano se quedó con «Beethoven».

—¿Qué cosas te gustan? —repitió Kareem.

—El baloncesto, supongo —contestó Beethoven. Los dos hombres daban vueltas al aparcamiento en el sentido de las agujas del reloj, caminando sobre el borde de ladrillo y doblando las esquinas en ángulo recto. Los árboles asentían a su paso—. Borges. Las nueces de pecán. Los trucos de magia. Y tal vez *Twin Peaks*.

Los dos hombres se echaron a reír.

—¿*Twin Peaks*? —preguntó Kareem, frunciendo el ceño—. Vaya, o sea que eres de esos. ¿También bebes cerveza IPA? ¿Te gusta salir de excursión los fines de semana?

Beethoven sonrió.

—Quiero decir que es probable que tenga algún gusto

insufrible por el estilo, ¿no? A lo mejor lo que me va es comerle el tarro a la peña con *La broma infinita*. O el crossfit. O los Tesla.

Los dos volvieron a reírse.

—No sé, tío —dijo Kareem—. Tienes pinta de que te guste pinchar discos, o piratear bitcoins. O las clases de improvisación.

—Hostia, sí, apuesto a que en realidad se me da de puta madre la improvisación. Eso tendría mucha lógica.

Beethoven se pasó una mano por el pelo y sus rizos chisporrotearon como burbujas de refresco.

—Cuéntame un chiste —dijo Kareem.

—Diría que la improvisación no funciona así —respondió Beethoven.

—Da igual, cuéntame un chiste. Hazme reír.

Beethoven se detuvo en seco. Se le pusieron unos ojos como platos, iluminados como si fueran de neón; por un momento parecían margaritas, tenían ese mismo tono amarillo.

—¿Qué es rojo e invisible? —dijo por fin.

Kareem se encogió de hombros.

—Los tomates que se me ha olvidado comprar.

Kareem hizo una mueca.

—Qué chiste más malo, Beethoven.

Ambos se rieron. El cielo azul centelleaba una y otra vez, como un espejito atado a una cuerda. Beethoven miró a Kareem.

—¿Y a ti? —le preguntó—. ¿Qué cosas te gustan?

—Yo también siento pasión por el baloncesto —dijo Kareem sin dudarlo—. Todavía hoy. Y me encanta el cine. Y el jazz. ¿Sabes lo del incendio?

—Sí, que se te quemó la casa y perdiste todos los discos.

Kareem asintió en silencio.

—Miles de discos, años y años perdidos. Algunos eran muy especiales, irreemplazables. Mi padre tocaba jazz y todos sus viejos discos se quemaron también en aquel incendio.

Así que los seguidores de los Lakers empezaron a enviarme sus discos, sacados de sus colecciones personales.

—Es extrañísimo —dijo Beethoven.

—¿Por qué? —preguntó Kareem. De repente, los árboles florecían formando pequeñas copas rosadas y moradas.

—O sea, no sé cómo te sientes tú, claro —empezó a decir Beethoven—. Pero yo diría que lo importante no eran los discos en sí, sino las historias que había detrás: dónde los encontraste, el hecho de que te los hubiera regalado tu padre, ese tipo de cosas. Y supongo que has ganado más dinero en tu vida que el noventa y nueve por ciento de los que te mandaron sus discos. Seguramente mucho más dinero, ¿verdad?

—Ojo ahí —dijo Kareem, bajando la mirada hacia Beethoven—. ¿Eres tú el que dice todo eso, o Cyrus?

Beethoven hizo una mueca.

—¿Cómo quieres que lo sepa?

Los dos caminaron en silencio durante un momento. Dos pájaros amarillos, jilgueros, llegaron volando desde lados opuestos del aparcamiento y chocaron con violencia en el aire. Cayeron convertidos en un amasijo de plumas sobre el asfalto del aparcamiento, donde provocaron una de esas violentas burbujas de polvo que se ve en las peleas de dibujos animados: garras, picos, signos de exclamación.

—En primer lugar —empezó a decir Kareem—, desde luego que se trataba de los discos en sí. No era como ahora, que puedes ir a YouTube y escuchar cualquier cosa: si quería escuchar «Nina at Newport», tenía que poner el disco *Nina at Newport* en el tocadiscos. Y algunos de los músicos con los que había tocado mi padre le habían regalado maquetas, grabaciones caseras y tal. Material irremplazable.

Beethoven había empezado a sudar. Kareem siguió hablando:

—¿Te imaginas perder el acceso a las obras de arte que más amabas, a todo lo que daba sentido a tu vida? ¿Todo lo que le daba sentido y fluidez? ¿Lo que te hacía sentirte parte de la tribu humana? ¿Que te hacía querer seguir vivo?

—No, no puedo —dijo Beethoven, con toda sinceridad—. Seguir vivo, digo: no me lo puedo imaginar.

—Pues imagina que todo eso desaparece —continuó Kareem—. Que se convierte en humo, literalmente.

Beethoven no dijo nada y los dos siguieron caminando.

—Y ahora imagina —añadió Kareem— que un grupo de personas que no te conocen de nada, para las que no eres más que un mito, empiezan a mandarte todas esas obras de arte que tanto te gustaban, o las que les gustan a ellos, o las que creen que podrían gustarte. Una abuela te manda un montón de viejos estándares de jazz, un niño de ocho años te manda su queridísimo disco de los Monkees... Imagina de qué modo puede contribuir todo eso a tu sentido de pertenencia, a tu sensación de que tal vez la Tierra sí sea el lugar adecuado para ti.

—Nunca lo había pensado así... —confesó Beethoven.

—No, claro que no.

—Pero toda esa gente en realidad no te conocía —siguió diciendo Beethoven con tono cauteloso—. Lo has dicho tú mismo, para ellos eras solo un mito. Y los mitos son las historias que nos contamos para hacer la vida más tolerable. Para que nos parezca que vale la pena soportar nuestras vidas de mierda. Los antiguos dioses vivían en el Olimpo, una montaña escalable, con la cima a la vista.

—Uf...

Ahora Kareem también estaba sudando. Se secó la frente con el antebrazo derecho, como solía hacer durante el último cuarto de un partido igualado.

—¿Hasta qué punto la bondad de la gente tenía que ver con su propio sentido de la responsabilidad, con su obsesión por ser bondadosos? Ta-Nehisi Coates habla de «la política de la exoneración personal»...

Kareem soltó una carcajada.

—Espera, espera, espera; si vas a empezar a citar a Ta-Ne-hisi Coates no puedo seguir con esta conversación —dijo Kareem—. ¿Tú te has visto? ¿Has visto lo que te está pasando?

Beethoven se miró la mano: cada vez estaba más pálida, como si alguien estuviera subiendo poco a poco el filtro de brillo en Photoshop.

—¡Joder! —exclamó Beethoven, y su rostro pasó del marrón de la pelota de baloncesto al blanco grisáceo del uniforme de los árbitros—. Mierda, ¡mierda!

Beethoven debería haber sido por lo menos un poco más joven que Cyrus, pero de repente parecía mucho mayor. Mayor incluso que Kareem. Tenía los rizos largos y alborotados, y su pelo ondeaba con las ramas de los árboles, encaneciéndose por minutos. Cada vez parecía menos una persona y más una parte del paisaje, casi un fenómeno meteorológico.

—A veces se me olvida que nunca has estado vivo —dijo Kareem.

—Sí, eso es súper real —respondió Beethoven—. A mí me pasa lo mismo.

Se puso a nevar. Kareem y Beethoven empezaron a decir un verso de Pablo Medina, «El rico no puede comprar nieve», pero al oír al otro se quedaron callados y se sonrieron. El resto del verso, la parte que ninguno de los dos pronunció en voz alta, era «y el pobre tiene que llevarla sobre las cejas». Ambos pensaban en sí mismos como el hombre rico.

—¿Me cuentas otro chiste? —dijo Kareem.

—En serio, creo que no entiendes cómo funciona la improvisación —contestó Beethoven.

—O a lo mejor es que no se te da tan bien como crees...

Beethoven chasqueó la lengua.

—Vale, ahí va: ¿qué diferencia hay entre una cocina y el mar?

—No sé, ¿qué diferencia hay?

—Que en la cocina hay cacerolas y en el mar ya están hechas.

Kareem ahogó la risa, pero al final no pudo aguantarse más y soltó una carcajada que hizo retumbar el suelo y hasta el cielo.

Dieciséis

De: Contralmirante William M. Fogarty, Armada de EE. UU.

Para: Comandante en jefe, Mando central de EE. UU.

Asunto: INVESTIGACIÓN FORMAL DE LAS CIRCUNSTANCIAS DEL DERRIBO DE UN AVIÓN COMERCIAL POR PARTE DEL USS VIN-CENNES (CG 49) EL 3 DE JULIO DE 1988 (U)

1. Antecedentes de Inteligencia.

a. La Guerra del Golfo

(**I**) La guerra entre Irán e Irak es la última iteración de un conflicto que se remonta mil años.

Arash Shirazi

JUZESTÁN, IRÁN, MAYO DE 1985

Arman dice que hay un hombre como yo en cada pelotón, un Arash por cada quinientos hombres, alguien como yo, que mantiene su caballo lejos de los demás caballos y que lleva una túnica en el petate. Una túnica larga y negra como la cabellera de un dios, más fina que la seda marroquí, más negra que el negro que estás imaginando, negra como la negrura que hay en tu mente, un negro atómico que gira alrededor del negro, como pajaritos de dibujos animados, la túnica que me pongo encima de mi otra ropa, del uniforme, de mi arma y de la vaina. Lo cubre todo, incluso tiene una capucha negra que va encima del casco. Una túnica negra y un caballo negro en la noche. Con una linterna montada en el cuello, debajo de la capucha. Una noche, Arman se la puso para mostrarme cómo la linterna le iluminaba la cara y cómo, en la oscuridad, su cara no era tanto una cara como un globo de luz, tal como pintaban a los profetas en los cuadros antiguos, con una bola de fuego sobre los hombros. Una bola de luz vestida de negro, cabalgando sobre un caballo negro. Arman me lo enseñó: montó a Badbadak, mi caballo Badbadak —que significa «cometa», aunque literalmente quiere decir «viento viento pequeño»—, Badbadak como un caballo salido de un libro de ilustraciones, igual de oscuro y poderoso, con las cernejas cubriéndole los cascos, como si la mitad inferior de sus patas llevara también una túnica, una larga capa. Arman sobre Badbadak como un hálito de luz divina galopando sobre un viento negro, y por supuesto que lo vi, vi el ángel en aquella imagen, que de eso se trataba.

Un hombre de cada quinientos se viste como un ángel, tal que así, iluminado como aquel ángel de la noche, de la historia y de la muerte y de la luz y de la puta e implacable guerra. Todo necesita su ángel, incluso la guerra. En cada pelotón un hombre como yo, que se convierte en un ángel como este, un hombre como yo, que llama a su hermana una vez al mes y manda dinero a sus padres y come arroz frío y caga una vez al día, como yo, un hombre que sueña con Mira, la chica del mercado, con pañuelos fosforescentes alrededor de las pechos; en cada pelotón, un hombre como yo sale después de la batalla y cabalga con mi túnica, cabalga con mi linterna, galopa alrededor de los muertos de guerra y los moribundos de guerra, y les ofrece una visión, la imagen de un ángel que los protege, que vive entre ellos. Porque ese es el quid de la cuestión, ¿no?, que esa convivencia, el hecho de que los ángeles vivan entre nosotros, significa que lo que creías era cierto, que después de todas tus muecas de dolor y de las horas que pasaste arrodillado, de tus ayunos y de tanto fruncir el ceño, esa presencia puede enviarte al Yanna, un ángel que te mandará al Yanna y al Ridván con el corazón colmado no de miedo al dolor, al sufrimiento o a la nada, sino de convicción, la convicción de ver un ángel negro cabalgando al viento, cabalgando en la noche, la convicción para seguir viviendo mientras el sufrimiento lo exija, para no ponerle fin, para no suicidarte.

Arman lleva años haciéndolo. Me recuerda al hadiz de Mahoma y el soldado, el soldado que yacía moribundo en el campo de batalla, con una herida de espada en el costado, todos sus camaradas muertos o desaparecidos, el soldado moribundo, contemplando sus propias entrañas, solo, más solo de lo que nadie ha estado desde Hussain, aunque por lo menos

Hussain tenía a su familia con él. Así pues, el soldado moribundo sacó la navaja, y le llevó algún tiempo, porque casi no tenía fuerzas, pero sacó la navaja y se cortó la garganta, le llevó algún tiempo porque estaba ya tan débil y tan perdido en su agonía, una agonía que pocos seres vivos conocerán jamás, *alhamdulillah*, y así murió, el soldado murió allí mismo, medio por la espada del enemigo y medio por su propia navaja, y fue a Yanna, llegó ante las puertas de Yanna, donde vio al Profeta, lo bastante cerca del santo rostro del Profeta, la paz sea con él, que no tenía más que dar un paso para tocarlo, alcanzarlo con su propio aliento. Y estaba llorando, ¡el santo rostro del Profeta! El rostro del mensajero final de Dios, la paz sea con él, lloraba al tiempo que le daba la espalda al soldado, al tiempo que lo rechazaba, sí, el Profeta, la paz sea con él, envió al soldado lejos de Yanna, el mismo soldado que había dedicado su vida a luchar en una guerra que nunca había entendido y que había pasado sus últimas horas en la tierra en medio de un sufrimiento atroz, iba a terminar en el otro Más Allá, un lugar cuyo nombre Arman ni siquiera menciona al contar esta historia, como si fuera el nombre de un *jinn*, mejor ni decirlo. Porque decirlo apela al lenguaje para que lo represente: este sonido es esa cosa, pero hay cosas que desafían el sonido, desafían esa representación, llamamos «sol» al sol como si eso significara algo, llamamos «héroe» a tal o a cual persona, «cobarde» a tal o cual otra. El Profeta rechazó al soldado porque este se había clavado su propia navaja en el cuello en vez de sufrir como un hombre, y esa es la lección, eso es lo que Arman quiere que recuerde.

Así pues, hay hombres como yo repartidos por todos los pelotones del ejército iraní, hombres que cabalgan entre los moribundos para reafirmarlos en su determinación, hombres a quienes mandan al campo de batalla con llaves colgando del cuello, las llaves del cielo, les dicen, y algunos de ellos ni siquiera son hombres todavía, eso hay que decirlo, algunos son niños con nombres de hombre, un niño llamado Nassir, otro niño llamado Sohrab, o Houshang, o Abbás, o Pouyan, niños que van por ahí sacando pecho como hombres, con ropas de hombre y nombres de hombre, como si esos nombres los convirtieran en hombres, como si bastara con llevar botas de hombre, y yo cabalgo a su alrededor mientras agonizan, para evitar que en el último momento se corten la garganta, para recordarles que deben sufrir como hombres, hombres como yo, que protegemos su más allá. Así es como lo dice Arman, proteger su más allá, permitir que vuelvan a reunirse con sus *babas* y *mamabazorgs*, y sí, también con sus profetas, los profetas en los que solo logro creer de forma dispersa, como una luz que se enciende y se apaga en una habitación, a veces alcanzo a ver sus formas, pero nunca tienen profundidad, nunca los veo con nada semejante a profundidad, o tal vez sea al revés, tal vez logro ver su profundidad pero no puedo distinguir su forma, la forma de los profetas, el por qué, o el cómo, o incluso el qué de todo esto.

Pero lo que yo crea, deje de creer o no pueda creer es lo de menos. Arman cree, a menudo pasa tanto tiempo arrodillado en su *janamaz*, inclinado sobre la alfombra, que luego le queda una marca en la frente, pero diría que sospecha que yo estoy un poco más confundido, diría que en el fondo lo sabe, porque cuando salgo a cabalgar siempre me recuerda que lo hago por los hombres, por los moribundos, no por mí, ni siquiera por mi país, sino por los hombres y sus almas, desesperadas y vulnerables. Toda acción se juzga por su intención, eso es lo que siempre me dice, toda acción se juzga por su intención, lo ha sacado de alguna parte del Corán. Y mi intención es ayudar a esos hombres, de modo que si lo que les va a ayudar es ver una bola de luz cabalgando al viento, entonces eso es lo que seré.

Y ni siquiera he mencionado aún la espada, la espada que Arman me entregó hará un año, la misma espada que cada Arman le entrega a cada yo en cada pelotón, una espada con el extremo de la hoja dividido en dos colmillos, colmillos gemelos como dos dientes de demonio, esta espada forjada a semejanza de Zulfiqar, la espada de Hazrat Alí, un toque extra, aunque yo nunca le vi el sentido, porque ¿qué pinta un ángel con la espada de Hazrat Alí?, o a lo mejor se supone que soy Hazrat Alí, pero entonces ¿qué pinto cabalgando en persona por el campo de batalla? ¿Puede ser que este ángel sea uno de los guardianes de Alí? En todo caso, la espada me obliga a montar a Badbadak casi siempre con una sola mano, porque si enfundo la espada en la vaina parece una espada cualquiera, con una empuñadura como otra cualquiera; no, tengo que llevarla desenvainada y empuñarla para que los dos colmillos de la hoja lancen destellos, reflejen una luz que es siempre luz de luna, una luna lo bastante brillante como para proyectar sombras, porque, si de noche hay luz, es de ahí de donde viene.

Ojalá pudiera verme a mí mismo, y ojalá pudiera verme Mira, la chica del mercado, sin la luz y sin la capucha, pero tal vez a caballo, tal vez con la espada, tal vez entonces me amaría y me echaría un pañuelo al cuello para acercarme a su boca, a sus pechos, pero ahora está a cientos de kilómetros, que podrían ser miles, o millones, mientras yo, vestido de ángel, me paseo entre los hombres, en su mayoría muertos, en su mayoría indistinguibles, con los que he compartido comidas, historias, duchas, a veces incluso esa misma mañana, pero ahora soy su ángel, galopo como un ángel, un ángel con una espada de colmillos bajo la luz de la luna.

Al verme, un hombre grita ¡*ob, ob!*, agua, agua. Esto pasa mucho, Arman me avisó de que pasaría, los moribundos se llevan la sed con ellos, tal vez sea lo único que se lleven, la sed y la muerte, la sed que los desgarra con más saña que cualquier espada, como lo haría un león, y no se me permite darles agua, ni hablar, me dijo Arman cuando se lo pregunté, qué pinta un ángel llevando agua, dijo, lo cual tiene sentido, pero eso significa que no puedo hacer nada más que oírlos llorar y suplicar y morir, mientras cabalgo en mi imponente caballo, vestido con mi ridículo disfraz empuñando una espada de mentira.

En el mercado, Mira, con sus bufandas, tenía una espada de juguete, de plástico, colgada en su puesto, cubierta con pañuelos. Qué gracia, una espada de juguete con bufandas azules verdes amarillas blancas colgando de ella. Imagina una bufanda blanca aquí, imagina a Mira aquí, con sus pechos, con sus labios, con su espada de plástico. Un hombre me suplicó que le diera agua con tanta vehemencia que empezó a vomitar, primero bilis y luego sangre, y al tiempo se calló. Otro me ofreció un reloj de oro y más tarde, mientras me alejaba, le oí gritar Mehrnaz, Mehrnaz, Mehrnaz, y pensé que estaría llamando a su mujer, o a su madre, hasta que me acordé de cómo Arman me había advertido de que hay hombres repugnantes que ofrecerían a sus propias esposas, a sus propias hermanas o primas para eludir la certeza de la muerte. Los rostros de todos esos hombres oscurecidos por la noche y el barro y la muerte, su propia muerte como una niebla que se cierne sobre los campos, la muerte como una nube que desciende sobre el valle, y un hombre como yo entre cada quinientos, cabalgando entre hombres junto a quienes no combatió, un hombre como yo, demasiado importante para combatir, así es como lo describe Arman, demasiado importante, aunque sospecho que me eligieron solo porque las capas eran de mi talla, porque sabía montar a caballo, porque no tenía amigos en el pelotón, y Arman dice que es un secreto demasiado valioso como para entrenar a varios hombres de cada pelotón para que hagan lo que yo hago, demasiado importante y secreto, de modo que cabalgo entre mis muertos, fíjate en eso: mis muertos, el lenguaje nos falla una y otra vez, cabalgo entre ellos con mi caballo, mi cometa, mi viento viento pequeño, y todos esos hombres que combatieron donde yo no combatí y que murieron donde yo no morí.

Intento darles algo, fe, determinación, valor, algo que pueda acompañarlos durante sus últimos minutos, o para algunos de ellos sus últimas horas, sí, o incluso sus últimos días; un hombre me ve, tiene toda la pierna abierta en canal y remetida detrás de su cuerpo como un mechón de pelo detrás de la oreja de Mira, la pierna abierta en canal y sangrando, veo cómo me ve y estalla en lágrimas, estalla, sí, como un loto estallando con una deflagración de cuchillas, estalla en lágrimas, y mientras llora y babea, empieza a recitar el Ayat al Kursi con un borboteo húmedo, tan húmedo que apenas logro entenderlo, pero él sigue recitando, creo que el destinatario de sus palabras soy yo, dice Su trono se extiende sobre los cielos, el hombre medio se ahoga y sonríe, es posible que sonría, a lo mejor me lo estoy imaginando, pero no lo creo, y creo que hay una pausa en las lágrimas, tal vez, o una pausa en su borboteo, aunque no lo veo, no lo veo a él y tampoco veo sus labios, estoy montado en el caballo Badbadak con la cara iluminada por la linterna, que se está calentando, la bombilla cada vez más caliente, siempre lo mismo, Y él no siente fatiga al protegerlos dice el hombre, y nunca una voz ha sonado tan húmeda, juro que lo oigo sonreír a través de los borboteos, mientras muere, y durante un instante todo tiene sentido, el borboteo, el caballo y la túnica y la linterna caliente, sé que está sonriendo y tal vez yo también, porque Él es el Altísimo, es casi gracioso, lo caliente que está la linterna y lo húmedos que son los borboteos, la espada de mentira que llevo en la mano y la luz de la luna curvándose sobre sus colmillos.

Diecisiete

BHAGAT SINGH
1907-1931

¿Quién soy yo?, bebiendo de la jarra rota,
mi túnica teñida del color de la primavera:
«Al diablo la horca, metedme
en un cañón», también escribiste eso,

profeta escarlata, rosa cuarzo,
me duele hablar así contigo
como la literatura, como la propiedad privada;
un día estaré apenas muerto, una muerte leve

que casi me permitirá hacer el amor,
y tú seguirás llevando tu exasperante
bigotito... ¿es por vanidad?, si es así, lo acepto,
el tiempo lo sobredimensiona todo,

todos luchando como si aún importara,
el lienzo en blanco aún en blanco

—extraído de LIBRODELOSMÁRTIRES.docx de Cyrus Shams

Domingo

Cyrus Shams y Orkidesh

BROOKLYN, DÍA 3

En su tercer día en la ciudad, Cyrus se plantó en el museo diez minutos antes de que abriera. Había querido llegar con tiempo suficiente para mantener una conversación sustanciosa con Orkideh antes de que se formara una cola y tuvieran que dejarlo. Se había pillado dos cafés por el camino, el segundo como una ofrenda para Orkideh, un regalito que le indicara que había estado pensando en ella antes de verla. A Cyrus, aquel gesto, aquella posibilidad, siempre le había parecido particularmente conmovedora, nunca dejaba de maravillarle que alguien se hubiera acordado de él en su ausencia; que alguien dispusiera del ancho de banda mental necesario para pensar en lo que le podía suceder a otra persona por dentro —más aún, ¡para preocuparse por ello!— le parecía un milagro que no se celebraba lo suficiente. Una vez, Cyrus había leído en una página web que existía una palabra para eso: *sondar*. «La constatación de que cada persona aleatoria con la que nos cruzamos tiene una vida tan rica y compleja como la nuestra.» Es increíble que darle nombre a algo no disminuya en absoluto su capacidad de generar asombro; a veces el lenguaje es así de impotente.

Cyrus también era consciente de la posibilidad de que su estupefacción ante aquel fenómeno en apariencia tan prosaico no fuera más que una evidencia de su propio egocentrismo: no había encontrado la cura a una epidemia, tan solo había comprado una taza de café de dos dólares. Aquel momento de satisfacción consigo mismo tan exagerada ante lo que no dejaba de ser un detalle muy, muy menor.

Al llegar al museo —aquel día apenas pasó unos breves momentos deambulando confuso y, por lo tanto, tardó mucho menos—, Cyrus vio a través de los cristales al personal que iba de aquí para allá y de repente se dio cuenta de que iba a tener que deshacerse de la taza extra. Era imposible que los vigilantes —aquellos tipos modernos y serios hasta la médula, con gafas de pasta y vestidos de un negro austero— le dejaran tomarse un café entre tanto arte. Se sintió absurdo. Buscó a algún indigente a quien darle el café, para aplacar su patológico sentimiento de culpa cuando desperdiciaba comida o bebida. De niño, su padre le obligaba a sentarse a la mesa y terminarse todo lo que le hubieran puesto en el plato, aunque para ello tuviera que ir al baño a vomitar y volver. En el apartamento de los Shams no había pecado peor que el despilfarro.

De adulto, aquel entrenamiento vital significaba que Cyrus se comía las partes aprovechables de las fresas con moho, pedía cajas para llevarse la comida que sus amigos no se terminaban en los restaurantes y se acababa las latas de refresco medio vacías un día más tarde de haberlas abierto. En Lucky's, durante las noches más concurridas, y cuando aún bebía, los camareros iban reuniendo en una sola jarra los restos de bebidas que dejaban los demás clientes y luego le llevaban aquel líquido turbio. Cyrus agradecía tanto la bebida gratis como el sentimiento de conservación que aquel gesto le proporcionaba, y los camareros agradecían las propinas que les dejaba por unos brebajes asquerosos que, de otro modo, habrían tenido que tirar.

Pasó un rato deambulando ante la entrada del museo, dándole tragos al café. Vio a una joven profesional con tacones haciendo malabarismos con dos bandejas de *lattes* con hielo. Un hombre tatuado y vestido de negro —tal vez un camarero de camino a su turno del almuerzo— miró con el ceño fruncido a las palomas que cruzaron volando por encima de su cabeza, deseando que contuvieran sus excrementos hasta haber pasado de largo. Entonces, Cyrus vio a una punki joven durmiendo sobre el flanco de su perro, con un edredón sucio que los cubría a ambos. Fue hasta allí y dejó el café lo bastante cerca como para que el perro levantara la cabeza para mirarlo, aunque enseguida volvió a apoyarlo sobre las patas, con aire soñoliento.

En el último momento, sin embargo, Cyrus se dijo que a lo mejor podía meterse el café debajo de la camisa y colarlo en el museo. Tal vez después de todo sí podía llevárselo a Orkideh. Y a lo mejor aquel episodio daría pie a una conversación. Volvió a coger el café de delante de la punki, que no se había despertado. El aliento del perro dormido formaba nubes de vapor en el aire frío.

Cyrus tiró su propia taza en la papelera después de terminársela mientras cruzaba las puertas del museo. Pagó tres dólares (el donativo sugerido era de diez) y cruzó la zona de las escaleras, donde una mujer de mediana edad y aspecto severo, vestida con un traje anodino y con unas rastas hasta el trasero, lo detuvo.

—No puedes entrar con eso —le dijo, señalando con mala cara la taza de café que Cyrus seguía medio escondiendo a sus espaldas.

—Ah, ostras, ni me había dado cuenta —mintió Cyrus, que dio media vuelta y tiró la taza de Orkideh a la basura. Le dolió desperdiciar el café y el dinero que le había costado, sobre todo porque no se lo había dejado a la punki, que a lo mejor ni siquiera lo quería y a quien, en realidad, Cyrus solo había querido usar para sentirse mejor con su propia bondad, cosa que en aquel momento lo avergonzó por partida doble.

Sabía que si Zee hubiera estado con él, le habría dejado el café; la simple presencia de Zee lo hacía querer ser mejor persona. Cyrus sintió cómo se le sonrojaban las orejas de vergüenza.

Cuando por fin llegó a la galería del tercer piso, donde Orkideh aguardaba sola, con la cabeza calva y esquelética apoyada en la mano, Cyrus se sentía ansioso, inquieto por su propio lugar en el mundo, su bondad relativa y su ineludible egoísmo. Frente a la entrada de la galería estaba el mismo guía del día anterior, un chico de no más de veinte o veintiún años con una larga pluma colgando del lóbulo de la oreja izquierda a modo de pendiente y un grueso séptum, los ojos pegados al teléfono. Al ver entrar a Cyrus levantó la mirada.

—Hoy hay menos gente —le dijo, sonriendo.

Cyrus le devolvió la sonrisa y lo saludó con la cabeza, contento de que lo hubiera reconocido, agradeciéndole aquel breve instante en el que lo había hecho sentirse como uno más.

Entró en la galería y trató de asimilar la sala en su conjunto. Si la única misión del arte era ser interesante, aquella habitación, con Orkideh sentada, era arte del más alto nivel. El cuerpo de la artista, diminuto pero vivo, engullido por un frenesí inorgánico de ropa y sombras. Las superficies erosionadas del rostro de Orkideh eran peñascos y cráteres marcianos que, como en una fotografía perfecta, captaban con prodigiosa claridad todo el espectro visible, desde la luz pura hasta la oscuridad total. Las sombras proyectadas en la pared reproducían el abismo entre el tamaño de los objetos físicos —dos sillas plegables, una jarra de agua sobre una mesita, una lámpara, un cuaderno y un bolígrafo— y la envergadura de su proyecto. Pero aquel día había también algo nuevo: una botella de oxígeno, un ominoso óvalo que asomaba como un misil desactivado, con una reluciente válvula manual y un delgado tubo translúcido que bajaba hasta el suelo y volvía a subir hasta los orificios nasales de Orkideh.

Alguien habría podido pintar la escena y colgarla junto

a un Vermeer o un Caravaggio como obras maestras análogas en torno al aislamiento y el efecto dramático de la luz y la oscuridad al combinarse con formas básicas. Cyrus percibió una cualidad casi operística en el contraste entre los contornos simples, que competían entre sí por la atención del espectador —el cráneo redondo de Orkideh, su vestido negro ondeante—, y sus pies, otra vez descalzos. El aire era como mármol endureciéndose por momentos a su alrededor.

Al oír sus pasos, Orkideh levantó la mirada y, al encontrarse con la de Cyrus, reaccionó con una sonrisa de reconocimiento y alegría, pero también con algo más, un tercer elemento que este no supo descifrar.

—*Salaam*, Orkideh —dijo Cyrus, sonriendo al tiempo que se acomodaba en la silla—. ¿*Chetori*?

Orkideh inhaló con fuerza y esbozó una sonrisa de medio lado. Cada vez que exhalaba, el tubo de la respiración se empañaba.

—Cyrus Shams —dijo—, ¡has vuelto!

—¿Cómo te encuentras hoy? —preguntó, pero se arrepintió casi al instante. Qué pregunta tan obvia, qué manera tan ridícula de saludar a alguien que se estaba muriendo de cáncer. Era como preguntarle por el tiempo a alguien a quien acababa de caerle un rayo encima.

Orkideh se limitó a encogerse de hombros y sonrió en dirección al tanque de oxígeno.

—Ya, lo siento —dijo él.

—No pasa nada, Cyrus. No me da miedo. Por favor, ¡cuéntame algo! Cuéntame algo bueno esta mañana.

Cyrus se lo pensó un momento, pero solo uno.

—He estado trabajando en el libro del que te hablé —respondió—. Pensaba llamarlo *El libro de los mártires*, pero ahora quizá lo llame *Mártires terrenales* —dijo. Entonces la miró y añadió—: Quiero decir, si a ti te parece bien; la expresión es tuya.

Orkideh se rio.

—Considéralo un regalo, Cyrus *jaan*.

Su fuerte acento daba calor a la sala; parecía un amanecer.

—Gracias —dijo Cyrus con timidez—. Te lo agradezco de verdad. —Hizo una pausa y estudió el rostro de la artista. Le pareció cálido, como saturado de repente por su presencia—. ¿Puedo preguntarte algo? ¿Algo... incómodo?

Alguien soltó un sonoro estornudo en otra galería y el guía asomó la cabeza por la puerta, pero por lo demás Cyrus y Orkideh estaban solos.

—Para eso estoy aquí, ¿no? —dijo ella.

—Ah, ¿sí?

—En realidad no lo sé —admitió la artista, divertida—. Pero creo que sí. Puede. Para hablar de cosas de las que la gente por lo general tiene miedo de hablar.

—Claro, tiene sentido —dijo Cyrus. De pronto estaba nervioso: le sudaba la nuca y le entraron ganas de orinar—. Pero ¿por qué no pasas estos últimos días con tu familia? ¿Con la gente que te quiere?

Orkideh no sonrió, pero tampoco parecía herida. Abrió la boca, pero durante un momento no habló.

—Cyrus —dijo al fin, pronunciando la «r» a la manera iraní y alargando la última vocal—. Soy artista. He dedicado mi vida al arte, y eso es todo lo que hay. En mi vida ha habido gente que ha venido y se ha ido. La mayoría se han ido. He entregado mi vida al arte porque este permanece. Y eso es lo que soy, una artista. Hago arte. —Hubo una pausa—. Es lo único que el tiempo no acaba destruyendo.

Cyrus quiso objetar. Era el tipo de comentario que, por su gravedad y aplomo, despertaba en él un escepticismo inmediato, pero Orkideh percibió sus reticencias y sonrió.

—No estoy en la indigencia, *azizam*. He tenido una vida plena: he comido ostras recién sacadas del Caspio; he estado en el museo de Frida Kahlo en Ciudad de México; he hecho el amor, me he enamorado y me he desenamorado. Y he hecho arte. He tenido mucha suerte.

La máquina de oxígeno resollaba. Cyrus hacía botar la rodilla sin parar.

—¿Y cuál es el truco? —preguntó—. Para llegar al final con paz de espíritu, digo...

Orkideh se rio.

—Si lo supiera, ¿crees que te lo diría?

—No sé, supongo que sí. ¿Por qué no?

Ambos se rieron. Cyrus empezaba a sentirse más cómodo.

—Te había traído un café, pero lo he tenido que tirar en la entrada —confesó.

—Ay, qué amable, Koroosh —dijo Orkideh, que se acercó a él y fingió coger una taza de café invisible y darle un sorbo—. Mmmm —dijo—. ¡Delicioso!

Un hombre mayor con el pelo largo y canoso y un abrigo de tweed entró en la galería. Tanto Cyrus como Orkideh se giraron al unísono para mirarlo y el hombre, confuso, dio media vuelta y volvió a salir.

—Creo que no se esperaba encontrarse a dos iraníes cuchicheando con aire conspiratorio en una sala oscura —dijo Cyrus, y ambos volvieron a reír.

—¿Y tú, Cyrus Shams? —preguntó Orkideh—. Si te conviertes en mártir, ¿no harás daño a la gente que te quiere?

Cyrus asintió.

—Sí, claro —dijo, y al cabo de un rato añadió—: Pero es difícil saber si ese dolor sería peor que el dolor que me causa a mí estar aquí.

Pero Orkideh negó con la cabeza.

—Será peor, créeme —dijo—. Si te das tiempo para envejecer un poco, lo entenderás.

—Puede ser —respondió Cyrus—. Mi madre murió cuando yo era muy pequeño, y mi padre nunca lo superó. Diría que en muchos sentidos se culpaba a sí mismo. Puede que incluso me culpara a mí; creo que mi presencia le puso las cosas más difíciles.

Orkideh hizo una mueca y estudió a Cyrus. Era un hombre apuesto, de mandíbula fuerte y unas cejas altas y espesas. La palabra persa para decir «ceja» se descompone literalmente en «nube» y «sobre». Las de Cyrus le daban a sus ojos una expresión atribulada, turbulenta, incluso cuando se reía. Estos eran mucho más viejos y oscuros que el resto de su rostro. ¡Había conocido a tantos iraníes con los ojos así! Ahora el tubo de la respiración se empañaba un poco más que antes.

—Y tengo amigos, algunos de ellos muy cercanos. Mi mejor amigo, Zee, me ha acompañado en este viaje. Si me suicidara, seguramente no me lo perdonaría nunca, pero tampoco es que fuera a entrar en combustión espontánea, ni nada por el estilo. Con el tiempo lo entendería. Es posible que ya lo entienda.

Orkideh respiró hondo.

—Yo también tenía una amiga novelista —dijo—. Una vez le pregunté si planeaba sus libros de antemano y luego se limitaba a rellenar los detalles, o si iba creando la historia a medida que la escribía. Me miró y, sin perder ni un segundo, respondió como un oráculo: «A mis espaldas solo hay silencio, y ante mí solo hay silencio». Nada más, esa fue su respuesta. ¿No es perfecto?

—Sí, es precioso —dijo Cyrus, aunque en realidad no estaba seguro de entenderlo.

—Lo que quiero decir es que creo que encontrarás el final que necesitas cuando dejes de buscarlo —añadió Orkideh—. Que los finales genuinos tienden a abrirse paso desde el exterior.

A Cyrus le costaba seguir el ritmo de la conversación. Tenía tantas cosas que decir, tantas cosas que quería aclarar y cuestionar, pero, en cambio, solo acertaba a asentir con la cabeza y responder a base de gruñidos. Hablar con la artista lo cohibía, como si temiera que esta fuera a tomarlo por un mirón o un niñato morboso. Una nueva visitante había entrado en la galería, una chica joven, quizás en edad de instituto, que llevaba unos auriculares con forma de orejas de gato y arrastraba los pies con torpeza.

—Mi madre murió cuando yo aún era un bebé —dijo al fin Cyrus—. Por eso no supe qué había perdido hasta que fui mucho mayor. Es posible que aún no lo sepa. Pero un día, cuando tenía quince o dieciséis años, decidí que iba a sentirlo de verdad. Nunca tuve un día en el que pasar el duelo de mi madre como es debido, de modo que me inventé uno. Me salté las clases y me dediqué a vagar por el centro de Fort Wayne escuchando mi walkman, sollozando por todas partes y tratando de imaginármela. Me metía en callejuelas y callejones para llorar a lágrima viva, e imaginaba todos los días en los que no me había visto y todos los días en los que no la iba a ver yo. Lloré tanto que me deshidraté, recuerdo que tenía mucha sed. Entré en una gasolinera para comprar un Gatorade y el dependiente me preguntó si estaba bien, si necesitaba ayuda. Qué detalle tan curioso, lo había olvidado hasta ahora. El Gatorade sabía fatal, era tan dulce que me ardió en la garganta, ¡pero aun así me lo bebí de un trago! Estaba muerto de sed de tanto llorar. Creo que fue la primera vez que me sentí así; toda esa pena concentrada en un mismo núcleo. Como un diamante. Solo por un día.

—Qué fuerte —dijo Orkideh, a la que mientras Cyrus hablaba se le habían empezado a humedecer los ojos—. Ay... —Hizo una pausa y bebió un sorbo de su taza. La máquina de oxígeno ronroneó y Orkideh se aclaró la garganta—. ¿Y después? —preguntó—. ¿Cómo te sentiste?

—Esa es la cosa —dijo Cyrus—. Llegué a casa, cené, vi la tele y me fui a la cama. Al día siguiente fui al instituto y nada había cambiado. Mi madre no había vuelto, y mi padre seguía estando igual de triste. Y yo también; seguía siendo la misma persona.

—Sí, claro —dijo Orkideh—. Me parece muy americano esperar que la pena vaya a modificar algo, como si fuera un vale que poder intercambiar por otra cosa. O como una fórmula: experimenta una cantidad x de sufrimiento y recibe una cantidad y de consuelo. Trabaja un día en las minas del dolor y cobra con vales para el economato de la empresa.

Ambos se rieron.

—Pues sí —dijo Cyrus—. Creo que ahí fue cuando empecé a comprenderlo. Y cuando mi padre murió unos años más tarde, después de que yo me fuera a la universidad, me sentí más preparado. Era como si, asegurándose de que yo iba a la universidad, mi padre hubiera cumplido con su misión; como si hubiera estado esperando ese momento para, por fin, fichar y descansar en paz. Esa vez sí pude sentirlo de verdad, y lo que sentí fue sobre todo gratitud. También tristeza, por supuesto, pero recuerdo sobre todo estar muy agradecido de que hubiera aguantado tanto tiempo por mí.

Cyrus se dio cuenta de que Orkideh tenía los ojos anegados: enrojecidos, velados, vidriosos.

—Ay, dios —dijo Cyrus—. Lo siento mucho, ni siquiera nos conocemos. No quiero agobiarte con todo esto.

—No, no, es precioso. Estoy aquí por eso, ni más ni menos. —Orkideh sonrió, se secó los ojos con las mangas negras y, con el dorso de la mano, señaló el título de la galería, pintado en la pared a sus espaldas: «DEATH-SPEAK».

—Sí, vale, pero bastante tienes ya con lo tuyo...

—Cyrus, ayer vino a verme una mujer y me enseñó la foto de una niña preciosa. Me contó que era su hija y que ahora estaba en coma, en muerte cerebral por una sobredosis de heroína. Me preguntó qué tenía que hacer, si debía... —Orkideh hizo una mueca de dolor y pronunció la siguiente palabra como si estuviera tratando de tragarse una piedra— desenchufarla. ¿Qué se supone que debe contestar una a eso? —añadió, apoyando las manos en la mesa.

—Sí, ¿qué contestaste?

—Ay, yo qué sé. ¿Qué le podía contestar? Trivialidades. Algo así como que es una enfermedad horrible, una decisión horrible. Creo que se fue decepcionada. —Orkideh se cubrió la boca con el brazo y tosió—. Pero lo que quiero decir es que me encanta hablar contigo. Es fácil. Encantador. Lo disfruto.

Cyrus asintió con la cabeza.

—Yo también llevo sobrio un par de años —soltó entonces, pero se arrepintió de inmediato—. Bueno, «también» no. Quiero decir que a mí también me gusta hablar contigo. Pero sí, es una enfermedad horrible, tienes razón.

Orkideh puso los ojos como platos.

—Caray, me alegro por ti. Parece que ya has tenido una vida plena, Cyrus Shams.

Cuando miró a la artista, se percató por primera vez de las venas que le recorrían el cráneo. Los vasos sanguíneos sobresalían y las arterias azules parecían casi fosforescentes en la penumbra. Cuando había visto por la tele a personas calvas por culpa del cáncer, sus cráneos siempre le habían parecido planos, pálidos, fantasmales. En la vida real, en cambio, tenían un aspecto mucho más vascular, animal. También tenía mechones de pelo ralo que habían empezado a crecer, tan finos que solo se veían cuando reflejaban la luz.

—Pero bueno, se supone que debo preguntarte por tu vida. Para el libro...

—Ah, sí, el libro, el libro. Tu libro de los mártires —dijo ella, pronunciando la palabra «mártires» como si fuera el remate de un chiste malo—. ¿Sigues con la idea de que yo figure en ese libro? —añadió con una sonrisa.

—Sí, claro que sí. O sea, aún no lo sé seguro. Pero creo que sí. Lo que estás haciendo aquí es increíble. He volado hasta aquí solo para hablar contigo. Ni siquiera sé qué decir sobre lo que estás haciendo, pero es extraordinario.

—Sí, sí, extraordinario —dijo ella entre risas, y señaló su

máquina de oxígeno, que emitió un resuello gaseoso, como respaldando su argumento.

—Lo es —insistió Cyrus—. Y yo siento que no estoy a la altura y que no sabré ni escribir sobre ello, que no podré ni expresarlo. Que es una tarea condenada al fracaso de antemano.

—¿Qué quieres decir?

Cyrus vaciló un instante, puso las manos sobre la mesa y volvió a retirarlas. La marca de sus dedos permaneció en la superficie —de metal negro mate— durante una fracción de segundo, un breve rastro de calor solo suyo. Allí durante apenas un instante, antes de desaparecer.

—Supongo que lo que pasa es que escribo frases con las que intento perimetrar la pena, o la duda, o la felicidad, o el sexo, o lo que sea, hasta que transmita una urgencia que se corresponda con la sensación. Pero, al mismo tiempo, sé que las palabras nunca transmitirán la misma sensación que la cosa en sí; que el lenguaje nunca será la cosa. De modo que está condenado al fracaso, ¿no? Y, por ende, yo también, por haberle entregado mi vida. Porque sé que nada de lo que escriba podrá hacer que ninguna de estas muertes adquiera la importancia que deberían tener. Mis palabras nunca detendrán el fascismo ni salvarán el planeta. Nunca traerán de vuelta a mi madre, ¿me entiendes?

—Ni a ninguna de las personas que iban en ese vuelo —añadió Orkideh.

—¡Exacto! —dijo Cyrus—. Exacto.

La chica de la cola seguía esperando, meciéndose sin moverse de sitio mientras escuchaba algo en sus auriculares de oreja de gato. Detrás de ella, un par de personas más que se habían unido a la cola: otra chica con auriculares inalámbricos y el hombre mayor de pelo largo de antes, que finalmente se había atrevido a entrar, envalentonado tal vez por la presencia de una cola.

—Ha sido una gran suerte tener estas conversaciones contigo, Cyrus Shams —dijo Orkideh—. Las disfruto mucho, de verdad. ¿Volverás a verme mañana, si sigues en la ciudad?

—Sí, claro, claro que sí; volveré mañana —dijo Cyrus. Tenía muchas más cosas que decirle, pero también quería respetar la cola y el proyecto de Orkideh. Le dio un sorbo a su taza de café imaginaria y Orkideh le dio otro a la suya, con una sonrisa de oreja a oreja. Cyrus se levantó—. ¿Puedo darte un abrazo? —le dijo.

—Claro que sí —contestó Orkideh.

Se abrazaron y Cyrus inhaló su aroma, una mezcla de agua de rosas y loción antiséptica, la primera tal vez para disimular la segunda.

Cuando salió del museo, la cabeza le daba vueltas. Reprodujo para sus adentros la conversación que acababa de tener, una y otra vez. Nunca le había contado lo de su día de duelo a nadie, ni siquiera a su padre. Ni siquiera a Zee. De hecho, casi se le había olvidado, se había olvidado del walkman y del Gatorade. Intentó recordar qué había estado escuchando: Elliott Smith tal vez, o Billie Holiday. Durante aquella conversación, Orkideh se había mostrado muy circunspecta. Cyrus había visto cómo se le empañaban los ojos.

Le hubiera gustado hablar más con ella, específicamente sobre el martirio. ¿Se consideraba una mártir? ¿Una mártir terrenal? Y, de no ser así, ¿le parecía bien que él sí lo hiciera? ¿Y qué pasaba con la madre que había tenido que «desconectar» a su hija? Al día siguiente se esforzaría por estar más concentrado. Casi se le había olvidado que estaba allí sobre todo para escribir su libro. Pero aquella conversación había sido tan buena, tan auténtica, que no le habría parecido bien forzarla.

Cyrus casi flotaba a un palmo del suelo, desbordante de gratitud y de asombro, absorto en una sensación de lo más placentera, cuando de repente otra parte de la conversación entró en su mente. «Mis palabras nunca traerán de vuelta a mi madre», había dicho él, a lo que Orkideh había replicado: «Ni a ninguna de las personas que iban en ese vuelo».

Intentó recordar si le había contado a Orkideh cómo había muerto su madre. Se sentó en un banco del parque. Le había hablado de Zee, de su padre, de la muerte de su madre, pero no recordaba haberle mencionado el vuelo 655.

Interludio

Hubo un tiempo en que el mundo era abundante, ¡y cuánto! En la tierra de Tus vivía un niño llamado Ferdousí. Ferdousí era un niño aventurero y le encantaba jugar al aire libre, entre el viento y los verdes pastos. Su lugar favorito era el río Tus, un río atronador y caudaloso que se prolongaba eternamente en ambas direcciones, tan ancho como diez casas. Ferdousí pasaba horas y horas observando los maderos y la espuma que arrastraba la corriente y escuchando el gorgoteo y el rumor del río. A veces metía una mano o un pie en el agua, con suma cautela, hasta que dejaba de sentirlos, hasta que perdía la noción de dónde acababa él y dónde empezaba el río. Algunos días le escribía poemitas y no se los leía a nadie más que al propio río.

Un día fue hasta la orilla y vio que el agua se había llevado por delante el antiguo puente de piedra que unía las dos orillas. Las familias gritaban entre lágrimas, separadas por la corriente: hermanos a hermanos, muchachas a sus padres... Conscientes de que sus familias iban a quedar separadas para siempre.

—¡Paisanos! —exclamó Ferdousí al ver aquello—. ¡Construiré un puente nuevo, más robusto que el anterior! ¡Un puente que nunca desaparecerá! ¡Ni la lluvia ni el viento podrán destruirlo!

—Ferdousí —le dijo el fabricante de cuerdas—, eres un niño, no un anciano. No tienes los conocimientos necesarios para construir un puente nuevo.

—Ferdousí —le dijo el mercader de joyas—, eres un pobre muchacho, no un príncipe. No tienes el dinero necesario para construir un puente nuevo.

—Ferdousí —gritó finalmente el carpintero—, andas siempre soñando despierto y escribiendo poemas absurdos. No tienes la disciplina necesaria para construir un puente nuevo.

Pero Ferdousí estaba decidido. Se marchó y regresó a su casa, mientras el fabricante de cuerdas, el comerciante de joyas, el carpintero y el resto de los aldeanos seguían con sus lamentos. Durante los años siguientes, los aldeanos apenas le vieron. La madre y el padre de Ferdousí se encargaron de proporcionarle comida y agua hasta mucho después de la edad en que debería haber sido él quien les proporcionara comida y agua a ellos. Y así fue como se hizo un hombre, escondido de todos menos de su familia. De vez en cuando, algún granjero aseguraba haberlo visto vagando de noche, murmurando para sí.

Después de años de silencio, una tarde de primavera Ferdousí salió por fin de casa de sus padres y se dirigió al centro del pueblo.

—¡He escrito un poema para el rey! —anunció—. ¡Es el mejor poema que Tus haya producido jamás!

Los pocos aldeanos que lo oyeron apenas levantaron la mirada. El sol estaba en lo alto. Una niña perseguía a una gallina.

Impertérrito, Ferdousí se preparó para el siguiente paso: el largo viaje hasta el palacio real. Partió solo y llegó al palacio semanas más tarde, exhausto y apenas capaz de sostenerse.

—¿Quién eres? —preguntó el cortesano del rey al verlo llegar.

—Soy Ferdousí, el poeta más grande de Tus —respondió él—. He escrito un poema para el rey Mahmud.

La osadía del joven divirtió al cortesano, que lo invitó a entrar en el castillo y le concedió una audiencia con el rey Mahmud.

—¿Quién eres? —preguntó desde su trono el joven y soñoliento rey Mahmud.

—Soy Ferdousí, el poeta más grande de Tus —respondió este—. Y os he escrito un poema.

—Adelante —dijo el rey Mahmud, solo vagamente interesado. Pero cuando Ferdousí leyó el poema, resultó que cada uno de sus veinte pareados era impecable, como un collar de perlas perfectas. Los ojos del soberano, abiertos de par en par, empezaron a brillar.

—Ferdousí —dijo el rey cuando este terminó de leer—, es el poema más brillante que haya oído jamás. Tenías razón, eres el poeta más grande de Tus.

—Gracias, mi rey —respondió Ferdousí.

—Me gustaría que escribieras el gran poema de nuestro pueblo —prosiguió el rey Mahmud—. Cuenta la historia de toda Persia. Puedes vivir aquí en el castillo: te alimentaré con las carnes más sabrosas y te vestiré con las sedas más finas.

—Sois muy generoso, mi rey —dijo Ferdousí—, pero para escribir poesía no necesito ni carne ni sedas. Solo necesito la casa de mi familia en Tus y nuestro río salvaje. Os quiero escribir ese poema, pero lo escribiré en mi propia casa, con mi familia.

—Muy bien. En ese caso, ¿cómo puedo compensarte por tus versos? —le preguntó el rey Mahmud.

—A ver qué os parece esto —respondió Ferdousí, sonriendo—. Yo escribiré vuestro poema y vos podéis pagarme una moneda de oro por cada pareado. Y no tendréis que pagarme hasta que el poema esté terminado.

¡Qué insensatos eran los poetas!, se dijo el rey Mahmud.

Las sedas y la buena cocina de su palacio valían mucho más que varias decenas de monedas de oro.

—¡De acuerdo, poeta! —dijo el rey, sonriendo—. ¡Trato hecho!

El cortesano redactó un contrato y, una vez firmado, el rey envió a Ferdousí de vuelta a Tus en una lujosa caravana.

Durante meses, y luego años, Ferdousí no hizo más que escribir. A veces los aldeanos se reunían frente a la casa de su familia y le rogaban que se asomara a la ventana para leerles su poema. A veces accedía a ello, y entonces los aldeanos de Tus jadeaban, exclamaban y lloraban. Así fue como conoció a Sara, su esposa, con la que tuvo dos hijos, Sohrab y Tahmina. Sus hijos crecieron y se convirtieron en adultos, pero los días eran siempre iguales: su padre escribía y escribía, al anochecer iba a pasear junto al río y luego volvía a la casa y escribía un poco más.

De vez en cuando, el rey Mahmud, cada vez más viejo, enviaba a su cortesano a Tus para buscar a Ferdousí y exigirle el poema, pero Ferdousí siempre se limitaba a responder: «A la poesía no se le pueden meter prisas. Además, el contrato no estipulaba ningún plazo».

Un día, Sohrab, el hijo de Ferdousí, se ahogó en un trágico accidente en el río. Una tormenta, un desprendimiento. Aunque el dolor de Ferdousí era inimaginable, sus hábitos no cambiaron. Cada día se levantaba y escribía, escribía y escribía.

Después de cuatro largas y tristes décadas, Ferdousí mandó por fin noticia al rey Mahmud de que había terminado el poema. Cuando Ferdousí había empezado el poema, ambos eran jóvenes; ahora, en cambio, tenían los rostros surcados de arrugas. Ambos tenían hijos y nietos. Ferdousí llamó a su poema *Shahnehmeh*, «El libro de los reyes». Este contenía historias antiguas de reyes y héroes persas, batallas épicas y romances, magia fantástica y engaños insidiosos. También aparecía su hijo, Sohrab; el amor de Ferdousí por el hijo perdido teñía el texto entero, como si un vino intenso se hubiera derramado por sus páginas.

Cuando el cortesano presentó el poema al rey Mahmud, este montó en cólera.

—¿Cuarenta años? No es razonable, ambos somos ya ancianos. ¡Y mira qué poema tan monstruoso! ¡Pero si tendrá diez mil pareados!

Se habían necesitado cuatro recios camellos para transportar el manuscrito hasta palacio.

—Cincuenta mil, señor —puntualizó el cortesano, que había pasado la noche en vela contándolos.

—¿Cómo dices?

—El poema, señor. Tiene exactamente cincuenta mil pareados.

El rey palideció de ira.

—Ferdousí recibirá su pago —dijo—. Envíale sus cincuenta mil monedas. ¡De cobre!

El cortesano asintió y dio órdenes a los sirvientes para que prepararan los camellos.

Cuando, dos semanas más tarde, los sirvientes reales llegaron a Tus con una caravana de cobre, Ferdousí se echó a reír.

—Amigos —les dijo a los sirvientes—, llevaos este cobre y empezad una nueva vida lejos del traicionero rey Mahmud.

Los criados se miraron unos a otros y aceptaron el cobre de buen grado, deseosos de volver a empezar lejos de palacio.

Tahmina, la hija de Ferdousí, miró a su padre y le preguntó:

—¿Por qué les has regalado todo ese cobre?

—Ese cobre no serviría para pagar un buen puente —contestó Ferdousí—, pero sí para que esos hombres se compren algo de tierra y unas cuantas cabras.

Al ver que sus sirvientes no regresaban al castillo, el rey Mahmud se enfureció aún más. Maldijo a todos los poetas y a partir de ese momento prohibió que se leyera poesía en su presencia.

Pero un año más tarde llegó a palacio un breve mensaje. Era un poema, una maldición, de parte de Ferdousí.

—¡Adelante, léelo! —le ordenó el rey a su cortesano.

El cortesano lo hizo, desencajado, y llegó hasta los últimos versos:

La venganza del cielo no olvidará.
Aléjate, tirano, de mi fuego,
y tiembla.

El rey Mahmud estaba asustado. Intentó disimularlo, pero lo estaba. Aterrorizado, incluso. Recuperó el manuscrito intacto de Ferdousí, que llevaba un año acumulando polvo en un almacén de palacio. Al leer los versos de Ferdousí, el rey se echó a llorar.

—He cometido un grave error —exclamó, y llamó a su cortesano—. ¡Ay, cortesano! —dijo—. ¡Ferdousí ha escrito el mejor poema de la historia de Persia! Hemos sido unos insensatos. Envíale sus monedas de oro de inmediato, y con intereses.

El cortesano cargó el oro a lomos de los camellos y partió hacia Tus, aunque en esta ocasión él mismo viajó también con la caravana.

Tras casi dos semanas de viaje, la caravana del cortesano se topó con otra gran caravana, mucho más larga que la suya, llena de ágiles bailarines y músicos que cantaban baladas.

—¡Soy el cortesano del rey Mahmud! —dijo este, dirigiéndose al líder de la caravana—. Viajo a Tus para encontrar al gran poeta Ferdousí y entregarle el pago en oro por los servicios de toda una vida.

Alrededor del cortesano empezó a formarse un corrillo de curiosos.

—No encontrarás a Ferdousí en Tus —respondió la mujer que encabezaba la caravana.

—¿Adónde ha ido? —preguntó el cortesano.

—Ferdousí ha muerto —respondió—. Este es su cortejo fúnebre.

El cortesano reparó entonces en que todas las personas que lo rodeaban iban vestidas de luto.

—¡Oh! ¡¿Ha muerto el poeta más grande de Tus?! ¡El poeta más grande de toda Persia! ¡Maldito sea nuestro orgullo y nuestra estupidez! —exclamó el cortesano, que cayó de rodillas.

La mujer que encabezaba el cortejo dio un paso al frente.

—Soy Tahmina, hija de Ferdousí, el más grande poeta de Tus. Tomaré el oro de mi padre y con él construiré el mejor puente de toda Persia.

El cortesano asintió de inmediato.

Cuando regresó a palacio y le contó lo sucedido al rey, este envió a Tus a sus mejores ingenieros reales, que ayudaron a Tahmina y a los aldeanos a construir el Puente del Poeta, un puente majestuoso y tan robusto que aún hoy se mantiene en pie.

Dieciocho

ROYA SHAMS | MAMÁ
1963-1988

a la mierda la metáfora del pájaro caído, con todos mis respetos,
y también la mera compasión y los trinos de reprimenda, la asfixiante
comedia del aquí no pasa nada, lo bastante afilada
hoy como para partir un yunque en dos,

ni adormilado ni dormido,
no hay segunda persona del singular que valga, ni evocaciones
carentes de argumento del dolor que estremece la lavanda;

aquí donde los hombres luchan por la justicia
como un niño que se ahoga y trata de salir del río
tirando de su propio pelo

(rubí caído en una tumba abierta, el tatuaje
de mi viejo camello Zulfiqar), igual de indigno, ese
derramarse del tiempo, insoportable, en realidad, y apestoso,
que un desatino así pueda durar para siempre

—extraído de LIBRODELOSMÁRTIRES.docx de Cyrus Shams

Roya Shams

TEHERÁN, AGOSTO DE 1987

A Leila le quedaban muy bien las gafas de sol. Me descubrí mirándolas, más pendiente del aspecto de Leila que de lo que estaba diciendo. Es ridículo decir que era hermosa. Los caballos son hermosos; las montañas y los océanos son hermosos. Con esas gafas de sol, Leila era algo más, algo que escapaba al lenguaje. Eso me frustra, a veces. Una fotografía puede decir «Era esto». El lenguaje, en cambio, solo puede decir «Se parecía a esto».

Mientras hablábamos en aquel taxi (de astrología, de punk británico, de gatos salvajes y de divinidades griegas), esto es lo que Leila parecía: un molinete de estrellas. Un relámpago bajo una uña. Yo la observaba, asintiendo en silencio, observando, observando, algo mareada. Llevaba unos pantalones negros ceñidos a sus poderosos muslos. Hablaba rápido, efervescente como un refresco frío. Se había quitado el pañuelo para dejar al descubierto sus rizos cortos, y mientras la estudiaba me percaté de que el taxista no paraba de dirigirle miradas furtivas a través del retrovisor. Lo observé observarla; de vez en cuando incluso se desviaba un poco, incapaz de apartar los ojos del espejo.

—¡Tenga cuidado! —le gritó Leila.

—¿Es usted famosa? —le preguntó al fin el taxista, con un marcado acento bandari.

—Si lo fuera, ¿cree que se lo diría? —respondió Leila, que volvió a ponerse el pañuelo y se volvió hacia mí, riendo. Entonces sacó sus cigarrillos sin filtro, encendió uno, le dio una calada y me lo pasó. Luego encendió otro para ella.

—Bajen las ventanillas, por favor —dijo el taxista con el ceño fruncido, sin dejar de mirar por el retrovisor.

Así lo hicimos, y Leila siguió fumando su cigarrillo con fruición. Yo me dediqué a darle delicadas caladas al mío, mientras miraba por la ventana la ciudad, que iba desfilando con destellos de luz y sonido. Pasaban sedanes Paykan y Saipa destartalados, rugiendo como tractores viejos. Mujeres con jimar e hiyab se apresuraban por la acera, ansiosas por volver a casa, mientras que los chicos jóvenes, con camisetas ajustadas y coloridas metidas dentro de los vaqueros, iban en manada, fumando y riendo. A nuestro alrededor, la noche hervía en hermosos parques y plazas recién inauguradas. Yo sabía que muchas de esas nuevas construcciones eran cementerios reconvertidos, en los que yacían numerosos presos políticos ejecutados por el régimen. Habían cubierto las fosas comunes sin nombre con césped y todo tipo de fuentes y surtidores, para mostrar al mundo lo feliz y prístina que se había vuelto Teherán. Lo limpia que era. Entre susurros, había oído que, cuando te hacían prisionero, te preguntaban: «Cuando eras pequeño, ¿tu padre rezaba, ayunaba y leía el sagrado Corán?». La respuesta correcta era que no, aunque la mayoría contestaban sin pensarlo y decían que sí. Un «no» significaba que tu descarrío no era culpa tuya. Si contestabas que sí, te torturaban o te ahorcaban.

De repente, de la nada, Leila se volvió hacia mí y me preguntó:

—¿Quién te ha visto llorar desnuda? Y no me refiero a tus padres cuando eras pequeña, sino de adulta. ¿Cuándo fue la última vez que alguien te vio llorar desnuda?

Me fijé en el conductor, que estaba muy concentrado, tratando de aparentar que no nos escuchaba. Incluso a oscuras vi cómo le latía la sien.

—¿Perdón? —pregunté.

—Yo lloro todo el tiempo —prosiguió Leila, como si yo no estuviera allí—. Lo odio, me da vergüenza. No soy frágil, pero a veces mi cuerpo llora y no puedo evitarlo. Lo vivo como una traición, como cuando alguien te hace cosquillas y te ríes aunque no quieras, aunque te duela. Así es como lloro yo.

Asentí con la cabeza.

—Sí, conozco esa sensación.

—Ah, ¿sí?

—Sí —continué—. La semana pasada estaba en casa de nuestra vecina Nafiz, cuidando a su hija mientras ella tendía la ropa fuera. Su hija es una cosita así de pequeña, apenas un ser humano, y, cómo no, cuando la cogí en brazos empezó a llorar. No podía hacer nada; no podía dejarla en ningún sitio, todos los sofás estaban cubiertos de ropa y la mesa estaba llena de platos. Y eso fue lo que pudo conmigo. No había ningún sitio donde dejar aquel animal furioso que me aullaba en la cara, de modo que yo también me puse a llorar. Primero no pude hacer que la niña parara, y luego no pude parar yo. Nafiz volvió a entrar y se encontró con aquellas dos bestias jadeantes. Cogió a su hija y al momento la criatura dejó de llorar. Debió pensar que me había vuelto loca, pero es que no había dónde dejarla. Eso fue lo que pasó: no había un sitio donde dejarla.

Levanté la vista. No había sido mi intención contar la historia completa, no quería meterle prisas a nuestra intimidad. Y casi esperaba que Leila retrocediera un poco y que abriera mucho los ojos como diciendo «Uf, ahí te has pasado», pero lo que hizo fue echarse a reír.

—Sí, tal cual, a eso me refiero. Cualquiera puede verte llorar; actuamos como si fuera un horror, pero en realidad sucede todo el tiempo. En ese aspecto nos comportamos como animales idiotas. Ahora, ¿estar con una persona mientras llora desnuda? Eso sí es intimidad verdadera, despojada de pantomimas. Una intimidad insuperable.

Al decir eso exhaló humo. Yo seguía sin entender muy bien a qué se refería, de modo que estuvimos un rato sin decir nada, sumidos en uno de esos silencios tensos que son como si te echaran arena por todas partes, incluso por la garganta. El conductor iba abriéndose paso por el tráfico de Teherán como el abuelo que era, maldiciendo en voz baja a los jóvenes que daban la nota y tocaban el claxon, y sacudiendo la cabeza cada vez que bajaban la ventanilla para insultar a otro conductor.

Por fin, el taxi se detuvo en el aparcamiento de un camping que había junto al lago, donde iban de picnic las familias. Un espacio antiguo y bien aprovechado. El lago era en realidad un estanque artificial, pero no era uno de esos nuevos espacios que el régimen usaba como cortina de humo, pues se había construido hacía tiempo. Leila le entregó un fajo de billetes al conductor a cuenta del trayecto.

—Leila, deja que te ayude —protesté yo, pero ella se limitó a poner los ojos en blanco y bajó del taxi.

—Sígueme —me dijo, quitándose el pañuelo de la cabeza, y cuando se encendió otro cigarrillo, la llama parpadeó en los cristales de sus gafas de sol. Me acercó el paquete, pero lo rechacé con la cabeza. Que anduviera por ahí con el pelo al descubierto (¡y de noche!) me aterraba tanto que ni siquiera quería mencionarlo por miedo a que alguien más se diera cuenta. Con sus rizos, camisa blanca de trabajo, pantalones negros y gafas de sol, tenía un parecido más que razonable con Bob Dylan. Bordeamos el agua por el sendero peatonal, erosionado hasta que era solo tierra dura. Leila caminaba con paso ufano y varonil. No podía dejar de mirarla. A nuestra derecha estaba el lago, una inmensa superficie marrón llena de carpas enormes y de barro viscoso. A la izquierda, bordeando el camino, un muro de tres metros de altura hecho con ladrillos decorativos grises y redondeados con los bordes salidos.

Cada vez estaba más oscuro y hacía más frío, y cuando nos cruzábamos con alguien que caminaba en la penumbra, Leila agachaba la cabeza y decía «salaam» con voz ronca de hombre, y el otro le devolvía el saludo sin perder un segundo, como si saludara a otro hombre. Leila me devolvía la mirada con una gran sonrisa, sus rizos brincando al aire. Poco a poco, lo que en mi interior había empezado como miedo quedó eclipsado por una fascinación absoluta. Su energía era contagiosa, como el regocijo de un niño al descubrir un agujero en una valla lo bastante grande como para colarse por él.

Después de unos veinte o veinticinco minutos caminando y jugando al juego de Leila —un hombre incluso le respondió «Buenas noches, hermano»—, esta se detuvo y se apoyó en la pared.

—Este es mi lugar favorito de todo el lago —dijo.

Miré a mi alrededor. Era un lugar bastante bonito para ser un entorno artificial. De vez en cuando algún pez rompía la superficie del agua para atrapar un mosquito, provocando ondas en la luz reflejada en la superficie. Pero la verdad era que el lugar preciso donde estábamos era idéntico a cualquier otro en el que hubiéramos estado antes: agua, el camino y la pared de ladrillo.

—¿Por qué? —pregunté.

—Tienes que verlo desde una perspectiva mejor para apreciarlo de verdad —respondió Leila—. Ayúdame a subir —añadió y señaló el muro, que le sacaba más de un metro de altura. Miré a mi alrededor, pero no vi a nadie, y me volví de nuevo hacia Leila.

—¿No crees que deberíamos regresar? —dije. No es que yo quisiera regresar, no necesariamente, pero quería que por lo menos alguien lo hubiera mencionado, por si acaso. ¿Por si acaso qué? No podía sacarme de la cabeza aquella pregunta tan inquietante: «¿Tu padre rezaba, ayunaba y leía el sagrado Corán?».

—Ay, no seas así —dijo Leila—. No vas a creer la vista que hay desde ahí arriba.

Solté un suspiro dramático, pero me acerqué al muro y la ayudé a subir. Mientras trepaba por los salientes de ladrillo vislumbré su vientre, aún firme. Al llegar arriba le dio la espalda al lago y entonces se volvió hacia mí y se inclinó para tenderme la mano. Hacer pie en los bordes de los ladrillos era difícil, mucho más de lo que parecía viendo a Leila. Cuando alargué la mano me dolieron los pechos, y de pronto me acordé de lo que crecía dentro de mí y me di cuenta de que no había pensado en ello en toda la noche. Con movimientos torpes (e intentando disimular el dolor), logré trepar lo bastante alto para que Leila pudiera tirar de mí hasta arriba del todo.

Me senté en el muro, resollando, y abrí mucho los ojos. En la arboleda rala del otro lado había tres enormes jirafas, jirafas de verdad, vivas. Las teníamos tan cerca que habríamos podido hablar con ellas en susurros. Casi me caigo del muro.

—Shhh —dijo Leila al ver mi cara.

—¡¿Pero qué...?! —balbucí yo.

—Es la parte trasera del zoo, Roya *jaan* —dijo—. El muro es también el muro del zoo. ¿Qué te parece?

Dos jirafas masticaban perezosamente unas hojas, no parecían para nada interesadas en nosotras. La más alta de las tres estaba en el suelo, durmiendo, con su gigantesco cuello enroscado sobre la parte posterior del cuerpo. Parecía un bolso gigante. Las jirafas tenían unas pestañas larguísimas, como los caballos, y esos mismos ojos tristes, como si supieran que no estaban hechas para este mundo. O, peor aún, como si supieran que sí lo estaban.

—¿Cómo has descubierto este sitio? —le susurré a Leila, sentándome de espaldas al lago, con los pies colgando dentro del recinto de las jirafas. A mi lado, Leila se encogió de hombros con gesto misterioso y sonrió. Pasamos cinco minutos, tal vez diez, sentadas en silencio, observando cómo las jirafas no hacían más que dedicarse a masticar con aire tristón. Nunca se me había ocurrido que un animal pudiera tener un aspecto tan triste al masticar.

De repente apareció un haz de luz a nuestras espaldas. Nos giramos y miramos hacia abajo: una especie de guardia del parque nos alumbraba con su linterna.

—¿Qué estáis haciendo ahí arriba? —nos preguntó de mala manera. Tenía una cara que parecía hecha de papel arrugado.

—¡Solo estamos sentados, baba! —respondió Leila con voz grave y fingidamente masculina—. ¡Déjanos en paz!

—¡Bajad ahora mismo! El parque está cerrando, no deberíais estar aquí.

Vi el sudor que se le empezaba a formar en la frente, y pensé que él también debía de ver el sudor en la mía.

—¡Baba, soy un soldado! —exclamó Leila—. ¡Solo estoy aquí con mi chica! ¿No respetas a tus soldados?

Me quedé mirando a Leila. No me podía creer lo que estaba pasando. Si el guardia se daba cuenta de con quién estaba hablando, que en realidad se trataba de una joven sin pañuelo que había salido de noche, haciéndose pasar por un hombre... Era impensable qué podía llegar a hacer.

—¡Bajad ahora mismo! —exclamó el hombre, furioso—. ¡Ahora mismo!

—¡Por qué no subes y me obligas, baba! —le espetó Leila, riendo. Todo el pavor que sentía se solidificó en mis entrañas, formando un órgano de piedra.

El viejo guardia miró a Leila con el ceño fruncido y luego me miró a mí. Nos clavó la mirada durante quince segundos, tal vez un minuto, como si pudiera derribar el muro solo con la fuerza de su desprecio.

—Leila... —susurré por fin sin mover los labios. La luna brillaba en el cielo, casi llena, y tuve la sensación de que su fuerza de atracción llevaba toda mi sangre a la superficie de la piel, como si tratara de arrancarme los ojos y los oídos a través de la cara.

—Como sigáis aquí cuando vuelva, llamo a la policía —nos amenazó por fin el guardia con un gruñido.

Leila levantó los dos pulgares con gesto sarcástico, mientras el hombre se alejaba maldiciendo en voz baja. Nos dimos la vuelta. Las jirafas ni se inmutaron.

—¿Qué estás haciendo? —siseé con una mezcla de terror y asombro.

—Quiero pasar unos minutos más con nuestras amigas —dijo Leila, señalando a las jirafas—. Y contigo.

Al decir eso, se acercó a mí y apoyó la cabeza en mi hombro. Yo estaba demasiado nerviosa —y de pronto mareada— para responderle, de modo que me limité a dejar que se apoyara en mí. La jirafa que descansaba en el suelo seguía allí, abriendo y cerrando lánguidamente los ojos, su largo cuello curvado como un signo de puntuación alienígena.

Diecinueve

Domingo

Cyrus Shams y Zee Novak

BROOKLYN, DÍA 3

Cyrus fue caminando hasta el otro lado de Prospect Park, donde había quedado con Zee en una cafetería llamada Daylight. Se sentó en una mesita de la terraza; hacía demasiado frío para sentarse al aire libre, pero sabía que Zee querría fumar y a él no le importaba el frío. Seguía dándole vueltas a la conversación con Orkideh. ¿Cómo sabía lo de su madre? Le sorprendió ver que había otras personas sentadas fuera, a pesar del frío. Una mujer de pómulos altos, con un grueso abrigo y guantes de piel, fumaba con elegancia mientras miraba algo en el móvil. En el otro lado de la terraza había dos tipos blancos con barba, que se reían, ignorando sus mimosas. Las puertas de un coche se cerraron de golpe. Un camarero que llevaba una bandeja con varios expresos miró a su alrededor, confuso.

Cyrus le había enviado un mensaje a Zee para preguntarle si estaba por la zona y quería tomar un café y charlar un rato. En su jerga privada, «charlar un rato» significaba que uno de los dos tenía algo bastante urgente de lo que hablar, y Zee había respondido con un «Ningún problema» y le había mandado la dirección de aquella cafetería. Cyrus sabía que hablar con Zee le ayudaría a romper el bucle de pensamientos que tenía en la mente, un bucle que iba más o menos así: «Conocí a Orkideh, le conté que mi madre había muerto, Orkideh hizo referencia a un accidente de avión, yo nunca había mencionado el accidente de avión, conocí a Orkideh...».

Cyrus notó que le vibraba el teléfono. Un mensaje de su padrino, Gabe: «¿Todavía sigues aún sobrio?». Cyrus tecleó: «Todavía aún sobrio, sí. ¿Tú?». Gabe respondió: «Pues sí. ¿Y sigues enfadado?». Cyrus se lo pensó un momento. «No lo sé. La verdad es que no», tecleó. Una breve pausa seguida de inmediato de los tres puntos que indicaban que su padrino estaba tecleando algo. «Así me gusta», escribió por fin Gabe.

Cyrus sonrió a su pesar. Recordaba haber leído que los niños que perdían a uno de sus padres solían tomarla con el que les quedaba, una forma inconsciente de comprobar si podían confiar incondicionalmente en que ese sí iba a quedarse a su lado. Cyrus nunca había actuado así con su padre, si bien era cierto que tampoco recordaba a su madre; la suya era una pérdida totalmente abstracta. Eso sí, le resultaba humillante pensar en sí mismo como el sujeto involuntario de las mismas turbulencias psíquicas predecibles que aquejaban a cualquier otro ser humano del planeta. Le resultaba también doloroso aceptar la naturalidad con la que había reclutado a aquel John Wayne canoso del medio oeste como padre de facto, pero sabía que podía confiar en que Gabe se quedaría a su lado. Eso, por lo menos, estaba claro.

Cyrus cerró los mensajes de su móvil y, mientras esperaba a Zee, decidió echar un vistazo a la app de noticias, donde vio una foto del presidente Vituperio estrechando la mano de un grupo de empresarios extranjeros. «Presidente Vituperio» era el nombre con el que Cyrus y Zee se referían en privado al presidente en ejercicio, ya que ambos tenían la sensación de que pronunciar su verdadero nombre era una concesión al poder, como si creyeran que el hombre sentía un espeluznante escalofrío de placer cada vez que alguien en alguna parte del mundo pronunciaba su nombre. El presidente Vituperio miraba a cámara con una mueca de satisfacción. Cyrus pulsó el botón lateral del teléfono para apagar la pantalla y se quedó sentado, pensando en Orkideh, pensando en Zee, pensando en el presidente Vituperio.

Cyrus se preguntaba a veces hasta qué punto las ideas sobre liderazgo propias de Occidente —otro término que le generaba dudas, porque ¿el Occidente de qué? La Tierra es una esfera en la que cualquier punto puede estar al oeste de todos los demás; llamar «Occidente» a Estados Unidos y «Oriente Medio» a Irán dejaba a Europa en el centro absoluto— estaban relacionadas con el concepto de un Dios cristiano infalible. En Estados Unidos, los mejores líderes manifestaban siempre su deseo de avanzar hacia la «piedad divina». Eso era lo que siempre decían, ese era el horizonte al que todos los líderes querían acercarse, la «piedad divina», con todas las convicciones innegociables que eso conllevaba. Cyrus pensó en el presidente Vituperio, una caricatura macabra de un hombre para quien Dante parecía haber concebido específicamente sus ideas sobre el infierno; un hombre que, con sus incesantes afirmaciones sobre su propia competencia y genio, había logrado eclipsar, por lo menos a ojos de los votantes estadounidenses, las evidencias manifiestas de todo lo contrario.

Solo una cultura que valorara la infalibilidad por encima de todo podía encumbrar a un tipo como el presidente Vituperio, un hombre que, desde su nacimiento, había vivido al margen de cualquier sentido de la responsabilidad, protegido por una prístina coraza de riqueza heredada que le permitía emerger siempre igual de prístino y cubierto de rocío, incólume ante fastidiosas debilidades mortales como el dolor o la duda.

Incluso Jesús dudó en su momento, con su «eloi eloi lama sabachthani» en la cruz, manifestando con su pena y su duda la incredulidad que le provocaba su propio sufrimiento, invocando el salmo 22 para tratar de calmarse, de aliviar su propia agonía. O Mahoma, que, cuando un arcángel le ordenó que transcribiera la palabra de Dios, protestó ante Gabriel una y otra vez, diciendo que no sabía escribir. ¡Joder, tal era su duda que la manifestó ante un ángel! ¡Ahí es nada! Pero ¿qué importaban los profetas y los santos? Ser un líder en el nuevo mundo requería una infalibilidad absoluta, la total ausencia de duda. O sea, todo lo contrario que una bombilla parpadeante en un apartamento de Indiana que podía o no ser la voz de Dios.

Sentado en la terraza de aquel café, y mientras actualizaba en su teléfono las mismas páginas que acababa de mirar hacía un minuto, Cyrus pensó en qué aspecto tendría un líder agresivamente humano en la tierra, uno que, en lugar de defender posiciones que se sabían erróneas desde hacía décadas, dijera: «He cambiado de opinión, claro que sí: me han mostrado información nueva y esa es la definición del pensamiento crítico». El hecho de que resultara inconcebible que un líder político se expresara en esos términos primero lo enfureció y luego lo entristeció.

Por supuesto, el propio Cyrus no era ni mucho menos inmune a esa forma de pensar. De eso iba su libro de los mártires, de llevar una vida lo bastante buena como para morir sin generar una ola de dolor, como cuando un saltador olímpico de trampolín se zambulle en la piscina sin apenas salpicar. Lo más fascinante sería lo poco que se movería el agua, la forma en que las profundidades parecerían engullirlo sin ni siquiera abrir las fauces.

Cyrus echó un vistazo a la terraza. Un vago aroma a pan y a café flotaba en el ambiente. Varias personas de un atractivo sobrenatural pasaron caminando con prisas, perdidas en sus teléfonos móviles. Aún no había ni rastro de Zee.

El padre de Cyrus le había hablado una vez del hábito de aprendizaje de su madre, cómo cada vez que él le preguntaba algo que no sabía, lo anotaba en una libretita que llevaba siempre encima y luego, en cuanto tenía ocasión, iba a la biblioteca para buscar respuestas. ¿Por qué brillan las luciérnagas? Por una reacción química cien veces más eficiente que la de las bombillas. ¿Por qué el mar tiene sal? Porque el agua de lluvia arrastra los minerales de las rocas. Su madre copiaba en aquella libreta los diagramas que encontraba en los libros que leía. Fotocitos, erosión.

Incluso el padre de Cyrus, que había sido un hombre taciturno, tendía a no arrogarse conocimientos que no poseía, aunque, claro está, no tenía la curiosidad impulsiva de su esposa. No, su padre prefería ignorar esas preguntas, o cambiar de tema. Cyrus estaba orgulloso de descender de unas personas que se sentían cómodas gestionando la incertidumbre. Él mismo sabía bien poco de casi todo, e intentaba no olvidarlo. Una vez había leído algo sobre una oración sufí que decía: «Dios, acrecienta mi desconcierto». Esa era la oración en su totalidad.

Cyrus pensó en el resto de las personas que había en la cola para hablar con la artista moribunda, en lo desesperadas que parecían en su recuerdo y en cómo Orkideh seguía dándoles la bienvenida, sonriendo, acaso un poco colocada. ¡Aparentar certidumbre parecía estar en la raíz de tanto dolor! Daba la impresión de que todo el mundo en Estados Unidos tenía miedo, estaba dolido y enfadado, y deseaba encontrar alguna lucha que pudiera ganar. Pero más que eso, todo el mundo parecía estar convencido de que la felicidad, la satisfacción y la riqueza eran su estado natural. Estaban tan convencidos de ello que la génesis del dolor solo podía ser externa. Y los legisladores legislaban en consecuencia, construyendo muros fronterizos, prohibiendo que los ciudadanos de *allí* entraran *aquí*. «Nuestro dolor tiene su origen en ellos, no en nosotros», decían las pancartas, y la gente vitoreaba, segura de toda esa seguridad. Pero al día siguiente se despertaban y descubrían que aquello que les dolía les seguía doliendo.

Cyrus iba aún por su primer café, absorto en el frenesí de su propia mente, cuando Zee apareció entre la multitud de peatones. Llevaba una camiseta blanca con letras rojas que decían «LIGHGHT», pantalones negros holgados y sus características Crocs de camuflaje. Cargaba consigo una bolsa de papel marrón con objetos que había ido encontrando a lo largo de la mañana en varias tiendas de música de Brooklyn; apenas había metido ropa en la maleta para poder llevársela de vuelta a casa llena de discos. Zee sonrió al ver a Cyrus haciéndole señas.

—¡Ah, Brooklyn! —exclamó Zee—. ¡Qué paraje tan grato para un viejo *knickerbocker* como yo!

Cyrus no pudo evitar sonreír.

—¿Qué has encontrado? —le preguntó, mientras Zee se acomodaba en su silla.

Zee abrió la bolsa con entusiasmo para mostrarle su botín: un disco de la era hippie | acústica de Tyrannosaurus Rex (una vez, cuando hacía poco que vivían juntos, Zee había comprado un montón de números de la revista *Tiger Beat* en eBay y había recortado suficientes fotos de Marc Bolan como para empapelar una pared entera de su antiguo apartamento) y un destartalado disco en directo de Dinah Washington. (Zee tenía un monólogo, que soltaba a veces, sobre cómo la voz de una cantante de jazz quebrándose en un disco era el sonido de un acontecimiento emocional demasiado urgente para el medio asignado para documentarlo; Cyrus sabía que lo había leído en un libro de Brian Eno, pero no por ello dejaba de ser cierto.)

Cyrus intentó reunir todo el entusiasmo del que era capaz, consciente de lo mucho que a Zee le gustaban esas cosas, pero los dos se dieron cuenta de que estaba distraído. El camarero, ataviado con un abultado abrigo negro, se acercó y tomó nota de lo que quería Zee (un té caliente), Cyrus empezó a relatar la conversación de aquella mañana con Orkideh; le contó lo del café y lo de su día de duelo materno, y luego le explicó que la artista había hecho referencia al avión, cosa extrañísima, porque Cyrus nunca le había hablado de ello.

—¿Estás seguro de que no lo mencionaste ayer sin querer? —preguntó Zee, añadiendo una segunda cápsula de crema de leche a su café.

—Sí, como en un noventa y nueve por ciento. Estoy básicamente seguro. Sé que le conté que murió, pero no soy capaz de imaginar ni cuándo ni por qué le habría hablado de las circunstancias.

—¿Puede que lo haya buscado en Google?

—No se me ocurre qué podría haber buscado en Google, ni dónde puede aparecer mi nombre relacionado con ese vuelo.

Había escrito varias cosas sobre el vuelo, por supuesto. Y ahora era huérfano, a lo largo de los años había escrito mucho tanto sobre su madre como sobre su padre. Pero, que él supiera, el puñado de poemas que había compartido con el mundo solo estaban disponibles en forma de unos pequeños diarios de factura casera, no en internet. E incluso esos no los había escrito hasta después de dejar de beber, cuando la poesía se había convertido en un lugar donde depositar su cuerpo, una actividad que podía llevar a cabo durante unas horas sin preocuparse por si se mataba sin querer. Eso era la poesía entonces, un madero flotando en el océano. Agarrarse a ella le permitía apenas asomar la cabeza por encima de las olas.

Todos esos poemas reflejaban una comprensible obsesión con su rehabilitación, en aquel momento tan impredecible, tan monolítica y absoluta que no dejaba entrar mucha más luz. Y sí, la muerte de sus padres se dejaba sentir en todo lo que escribía, pero en aquello que compartía con el mundo —y en lo que revelaba en algún micro abierto— sus muertes nunca se manifestaban de forma directa, obvia o explícitamente legible.

Cyrus dudó un instante, y por fin se armó de valor para preguntar algo que le rondaba por la cabeza desde que había salido del museo. Algo casi inconcebible, pero sin embargo una posibilidad que quería poder descartar. Clavó la mirada en Zee y le preguntó:

—No habrás ido a verla sin mí, ¿verdad?

Zee abrió los ojos de par en par.

—¿Perdón?

—Después de que yo la visitara ayer, por ejemplo. ¿Fuiste al museo a hablar con Orkideh sobre mí?

Zee sonrió.

—Sí, Cyrus, nos hemos estado mandando mensajes todo este tiempo, esperando a ver cuándo lo descubrías. Por cierto, más tarde se pasará por el hotel para ver la nueva película de *Los Vengadores* con nosotros.

Cyrus también sonrió y puso los ojos en blanco.

—En serio, Cyrus, ¿qué coño preguntas? ¿Acaso no me conoces? A veces siento que no me ves —dijo Zee. Seguía sonriendo, pero ahora de forma menos convincente.

—Es que no entiendo cómo sabe lo del avión...

Zee soltó un suspiro y preguntó:

—¿Es posible que de alguna forma conociera a tu padre? ¿En Irán? No se me ocurre nada más.

Cyrus consideró aquella posibilidad. Le parecía bastante improbable. De las personas con las que había tratado en su día en Irán, su padre solo solía hablar con Arash, el hermano de su madre, e incluso con él solo una vez al año, en Nouruz. Los abuelos de Cyrus habían muerto hacía tiempo. Y teniendo en cuenta el estado mental de Arash, que nunca salía de casa, parecía poco probable que Orkideh lo conociera.

—No lo creo. Aunque supongo que no es imposible —dijo Cyrus—. La verdad, no sé mucho sobre el pasado de Orkideh. Si conociera a mi padre, ¿no lo habría mencionado?

—Sí, supongo. ¿La has buscado? —preguntó Zee, que le pidió más agua caliente al camarero. Los discos seguían esparcidos por la mesa y el local estaba cada vez más concurrido. El camarero parecía nervioso y un poco molesto por que no hubieran pedido nada de comer.

—Muy por encima, con Sad James antes de salir de Indiana. Pero no, en profundidad no. Voy a mirar otra vez.

Cyrus sacó el móvil, abrió el navegador y tecleó «orkideh artista». Cuando la había buscado por primera vez, antes de marcharse a Nueva York, se había limitado a echar un vistazo a las imágenes de Google para hacerse una idea de sus proyectos. Había visto algunas fotografías suyas tomadas por fotógrafos profesionales, la mayoría en blanco y negro, con una iluminación dramática y con Orkideh luciendo una expresión severa. Y también un puñado de sus obras: muchas de las imágenes parecían corresponder a un gran espacio de exposiciones con un montón de cajas de FedEx y UPS y de contenedores de envíos internacionales, todos ellos destrozados. Las cajas llenaban la sala hasta las rodillas de los espectadores, que debían caminar por ella casi como si se tratara de una piscina de bolas hecha de jirones de cartón. Otra era una sala vacía con una especie de dispositivo mecánico que se activaba pulsando un botón que dispensaba helado en un pequeño cuenco situado en el centro de la sala; el helado pronto se desbordaba y caía al suelo formando un charco. También había algunos cuadros, muchos de ellos abstractos, que Cyrus había ojeado por encima, buscando algo más figurativo que le diera una idea de quién era la artista. Y, por supuesto, había encontrado bastante material promocional sobre su instalación definitiva, «Death-Speak».

Cyrus retrocedió hasta la página de Wikipedia de la artista y se sorprendió de lo breve que era. Para alguien con una exposición tan relevante en el Brooklyn Museum, junto a obras de Judy Chicago y Mark Rothko, Cyrus esperaba una página de Wikipedia con secciones: Biografía, Carrera artística, Premios, Controversias, Enlaces externos... Pero esto era todo lo que ponía en «Orkideh (Artista)»:

Orkideh (هدیکرا) es el nombre artístico de una artista visual y performativa iraní. Es conocida sobre todo por su exposición de 1997 «Shipping and Handling», presentada en la Bienal de Venecia. Aunque la artista es poco dada a las apariciones públicas y tiende a evitar las entrevistas, ha revelado que huyó de Irán poco después de la Revolución iraní [hipervínculo]. Su obra suele tratar temas como la soledad, el exilio, la guerra y la identidad. En 2005 se divorció de su esposa, la galerista Sang N. Linh. En 2017, The Linh Gallery anunció que Orkideh se está muriendo de un cáncer de mama terminal y que pasará sus últimas semanas de vida en el Brooklyn Museum, en el marco de una exposición titulada «Death-Speak».

La página incluía diversos enlaces y citas: un artículo de 2009 en Artforum era la fuente de la cita «huyó de Irán». Y había también un enlace a la página de la galería Sang Linh, en el que Cyrus hizo clic; la web se cargó enseguida. La página de inicio era un collage de varios artistas representados por Linh: un equipo de escultores colombianos, marido y mujer, que creaba reinterpretaciones modernas en bronce de deidades mesoamericanas, un artista de Atlanta que construía enormes móviles a partir de fotogramas de películas de la Nouvelle Vague francesa... La foto de Orkideh, más joven y con una larga cabellera negra y ondulada, seguía allí, casi al final de la página: el divorcio no había interrumpido la relación comercial entre Orkideh y Sang. Cyrus pulsó sobre la foto con el pulgar.

En la parte superior de la página de Orkideh había un *flyer* de la exposición «Death-Speak» en Brooklyn, con el mismo texto de la galería que Cyrus había leído ya en Indiana. Debajo había nombres y fotos de exposiciones anteriores: «Jigaram», «Minus Forty», «Comprehension Density». Mientras hacía *scroll*, una pieza llamó la atención de Cyrus.

Una gran imagen rectangular, una pintura de un campo de batalla sembrado de soldados muertos, muchos bigotudos, muchos heridos, muchos tendidos en medio de un charco de sangre. Y, en medio del campo de batalla, un enorme caballo negro con la silueta negra de un jinete vestido con largas túnicas negras. El jinete tenía un halo de luz amarilla a su alrededor, y había una gruesa línea plateada (una cremallera) que recorría la parte delantera de la túnica. Con el halo, la artista había creado una especie de efecto de rayos X que permitía al espectador mirar a través de la túnica negra del jinete, en cuyo interior iluminado se veía el cuerpo de un niño desnudo, asustado y acurrucado, que se agarraba al caballo con todas sus fuerzas. Una expresión de agonía absoluta le recorría el rostro, casi como una máscara de kabuki. Pero no era una máscara, sino el rostro del jinete, el hombre-niño desnudo bajo la túnica negra que montaba a caballo a través de aquel campo de muerte.

A Cyrus se le cortó la respiración, como si alguien le hubiera pegado un puñetazo en la garganta. Le pasó el teléfono a Zee y le contó que, durante la guerra entre Irán e Irak, su tío Arash había sido uno de los que se vestían con la túnica negra y cabalgaban entre los muertos.

—¡Vaya ida de olla! —exclamó Zee cuando Cyrus hubo terminado—. ¿Eso pasó de verdad?

—Sí.

—Me parece de locos que hicieran eso. Es de locos que tu tío hiciera eso —añadió, estudiando el cuadro más de cerca—. ¿«Dudusch»? —preguntó entonces—. Es el título del cuadro; ¿qué significa?

—«Hermano» —respondió Cyrus—. Es «hermano», en farsi.

Veinte

RAZONES QUE PUEDEN EMPUJAR A UN MÁRTIR AL MARTIRIO:

- dios
- la belleza
- la familia
- un país
- el amor
- la historia
- la justicia
- el deseo
- el sexo

Mártir. Quiero gritarlo en un aeropuerto. Quiero morir asesinando al presidente. Al nuestro y a todos los demás. Quiero que todos tuvieran razón cuando me temían. Que tuvieran razón cuando mataron a mi madre, cuando le arruinaron la vida a mi padre. Quiero ser digno del gran terror que mi existencia inspira.

—extraído de LIBRODELOSMÁRTIRES.docx de Cyrus Shams

Domingo

Cyrus Shams y Zee Novak

BROOKLYN, DÍA 3

Esa noche, Cyrus y Zee pidieron pizza y se quedaron en el hotel viendo *reality shows* y reposiciones de *The Office* en el canal de cable básico. Zee comentó que le parecía una muestra de opulencia estar en Nueva York, un lugar donde podías hacer cualquier cosa, y no hacer nada. No paraba de decir que el coste de oportunidad de no hacer nada en la ciudad era tan inmenso que parecía un lujo.

Cyrus tenía previsto callejear, mirar a la gente y tal vez entrar en algún bar a tomarse una Coca-Cola, pero Zee le propuso aquel plan tan absurdo y al mismo tiempo tan atractivo, y Cyrus accedió. La mitad de la pizza tenía piña y, sin pensar, Cyrus dijo algo así como que la fruta en la pizza era fatal, el tipo de comentario vacío, gratuito y automático que la gente dice solo por decir algo, a lo que Zee respondió que «fruta» era un término botánico, mientras que «verdura» era un término culinario, y que tales distinciones eran irrelevantes. Cyrus sonrió, arrancó un trozo de piña del queso de su pizza y se la lanzó a Zee. Comieron tan felices en la cama, con la caja de pizza sobre una toalla extendida entre ambos, los ojos fijos en el televisor de pantalla plana que emitía una reposición de *The Office*.

—Hoy no podrían hacer algo así —dijo Zee, en referencia

al episodio en el que un personaje afirma haber inventado un gaydar después de que uno de los miembros de la oficina salga del armario.

—¿Tú crees?

—Ni locos. ¿Tú crees que sí?

Cyrus se lo pensó un segundo:

—Supongo que no. Pero de eso se trata, ¿no?

—¿A qué te refieres? —preguntó Zee.

—Que hoy tampoco podrían hacer *The Honeymooners* o *Cheers*.

—¿En *Cheers* salía Archie Bunker? —preguntó Zee.

—No, esa era *Todo en familia*. Pero también tenía sus rollos chungos. Ese tipo de comedias siempre rozan los límites de lo que se permite decir en ese momento. Y ese límite no para de moverse sobre la marcha. La ventana de Everton o lo que sea.

—De Overton —lo corrigió Zee.

—¿Cómo?

—Ventana de Overton, no Everton.

—Bueno, pues eso —dijo Cyrus, lamiéndose los dientes—. Pero está en todas partes. Siempre tengo miedo de releer los libros que me encantaban de pequeño porque sé que voy a encontrar algo horrible.

En la televisión apareció un anuncio de un medicamento: una mujer con el pelo blanco vestida de colores pastel saltaba en una cama elástica con dos niños pequeños.

—Releí *La campana de cristal* hace un año, y ¡fua! —dijo Zee—. Tuve que saltarme un montón de páginas.

Cyrus se rio.

—Es así. No lo he vuelto a leer desde el instituto y recuerdo que ya entonces me dio repelús. ¿Te acuerdas de la escena en la que Esther le da una patada al tipo ese por servir dos tipos diferentes de judías? —Le dio un mordisco a la pizza—. Pero así es como me sigo sintiendo con casi todas las de John Hughes.

—¡Ya ves! —exclamó Zee—. *La chica de rosa* es chunguísima.

—¿A que sí? Y luego está esa en la que sale un tal Long Duk Dong, o algo así. Recuerdo que me pareció un pasote incluso cuando la vi de niño.

—Sí, sí, tu higiene ética ha sido siempre inmaculada, querido —se burló Zee—. Aunque me había olvidado de eso, Long Duk Dong. ¿Cómo pudieron colarlo, incluso entonces?

—¡A eso me refiero! Es que está por todas partes. Y ni siquiera es territorio exclusivo de los pollaviejas blancos. Adrienne Rich era una TERF. Sontag anunció que «daba la espalda» a Gwendolyn Brooks.

—¿Ves?, esa es la razón por la que todo el mundo debería hacer lo que hago yo —dijo Zee—. Tener razón en todo y callarse la boca.

Cyrus se rio y le tocó el brazo. En la televisión, un anuncio de Adidas con un futbolista que ni Cyrus ni Zee reconocieron.

—Voy a darme una ducha —dijo Cyrus—. ¿Necesitas algo?

—¿Si necesito algo... de la ducha?

—Ja, ja. ¿Necesitas algo, así en general?

—¿Puedes detener la entropía que se está apoderando del mundo? ¿Remediar el colapso ecológico irreversible?

—No, no puedo —dijo Cyrus, sonriendo.

—¿Y el espectro del creciente fascismo global?

—No.

—¿Qué tal una batería Vistalite nueva?

—Lo siento.

—Vale, pues no, no necesito nada —dijo Zee, sonriendo.

Cyrus se metió en la ducha. Más tarde, cuando salió aún mojado, cubierto solo con una toalla, su compañero de cuarto dio unas palmaditas sobre la cama y apagó el televisor. Zee estaba firme, henchido de vida, tieso como un palo. Cyrus dejó caer la toalla y se metió bajo las sábanas.

Después, Zee quiso fumarse un cigarrillo y Cyrus lo siguió hasta la entrada del hotel. En el vestíbulo, elegantes treintañeros bebían cócteles de trece dólares mientras intentaban hablar por encima de la música tecno holandesa, demasiado alta.

—Bueno, ¿cómo pinta mañana? —dijo Zee.

—¿En el museo, te refieres? —preguntó Cyrus.

—Sí, ¿cuál es el plan? —Zee se lio el cigarrillo sin pensar: colocó el tabaco de la bolsa de Bugler sobre el papel, el filtro en el otro extremo, como si lo hubiera podido hacer con una sola mano, caminando en medio de una brisa.

Cyrus se lo pensó.

—Pues supongo que le preguntaré a Orkideh cómo sabe lo que sabe.

—¿Qué crees que te va a contestar? —dijo Zee, llevándose el cigarrillo a los labios.

—En realidad no he pensado más allá de ese primer paso —respondió Cyrus con sinceridad.

—No quiero que vayas allí a ciegas —dijo Zee—. Bueno, o una expresión no capacitista equivalente a «ir a ciegas».

—¿No quieres que salga malparado?

—Sí, pero también con sorpresa. Malparado-sorprendido.

—Vale, te lo agradezco. Pero, a ver, ¿qué me puede decir? Mis padres están muertos. No tengo hermanos ni pareja. Hace dos años que dejé de beber, lo que significa que he vivido dos años de vida útil más de lo que me tocaba.

—¿Eso de dónde lo sacas?

—¿Eh?

—¿Quién decide eso de «lo que te tocaba»?

Cyrus se encogió de hombros.

—Lo que quiero decir es que ya superé ese momento, el momento en que podría haber muerto pero no lo hice, y ni siquiera me di cuenta. Ni siquiera me di cuenta de que pasaba. A partir de ese momento, todo ha sido un extra, no sé si me explico. Sea lo que sea lo que me cuente Orkideh, que conoció a mi tío, o que hizo una búsqueda profunda en Google, lo pondré en el libro en el que estoy trabajando, y luego me moriré y la vida seguirá adelante.

Zee no dijo nada y le dio una buena calada al cigarrillo. Cyrus continuó:

—¿Cómo es ese verso de Auden sobre un «barco delicado y elegante» que vio caer a un niño del cielo, pero que tenía que llegar a no sé dónde, o sea que siguió navegando como si nada? A eso me refiero. En plan, yo soy el niño y el resto del mundo es el barco. O a lo mejor soy el agua, no sé.

Zee pegó otra larga calada.

—Tú sabes lo chungo que es eso, ¿verdad? —preguntó entonces, exhalando humo entre las sílabas. Un grupo de clientas guapísimas y ligeras de ropa salieron del vestíbulo y aguardaron temblorosas a que llegaran sus Lyfts—. Toda esta mierda sobre querer morir —continuó Zee—. Es chunguísima.

—¿Qué quieres decir? —preguntó Cyrus.

—Quiero decir lo que he dicho. Todo este rollo del «pobrecito niño huérfano sin nada que lo ate a este mundo». —Zee clavó la mirada en Cyrus—. Sabes que tengo semen tuyo en el pecho, ¿verdad? En plan, ahora mismo, mientras tú vas pontificando sobre cómo a nadie le importará si te suicidas.

Una señora asiática cubierta de pieles miró a Zee de reojo e hizo una mueca.

—Zee... —dijo Cyrus.

—No tienes ni idea de lo egoísta que puedes llegar a ser —prosiguió Zee.

Dos madres latinas con vestidos y parkas de colores pasaron por la acera, empujando sendos cochecitos entre risas. Al otro lado de la calle, un chico blanco y muy delgado, con una camiseta de «MAKE NOISE NOT LOVE», hacía una especie de gimnasia junto a su bicicleta.

—Te comportas como si vivieras en un vacío, como si ya existiera un marco alrededor de tu vida. Pero no puedes usar la historia para racionalizarlo todo. Tú te das cuenta de que eso es justo lo que hacen los países, ¿verdad? ¿Lo que hace Estados Unidos? ¿Y lo que hace Irán, más concretamente?

Cyrus hizo una mueca. Zee se refería, tal vez, a la forma en que el régimen iraní colgaba imágenes de sus muertos de la guerra por todas partes. Cyrus le había contado cómo el Gobierno iraní había publicado un sello de correos con una imagen del accidente aéreo en el que había muerto su madre para así avivar el sentimiento antiamericano. Cómo un país reducía la historia y la convertía en una anomalía estadística, en daños colaterales, mientras la otra la convertía en propaganda.

—Eso no es justo —susurró Cyrus.

—Pues no, no lo es —convino Zee.

—Es solo que estoy cansado —repuso Cyrus—. Ya lo sabes.

Pero Zee no quería ni oírlo. Apagó el cigarrillo y volvió a meterse en el hotel. Sin decir palabra, Cyrus lo siguió escaleras arriba hasta su habitación. Zee se dio la vuelta y se lo quedó mirando. Cyrus cerró la puerta y dijo:

—Vale, ¿de verdad quieres que hablemos de ello? Pues sí, es verdad. No hay nada que me empuje a quedarme aquí: ni mi padre, ni las drogas, ni el alcohol, ni la rehabilitación, ni Gabe, ni la puta poesía. Nada.

—Eso no es normal, Cyrus. Tú sabes que no es normal, ¿no?

—¡Claro que lo sé! ¡Pero es que no quiero ser normal! A lo mejor a ti te basta con servir mesas y tocar la batería de vez en cuando durante el resto de tu vida, pero yo quiero hacer algo relevante. Quiero que mi existencia importe.

Al oír esa última palabra, «importe», Zee ladeó la cabeza y miró a Cyrus entornando los ojos. Estaba intentando conciliar las palabras que acababa de oír con la imagen de aquel hombre al que amaba en silencio, el escritor discreto con el que llevaba varios años meciéndose de alegría en alegría, de desesperación en desesperación. Se quedó un segundo con la boca abierta, apenas un parpadeo. Entonces se recompuso y empezó a recoger sus cosas por la habitación del hotel, sin decir palabra.

—Ay, Zee, no quería decir eso —se disculpó Cyrus. La vergüenza lo inundó de inmediato, como agua de mar llenando un pulmón.

Zee volvió la cabeza, los músculos de las mejillas tensos. No dijo nada y Cyrus se quedó mirando la cara de su amigo, que se ensombreció de repente, la mandíbula apretada. Si Zee hubiera tenido un aspecto más tembloroso, más delicado, como si estuviera a punto de llorar, Cyrus lo habría abrazado por instinto, le habría acariciado la espalda y se habría disculpado. Pero la dureza de Zee, su armadura, lo paralizó. Sus ojos parecían espinas negras.

—Lo siento —dijo Cyrus—. Lo siento.

Al final, Zee estalló.

—Cyrus, desde hace meses cada canción que oía hablaba sobre mí. Sobre mi vida. Y sobre mi estúpida vida contigo. Las flores me estallaban en la puta cara. ¿Tú sabes lo que es eso? Es como estar loco, me sentía como si las putas palomas me hablaran. ¿Alguna vez te has sentido así? ¿Tienes la más remota idea de lo que estoy hablando?

Cyrus no contestó, y Zee sacudió la cabeza y se agachó para agarrar la mochila. Metió la cartera en el bolsillo exterior, fue hasta la puerta del hotel y la abrió. La luz del pasillo entró en la habitación oscura, como si quisiera iluminar la crueldad de las palabras recién pronunciadas. Sin añadir nada más, sin ni siquiera levantar la vista, Zee se marchó.

Veintiuno

ALÍ SHAMS
1961-2007

Con el debido respeto, que siguieras viviendo por mí
fue una razón pésima para vivir. Al final me quedé
con bien poco: el pez de goma, algunas plumas de pollo,
tus labios, que apenas se movían cuando hablabas.

Las víctimas mueren, ese es su verbo principal.

Y también cómo amar a un hombre. También me quedé con eso.

Silueta reluciente, eras encantador
mientras el paisaje se curvaba más allá de nuestra
comprensión: estaba ahí para abrirnos de par en par,
en sección transversal. Una curva: una línea recta cualquiera
rota en todos sus puntos. Padre

reprobable, ¡hora del mundo! Ahora entiendo
por qué te quedaste y por qué te fuiste.
Pero me encantó tenerte aquí, hora del mundo.

—extraído de LIBRODELOSMÁRTIRES.docx de Cyrus Shams

Domingo

Cyrus Shams

BROOKLYN, DÍA 3

Cyrus intentó llamar a Zee, aunque no estaba seguro de qué le diría si contestaba. Lo siento, seguramente, aunque aún no sabía del todo por qué; por haberle hablado con crueldad, desde luego, pero había algo más. Sin embargo, Zee no contestó y Cyrus no dejó ningún mensaje de voz. Eran las ocho y media, demasiado temprano para dormir. Cyrus no tenía ganas de volver a salir. Se dio cuenta de que las manos le temblaban de forma errática, como si trataran de sacudirse un sueño de encima.

Cuando enterraron a su padre, algunas personas de la granja acudieron al sepelio. El jefe de Alí y su mujer, que eran más de la edad de Cyrus que de la de Alí. También fue el profesor de lengua preferido de Cyrus en el instituto, el señor Orenn. Fue Shireen, la entonces novia de Cyrus. Y sus compañeros de piso de la época, Zeke y Chang. También Bilal, en ese momento amigo de Cyrus y su futuro amante y futuro ex. Cyrus no le había pedido a nadie que hablara, de modo que todos se quedaron ahí plantados, con aire sombrío. El Sr. Orenn pronunció unas palabras, algo secular y afable, aunque la verdad era que Cyrus apenas recordaba nada al respecto, más allá de que había agradecido que alguien tomara la palabra. Lo que más recordaba, sin embargo, era el olor a tierra mojada, dulce, el mismo dulzor terroso que a veces flotaba en el aire después de que lloviera.

Su tío Arash no habría podido volar desde Irán aunque Cyrus se hubiera acordado de llamarle para invitarle. Pero Cyrus no se acordó, y cuando por fin le llamó para darle la noticia, su tío montó en cólera. Por primera y única vez en su vida, gritó y maldijo a Cyrus a través del teléfono.

Cyrus se levantó de la cama y abrió un poco la ventana, que daba a una estructura de ladrillo que parecía un órgano, parte de la anatomía del hotel. El frío entró en la habitación y por un momento Cyrus pudo pensar solo en eso, en la sensación de frío. Aquello apaciguó un poco su cerebro superior, uno de los pocos subidones que aún le quedaban en el arsenal, cada vez más escaso. Al cabo de un momento volvió a sacar el teléfono y llamó a su tío Arash a través de WhatsApp.

Aunque era plena noche en Elburz, Arash descolgó al segundo timbrazo y se quedó en silencio, esperando a que la persona que llamaba hablara primero. Tras sus infrecuentes llamadas telefónicas a lo largo de los años, Cyrus ya estaba familiarizado con ello y, en su farsi con fuerte acento, dijo:

—*Dahyi* Arash, soy Cyrus. ¿Te he despertado?

La radiante voz de Arash llenó toda la línea:

—¡Cyrus *jaan*! ¡Sobrinito!

A Cyrus siempre le chocaba un poco la voz de su tío, tan aguda: hacía décadas se había sometido a una amigdalectomía que había salido un poco mal y se había quedado con un falsete permanente que, si uno no lo conocía, podía parecer burlón.

—¿Cómo estás, muchacho? —preguntó Arash con tono ansioso.

Cyrus se dio cuenta de que habían pasado años desde la última vez que habían hablado. Por lo general, lo evitaba: prefería la culpa de no llamar a la culpa de llamar, de tener que oír las conspiraciones interminables de su tío y sus divagaciones en torno a su historial médico, de tener que enfrentarse a las dolencias de su único pariente vivo en toda su magnitud. Aunque, a favor de Arash, había que decir que nunca lo había hecho sentirse mal por ello.

—Estoy bien, tío. Normal. ¿Cómo estás tú?

—Ay, la misma historia de siempre. Estoy vivo, lo cual cabrea a todo el mundo —dijo Arash, seguido de una carcajada—. No hay mucho más que añadir. Mi nueva asistenta es simpática, una chica libanesa. Me está enseñando algo de francés. *Je m'appelle Arash.* ¿Tú hablas francés?

Cyrus había aprobado un par de asignaturas de la licenciatura haciendo trampas, pensando que podría saltarse todas las clases y, al mismo tiempo, adquirir la fluidez suficiente para producir las traducciones definitivas de Dumas y Rimbaud al inglés. Lo que más recordaba era la comida, el *pain au fromage* y todo eso.

—No, la verdad es que no.

—Lo que acabo de decir es «Me llamo Arash».

—Ahh —dijo Cyrus, sonriendo.

—Se parece mucho al farsi, en realidad. Muchas palabras son iguales. Conquistadores, vampiros coloniales...

—¿Los franceses colonizaron Irán? —preguntó Cyrus.

—«Merci amperyalist! Merci burokrasi.» ¿De dónde te parece que viene todo eso? ¿Crees que es una coincidencia?

—La verdad es que nunca lo había pensado.

—¿Sabes qué me enseñó el otro día? —preguntó Arash, y de fondo se oyó un fuerte zumbido.

—¿Estás moliendo café, *dahyi*?

—Caramba, ¡qué oído!

—¿Qué hora es allí?

—Las cuatro pasadas —dijo Arash—. Pero ya estaba levantado, no te preocupes. ¿Por qué te iba a mentir? Entre la muerte y yo, somos así.

Cyrus sabía que su tío estaba levantando cuatro dedos muy juntos, para indicar la poca distancia que había entre él y la muerte, un gesto extraño que su padre también hacía a veces. Como expresión, siempre le pareció impropia de su padre. Una vez Cyrus le había preguntado de dónde había salido y este se echó a reír.

«De un viejo programa de televisión. Hacía tiempo que no pensaba en ello.»

Cyrus oyó el chasquido de la cocina de gas de Arash, seguramente con la cafetera Moka de su tío encima.

—¿A que no adivinas lo que Ghashmira me enseñó el otro día? —le preguntó este.

—¿Ghashmira?

—¡Mi asistenta libanesa! ¿Tú escuchas cuando te hablo, sobrino?

—Ay, perdona.

Cyrus sabía que como parte de la pensión que su tío percibía como antiguo soldado, el estado le asignaba una asistenta que le hacía la compra y se aseguraba de que pagara las facturas.

—*Tenez fermement à la corde de dieu* —dijo Arash, con un acento francés exagerado—. ¿Sabes qué significa?

—¿Algo sobre Dios? ¿Y el firmamento?

Arash se rio.

—Exacto, alguna sandez típica de los mulás. Ya sabes que odio esa mierda...

Cyrus no dijo nada. Oír a su tío hablando así por teléfono le ponía nervioso. En Irán, hablar así suponía una imprudencia innecesaria incluso para un «héroe de guerra».

—¿Bueno, por qué llamas, Koroosh *baba*? ¿Va todo bien?

—Sí, tío, va todo bien. —Cyrus dudó un instante—. Vi un cuadro que me hizo pensar en ti.

Silencio por parte de su tío.

—¿Un cuadro? —preguntó este por fin.

—Sí, de una artista iraní. Creo que era un soldado del mismo tipo que fuiste tú, en la guerra.

—¿Del mismo tipo que fui yo?

—En plan... iba a caballo y llevaba una túnica y una linterna.

Arash volvió a reírse.

—¡Viste un cuadro de un soldado con una linterna y eso te hizo pensar en mí! ¡Y por eso has decidido llamar a tu tío enfermo! ¡Alabado sea el imperio de la propaganda! ¡Por fin ha producido algo bueno!

Cyrus se rio por debajo de la nariz.

—Es solo que me recordó tanto a tus historias, o, mejor dicho, las historias que solía contarme mi padre sobre lo que hiciste. Como... —Cyrus hizo una pausa—. Cabalgar entre todos esos cuerpos, un tipo a caballo con una espada y una linterna, cabalgando entre...

Hizo otra pausa.

—¿Cabalgando entre los muertos? —dijo su tío.

—Eso.

—No soy un niño, Cyrus. Dicen que estoy loco, pero puedes hablarme como a una persona de verdad.

—Ya lo sé, *dahyi*. Ya lo sé.

—Unos años antes de la muerte de tu padre vendí mi pequeño sedán Paykan blanco de cuatro puertas. Lo tenía desde que os fuisteis y solía sacarlo para ir a dar largos paseos por el campo. El reproductor de casete del Paykan estaba roto. No había forma de hacer que escupiera la cinta, estaba atascada. ¿Sabes qué era la cinta?

—¿Qué era?

—El *Miserere* de Allegri. —Arash esperó un momento a que Cyrus reaccionara, pero al ver que no lo hacía, preguntó—: ¿Te suena?

—No, creo que no. Tal vez si la escuchara...

—Si la hubieras oído no la habrías olvidado. Es una pieza musical muy famosa, muy particular. —Arash bebió un sorbo de café—. Según cuenta la historia, la canción solo se transmitía de forma oral, en el Vaticano, para que la cantaran los papas en los días sagrados. Uno de esos rollos psicocatólicos. Pero un día, hace trescientos años, el pequeño Mozart, que a sus catorce años era el invitado especial del Papa, la oye. Y, al volver a casa, aquel adolescente la transcribe de memoria. La composición entera, de principio a fin. La pieza tiene cinco partes corales distintas, pero Mozart las transcribe todas después de escucharlas solo una vez. Al año siguiente regresa para contrastar su trabajo y dar los últimos toques a la transcripción, y luego coge la canción, esa pieza angelical secreta y perfecta, y se la entrega a la gente.

—¡Caray! —dijo Cyrus.

—¿Verdad? Esa música que la iglesia consideraba demasiado hermosa para el común vulgo, perlas para la boca del cerdo, ¿no es así como lo dicen? Aunque los cerdos son más listos que los perros y las perlas no son más que piedras. Pero Mozart la clavó tanto, hizo un trabajo tan perfecto después de oírla dos veces que la iglesia ni siquiera lo castigó. Dijeron que Mozart atraía a miles de nuevos conversos a la iglesia.

—Caray —volvió a decir Cyrus, y se arrepintió de inmediato.

—Total, que tuve esta cinta del *Miserere* atascada en el coche durante años. No podía sacarla, de modo que la escuchaba una y otra vez. La cinta entera duraba apenas veinte minutos, incluso menos, y, cuando se terminaba, el reproductor la rebobinaba de manera automática y volvía a empezar; una función bastante avanzada para un reproductor de cintas de aquella época, por cierto. La habré escuchado mil veces, quizá más. ¿Por qué iba a mentir? Entre la muerte y yo, somos así... Seguramente los mulás habrían dicho que la cinta era una apostasía, pero yo seguí escuchándola una y otra vez. ¿Y sabes qué pasó? ¿Sabes qué cambió?

—¿Qué?

—Nada. Cada vez era como un milagro. No importaba si

solo pillaba el último minuto o los últimos noventa segundos de la cinta. Tenía cinco voces y cada vez oía algo nuevo en ellas. La idea de que alguien, un niño, pudiera escuchar aquella pieza una o dos veces y recordarla enterita, y que yo, en cambio, la escuchara mil veces y cada vez fuera como si no lo hubiera oído nunca... ¿Qué te dice eso?

Cyrus estaba confuso. Llevaba confuso toda la noche.

—No tengo ni idea. Lo siento, no entiendo qué me preguntas.

Arash se rio.

—No, claro que no. Nunca has oído la canción.

—La escucharé esta noche. Incluso puedo ponerla ahora mismo en el portátil si...

—¡No! —zanjó Arash—. No.

Cyrus no sabía qué podía hacer para complacer a su tío.

—No lo entenderías aunque la oyeras, sobrino. ¿Sabes a qué me refiero? Yo la escucho y veo a Dios porque yo fui Dios; hablé con esos mismos ángeles, ¿entiendes? Tú, en cambio, ves la imagen de un ángel con espada y lo que te viene a la mente es el loco de tu tío. Es la cosa más humana del mundo, porque es lo más cerca que has estado. O crees que es lo más cerca que has estado.

Cyrus soltó un suspiro.

—Se llamaba «Dudusch» —dijo entonces.

—¿Cómo?

—El cuadro. Se llamaba «Hermano».

Un breve silencio.

—Mucha gente tiene hermanos, Cyrus. Y hubo muchos hombres que hicieron lo mismo que yo. Había uno en cada compañía.

—Vale.

—¿Qué estás intentando decir, Cyrus?

—No lo sé, tío. Solo que me hizo pensar en ti, y en mi madre.

Otro silencio, este más largo.

—¿Estás bien? —preguntó Arash—. ¿Tienes suficiente dinero? ¿Qué tal van tus poemas?

—Estoy bien. De verdad, *aziz*. Y tengo dinero. Estoy trabajando en un nuevo proyecto de escritura y me sienta bien estar ocupado.

—Sí, estar ocupado sienta bien. —Cyrus oyó cómo su tío tomaba un trago de café—. Si esa mujer se sale con la suya, la próxima vez que llames ya hablaré francés con fluidez —añadió; su tono de voz había cambiado.

Cyrus sonrió y luego soltó una risa breve para que su tío pudiera oírla.

—Volveré a llamarte pronto. Te lo prometo.

—Eres un hombre joven, Cyrus, lleno de vida. Te entiendo.

Cyrus hizo una mueca.

—¿Sabes qué pasó con mi Paykan? —preguntó Arash—. En el hospital me dijeron que veía cosas que no existían y que no podía volver a conducir. ¡Aunque un hombre con los ojos vendados seguiría siendo el conductor más prudente de todo Teherán! Pero me quitaron el carné de conducir y tuve que vender mi Paykan. Me encantaba ese coche, pero no podía venderlo con contrabando dentro, de modo que cogí un destornillador, lo metí en la ranura de la cinta y empujé una y otra vez, hasta que oí crujir el casete. Y te juro que cuando se rompió oí risitas. ¡Risitas! Y no eran mías.

—¿Risitas?

—El diablo, Cyrus. No es algo sobrenatural, ni tampoco fantasía. Juegan al ajedrez con nosotros. Eso es lo que somos: destruí esa cinta y fue como si el diablo matara a la reina en un tablero de ajedrez. Jaque mate.

Cyrus tenía muchas preguntas. ¿A quién se refería con ese «juegan»? ¿Y por qué «matar» y no «capturar»? Durante toda la conversación, Cyrus se sentía como si fuera dos pasos por detrás de su tío.

—Volverás a llamar pronto Cyrus, ¿verdad?

—Lo haré, *dahyi*. Te lo prometo.

Colgaron. Cyrus imaginó cómo, al otro lado del mundo, su tío colgaba el auricular del teléfono, se acercaba a la ventana y apartaba la cortina apenas unos centímetros para contemplar la negrura exterior. Estrellas, incluso en una madrugada como aquella. Su propia casa también estaría a oscuras, y la oscuridad del otro lado de la ventana reflejaría su propia cara en el cristal. Su tío cerraría la cortina con gesto brusco, esperaría unos segundos y volvería a abrirla, solo para estar seguro. ¿Seguro de qué? Arash no lo sabía. Pero acercaría una silla a la ventana, tomaría un sorbo de café y se concentraría.

Cyrus cogió sus auriculares, apagó todas las luces de la habitación y se tumbó en la cama. Puso el *Miserere* en el teléfono y, cuando empezaron las voces, cerró los ojos.

Veintidós

Orkideh
y el presidente Vituperio

Dos figuras caminaban por un centro comercial, un centro comercial lujoso, de esos que tienen un Crate and Barrel y una tienda Apple. Cyrus reconoció al instante a la mujer como Orkideh, que en aquel sueño aparecía calva y abrigada, como en el Brooklyn Museum, aunque en el sueño tenía también unas cejas grandes y pobladas que se cernían sobre su frente como nubes de tormenta. Debajo, unas gafas de sol a la moda, con una montura enorme, que parecían casi fuera de lugar en su cara, como cuando una niña se prueba la ropa de su madre. Un paso por detrás de Orkideh, respirando de forma irregular dentro de un cuerpo demasiado grande, iba el presidente Vituperio, vestido con uno de sus característicos trajes azules angulosos y mal fachados.

Los sueños de Cyrus no solían incluir a personajes que lo repugnaran tanto, pero a veces ocurría sin más, sin que él se lo propusiera. Hubo un tiempo, durante su adolescencia, en que soñaba de forma casi obsesiva —y en contra de su voluntad— con el matón que le hacía la vida imposible. Una vez soñó que escuchaba a escondidas mientras Hannibal Lecter y Jeffrey Dahmer cenaban juntos. Otra vez iba en un avión con Dick Cheney. En el presente sueño, el presidente Vituperio caminaba por el centro comercial jadeando como si arrastrara una carga pesadísima, aunque en realidad no llevaba nada, mientras Orkideh resplandecía, con una expresión de picardía en el rostro, disfrutando al parecer de los apuros de su acompañante.

—Date prisa —le espetó, haciendo un gesto con la mano.

El centro comercial no estaba lleno, pero tampoco vacío. A Cyrus, la densidad de la iluminación fluorescente y la energía corporativa mercenaria de esos espacios solían resultarle asfixiantes, pero Orkideh parecía muy tranquila, incluso divertida. Quien parecía estar pasando por horas bajas era el presidente Vituperio.

—¿Por qué estamos aquí? —preguntó este, visiblemente avergonzado de estar haciendo una pregunta: no era algo que hiciera a menudo.

—¿«Aquí» en este centro comercial o «aquí» en este sueño? —preguntó Orkideh, burlona. Su cara parecía vieja y joven a la vez, como una muñeca antigua. A Cyrus le gustaba verla moverse sin la bombona de oxígeno. A pesar de estar calva, parecía sana e incluso ágil, y transmitía una cálida sensación familiar, como en las fotos que Cyrus había visto al buscarla en Internet.

El presidente Vituperio no respondió a la pregunta de Orkideh, como a modo de protesta. Dejaron atrás varias tiendas de ropa y joyerías de lujo. Al pasar por delante de una tetería, el presidente Vituperio entró un momento y cogió una muestra en un vasito de papel. Se lo bebió como si fuera tequila barato e hizo una mueca.

—En farsi —dijo Orkideh—, la palabra para decir «té» es «chai», que seguro que ya conoces.

—Por supuesto —mintió el presidente Vituperio, y su rostro palpitó con una tenue luz verde. Orkideh sonrió.

—Pero la palabra para «cardamomo», que añadimos a nuestro té, es «hell». Cuando llegué a Estados Unidos, iba siempre a un *diner* barato del Lower East Side, donde había una camarera persa, una chica joven, de unos diecinueve o veinte años, que hablaba tan poco inglés como yo. Cada mañana, antes de salir a buscar trabajo, me sentaba a la mesa, y ella se acercaba y me decía «hell chai», y nos reíamos las dos. Yo sabía suficiente inglés para saber que «hell» era una palabrota, y nos reíamos con la pillería de un niño diciendo «ajo y agua». Fue mi primer chiste en inglés y mi primera amiga americana.

El presidente Vituperio resopló, pero no se inmutó. Estaba mirando su propio reflejo en el escaparate de una juguetería. Escuchaba a Orkideh a medias y solo había vuelto a la conversación al oír la palabra «americano». Aunque lo disimuló, estaba confuso; no era consciente de que esta hubiera vivido en Nueva York. Aunque, la verdad, tenía la costumbre de ignorar esas disonancias. Por lo general se resolvían por sí solas sin que él tuviera que malgastar energía. Mientras estudiaba su reflejo, le pareció ver que empezaban a brotarle pequeños gusanos negros de la cara.

Orkideh y el presidente Vituperio siguieron caminando y pasaron por delante de tiendas que vendían utensilios de cocina, cromos de baloncesto, fósiles, cómics, máscaras de los tiempos de la peste y microscopios electrónicos, hasta que llegaron a una tienda que vendía lo que parecían obras originales de arte clásico. En el escaparate tenían la *Mona Lisa*, y al presidente Vituperio se le iluminó el rostro.

—¡Este lo he visto! Lo conozco —exclamó—. Un cuadro fantástico, muy bonito. Una mujer muy bonita.

Tenía una taza de café con la *Mona Lisa*, un viejo regalo del Día del Padre de uno de sus hijos, no recordaba cuál.

—¿Sabes por qué es tan famoso? —preguntó Orkideh.

—¡Porque es perfecto! Mírala. ¡Mira esa sonrisa! Es el mejor cuadro. ¡El mejor!

Orkideh le ignoró.

—Es famoso porque estuvo colgado en el dormitorio de Napoleón. Pero como retrato no es nada del otro mundo. Ni siquiera está pintado sobre lienzo, sino sobre un tablón de madera de álamo. Madera de desecho. A Da Vinci le habría horrorizado saber que, quinientos años más tarde, sería su obra más famosa.

—¿En el dormitorio de Napoleón? —preguntó arrebatado el presidente Vituperio. La papada se le abría y se le cerraba, como si fueran branquias felices. ¡Tenía que comprarlo!

Entraron en la tienda y pasaron junto a la Venus de Willendorf, los azulejos de la Mezquita Azul y los leones de Persépolis, la Gran Ola de Hokusai y la Balsa de la Medusa de Géricault. Justo delante del mostrador, donde una cajera gótica escribía mensajes en el móvil, había otro enorme cuadro original, un paisaje costero lleno de vida.

—¿Este lo conoces? —le preguntó Orkideh al presidente Vituperio, señalando el lienzo.

—Sí, claro —mintió él—, pero no lo quiero. Vamos, tengo que pagar la Lisa antes de que me la quiten.

Se sintió superavispado llamándola así, «la Lisa», como si él y el cuadro fueran ya íntimos. Orkideh siguió hablando como si no le hubiera oído:

—Es el *Paisaje con la caída de Ícaro*, de Brueghel —dijo—. Ícaro voló demasiado cerca del sol y se le derritieron las alas. Otros artistas pintaron la escena centrándose en el dolor de su padre, Dédalo, o en la feliz arrogancia de Ícaro en los momentos previos a su descenso. «Más allá de su alcance se aventura con sus alas de cera, y, derretidas, a su derrocamiento conspira el mismo cielo.» ¿Te suena?

El presidente Vituperio arrastró los pies. No le gustaba todo eso del «derrocamiento», pero el cuadro no estaba mal: buena gente trabajando duro, una hermosa extensión de agua, barcos robustos, el horizonte... Aunque lo que quería era sobre todo que aquella mujer dejara de hablar para poder comprar su da Vinci.

—Pero Brueghel pinta a Ícaro al margen del cuadro, poco más que unas piernas ahogándose en el agua. Todos los demás siguen a lo suyo: la mula ara, las ovejas pastan. «Unas piernas blancas desapareciendo en el agua verde y un barco delicado y elegante que debió de ver algo asombroso, un niño cayendo del cielo, pero que tenía que llegar a alguna parte y siguió navegando como si nada.»

Al presidente Vituperio le pareció horrible. Bruegel había arruinado un paisaje encantador con aquellas piernas. Odiaba que lo trataran con condescendencia, odiaba a la gente que se creía capaz de enseñarle algo. Odiaba a Orkideh y a Brueghel. Pasó de ambos y se acercó al mostrador. La cajera levantó la vista del teléfono.

—¿Puedo ayudarle?

—Quiero comprar la *Mona Lisa*. ¿Cuánto cuesta?

—Hm, déjame comprobarlo.

La chica consultó un cuaderno. Orkideh también se acercó al mostrador.

—A mí me gustaría saber también el precio del *Ícaro* de Brueghel, si no te importa.

—Vale, espera.

La chica hojeó su cuaderno, una carpeta llena de hojas escritas con letra diminuta, aunque en la tienda había apenas una docena de obras de arte.

—La *Mona Lisa* son cuatro falanges. Es una oferta, durante todo el mes costaba seis. El Brueghel son dos.

El presidente Vituperio había estado revolviendo su cartera y contando billetes.

—¿¡Falanges!? —preguntó.

—Es un muy buen precio por el Brueghel —le dijo Orkideh a la chica—. Me lo llevo.

—Guay —dijo la cajera—. ¿Qué mano? ¿Alguna preferencia?

—Sorpréndeme —dijo Orkideh, que puso ambas manos sobre el mostrador y miró hacia otro lado. Le faltaban varios dedos, algunos cortados a la altura del nudillo y otros hasta la palma. La cajera le sujetó el dedo corazón de la mano izquierda, aún entero, y sacó una cuchilla enorme de detrás del mostrador. Orkideh respiró hondo y la cajera dejó caer la cuchilla con un golpe seco, que le cortó el dedo a la altura del nudillo.

Orkideh inspiró entre los dientes apretados y dijo:

—¡Joder! Joder...

—¿Quieres que te envuelva el cuadro? —le preguntó la cajera, al tiempo que cortaba el dedo suelto en dos falanges.

—No, me lo llevo puesto.

Orkideh se sacó un pañuelo blanco del bolsillo y se envolvió el muñón ensangrentado. La mancha roja se expandió a través del blanco como una bandera, como el tiempo.

—¡Estáis locos! —exclamó el presidente Vituperio—. ¡Estáis como putas cabras!

Salió de la tienda tan rápido como pudo, dejando tras de sí un leve rastro de luz verde.

Orkideh le dirigió una débil sonrisa a la cajera, se encogió de hombros y se marchó con el *Paisaje con la caída de Ícaro* de Brueghel bajo el brazo.

Veintitrés

Roya Shams

TEHERÁN, AGOSTO DE 1987

Durante el resto de su visita, mientras nuestros maridos estaban de acampada, Leila se comportó como un caballo impaciente que galopaba y me arrastraba por la hierba, mientras yo hacía lo que podía por no soltar las riendas. El segundo día fuimos a pasear por el bazar. Hacía un frío atípico y Leila llevaba un abrigo grueso y una bufanda larga. El pasaje que albergaba el Bazaar-e Tajrish se iba entrelazando con calles y callejones laterales, con sus vendedores de flores cortadas, *kabobs*, galletas espolvoreadas, perfumes, abalorios, alfombras y ropa interior. Los hombres se gritaban frases ininteligibles; una anciana degustaba sopa de una gran olla de hierro fundido; a su lado, una mujer más joven —sin duda su hija— vendía remolacha dulce y habas al vapor a los transeúntes.

Íbamos caminando entre la gente cuando, de pronto, Leila tiró de mí hacia un callejón vacío que se doblaba y daba a otro callejón. Era una calleja estrecha y sucia que terminaba en unos apartamentos de ladrillo y un puñado de cubos de basura. Sobre nuestras cabezas, ropa tendida en los balcones. Un cielo azul grisáceo. Sin ninguna explicación, Leila se puso de rodillas y acercó la oreja al asfalto.

—¡Escucha! —me dijo, sonriendo, con la oreja aún pegada al suelo—. ¡Son los ángeles tocando el tambor en las profundidades de la tierra!

No tenía ni idea de qué me estaba contando y miré a mi alrededor, inquieta.

—Roya *jaan*, ¡tú también puedes oírlos! Sabes perfectamente que la tierra está llena de ángeles y *jinns* que salen de fiesta como adolescentes, dando vueltas como norias. Ven, escucha.

En el callejón que daba en el nuestro, la gente pasaba de largo, ignorándonos; o, por lo menos, eso esperaba yo. Con gesto vacilante, me puse de rodillas y acerqué la oreja al suelo, cerca de Leila. El asfalto estaba frío. Una estrecha franja de cielo se cernía sobre nuestras cabezas como una carabina.

—No oigo nada —dije. No sé qué esperaba, pero me llevé una decepción. La tierra no sonaba a nada, sonaba a tierra. Me sentí un poco avergonzada, como excluida de una broma.

—Tienes que escuchar, escuchar de verdad. No le hagas caso a todo este guirigay —dijo, señalando hacia el bazar—, tienes que centrarte en los sonidos que hay debajo de los sonidos que hay debajo de los sonidos. ¿Me entiendes?

No, no la entendía. Yo seguía con la oreja pegada al asfalto y ella empezó a dar golpecitos con la mano: pum pa-pa pum, pum pa-pa pum.

—¡Bajo el suelo, debajo de todos nosotros y de los antiguos esqueletos de nuestros muertos con puntas de flechas clavadas en las costillas, los ángeles tocan el tambor! —dijo Leila, que seguía dando golpes con la mano—. Para nosotros, imagino.

Yo no tenía ni idea de lo que me decía.

—¿Te estás burlando de mí? —le pregunté, separando la cabeza del suelo.

Leila también se incorporó y se acercó a mí, aún de rodillas. Entonces me agarró el dedo corazón de la mano derecha, cerró el ojo izquierdo y, con gesto suave pero firme, colocó la yema de mi dedo sobre su párpado cerrado.

—¿Lo notas? —preguntó, moviendo el ojo abierto de arriba abajo, de arriba abajo. Bajo el párpado, el otro ojo seguía los movimientos—. ¿Notas cómo incluso cerrado mi ojo sigue buscando tu cara?

Asentí con la cabeza. Su mano golpeó el suelo: pum PA-PA pum, pum PA-PA pum.

—Así es como te he estado buscando yo —dijo.

Entonces se inclinó hacia delante y me besó. Allí mismo, en aquel callejón que salía del bazar. No fue un beso insustancial. No fue familiar. Fue en los labios, mientras yo tenía aún los ojos abiertos y llenos de sorpresa. Debí de parecer un pez. Y aunque debería haber temido que alguien pudiera vernos, que algún transeúnte se asomara desde el pasaje principal del bazar, me aferré al beso de Leila y se lo devolví. Ella me puso la mano sobre la mejilla. Aparté el dedo de su párpado y se lo puse en el lóbulo de la oreja.

El beso duró tres segundos, quizá cuatro, pero puso todo lo demás en movimiento. Mi vida era un cuadro, pero lo había estado mirando al revés hasta ese momento, el momento en el que Leila entró y le dio la vuelta. Y así, sin más, todo encajó, el cuadro se aclaró. Incluso Leila, con todo su aplomo, pareció sorprenderse y, tras unos segundos que parecieron infinitos, se apartó.

—Lo siento —dijo, estudiando mi expresión.

—No... —respondí yo, haciendo una pausa. Me zumbaban los oídos y notaba cómo la sangre me circulaba por dentro del cráneo.

—¿No? —dijo ella, parpadeando una vez, y luego otra más, esperando una respuesta.

—No, no lo sientas —le dije—. El ojo, los tambores de los ángeles... —añadí—. Creo que ya lo entiendo.

Ella sonrió. Sus rizos asomaban por debajo del pañuelo. Estábamos de rodillas en el callejón, mirándonos como niñas. Como gallinas. Volví a sentirme mareada de excitación, sonrojada de desconcierto y vitalidad, como la primera persona que probó la nieve. Y entonces, tan naturales como el aire, nos levantamos y volvimos al bazar, donde los hombres discutían sobre tonterías y las mujeres barrían la tierra de la tierra.

Tras ese primer beso, no habría cuestionado nada. Ninguna posibilidad, ninguna libertad. Si un gran ángel alado hubiera surgido de la tierra y hubiera estallado, habría recogido sus plumas.

Veinticuatro

ORKIDEH
n. 1963?

Cuando uno está muerto, lo está por mucho tiempo,
sí, pero tú encontraste un vacío legal
y te colgaste de la muerte, te cubriste con la muerte
como los niños se cubren con una sábana blanca

para parecer fantasmas, pero ¿por qué los fantasmas
iban a tener ese aspecto, y a quién intentas convencer tú?
¿Al arte? Lo bello no siempre es bello
en compañía: azul de Prusia, hombres como yo

(por supuesto, hay tiempo bajo las semillas,
el reloj del juicio parpadea en ochos que parecen
montañas en farsi, no existe eufemismo para esa luz odiosa,
ni para la aplastante uniformidad de nuestra especie),

cada persona palpita como una luna idiota:
la muerte es su trabajo, el tuyo es morir.

—extraído de LIBRODELOSMÁRTIRES.docx de Cyrus Shams

Lunes

Cyrus Shams

BROOKLYN, DÍA 4

A la mañana siguiente Cyrus se despertó frío y pesado. También mojado, se dio cuenta pronto, aunque tardó un momento, ya que «frío» y «pesado» tienen mucho de «mojado». Echó un vistazo a la oscura habitación de hotel y recordó que estaba solo: Zee no había regresado durante la noche. Se levantó de la cama y pasó demasiados segundos tratando de averiguar cómo encender alguna luz, hasta que descubrió la génesis del frío y la pesadez y la humedad: se había meado en la cama.

Durante las etapas de borrachera más intensas eso era algo que sucedía a menudo: por la noche caminaba en sueños para conseguir más cerveza, más alcohol, pero a su cerebro reptiliano le preocupaba más conseguir alcohol que descargarlo de forma adecuada. Así era su vida entonces, despertar envuelto en aquella trenza familiar de autodesprecio y deber que regía sus días: secar la humedad tan bien como podía, rociar el colchón con Febreze, quitarse la ropa y meterse en la ducha. Si se despertaba en un lugar que no era su propia cama, Cyrus tenía que sopesar el coste-beneficio de dar explicaciones o limitarse a escabullirse sin mediar palabra. Por fortuna, todos esos rituales habían terminado al dejar el alcohol.

Ahora, aunque hacía años —desde que aún bebía— que Cyrus no se meaba así, los viejos sentimientos volvieron a invadirlo de inmediato, como el agua de un lago entrando en tromba en un coche que se hunde. Primero una oleada de exoneración, aún reflexiva, el «cómo evito meterme en líos por esto». Luego un pensamiento hacia el hotel y la pobre mujer de la limpieza que se iba a encontrar con el percal y tendría que limpiarlo. Ese pensamiento trajo aparejado el autodesprecio, la exasperación con el hecho de estar vivo. Cyrus sabía que su cerebro pragmático no tardaría en pasar al modo resolutivo, pero antes de eso se dio el lujo de compadecerse de sí mismo durante unos segundos. En aquel momento deseó con todas sus vidas no estar vivo. No era que quisiera estar muerto, ni tampoco suicidarse, pero sí que le quitaran de encima el peso de vivir.

Cuando aún se encontraban en los tiernos albores de su amistad, Cyrus y Zee pasaron mucho tiempo quedándose fritos juntos, años enteros hoy convertidos en cráteres en su memoria, más allá de los destellos de aceras a altas horas de la noche y de las caras de desconocidos berreando extasiados letras de canciones que salían de los tocadiscos de innumerables salones, noches de meterse rayas, de pegar tragos de botellas de licor de plástico y de mezclar pastillas trituradas con tabaco sin saber si fumárselas tendría algún efecto más allá de hacer que el cigarrillo supiera peor. Noches llorando a la luz de la luna por lo bello que era amar y sentir el mundo con tanta intensidad como ellos, tan extraño e inesperado.

Se reían juntos de que Cyrus se meara en la cama. Si había otras personas alrededor, Zee esbozaba su sonrisa característica —aquella en la que toda su cara se concentraba en sus labios, y que hacía que, casi sin darse cuenta, los presentes sonrieran con él— y todos se reían de la situación durante un momento, antes de pasar a otra cosa. Una noche, en Keady, Cyrus estaba borracho y dibujó dos coronas en la parte superior del espejo del baño de Zee con rotulador permanente. Debajo escribió: «Podemos llevar estas coronas para siempre». A la mañana siguiente, cuando Zee le preguntó, Cyrus no se acordaba de nada, pero las coronas y aquel aforismo se quedaron en el espejo hasta que ambos se mudaron.

Había un pasaje de *El libro grande* de Alcohólicos Anónimos que Cyrus leyó una y otra vez cuando dejó de beber. El pasaje en cuestión hablaba de la autocompasión y el resentimiento como «lujos dudosos» para la gente normal, pero añadía que para los alcohólicos estos eran veneno. En lugar de «autocompasión» y «resentimiento», Cyrus recordaba que el libro los llamaba «el gruñón y el cerebrito», expresiones que siempre le habían parecido pintorescas y propias de su época. Pero el concepto de «lujo dudoso» era tremendo. «Para nosotros, estas cosas son veneno.» Su mejor amigo lo había abandonado; estaba en plena guerra fría con su padrino y con la rehabilitación en general; su libro —si es que podía llamarse así— no iba a ninguna parte; y su vida estaba demasiado patas arriba como para que en esos momentos su muerte contara para algo: una vida sin sentido tenía como consecuencia una muerte sin sentido. Ni siquiera estaba seguro de creer que fuera así, pero su estado de desánimo aumentaba su tolerancia hacia las generalizaciones. En ese momento, aquella afirmación parecía la única verdad.

Cuando Cyrus se ponía triste, la mayoría de la gente respondía de manera jovial y luego pasaba de él, como si no mereciera la pena prestarle atención. Zee era el único que se lo tomaba en serio: nunca lo culpaba por cancelar sus planes, y a menudo pasaba tardes y noches enteras en silencio con él, los dos sentados sin decir nada; de vez en cuando ponía un disco y lo dejaba girar en silencio durante veinte minutos o una hora antes de darle la vuelta.

Cyrus hizo una bola con las sábanas y el edredón, que habían absorbido la mayor parte del pis. Se quitó el chándal, lo tiró a la basura y se metió en la ducha. Si hubiera estado borracho, si hubiera tenido una recaída en el bar del hotel, la situación tendría sentido. Se había peleado con Zee y se había meado encima. Pero Cyrus estaba haciendo todo lo que se suponía que debía hacer: no bebía, escribía... ¿De qué servía si todos los caminos llevaban a la misma humillación?

A veces, por la mañana, cerraba los ojos debajo de la ducha y lograba rescatar retazos de algún sueño de la noche anterior que había olvidado: una niña arrodillada en medio de un camino rural, con una moneda negra en la palma de la mano, y un cordero rosado tirando de un arado oxidado. Pero aquella mañana, cuando cerró los ojos bajo la ducha, que tardó un minuto entero en averiguar cómo encender (Zee había bromeado diciendo que la elegancia de un hotel era directamente proporcional al tiempo que tardabas en averiguar cómo se hacía para que el agua saliera por la alcachofa de la ducha), lo único que vio fue el fondo de sus ojos. Se sentía seco por dentro. Intentó expresarlo con palabras, rescatar algún fragmento de aquella sensación para poder describirla más tarde, pero lo único que logró pensar fue «dentro de mi corazón hay un tipejo con el corazón roto».

Entonces salió de la ducha, se vistió y corrió al cajero automático del vestíbulo, donde sacó cuarenta dólares en efectivo para la mujer de la limpieza (el cajero solo dispensaba billetes de veinte, y Cyrus pasó un buen rato debatiéndose entre si dejar cuarenta o sesenta), que acompañó con una nota en la que decía «¡Lo siento!». Aquel gesto lo hacía avergonzarse un poco, pero no se le ocurrió nada mejor. Se preparó un café con la Keurig de la habitación y se lo bebió aún hirviendo. Guardó el cable del teléfono, los calcetines y la pasta de dientes, y se dirigió al vestíbulo para hacer el *check out*. El recepcionista llevaba una etiqueta con su nombre donde decía «Hua» y, en lugar de preguntarle «¿Qué tal su estancia?», le preguntó «¿Has hecho algo guay mientras estabas aquí?», lo que pilló a Cyrus desprevenido. Era la típica pregunta enrollada que te hacían en las cadenas de hoteles hípsters de

Brooklyn. Y, de hecho, la pregunta en sí no estaba mal, pero era fatal en su contexto. Cyrus se miró las manos, que aún le temblaban. ¿Dónde estaba Zee? ¿Por qué habían ido a Nueva York? ¿Por qué hacía Cyrus cualquiera de las cosas que hacía? ¿Escribir, hablar, vivir...? Quería lanzarse debajo de un camión, tirarse al mar. Quería desaparecer. Cyrus se limitó a negar con la cabeza y marchó hacia el museo sin mirar atrás.

Hacía un día precioso a pesar del frío, de esos que en una foto podían parecer de pleno verano de no ser por toda la gente con botas y abrigos gruesos. Cyrus comprobó su teléfono, pero seguía sin tener noticias de Zee. Escribió un mensaje rápido: «Hola, lo siento. De verdad. ¿Dónde estás?».

Comprobó su teléfono dos veces más durante el minuto siguiente para ver si Zee respondía al momento, como solía hacer, pero no lo hizo. Cyrus se puso los auriculares y le dio *play* al *Miserere*, una grabación de 1980 que encontró en YouTube. La música le pareció inquietantemente apropiada para el entorno urbano: todo a su alrededor se sincopaba, ilustrando o complicando los ritmos de la canción, multiplicando el efecto de aquellas voces encantadas. Las palomas se metían entre las letras de bordes redondeados de un letrero de Duane Reade, la parte inferior de las D, las E y la R llenas de palos, hojas y pelo. Dos chicos caminaban juntos con bolsas de plástico cubriéndoles los pies, para proteger las zapatillas del omnipresente fango de la ciudad.

Cyrus decidió que le preguntaría a Orkideh por el *Miserere*. Se aseguró de que sus auriculares estuvieran limpios, para que ella pudiera escuchar la canción si quería. Esperaba que quisiera. Y que tampoco ella la hubiera oído antes. Le hablaría de su tío y le contaría que había sido un soldado como el de su cuadro, con la linterna y el caballo. Le preguntaría cómo sabía lo del accidente de avión, con delicadeza, sin insinuar nada.

No le importaba si ella lo había buscado en Google y, siguiendo un rastro de migas de pan digitales, había llegado hasta el accidente de avión. Después de todo, Cyrus también había buscado a la artista en Google. No estaba seguro de qué camino cibernético podía existir entre él y su madre, pero no era imposible que hubiera alguno por ahí. Y, por supuesto, estaba también la otra posible explicación, la que Cyrus no se atrevía ni a articular. Aquella posibilidad impensable.

Cuando aún bebía, siempre que alguien le preguntaba cómo iban sus poemas, Cyrus respondía que de momento estaba «viviendo los poemas que no estaba escribiendo»; no solo eso, sino que lo decía con cara seria. Se estremecía solo de pensarlo. Y, sin embargo, en ese momento, durante aquel trayecto al centro de la ciudad, sintió algo parecido a lo que había querido decir en su día cuando, ante los cimientos arrasados de su vida, pensaba «esto me será útil, todo esto lo usaré más tarde». Como escritor, siempre te quedaba eso. Pensar así le provocaba un leve escalofrío de culpabilidad, pero no podía contenerse.

Muchos de los héroes de Cyrus rechazaban la abstinencia —con sus abstractas promesas de recompensas espirituales a cambio del autocontrol corporal— y preferían la exultante inmediatez de los placeres sensuales. «El paraíso es mío hoy, como pájaro en mano —había escrito Hafez—. ¿Por qué iba a contar con la promesa puritana del mañana?» Cyrus no estaba seguro de cuántos mañanas le quedaban y consideró por un instante que Zee podía tener razón, que tal vez no estaba viviendo su presente con plenitud.

Cyrus tenía la sensación de que solo experimentaba el ahora cuando consumía alguna droga, cuando el ahora era fisiológica y químicamente discernible del antes. De lo contrario, se sentía desbordado por el tiempo: atrapado entre el nacimiento y la muerte, un intervalo en el que nunca había sido capaz de hacer pie. Pero es que también lo desbordaban el mundo y sus casillas: ni iraní ni estadounidense, ni musulmán ni no musulmán, ni borracho ni en proceso de rehabilitación, ni homosexual ni heterosexual. Ambos bandos consideraban que se parecía demasiado a los del otro. El hecho de que hubiera bandos le provocaba vértigo.

Quería hablar de ello con Orkideh. Estaba seguro de que su punto de vista sobre el lugar, el tiempo y la pertenencia resultaría revelador, iluminador, ya que ella existía dentro de una inmediatez mortal que Cyrus no podía comprender. Olfateó el aire a su alrededor, preocupado por si aún olía a orina.

Al llegar al museo, Cyrus reconoció a los dos empleados vestidos de negro que cobraban las entradas. Pagó cinco dólares y subió las escaleras hasta la tercera planta, donde pasó junto al guía del séptum, que lo saludó con una leve inclinación de cabeza. En la tercera planta, Cyrus pasó por delante de la instalación *Dinner Party*, de Judy Chicago, donde un hombre caminaba de la mano con su hija, ambos con auriculares puestos, y un adolescente de aspecto empollón leía los carteles con actitud obediente. Al llegar donde Orkideh y su «Death-Speak», Cyrus encontró las luces de la sala apagadas y una cuerda de terciopelo que impedía el acceso. Junto a la puerta, una nota plastificada con una foto en blanco y negro de una joven Orkideh con una especie de mantilla, los ojos oscuros vueltos hacia arriba con una mirada que combinaba picardía y provocación. La nota decía:

La exposición «Death-Speak» está cerrada. El Brooklyn Museum da las gracias a Orkideh por habernos confiado su última instalación. Se pueden hacer donaciones en su memoria en la tienda de regalos del vestíbulo.

«El arte es donde sobrevive aquello a lo que sobrevivimos.»
Orkideh, 1963-2017

Cyrus se sintió mareado, como si de pronto toda la sangre hubiera abandonado su cabeza. Le dieron ganas de vomitar y luego de cagar. Se apoyó en la pared. Vivir eternamente o morir. Esas eran las opciones, y no había muchos indicios que sugirieran la viabilidad de la primera. Cyrus sabía que la artista se estaba muriendo, por supuesto, pero aquel cartel y la mirada intensa de Orkideh demostraban que algo inevitable también podía ser, ¿qué? Paralizante. Desgarrador. Y sí, sorprendente.

El día anterior la había visto bien. Se habían reído, se habían abrazado... Con paso inseguro, casi tropezándose, Cyrus regresó a las escaleras, donde se topó con el guía del pendiente de plumas y el séptum.

—¿Se ha...? —dijo, tartamudeando—. «Death-Speak» está cerrada.

En realidad quería ser una pregunta, pero le salió sin inflexión, como una simple afirmación. El guía asintió con la cabeza.

—Sí. La artista falleció anoche. ¿Sabías que vivía en el museo?

Cyrus no se movió.

—Al parecer la encontraron esta mañana en su habitación. —Miró a su alrededor y entonces, en voz baja, añadió—: He oído que tal vez se tomó un puñado de analgésicos, o algo así. Ayer estaba perfectamente. Tú estuviste aquí, ¿no?

A Cyrus no le salieron las palabras. El guía enarcó las cejas y dijo:

—No estoy seguro de cuándo inaugurarán la próxima exposición. Creo que es de una fotógrafa francesa. Ahora no recuerdo cómo se llama, pero aún tardará un poco.

Cyrus intentaba no perder la verticalidad. Rastreó su mente en busca de la información esencial sobre cómo mantenerse de pie como una persona, cómo habitar un cuerpo, pero ahí solo había sombras, sombras de sombras a medio recordar. Se sentía como un molino de viento inmóvil en medio de un campo. Sacudió la cabeza. Un campo entero de molinos de viento inmóviles. El guía le preguntó algo. Luego le preguntó algo más. Pero Cyrus solo oía un zumbido en el cerebro, la última canción de alguna célula del oído, una frecuencia que no volvería a oírse nunca más. Y entonces se desplomó.

Veinticinco

Si el pecado mortal del suicida es la codicia, acaparar toda la quietud y la calma para sí mismo mientras dispersa su turbulento dolor interno entre quienes le sobreviven, entonces el pecado mortal del mártir debe de ser el orgullo, la vanidad, la arrogancia de creer no solo que tu muerte puede significar más que tu vida, sino que tu muerte puede significar más que la propia muerte, que, en tanto que inevitable, no significa nada.

—extraído de LIBRODELOSMÁRTIRES.docx de Cyrus Shams

Alí Shams y Rumi

Dos figuras. La primera alta y enjuta, solemne, vestida con un mono de trabajador agrícola y botas altas, que Cyrus reconoció de inmediato como su padre. Era poco habitual que Alí apareciera en los sueños de Cyrus, casi como por respeto al descanso que había hallado por fin, tras una vida implacable: el ejército en tiempos de guerra (Alí había desempeñado tareas de oficina, gestionando la logística de las líneas de suministros; aunque se trataba de un trabajo más o menos seguro, no dejaba de entrañar riesgos sorprendentes y lo había dejado con un considerable síndrome del superviviente), la muerte repentina y sin sentido de su esposa, la emigración a un país hostil y casi dos décadas de trabajo manual durante seis días a la semana. Alí se había ganado el derecho a descansar, incluso en los sueños de Cyrus.

Aun así, Cyrus se alegró de verlo en las escaleras de lo que parecía un pequeño local de música, fumando un cigarrillo. Como casi todo el mundo que conocía, Alí solía fumar mucho cuando aún vivía en Teherán, pero lo había dejado al llegar a Estados Unidos como medida de ahorro. Era uno de esos millones de pequeños sacrificios que hacen los padres sin que los hijos se den ni cuenta. Uno de esos sacrificios, pensó Alí, que solo mencionan los padres más odiosos e impresentables. Pero en aquellas escaleras, Alí tenía un aspecto de lo más relajado y natural.

Junto al padre de Cyrus había un hombre guapísimo, vestido con una túnica de seda naranja y púrpura, que daba largas caladas a un porro. El hombre tenía unos pómulos altos, de supermodelo, y una larga barba negra del color de la noche más intensa, con varias trencitas entretejidas, algunas de ellas decoradas con conchas y abalorios. En el escalón que tenía a su lado había un vaso de plástico rojo lleno de vino tinto.

—¡Eres Alí Shams! —exclamó aquel hombre tan apuesto, exhalando un espeso remolino de humo—. ¡Bua, me moría de ganas de conocerte!

Alí, sentado a su lado en las escaleras del local, le dirigió una sonrisa de medio lado. Se oía el sonido del bajo y la batería de un concierto de *hardcore* que había en el local que tenían a sus espaldas. Jóvenes con tatuajes geométricos y ropa negra ajustada iban y venían de sus coches.

—Pues sí, soy yo —dijo Alí—. ¿Y tú eres realmente tú?

El segundo hombre se rio y dio un sorbo a su vaso de plástico.

—Ja, ja, Alí Shams. Sí, soy yo. Mi nombre es Yalāl ad-Dīn Muhammad, aunque es posible que me conozcas como...

—Mevlânâ. Rumi. Caramba. Mi hijo Cyrus quiere ser poeta. Koroosh. Te adora, le encantaría conocerte —dijo Alí, y luego hizo una pausa—. ¿Sabes algo de Cyrus?

Rumi sonrió.

—¡Pues claro! ¿Cómo crees que he llegado hasta aquí?

—Ah —dijo Alí—. Todavía no sé muy bien cómo funciona todo esto.

—A mí también me costó un poco.

Desde el interior del club, un cantante gritó algo sobre tinta y lamentos. A medida que el humo del cigarrillo de Alí y del canuto de Rumi se iba acumulando, este parecía revelar más estrellas, como si el humo aclarara el aire en lugar de empañarlo. Las estrellas se iban acercando cada vez más. Tan cerca, casi parecían comestibles.

—Joder, ¿dónde están mis modales? ¿Quieres un poco? —le preguntó Rumi a Alí, ofreciéndole el porro.

Olía a pan fresco, a *barbari noon*. Alí negó con la cabeza, y Rumi se encogió de hombros y dio otra larga calada.

—Sí, tardé un poco en cogerle el tranquillo a esto. —Al decir «esto», Rumi no señaló el aparcamiento, ni el cielo que les rodeaba, sino su propia cabeza—. Pero me he dado cuenta de que lo que más importa aquí son los pequeños detalles. En la vida estábamos supeditados a los grandes detalles: nuestro cuerpo y nuestra tribu, quién es familia, quién es enemigo, dónde y qué comer... Toda esa mierda ahogaba los matices más sutiles de la experiencia. Aquí, en cambio, lo que importa es este peta, este vino barato, este cristal...

Al decir «cristal», alargó con gesto distraído la mano hacia el cielo y arrancó una estrellita, que refulgía sin calor —como una luciérnaga— en su palma.

—Creo que ya empiezo a entenderlo —dijo Alí. Levantó la mano para arrancar una estrella para él, pero cuando abrió la palma lo que había allí no era una rutilante estrella luciérnaga, sino un diminuto huevo de gallina. Rumi se echó a reír. Desde el interior del local, el público coreaba «¡Oh, tiempo! ¡Tus piiiráááamides!», una y otra vez.

—¿Entramos? —preguntó Alí, tirando de la caña de sus botas de trabajo.

—Creo que aún tenemos un poco de tiempo —respondió Rumi—. Y antes quiero terminarme esto —añadió, dando otra calada a su porro, que parecía alargarse a medida que se lo fumaba. Alí frunció el ceño; no le gustaba que la gente fumara marihuana, pero imaginó que, si alguien podía hacerlo, ese era Rumi—. Cuéntame algo auténtico sobre ti —dijo este.

—¿A qué te refieres?

—Me refiero a que no quiero uno de esos secretos tácticos nada secretos que se consideran una muestra de intimidad ahí abajo. Quiero que me cuentes algo auténtico.

—Pero ni siquiera te conozco —dijo Alí.

—Eso no es cierto —respondió Rumi, que puso una mano en la espalda de Alí y brilló un poco. Alí apagó su cigarrillo, y tras una larga pausa, dijo:

—Creo que mi mujer me engañaba antes de morir.

—¡Oh, no me jodas! —dijo Rumi.

—¿Perdón? —preguntó Alí.

—¿Quiere decir «en serio»? ¿En serio sospechas eso? ¿Por qué?

—Pues no sé. Pequeños detalles. Nunca me miró como si me deseara como hombre. Creo que, desde que nos conocimos, nunca me deseó de esa manera. Siempre me miró distinto, como se mira a un pajarito que encuentras por ahí e intentas cuidar con una combinación de afecto y compasión. Aunque la compasión era la parte más importante.

—Uf, lo siento, tío. Pero eso no significa que te estuviera engañando, ¿no?

—Sí. Cuando se quedó embarazada de Cyrus, Roya empezó a comportarse de forma extraña, sobre todo hacia el final. Es como si de alguna forma sintiera lo que iba a pasar. Para sus adentros sabía lo del avión, sabía que se acercaba el final. Eso es lo que pensé durante mucho tiempo. Pero en más de una ocasión durante esos últimos meses, estaba hablando por teléfono y, en cuanto se daba cuenta de que yo andaba cerca, se callaba. A veces colgaba a media frase. Cuando nació Cyrus parecía muy feliz, aunque no necesariamente con Cyrus; feliz como si se hubiera librado de algo. O tal vez es que estaba a punto de hacerlo, no lo sé. Yo trabajaba mucho entonces, tratando de ahorrar dinero...

—Jesús. Lo siento, tío. —Rumi clavó la mirada en sus zapatos y Alí se encendió otro cigarrillo con la punta del que se estaba fumando—. Eso es superauténtico.

—Pensaba que todo esto iba a ser diferente —dijo Alí, señalando hacia el aparcamiento. La luna llena giraba muy despacio, en el sentido de las agujas del reloj—. Ríos de miel, sol eterno y tal.

—Ya, así es como te pillan —dijo Rumi—. Todas esas cosas están por ahí, puedes tenerlas si quieres. Y tienen su gracia durante... no sé, ¿tres días? Pero te aburres pronto, la verdad. ¿Has probado alguna vez comer más de dos cucharadas de miel?

Alí soltó una carcajada extraña, chirriante, como una puerta pesada que se abriera por primera vez en años.

—¡Es repugnante, tío! —dijo Rumi, dando una calada a su porro—. Un puto asco. Te revuelve el estómago.

Dentro del local, la banda tocaba un largo riff instrumental, casi orquestal. Por encima de la batería y el bajo jeviatas se oía el sonido de unas flautas y de un arpa, y tal vez incluso el canto de unos pájaros.

—Tiene sentido —dijo Alí—. De todos modos, tú sigues siendo tan querido en la tierra que entiendo que quieras quedarte cerca de ella. Cyrus me dijo una vez que eras el poeta más vendido en Estados Unidos. ¡Un poeta persa muerto! Me pareció increíble.

—Bueno, no sé hasta qué punto el yo que leen en Estados Unidos es realmente persa...

Alí asintió, aunque no tenía ni idea de a qué se refería Rumi. De repente se dio cuenta de que este tenía los brazos cubiertos de coloridos tatuajes que representaban *negargari*, pequeñas miniaturas bizantinas iluminadas, y que las figuras —algunas iban a caballo, otras disparaban arcos— se movían de aquí para allá, representando sus pequeñas vidas sobre la piel del poeta. Alí detestaba los tatuajes, los consideraba la marca de la gente tirada, pero, como con la marihuana, si quien los llevaba era Rumi, por alguna razón, no lo ofendían tanto. Ahora las túnicas del poeta también fluían, ríos fluorescentes de color naranja y azul amarillento que desembocaban unos en otros. Detrás de los dos hombres, una veinteañera con una camiseta ajustada en la que ponía «JANE DOE» salió por las puertas del club.

—¿Listo? —le preguntó la joven a Rumi.

—Sí, sí —dijo este.

Ella asintió y volvió a entrar.

—¿Vas a actuar? —le preguntó Alí.

—Sí, parece que ya me toca.

—¿Cómo está Cyrus? Con... —Hizo una pausa—. Con todo el asunto de Orkideh.

Rumi se bebió de un trago el resto del vaso y le pegó una última calada al canuto, que chisporroteó formando fresitas. A sus espaldas el local había enmudecido y encima de ellos las estrellas brillaban en tecnicolor: granates, esmeraldas y zafiros, gruesas joyas engarzadas en la corona de la noche.

—Tío, vaya tela, ¿no? Es difícil no pensar que ha sido cosa del destino.

—Pero no crees que vaya a hacerlo, ¿verdad? ¿Crees que va a...? —Alí hizo una pausa—. ¿Suicidarse?

—¿Sabes qué pienso? —preguntó Rumi. Los colores fosforescentes de su túnica pasaron a los tatuajes del brazo y, de ahí, a la barba y de vuelta a la túnica—. Creo que Cyrus va a escribir un libro que lo flipas. Lo creo de verdad. Espero poder leerlo. —Hizo una pausa—. Joder con los mártires, ¿no? No nos los sacamos de encima.

Alí había querido preguntarle a quién se refería con aquel «nos» (¿a los hombres?, ¿a los persas?, ¿a otra cosa?), pero Rumi se levantó y se lo llevó consigo a través del local. Estaba oscuro como boca de lobo y casi en silencio, salvo por una vibración grave y ondulante que salía de los altavoces de la sala a medida que los dos hombres se abrían paso entre la multitud. Cuando llegaron al escenario, apenas visible entre las legiones de cuerpos anónimos, Rumi se acercó al oído de Alí.

—Ahora verás —le dijo. Subió al escenario de un salto y

en la sala se hizo el silencio, un silencio absoluto. Incluso el sonido de los altavoces de la sala había cesado.

Desde delante del escenario, Alí vio cómo Rumi esbozaba una gran sonrisa, una sonrisa que parecía empezar en su pecho, ochocientos años de arrugas y líneas de expresión abriéndose paso por todo su cuerpo. La sala estaba ahora sumida en una luz débil y, al mirar a su alrededor, Alí vio hordas de jóvenes *hardcore*, cientos de ellos, vestidos de negro, con piercings y tatuajes, todos mirando al escenario mientras los rutilantes colores que se arremolinaban alrededor y a través de Rumi pasaban de su pelo a su piel y a su túnica, y viceversa.

En el escenario, Rumi empezó a tararear una melodía mínima, sin micrófono, de apenas cuatro notas, pero el sonido resonaba con fuerza y se fue extendiendo por toda la sala, hasta que la multitud de jóvenes empezó a mecerse con ella, como arbolitos en medio de un huracán.

Junto a Alí había un hombre bajito al que este reconoció como Zee, el amigo de su hijo. Zee le pasó el brazo por los hombros y, juntos, se balancearon mientras Rumi empezaba a hablar en un barítono sin fondo:

—*An atash-e sadeh ke to ra jord-o-bekest...*

Zee miró a Alí y, sin pensar, por puro reflejo, Alí se lo tradujo:

—El simple fuego que te consumió...

Rumi repitió aquellas palabras una y otra vez, y el público empezó a corear al unísono: «*An atash-e sadeh ke to ra khord-o-bekest, an atash-e sadeh ke to ra khord-o-bekest...*».

De pronto Zee y Alí empezaron a cantarlo también juntos, cogidos de los hombros, cada vez más alto, uniendo su voz a la de los demás, y a medida que lo hacían la cabeza de Rumi empezó a brillar más y más, hasta que de repente estaba al rojo vivo, inflamada, convertida toda ella en una gran llama, como los rostros ardientes de los profetas en los cuadros antiguos.

El público, Zee y Alí siguieron cantando mientras el techo de la sala se levantaba como una lata de pescado en conserva y el humo del fuego que había consumido a Rumi se elevaba en la noche. Todas las gemas brillantes del cielo quedaron al instante cubiertas de ceniza.

Lunes

Cyrus Shams

BROOKLYN, DÍA 4

Estrellas. El guía diciendo algo por un *walkie-talkie*. Un muslo blanco flotando en el agua, cubierto de sanguijuelas. Retorciéndose de gozo. Los párpados de Cyrus, pestañeando. La cara de Zee sonriendo, sacando la lengua. Los grandes ojos de Orkideh. Su boca abriéndose, revelando un vacío negro donde antes había habido una lengua. Árboles desatando una ventisca. Estrellas. Un molino de viento. La voz del guía. Una sanguijuela. Estrellas. Estrellas.

Veintiséis

En un ejercicio de malabarismo entre la prudencia y la determinación que se exige una y otra vez de los presidentes, el Sr. Reagan optó por la dureza.

«En situaciones tensas, a veces hay cosas que salen mal —dijo ayer un veterano asesor presidencial—. Tenemos unas máquinas sofisticadas y unos soldados y unos marineros jóvenes que trabajan en condiciones difíciles. A partir de ahí, no nos queda más que asumir lo que se consideran riesgos razonables en nombre de objetivos importantes y cruzar los dedos.»

«El derribo del vuelo 655.»
The New York Times, 5 de julio de 1988

Roya Shams

TEHERÁN, AGOSTO DE 1987

Ese primer beso con Leila fue una palabra extraña y ajena, un nombre que alguien podría traducir torpemente como «cielo», pero cuyo significado en realidad se acerca más a «paraíso».

Alí y Gilgamesh llamaron a casa la noche siguiente desde el teléfono público del camping. Estaban borrachos y decían tonterías, querían saber cómo estaban sus mujeres. Debieron de imaginarnos aburridísimas.

—¡Gilgi casi se dispara en el pie esta mañana! —exclamó Alí, riendo.

—¡No le creáis, es mentira! —gritó Gilgamesh—. ¡Es un trolas! *¡Chert o pert!*

Mientras yo sujetaba el teléfono y le decía a Alí en voz baja que tuviera cuidado, que no era un buen momento para que le pillaran bebiendo, vi cómo Leila rebuscaba entre los viejos discos de rock de este. Eran piezas de contrabando, pero nunca había encontrado las fuerzas para permitir que se deshiciera de ellas. A Leila le salían muecas con ciertos discos, una sonrisa con Aretha Franklin, una carcajada con The Monkees. Gilgamesh pidió hablar con ella y Leila me cogió el teléfono, se lo colocó entre el hombro y la oreja y puso los ojos en blanco. Mientras escuchaba a su marido, levantó el dedo índice de una mano, se lo agarró con la otra e hizo como si se lo arrancara.

Me lanzó una sonrisa de complicidad, aunque yo no entendí el gesto.

Cuando colgó el teléfono, le brillaban los ojos como alguien que prevé problemas. O, mejor dicho, como alguien que acaba de hallar la inspiración o incluso su propósito. Volvió a arrodillarse junto a los discos y puso uno en nuestro tocadiscos, un pequeño reproductor RCA de plástico verde vómito que era una reliquia de mi adolescencia. Los altavoces emitieron una serie de chasquidos mientras Leila movía la aguja por el vinilo en busca de una pista en concreto. Cuando empezaron a sonar las primeras notas, se levantó y me tendió la mano.

Fue entonces cuando todo se sobresaturó. Uno de esos recuerdos que puedes escurrir como un trapo y ver cómo los detalles gotean hasta formar un charco. Acordes menores en una guitarra de doce cuerdas saliendo de los pequeños altavoces. Leila, una cabeza más alta que yo, acercándome hacia ella para bailar. Su olor, mezcla de sudor y perfume de jazmín y cedro. La voz de Mick Jagger: «*I want you back, again. I want you back, again*». El sabor a cobre seco sobre mi lengua.

—Ojalá ser buena no fuera tan difícil —susurré, sorprendiéndome a mí misma. Ni siquiera sabía si Leila me había oído—. Lo intento, de verdad que lo intento, pero estoy agotada.

—Ya lo sé —dijo ella—. Se nota, *azizam*. Ya lo sé.

Me abrazó más fuerte, meciéndose de un pie al otro al ritmo de la música. La triste canción se fue animando, aunque la letra no. «*Tell me you're coming back to me* —suplicaba Jagger—, *you gotta tell me you're coming back to me*». Parecía la canción perfecta para aquel momento, aunque estuviéramos juntas, un brote que empezaba a abrirse. La canción tenía algo dolorosamente anhelante, eso era: un profundo anhelo. Sostuvimos la nostalgia preventiva de la canción entre nosotras, como una vela, balanceándonos mientras su llama iba consumiendo la mecha, nuestros rostros iluminados y parpadeando con ella, con esa llama, un anhelo, un anhelo estúpido, un anhelo tan intenso que te dobla, te derrota, como una ola o un milagro.

Cuando la canción se terminó, Leila se inclinó de nuevo sobre el tocadiscos y volvió a ponerla. Durante los primeros compases se quedó allí agachada, inmóvil, y entonces empezó a besarme los tobillos sobre los acordes de guitarra, las espinillas, otra vez los tobillos, mientras Keith Richards aullaba y ululaba sus armonías. La canción se terminó de nuevo y la volvió a poner, dejó la aguja sobre el surco del vinilo y me besó las rodillas, las manos, las muñecas. Pero cuando la canción finalizó por tercera vez, Leila ya no la puso más; dejó que se terminara y que diera paso al silencio. Era un silencio más intenso de lo que había sido la música, amplificado por el estruendo precedente: el silencio después de un grito, el silencio después de un disparo. ¿Y a continuación? A continuación estábamos tocándonos, nuestras manos en todas partes. De pronto ya no había separación entre nosotras, entre Leila y yo, entre nuestros cuerpos. No había separación: ni música, ni países, ni ropa. Ni miedo. Ni siquiera historia.

Lunes

Cyrus Shams

BROOKLYN, DÍA 4

Cuando volvió en sí, Cyrus estaba en el rellano de la escalera, con un grupo de empleados del museo, todos vestidos de negro, apiñados a su alrededor. Detrás de ellos estaba el guía del séptum.

—Oye, ¿estás bien? ¿Me oyes?

Cyrus parpadeó. Había tres cabezas inclinadas sobre la suya, y algunas más que asomaban detrás de estas. Cyrus intentó asentir, pero sus sinapsis no colaboraban. Pensó en el cuerpo de Orkideh, frágil e ingrávido, y en cómo alguien tuvo que encontrarlo. Tuvo que «hallar el cuerpo». Insoportable. Una de las cabezas flotantes le tendió una botella de agua y, de algún modo, las manos de Cyrus la encontraron y se la llevaron a los labios. Alguien, en algún lugar, enterraría el pequeño cuerpo de Orkideh y el verde mundo se la tragaría. «La vegetación nos cría, nos engorda —pensó Cyrus—. Nos alimenta con oxígeno y luego devora nuestros cadáveres.»

—Prateek dice que se ha desmayado —aseguró una de las cabezas. Cyrus la enfocó: un hombre blanco, mayor y calvo, con una tupida perilla gris—. ¿Quiere que llamemos a una ambulancia?

Prateek, así se llamaba el guía del séptum.

—Estoy bien —logró balbucear Cyrus, que se incorporó poco a poco y se reclinó apoyándose en los puños.

—¿Tiene antecedentes de desmayos? ¿O algún otro problema médico?

—Estoy bien —repitió Cyrus—. Es solo que... —añadió, intentando pensar en algo que pudiera distender la situación— hoy no he desayunado.

Le pareció que era la clase de explicación que una gente como esa iba a creerse. Se incorporó despacio y Prateek se agachó para ayudarlo.

—Oye, oye, tranquilo —le dijo, colocando una mano en la parte superior de la espalda de Cyrus. Este esbozó una débil sonrisa. Otro de los presentes le ofreció un plátano y una barrita de Snickers.

—Estoy bien. Gracias, chicos. Lo siento, qué vergüenza...

—¿Seguro que no quiere que llamemos a alguien? —preguntó el hombre de la perilla.

—De verdad, no es para tanto.

Los guías se miraron con el ceño fruncido. Entonces ayudaron a Cyrus a bajar las escaleras y lo acompañaron hasta un banco.

—¿Por qué no descansa aquí un momento y dentro de diez minutos vemos cómo está?

—Sí, claro, desde luego —dijo Cyrus, dándoles las gracias. El guía del plátano y el Snickers los dejó junto a él. El de la botella de agua dejó la botella. Ambos se alejaron, mirando por encima del hombro para asegurarse de que Cyrus seguía consciente y erguido. Prateek fue el único que se quedó.

—¿Conocías a Orkideh? —le preguntó a Cyrus, como si fuera un secreto—. ¿Es eso?

—No, en realidad no —respondió Cyrus con sinceridad—. Solo soy un fan, supongo.

Nada más decirlo, Cyrus se dio cuenta de que era la verdad. Prateek asintió en silencio.

—Ya, yo nunca había oído hablar de ella antes de lo de «Death-Speak». Pero era increíble, ¿no?

Se sentó en el banco, junto a Cyrus. Llevaba el pelo negro muy corto y engominado. Tenía unas mejillas mullidas y un rostro engañosamente liso que lo hacían parecer más joven de lo que debía de ser. De no ser por el séptum, habría parecido un tío sanote.

—Yo tampoco sabía mucho de ella hasta lo de «Death-Speak» —dijo Cyrus. Abrió la barrita de Snickers y le ofreció un trozo a Prateek, que sonrió y lo rechazó con la mano—. Estoy bien, de verdad; no hace falta que te quedes —dijo Cyrus después de tomar un bocado.

—Sí, ya lo sé —respondió Prateek—. Creo que mi jefe quiere asegurarse de que no te mueras. Bueno, ya me entiendes... Todo el mundo está ya bastante nervioso por aquí.

—Sí, claro —respondió Cyrus.

—Una de mis tías murió de cáncer de mama —continuó Prateek—. Estaba en fase cuatro, igual que Orkideh. Pasó los últimos tiempos en habitaciones llenas de tubos y soportes metálicos; barandillas y tubos, eso es lo que más recuerdo de cuando iba a visitarla, un montón de tubos de goma distintos, pero también tubos de aspiradora; eso y barandillas, barandillas por todas partes. En plan barandillas con barandillas. Y todos esos tubos enredados.

Cyrus lo miró e intentó recordar las cosas que los médicos en prácticas de su trabajo solían decir para consolar a los familiares en duelo, pero lo único que le vino a la memoria fueron los carteles de la consulta: anatomía del oído interno, síntomas de un derrame cerebral, cómo entender el colesterol...

—Lo siento —dijo Cyrus.

—No, no, fue hace mucho tiempo —respondió Prateek—. Estoy bien. Solo digo que fue un horror. Al final se le olvidó quiénes éramos todos y supuraba por todos los orificios. Fue durísimo, incluso cruel. En plan jodido que eso sea una opción, que sea algo que le puede pasar a una persona. Orkideh, en cambio, fue Orkideh hasta el final; nunca dejó de ser ella misma. Es una suerte, más de lo que la gente cree.

Cyrus asintió sin mucho entusiasmo. Le ardían los ojos, como si fuera a llorar, pero las lágrimas no le salían. Aún le costaba enfocar la vista de vez en cuando y le latía la cicatriz del pie.

—Hablé con ella de todo esto —continuó Prateek—. Con Orkideh. Le hablé de mi tía, le conté que ella también era artista, que solía dibujarnos caricaturas, a mis primos y a mí. Incluso cuando ya éramos demasiado mayores, seguía dibujándonos caricaturas tontas, dinosaurios en monopatín y cosas así, y nos las enviaba por correo, a mis hermanas y a mí. ¿Y sabes lo que me dijo Orkideh?

—¿Qué? —preguntó Cyrus. Tenía el corazón en la garganta y la garganta en un puño.

—Dijo: «¿No es bueno que podamos hablar así?». Dijo eso, me cogió la mano un segundo y me sonrió de oreja a oreja. «Gracias por compartir esa historia conmigo», dijo. «Es genial poder hablar así.» Y eso fue todo. La siguiente persona de la fila se acercó y se sentó en la silla.

—Joder —dijo Cyrus y sacudió la cabeza. La vista parecía habérsele aclarado casi por completo—. Gracias, Prateek —añadió—. De verdad.

Prateek sonrió y le dio una palmada en el hombro.

—Bueno, confío en que vas a estar bien.

Parecía que iba a añadir algo más, pero al final decidió no hacerlo. Se levantó y se fue caminando hacia las escaleras. Cyrus notó una vibración que le recorría todo el cuerpo. Su vida era una conspiración constante de otras personas que le ayudaban y que le enseñaban esto y aquello. Se sentía como Hamlet, abatido, esperando a que el mundo aplacara su pena, soltando sus soliloquios petulantes y desmayándose mientras los demás le daban a comer plátanos y chocolatinas. Al final Hamlet moría, por supuesto. «El resto es silencio», aseguraba, pero, al mismo tiempo, le pedía a su mejor amigo que contara su historia a los demás. A Cyrus aquello le parecía un cuento chino.

Quería disculparse con Prateek. Y con Gabe. Quería darse una larga ducha y abrazar a Zee, pasar horas acurrucado contra él, besándole la nuca una y otra vez, siempre en el mismo punto. Cyrus se dirigió a las puertas del museo y salió de nuevo al frío, temblando. Los vendedores ambulantes vendían todos los mismos perritos calientes, aguas, *biryanis*. Una artista callejera bailaba haciendo acrobacias alrededor de un radiocasete anticuado, mientras una multitud de turistas se congregaba a su alrededor.

Nadie respetaba el perímetro de austeridad que él sentía que envolvía el museo, como una cuerda de terciopelo. La misma austeridad vibrante que le envolvía el pecho. «Si nos encontramos en el Infierno, es que no es el Infierno.» ¿Quién había dicho eso? Le costó un poco, pero por fin Cyrus se dio cuenta de que la vibración era real, externa, y que provenía del bolsillo de su abrigo. Sacó el teléfono y vio que tenía dos llamadas perdidas de un número que no reconoció. Le habían dejado un mensaje en el buzón de voz. Cyrus se llevó el teléfono a la oreja y una voz de mujer con un acento muy marcado dijo:

«Hola, esto..., quería, ehhh..., este mensaje es para Cyrus Shams. Soy Sang Linh y represento a la artista Orkideh. He encontrado tu número en..., esto..., en Internet. Orkideh me pidió que, ehhh..., quiero hablar de una serie de cosas contigo. Si puedes devolverme la llamada a este número, te... En fin, llámame en cuanto puedas, por favor. Este es mi número de móvil, por favor llámame lo antes posible.»

Veintisiete

Cuando le preguntaron por las dificultades de la escultura, Miguel Ángel respondió: «Es fácil, solo tienes que picar toda la piedra que no forma parte del David».

Eliminar cosas de tu vida es fácil. Rompes con una pareja de mierda, dejas de comer pan, borras la aplicación de Twitter. Descartas algo, y la silueta de lo que en realidad te está matando se vuelve un poco más clara. Todo el mundo abrahámico gira en torno a esta promesa: no mientas, no engañes, no folles ni robes ni mates, y serás una buena persona. Ocho de los diez mandamientos tienen que ver con lo que no debes hacer. Pero puedes pasarte la vida entera sin hacer ninguna de esas cosas y, aun así, evitar hacer el bien. Y ese es el meollo de la cuestión, la podredumbre que se encuentra en la raíz de todo: la creencia de que la bondad se construye sobre la ausencia, sobre el no hacer. Esa creencia lo corrompe todo y hace que quienes ostentan algún tipo de poder se queden siempre de brazos cruzados. Un hombre rico pasa un día entero sin matar a ningún vagabundo y se va a dormir satisfecho de su bondad. En otro mundo, en cambio, compra cajas de calcetines, barritas energéticas y tiendas de campaña, y las distribuye en el centro de la ciudad. Pero para él la abstinencia manda.

Yo quiero ser el cincel, no el David. ¿Qué puedo hacer con mi presencia aquí? ¿Y qué puedo hacer con mi ausencia?

La gente normal piensa en la rehabilitación como una especie de abstinencia: nos imaginan sentados con los nudillos en blanco, sudando la gota gorda mientras contamos las horas, intentando distraernos por todos los medios para no recaer. Esto es porque, para la gente normal, beber es una actividad, como lavarse los dientes o ver la televisión. Por eso imaginan que pueden eliminar la bebida, como si fuera cualquier otra actividad, sin que con ello se derrumbe toda su persona.

Pero para un borracho la bebida es lo único que existe. No había nada en mi vida que no se basara en emborracharme: cuando no estaba pillando un pedo, estaba tratando de conseguir dinero para pillar un pedo, trabajando o cambiando una droga por otra, o moviéndola por dinero.

Mantenerse sobrio significa encontrar la forma de pasar las veinticuatro horas del día. Significa construir una personalidad completamente nueva, aprender a mover la cara, los dedos. Significa aprender a comer, a hablar con la gente y a andar y a follar y, peor que todo eso, a quedarse quieto. Es como mudarse a una casa que los últimos inquilinos destrozaron: te pasas todo el tiempo arrancando la moqueta manchada de pis y rellenando los agujeros de las paredes, y mientras tanto tienes que encontrar la forma de acordarte de comer y de pagar el alquiler y de no pegarle un puñetazo en la cara a todo el que te dirige la palabra. No es una cuestión de abstinencia, ni tampoco de obstinación. Es cuestión de agarrar el cincel, de rendirse al cincel. Y, por supuesto, no esperas salir como un David. Salir de pie ya es un milagro.

—extraído de LIBRODELOSMÁRTIRES.docx de Cyrus Shams

Sentado en un banco de Prospect Park, al otro lado de Flatbush, Cyrus sacó el móvil y volvió a escuchar el mensaje de voz de la galerista de Orkideh, Sang. Esta había estado casada con la artista, habían pasado dos décadas juntas... ¿Qué hacía llamando a Cyrus el día de la muerte de su exesposa? ¿Cómo podía? Cyrus, que conocía a Orkideh no desde hacía décadas, sino apenas unos días, estaba desolado y no hacía más que temblar. ¿Cómo era capaz Sang de llamar por teléfono, de construir frases?

Séneca dijo que la pena no debía durar más de siete años; que, más allá de eso, era indulgencia. Nazim Hikmet dijo que el dolor del siglo XX duraba como mucho un año. O sea que iba menguando. A lo mejor el duelo del siglo XXI se había reducido a una fracción de esa fracción, y se veía suplantado por la necesidad al cabo de apenas unas horas. Una necrológica en la que hacías *scroll* en el móvil, encajada entre anuncios de papel higiénico y móviles. Alrededor de Cyrus, todo el mundo caminaba con una facilidad exasperante. En la corteza de los árboles brotaban costras negras y húmedas, y aun así las nubes seguían posándose sobre ellos, obedientes. Pulsó el rectángulo blanco con el número de Sang en la pantalla y esta descolgó al cuarto tono.

—¿Hola?

Su voz sonaba más débil que en el buzón de voz, más leve.

—Sí, hola. ¿Sang Linh?

—Yo misma.

—Esto... Soy Cyrus Shams. Tenía una llamada perdida...

—Ahhh, Cyrus. Sí, estaba esperando saber de ti.

Cyrus no respondió.

—Orkideh ha muerto, Cyrus. Fue ella misma. Lo decidió ella misma, a su manera.

A su lado pasó zumbando un hombre en patines tirado por un perro. Cyrus tenía frío en la garganta. Su padre siempre lo obligaba a llevar bufanda, por alguna creencia anticuada de que las enfermedades entraban por el cuello.

—¿Me oyes? —preguntó Sang—. Orkideh era, esto..., la artista que...

—No, sí, sí. Ya lo sé, perdón. Quiero decir que lo siento. Pero ya lo sabía, acabo de estar en el museo.

—Ay, Cyrus. Lo siento. —Una pausa en la línea. La voz de Sang era como un susurro, toda aire, la voz de alguien que no suele dejarse vencer por los sentimientos—. Mencionó que habías estado yendo a verla —añadió—. Y que estabas trabajando en un libro.

—¿Por qué? —preguntó Cyrus, con más brusquedad de la que pretendía.

—¿Cómo?

—¿Por qué le habló de mí?

Una pausa.

—Vuestras conversaciones significaron mucho para ella —dijo Sang por fin—. Yo soy, bueno, era... Soy su galerista, pero estuvimos casadas durante años.

—Sí, lo sé. Lo siento.

Cyrus sujetaba el teléfono con una mano al tiempo que se frotaba el cuello con la otra, intentando entrar en calor.

—Ah, ¿te habló de mí?

—Bueno, no —respondió Cyrus, en voz baja—. Pero he leído sobre las dos en Internet.

Sang se rio.

—Ja, ja, vale, eso tiene más sentido —dijo, aún riéndose—. No le gustaba mucho hablar de su vida personal. Ni mirar al pasado.

—La acompaño en el sentimiento —dijo Cyrus, porque era lo que se decía.

—Yo también lo siento —respondió Sang. Ambos se quedaron callados un momento—. Ella vivió para algo —añadió—. Y supo cuándo había terminado de vivir. Que ahí es nada.

—Bueno... —empezó a decir Cyrus. Se notaba las orejas calientes. Hacía frío, pero la tierra ardía bajo sus pies—. ¿Por qué me ha llamado? Quiero decir —repuso—, ¿por qué a mí, específicamente?

—Ay, no quiero sonar tan misteriosa. Pero es difícil, ¿sabes? Estoy muy enfadada con ella.

Cyrus notó algo frío que le oprimía la garganta, algo que lo hizo sentirse lento y horrorizado, como una luna que hacía zozobrar un barco tras otro. Algo innombrable, algo inconcebible. Cyrus deseó que se lo llevara un vendaval antes de tener que preguntar, antes de que la urgencia vergonzante de la pregunta que había empezado a tomar forma en su mente encontrara las palabras. Deseó verse extinguido, una vela caída en la nieve. Cyrus cerró los ojos un momento, y otro más. Al abrirlos se descubrió aún dentro de sí mismo y lo soltó:

—¿Orkideh era mi madre?

Salió de sus labios como una bala atravesando la porcelana, haciendo añicos el tabique que separaba a Cyrus de una realidad tremenda, inaceptable.

Un instante de silencio. Otro más. La gente, abrigadísima, pasaba junto a él, los árboles helados latían. Y entonces...

—¿Desde cuándo lo sabes? —preguntó por fin Sang.

—No lo sabía —dijo Cyrus.

Más silencio.

—Ella quería decírtelo, Cyrus. Quería que lo supieras. Creo... Creo que pensaba que le quedaba más tiempo... Bueno, no, no es eso. Sabía que iba a pasar y... Lo siento. No sé, lo siento.

Cyrus no dijo nada. En la hierba, una mujer blanca frotaba los hombros de un anciano blanco. Ambos llevaban guantes de piel. Costras negras en las cortezas de los árboles.

—No lo sabía —repitió Cyrus.

—Roya me contó que lo supo antes incluso de que le dijeras cómo te llamabas —afirmó Sang—. Te reconoció al momento, mientras hacías cola en el museo, después de tantos años. Ni siquiera sabía que vivías en Estados Unidos.

—Roya —dijo Cyrus—. Roya era mi madre.

—¿Dónde estás? ¿Sigues en la ciudad?

Cyrus apartó el móvil del oído, abrió el navegador y buscó imágenes de Orkideh. Los resultados incluían sobre todo sus obras de arte, pero también había fotos de la propia artista. Abrió una con el pulgar: una foto antigua, Orkideh tendría unos cuarenta años. Llevaba maquillaje oscuro en los ojos y la fotografía estaba tomada desde arriba, de modo que levantaba la mirada hacia el objetivo, con los labios ligeramente fruncidos, a medio camino entre el interés y la violencia. Estudió sus ojos. Eran de un negro intenso, pero brillaban como si estuvieran llenos de peces diminutos cuyas escamas reflejaban la luz. Una provocación. Cyrus buscó en aquel rostro a la Roya de la foto de boda de su padre. Y luego se buscó a sí mismo.

—¿Cyrus? —preguntó Sang, su voz apenas audible con el teléfono lejos del oído. Este volvió a acercárselo.

—Sí, perdón. Aún sigo aquí. Estoy justo enfrente del museo. En Prospect Park.

Al cabo de un momento, Sang ya estaba conduciendo hacia él.

Veintiocho

Creo que las acciones de Irán fueron la causa inmediata del accidente, y diría que Irán debe cargar con la mayor parte de la responsabilidad de la tragedia.

William Crow Jr., jefe del Estado Mayor Conjunto
5 de agosto de 1988

Estados Unidos es responsable de las consecuencias de su bárbara masacre de pasajeros inocentes.

Alí Akbar Velayati, ministro de Asuntos Exteriores de Irán
4 de julio de 1988

bárbaro, ra *(adjetivo)* — Del griego βάρβαρος *(bárbaros*; pl. βάρβαροι, *barbaroî*), el término hace referencia a los extranjeros de «tierras más allá de la influencia de la moral», en particular de los de naciones rivales, como los persas, bereberes y turcos, de cuyas lenguas los soldados griegos se burlaban diciendo «barbarbar».

Orkidesh

¿Qué distingue la gracia de todo lo demás? La gracia nunca es fruto del trabajo. Si has vivido de tal forma que sientes que te mereces una compensación cósmica, es probable que lo que te has ganado sea justicia o decoro. Pero no la gracia. El decoro es lo que es correcto. La justicia es lo que es justo. Ambos tienen una cualidad transaccional ineludible: haz un bien x y recibirás una recompensa y. La gracia, en cambio, no funciona así. El punto de partida es la recompensa; la bondad ni siquiera forma parte de la ecuación.

Muchos se han portado peor que yo y han recibido un castigo menor. Pero la mayoría se han portado mejor y su castigo ha sido mayor.

Me llamo Roya Shams. Morí en un accidente aéreo el 23 de julio de 1988, cuando el USS Vincennes derribó mi avión mientras sobrevolaba el estrecho de Ormuz. El buque de guerra de la marina estadounidense confundió mi avión con un caza y le disparó dos misiles RIM-66 Standard MR. Uno de ellos impactó en el ala izquierda y destrozó la aeronave. El avión y todos los que íbamos a bordo quedamos fulminados casi al instante. Doscientas noventa personas: estábamos allí, y de pronto ya no estábamos.

Solo que yo sigo aquí. Adondequiera que vaya, allí estoy. Salvo en ese vuelo, claro. El vuelo en el que nunca subí. Leila y yo intercambiamos papeles para que ella pudiera escapar de Irán, para que pudiera huir de Gilgamesh y de sus ojos grises y anegados de lágrimas. Nos había descubierto. Yo iba a reunirme con ella más tarde, fuera del país. En Dubái. Leila tenía mi pasaporte y yo tenía el suyo. Las fotos de los pasaportes eran tan contrastadas que todo el mundo tenía básicamente el mismo aspecto: una pátina blanca de *flash*, dos ojos y una boca. Un chador negro. Su cara preciosa. Era un plan perfecto.

Solo que a Leila la arrancaron de la vida como a un tomate de la rama. Es imposible reunirse con alguien una vez lo han arrancado de la vida. Solo puedes vivir con su ausencia, susurrando «jaya shomah jallee» a una silla en la que podría haberse sentado, a una segunda almohada sin usar en la cama. La silla está vacía. Solo que... Solo que nada. La silla está vacía.

Dondequiera que vaya, llevo conmigo la gracia de haber vivido después de morir. ¿Qué hice para merecer eso? Nada, por eso es gracia. Era mi nombre el que aparecía en la lista de pasajeros. Y mi cuerpo el que nunca apareció abotargado en ninguna playa, donde no lo encontró ningún pobre pescador. La gracia de vivir, sin más: ninguno de nosotros ha hecho nada para merecerla, para merecer haber nacido. Nos pasamos la vida tratando de averiguar cómo podemos saldar la deuda de existir, y con quién debemos saldarla.

Pero eso es no entender la gracia, que nunca exige satisfacción alguna. Tampoco cuando se te ha concedido dos veces el don de la vida, emergiendo de tu propia muerte para huir de tu marido. Dejándolo para que te llore, para que críe a tu hijo solo.

En una entrevista con una famosa columnista romántica, esta decía que la pregunta que le hacían más a menudo era una versión de: «Amo a mi pareja, pero nuestra relación no va a ninguna parte. A estas alturas, nuestras vidas están tan entrelazadas que fantaseo con su muerte. Eso lo solucionaría todo sin que yo tuviera que convertirme en la mala de la película. Podría llorarle y luego seguir con mi vida. ¿Esto es normal? ¿Soy un monstruo?».

Gracia: que yo dispusiera de suficiente dinero para llegar a Turquía. Que me hubiera vestido con capas para el frío. Ese largo viaje en tren en el que pasaba de llorar tan fuerte que costaba saber si estaba llorando o riendo a experimentar una insensibilidad absoluta, un entumecimiento que me aterrorizaba con su inmovilidad, como un pájaro muerto al que le han arrancado las tripas.

Gracia: que el hombre —el chico, en realidad— de la frontera aceptara mi soborno y no comprobara los papeles de Leila, que eran lo único que llevaba conmigo. De haberlos comprobado, se habría activado cualquier alerta que Gilgamesh hubiera puesto sobre Leila. Me habrían devuelto a mi vida y me habrían castigado. O algo peor.

Gracia: que el chico-hombre de la frontera aceptara mi soborno y fuera demasiado joven para exigir más. Que no supiera (o fingiera no saber) que yo habría hecho cualquier cosa que me pidiera. Para hablar con él me había abierto el cuello de la blusa.

Gracia: que el chico tuviera ojos para ver.

Gracia: que el pasaporte de Leila me sirviera en Ankara para comprar un billete de avión solo de ida a Nueva York. Gracia que el tipo de la agencia echara apenas un vistazo a la fotografía de Leila muerta y pensara que era yo, también muerta, aunque de pie ante él. Gracia la calidad pésima de la foto. Gracia que todas tengamos acaso el mismo aspecto.

Dios nunca me perdonará, ¿por qué debería hacerlo yo?

Gracia: aterrizar en una ciudad siempre despierta, iluminada. Poder deambular veintidós horas al día, descubrir cada barrio, pensar, llorar, mirar, llorar, deambular, escuchar, deambular, aprender, escuchar, llorar, deambular y, al final, dormirte en un banco, en algún parque, sin que nadie te moleste.

La gracia de no tener nada que valga la pena robar.

A mi alrededor, mucha gente tenía aún menos. Hombres con bolsas de plástico en los pies, murmurando en voz baja frases sin sentido, bebiendo alcohol de botellas de plástico transparente. Mujeres encorvadas en alguna acera, apenas capaces de mantener los ojos abiertos para pedir limosna. Al menos yo aún tenía la mente ágil. Y tenía palabras —las suficientes para decir «por favor», «lo siento» y «gracias»—, todo lo que necesitas en cualquier idioma, a menos que seas filósofo.

Robé mucho. Iba vestida como una mujer de negocios e intentaba llevar siempre la ropa limpia: una blusa bonita, pantalones elegantes. No me vigilaban como debían. Robaba patatas fritas, agua. Robaba pastillas para dormir, calcetines. Bolígrafos, manzanas, compresas. En una librería robé un diccionario persa-inglés. En otra, una revista *Time* en la que un buque de guerra disparaba un misil. Tuve que buscar las grandes palabras en blanco de la portada: «Tragedia en el Golfo». ەفجاع «Catástrofe». Como si fuera un desastre natural. Ni «masacre» ni siquiera «asesinato». Incluso los estadounidenses daban por hecha la imprecisión de su justicia.

Leía el diccionario tan a menudo como podía. Comía y a veces incluso dormía con él. Era bastante mullido, un libro de tapas blandas de cinco centímetros de grosor, un lugar donde depositar mi cuerpo.

Cuando me encontraba fuera del diccionario, estaba hambrienta y muy triste. Cansada, asustada. Echaba de menos a Leila. La echaba tanto de menos que decir «la echaba de menos» no basta. Lo sentía en mi cuerpo, en las puntas de los dedos, en la piel de los tobillos, en los párpados. Palpitaba entera por ella. También echaba de menos a Cyrus, pero eso era diferente. A Leila la echaba de menos en mi cuerpo. A Cyrus, en cambio, lo echaba de menos en el tiempo. Tenía un montón de tiempo para vagar por la ciudad, pero ninguna boca que alimentar, ningún cuerpecito al que mecer hasta que se durmiera. El exceso de tiempo disponible me hacía pensar en Cyrus. Me sentía culpable por apenas pensar en Alí, de modo que deambulaba, robaba y estudiaba el diccionario.

La gracia era ese diccionario, un lugar donde cada cosa estaba unida a un significado.

En Estados Unidos, ese diccionario me enseñó todo lo que necesitaba. Cómo preguntar por el baño («bathroom») y cómo leer «uptown» en las señales del metro cuando quería ir a la parte alta de la ciudad. Cuando aprendí a decir «cigarrillo», iba por ahí repitiéndolo como una oración, como un conjuro. *Ciiigarrett*. Era mi palabra favorita. Si me acercaba a alguien y la decía, una de cada cinco veces me daban uno. Y el lenguaje podía convertirse en comida con la misma facilidad.

Pero el diccionario no me preparó para la cantidad de desechos que contenía el idioma. Uno podía decir «agua» y «Por favor, ¿puede darme un vaso de agua?», y ambas tenían el mismo efecto. O un efecto con una diferencia tan sutil que nunca iba a aprender la diferencia. Artículos, formalidades: ligadura. Tejido conjuntivo que llena el aire. Que llena el tiempo. Es la diferencia entre lenguaje y comunicación, sí. Pero es que lo que yo andaba buscando era la comunicación. Creo que todavía lo es.

Incluso las letras contienen su parte de desecho. Si escribo «escri6ir» o «escr1b1r», cualquier lector mínimamente hábil entenderá lo que he escrito. Incluso podría sustituir todas las íes por eles, «escrlblr», y la palabra seguiría siendo legible. Está claro que algunas de las partes compositivas del idioma son meros desechos, mientras que otras son esenciales. Y no hay diccionario que te diga cuáles son cuáles.

He leído que nuestro código genético también funciona así, que la mayoría de las secuencias son meros fósiles evolu tivos, replicados una y otra vez sin ningún sentido, billones de células copiando la misma nada durante milenios.

Si una parte tan considerable de mi lenguaje es desecho, tanto el lenguaje con el que hablo como el lenguaje de mi cuerpo, es lógico pensar que una parte nada trivial de mi vida debe de estar condenada también al cubo de la basura. No hay nada en mi vida que no esté ligado a mi lengua o a mi ADN.

Lo que más se le acerca, creo, es el sexo. No es que esté carente de lenguaje, por supuesto, y desde luego tampoco puede prescindir del cuerpo, pero en términos de una comunicación humana sincera y meliflua que implique la menor cantidad de basura, el sexo es insuperable. Nada tiene una densidad de comprensión mayor. Un amante perspicaz puede leer una *Odisea* en un suspiro, un *Shahnehmeh* en un jadeo.

No me gusta que me penetren. Cuando he estado con hombres, he tenido que explicárselo largo y tendido, y luego defender con uñas y dientes la postura frente a sus «¿y qué tal si...?» y sus «la mía aún no la has probado», como si cambiarle la etiqueta a un frasco de veneno fuera a hacerlo más apetitoso.

Con la mayoría de las parejas femeninas que he tenido a lo largo de la vida nunca me vi obligada a decirlo de forma explícita. Es posible que dominaran mejor la semiótica de la pasión, aunque no todos los intercambios fueron apasionados.

Pero Leila sí lo era. Leila era apasionada y lo percibía todo a partir de una simple mueca, de un suspiro. Cuando sus dedos bajaron por primera vez y se toparon con un endurecimiento inconsciente de mi estómago, leyó una autobiografía más sólida que la que jamás escribiré. Y acto seguido añadió su propio movimiento, sus propios capítulos. Cambió el texto de mi vida.

Otros, por supuesto, percibieron también esas inferencias pero las ignoraron, avanzando con viril determinación. Estos amantes no carecían de la capacidad de percibir mis deseos, solo les faltaba fe en mi convicción, aunque no tardarían en quedar también convencidos.

Una de mis primeras grandes instalaciones, en el Detroit Institute of the Arts, fue una pieza llamada *Densidad de comprensión*. Dos grandes losas de cobre, monolíticas, de casi cuatro metros de altura, una frente a la otra. El cobre era mate, pero aun así reflejaba un poco la luz de la sala. Parte de la luz rebotaba entre las losas, como si estas se miraran en espejos respectivos. Pero no eran espejos, una se inclinaba ligeramente hacia la otra, encorvada. Eran todo potencial, unas cuñas enormes, pesadísimas, dentro de las cuales podía haber un soldado, un caballo o una Venus, aguardando a que alguien los tallara. Y entre los dos monolitos, en el hueco que quedaba entre sus bases casi cuadradas, un pequeño televisor, apenas una cajita, con un vídeo en el que yo leía el *Shahnehmeh* en su totalidad, cincuenta y seis horas de vídeo grabadas en una sola toma. El vídeo solo mostraba mi cara. (La gente no tenía por qué ver mi vaso de agua ni mi cuarto de baño.) No llevaba maquillaje. Tenía los ojos llorosos y los ángulos de mi cara contrastaban con los bordes romos de los monolitos de cobre. Mientras leía el texto de Ferdousí, alternaba entre el inglés y el farsi:

«Sohrab se asombró de que el hábil guerrero contra el que había estado luchando fuera en realidad una mujer...»

Y, más tarde,

بر ایرانیان راز و گریان شدم
ز اساسیان نیز برایان شدم
درغی این سر و جات و این داد و تخت
درغی این بزرگی و این فر و بخت

El resplandor del televisor se reflejaba entre las losas, multiplicado, deformado, disminuido en cada nueva repetición.

Estoy orgullosa de *Densidad de Comprensión*, creo que conserva su validez.

Pero bueno, ahora en mi cabeza todo funciona así. Con «ahora» me refiero al lugar donde estoy, el lugar del presente, en el que muero mi muerte final y verdadera. Y lo estropea todo. El tiempo se trenza y se deshilacha.

Durante mi segundo año en Estados Unidos soñé por primera vez con que Leila me hablaba en inglés. Este país comporta muchas pequeñas muertes, pero esa fue la más despiadada.

En el sueño, un hombre había talado nuestro pistachero de cincuenta años, un árbol que era de Leila y mío. En el sueño teníamos un pistachero. De cincuenta años. Solo eso.

Estábamos decidiendo qué hacer con aquel hombre, cuál debía ser su justo castigo. Yo dije una tontería, algo así como que nos debía la cosecha de pistachos de un año, el coste del árbol. Y entonces Leila añadió, en inglés:

«Los pistachos no me importan, Roya *jaan*. No me importa el árbol. Nos debe cincuenta años de sol, los cincuenta años de agua que había dentro de ese árbol. Cincuenta años de sol y agua. Ese es el precio.»

Lo dijo en inglés. Me desperté gritando. Cincuenta años de sol, en inglés. Me pasé una semana llorando. Verte separado de lo que más quieres, eso es el infierno. Pero verte separado por partida doble, primero por un país y luego por su lengua, es un dolor más profundo que el propio dolor. Más profundo que el infierno. Es el abismo.

Había empezado a trabajar en un *diner* griego de mala muerte donde servían café aguado y donde todos los días sonaban las mismas canciones de Jerry Lewis y Bobby Darin en bucle, una y otra vez. Mi trabajo consistía en fregar las bandejas de plástico rojo, soltar las patatas fritas que habían quedado pegadas al kétchup solidificado, y picar cebollas y tomates durante horas. A veces, mientras picaba cebollas, chupaba mendrugos secos para contener las lágrimas. Si no había mucha gente, dibujaba. He dibujado toda mi vida (en la escuela, siempre que me aburría, mientras le daba el pecho a Cyrus), pero pronto descubrí que en el *diner*, donde todo era automático y autónomo, y donde yo vendía el trabajo de mi cuerpo pero no el de mi mente, mis esbozos eran mucho más interesantes, mucho más libres. Sin el lastre del cerebro superior, que se desconectaba en cuanto yo fichaba, toda mi persona era funcionalmente inconsciente; recogía las mesas y luego me tomaba unos minutos para dibujar en mi bloc de notas, junto al fregadero.

Tenía un pequeño apartamento en el Meatpacking District. En aquel entonces, el Lower Manhattan estaba lleno de edificios incendiados, calles enteras arrasadas, inservibles. Todo olía a sangre a causa de las plantas de procesamiento de carne. Sonaban silbidos constantes procedentes de los solares en obras: un pitido corto anunciaba una explosión, otro más largo marcaba el fin de la alerta. El alcalde había cerrado las casas de baños (yo no sabía qué eran hasta que me tocó vivir cerca de una), de modo que todo era espacio vacío y energía nerviosa. Las prostitutas iban y venían de dos en dos por la calle Washington.

En realidad, mi apartamento era poco más que un colchón, una ventana y un retrete, pero yo no necesitaba nada más. Empecé a cubrir las paredes con mis esbozos. Agua, rayos de luz en refracción al romper la superficie. Hombres, soldados, cuerpos trazados como caligrafía. Líneas y siluetas fracturadas, demasiado vitales para que quedaran contenidas en sí mismas.

Empecé a utilizar el dinero que ganaba en el *diner* para comprar óleos y lienzos, y a experimentar en mi estudio. Finas capas de colores vivos, formas abstractas. Y luego detalles. Jugando con el valor y con el tono. Azules oscuros, grises artríticos.

Era un lugar donde depositar mi cuerpo. Cuanto menos tiempo pasaba en mi cerebro superior, en el abismo, menos riesgo corría. En Nueva York, mis papeles decían que me llamaba Leila. Todos me llamaban por el nombre de mi amante muerta. El amor que había matado con mi muerte. Solo que yo seguía aquí, viviendo dentro de su nombre. Yo estaba aquí, Alí y Cyrus estaban allí, ¿y Leila? Leila no estaba en ninguna parte. Aquí, allá, en ninguna parte. Cuando pintaba, yo también podía estar en ninguna parte.

Pasó como le pasa a cualquiera, la fama. Pura potra disfrazada de una vida de duro trabajo. Pero también viceversa, todos los años que pasé picando cebollas y comprando pinturas. Mi apartamento era tan pequeño que tenía que apilar los lienzos. A veces, en verano, la pintura de uno se pegaba a la parte de atrás de otro. Algunos de esos primeros lienzos aún conservan las manchas de pintura en el reverso.

Las pocas horas a la semana que no pasaba pintando o trabajando en el *diner*, visitaba galerías. De forma obsesiva. Siempre iba a las pequeñas, en Chelsea y en el East Village. Quería ver lo que todo el mundo, absolutamente todo el mundo, estaba haciendo. En ese preciso instante. No en el Met o en la Frick, yo ya sabía qué habían hecho los maestros. No, lo que quería era entender el vocabulario visual del momento, aprender a utilizarlo todo: arte textil, esculturas de neón, fotografía... Todos esos medios me parecían formas de expresión cruciales de aquel nuevo lenguaje que debía permitirme comunicarme a través del abismo (¿con el abismo?). Una forma de seguir en la tierra.

Con el tiempo, algunos galeristas empezaron a reconocerme. La mayoría se mostraban fríos, tirando a desdeñosos ante aquella mujer que entraba en la galería por tercera vez en una semana, pero que nunca compraba nada. Otros se mostraban obsequiosos en exceso, con la esperanza de que yo fuera en realidad una experta adinerada que pretendía comprar la pieza central de la exposición. Sea como fuera, yo no les prestaba mucha atención.

Un domingo terminé el turno de desayunos en el *diner*.

Apestaba a grasa de patatas fritas y a cebolla quemada, y me había salido una ampolla considerable en un nudillo de tanto fregar la parrilla. Fui directamente del *diner* a la tienda de materiales de arte para comprar un lienzo y un litro de aguarrás para mis pinceles. De camino a casa pasé por la Linh Gallery de Chelsea, un espacio pequeño y luminoso dedicado a pintura contemporánea global. Había visto a la galerista unas cuantas veces. Era una mujer hinchada, con el pelo negro y corto y con un curioso lunar marrón geométrico, casi triangular, sobre el ojo izquierdo. Entré en su galería de camino a casa. Había una exposición de un joven pintor argelino, cuadritos sueltos de colores y texturas imbricadas, con figuras difuminadas de personas y animales rodeados de instrumentos agrícolas.

Después de saludarme con la cabeza cuando pasé junto a ella, la galerista se fijó en mi bolsa de la tienda de artículos de arte.

—¡Eres artista!

Su voz me sobresaltó. Miré a mi alrededor para ver con quién hablaba, pero me di cuenta de que éramos las dos únicas personas de la galería.

—No, no. Trabajo en un restaurante —dije yo, pellizcando el cuello de la camisa del *diner* como para demostrar que era cierto.

La mujer se echó a reír.

—Todos los hombres que entran aquí me dicen que son pintores y me hablan de no sé qué Guernica que pintaron en la clase de plástica del instituto. Y en cambio tú, que llevas manchas de pintura en el cuello y una botella de aguarrás, vas y dices «trabajo en un restaurante».

Me llevé la mano al cuello, sin pensar, y palpé con los dedos hasta que encontré una costra de pintura reseca debajo de la mandíbula, que se me había pasado por alto.

—Me gusta pintar —balbucí—. Pero es la verdad, trabajo en un *diner*.

—Yo trabajé en una fábrica de botones durante veinte años —dijo la mujer—. Y ni siquiera me dedicaba a hacer botones. Recogía la basura y limpiaba los retretes de los que hacían botones. Pero ya entonces sabía que era una artista, no una limpiadora de retretes. —Se colocó un mechón de pelo detrás de la oreja y apretó la mandíbula, desafiante—. ¡Además, eran unos botones malísimos! Se deformaban con el calor, se agrietaban con el frío.

Me reí.

Salió de detrás del mostrador y pasamos un rato hablando, ella dentro de su horario laboral y yo apestando a grasa. Me dijo que se llamaba Sang, Linh era su apellido. Me contó que había huido a Estados Unidos después de la guerra de Vietnam. Había trabajado en una fábrica de botones del Bronx y había criado a una familia, tres niños. Con el tiempo, utilizó sus ahorros para abrir aquella pequeña galería y exponer su propia obra. Me habló de la gran indiferencia del público hacia sus cuadros.

—Seguro que eran increíbles —dije yo. Lo decía en serio, pero sonó idiota, condescendiente y falso.

—No estaban mal —dijo Sang, con el tono de alguien que no busca cumplidos, alguien que hacía ya tiempo que lo había superado—. No eran nada especial. Pero descubrí que lo que de verdad se me daba bien era mirar el trabajo de los demás, ver lo que estos no veían en sus propias obras. Para bien y para mal.

Mientras hablaba, entrecerraba los ojos y luego volvía a relajarlos, de forma casi inconsciente, como si estuviera resolviendo pequeños problemas matemáticos de cabeza mientras el resto de su cara seguía hablando.

Sang me contó que empezó a invitar a otros artistas a exponer en su galería. Y resultó que los compradores estaban mucho más interesados en esas obras que en las de la propia Sang. Pronto se dio cuenta de que cada vez tenía menos problemas para pagar el alquiler mensual y, con el tiempo, los artistas y sus agentes empezaron a pelearse por su atención.

—¡Malditos asquerosos! —dijo entre risas—. Como serpientes en un campo de manzanilla.

Sonreí, aunque la frase no tenía sentido para mí. Sang lo hacía todo el tiempo, decía frases hechas extrañas, que yo no encontraba en ningún libro. «¡Lleva dos sombreros!», exclamaba refiriéndose a algún político. Hablando de un artista que no le gustaba, soltaba: «Tiene piedras en los ojos».

—¿Todavía pintas? —le pregunté.

—Esta es mi obra ahora —dijo ella, señalando el arte de las paredes, la galería en su conjunto—. Cojo todo el arte del mundo, lo combino y creo nuevas composiciones. No hace falta que te diga que el trabajo de comisario es un arte en sí mismo.

Asentí con la cabeza, aunque no estaba muy segura de creérmelo. No dije gran cosa sobre mí. Había llegado a Estados Unidos procedente de Irán después de la revolución. No tenía familia aquí. No había estudiado arte, ni ganas. No, no conocía a tal persona ni a tal otra. Compraba mis materiales en una cadena barata, a pocas manzanas de allí.

—De acuerdo, doña Misterios —dijo Sang—. Trae algo mañana, entonces. Una de tus pinturas.

Me quedé perpleja; nunca había enseñado mi trabajo a nadie. A veces hacía un dibujito en alguna nota para Leila, un ganso o una cometa, o garabateaba en los márgenes de algo que se suponía que debía estar escribiendo. Pero mi pintura, la pintura que se había convertido en la base sobre la que había construido mi nueva vida, era solo mía. Los demás nunca formaban parte de aquella ecuación que había creado yo misma. ¿Qué sentido tiene mostrar tu bote salvavidas a desconocidos?

—Lo que pasa es que... mañana trabajo todo el día —logré decir.

—Vale, pues el martes —respondió Sang, impertérrita—. Aquí estaré.

—En realidad esta semana trabajo cada día. Jornada completa, no salgo hasta tarde.

Sang puso los ojos en blanco.

—Bueno, tráelas cuando puedas. Yo no voy a ninguna parte.

Dijo esto esbozando una sonrisa, no exactamente tierna, sino orgullosa, como si me hubiera acorralado. Dos de sus dientes tenían coronas de plata y brillaban cuando sonreía.

—Eres muy amable, veré qué puedo hacer —dije y me dirigí hacia la puerta a toda prisa.

—¡Espera! —gritó Sang—. Ni siquiera me has dicho cómo te llamas.

Me quedé helada. Hacía años que no era Roya. Había sido Leila, pero incluso entonces, en ese momento de profundo desconocimiento y turbación, incluso en lo más profundo del abismo en el que me encontraba, me di cuenta de que mi arte no podía ser el de Leila, que no podía poner el nombre de Leila —muerta en ninguna parte— en algo que yo había hecho allí, con mis propias manos, cubiertas de ampollas y que olían a todas las cebollas que había cortado.

—Orkideh —dije, sorprendiéndome a mí misma.

Así era como Alí y yo habíamos llamado a Cyrus cuando aún creíamos que iba a ser una niña, después de que se equivocaran en la primera ecografía. «Decían que ibas a ser una niña —le dijo Alí a Cyrus el día que lo trajimos a casa—, pero no eras más que un niño tímido. ¡*Mashallah!* Un niño modesto.»

Sang enarcó las cejas un breve instante y entonces dijo:

—Estoy deseando ver tu cuadro, Orkideh.

Me pasé la semana dándole vueltas a qué debía llevarle. No tenía una temática homogénea, ni siquiera tenía un estilo coherente. Sabía que era un fraude, sabía que la galerista iba a calarme a la legua.

Al final elegí una de mis piezas más recientes, en la que llevaba varias semanas trabajando. Con el tiempo me he dado cuenta de que mi elección era inevitable: aún hoy, cada vez que termino algo tengo la certeza de que es lo mejor que he hecho nunca, que todo lo demás no fue más que el abono útil pero prescindible que preparó mi vida para la obra maestra que acabo de crear. Pintar me salvó, pero no puedo decir que me encantara pintar; pintaba porque lo necesitaba. Lo que de verdad me encantaba —lo que me sigue encantando— es haber pintado. Eso era lo que me daba el verdadero subidón: hacer algo que no habría existido en toda la humanidad si yo no hubiera estado allí en ese momento concreto para hacerlo. Por eso, sobre todo, me molestaba tener que trabajar, por todos los cuadros que nunca existirían simplemente porque tenía que estar haciendo otra cosa para ganar dinero en vez de pintar. Y mi cuerpo me molestaba por las mismas razones, por la voracidad con la que consumía el tiempo, por sus constantes recalibraciones y su necesidad de comer, de cagar, de fumar...

El cuadro que terminé llevándole a Sang era bastante grande, de metro y medio por dos metros. Una escena nocturna, un campo de batalla. Niños soldados de rasgos bizantinos y rostros bigotudos, con cuerpos infantiles y regordetes, esparcidos como fideos por el suelo ensangrentado. Armaduras, espadas, pistolas. Una gran nube de humo, grises profundos sobre negros, negros claros sobre negros más oscuros. Rojos. Y en el centro de la pieza, en medio de aquel campo de niños, un chiquillo asustado a caballo. Sostenía una linterna bajo la cara. Muslos de bebé, desnudos y regordetes. Y la cara de mi hermano, la cara de Arash. Todo él cubierto con una enorme túnica negra. El pequeño Arash fingiendo ser un ángel bajo esa túnica, en esa guerra. El dulce Arash, que en ese momento estaría en algún lugar de Elburz, tapiando las ventanas y blandiendo una espada militar contra sus fantasmas.

El resto de la historia de mi «descubrimiento» ya lo he contado en otras partes. Fue una carambola increíble. A Sang le encantó el cuadro y, después de visitar mi apartamento y de ver todas las obras que tenía amontonadas, me ofreció mi primera exposición individual. Entonces, una noche, una crítica de arte del *Times* perdió un tren y, mientras volvía a pie a su casa, decidió entrar en la Galería Linh, porque sí, para codearse anónimamente con la plebe. Solo que ella también se enamoró de mi obra y escribió un artículo breve pero muy halagador en el que mencionaba la obra de Arash, *Dudusch*, y la calificaba de «fascinante» y «radicalmente humana».

La exposición se vendió al completo. Dejé el trabajo en el *diner*. Sang me dijo que debería haber pedido más por las obras, pero aunque se vendieran por veinte veces más a mí me habría dado lo mismo: me había convertido oficialmente en una artista. Había sucedido lo imposible. Sang me alquiló un pequeño estudio y empecé a recibir las primeras invitaciones, los primeros encargos.

Sí, como han dicho muchos, como he dicho yo misma, fue pura chiripa. Recibir una oportunidad así de una galería, aunque sea pequeña, es algo que solo sucede una vez entre un millón. Y que un crítico del *Times* se fije en una don nadie sin contactos ni experiencia es directamente imposible.

Solo que cuando Sang me pidió que le enseñara un cuadro, yo tenía uno. Y cuando quiso ver los cuadros de mi apartamento, yo tenía decenas. Había trabajado toda mi vida para desarrollar las habilidades técnicas y emocionales necesarias para crear esos cuadros. Había pasado miles de horas cortando tomates y había fregado bandejas de plástico cubiertas de cebolla a medio comer. Había pintado desde la pena, llorando y pintando, pintando y llorando. Seguramente hubo semanas, meses enteros, en los que no sonreí ni una sola vez. Vivía en un estudio tan pequeño que podía oler los pedos del vecino. Me gasté hasta el último céntimo en lienzos, pinceles y pinturas. Me maté. Maté a mi amor. Me obligué a olvidar a mi marido, a mi hermano. A mi país. A mi hijo.

Para la gente que nunca ha sacrificado nada es muy fácil racionalizar su propia ordinariez tildándome de afortunada. Pero yo sacrifiqué mi vida entera. La vendí al abismo. Y el abismo me dio el arte.

Ningún museo quería saber nada de «Death-Speak». A los comisarios de exposiciones les parecía fascinante, pero los departamentos jurídicos decían que ni hablar. Cuando por fin llegamos a un acuerdo con el Brooklyn Museum, tuve que firmar una montaña de documentos. Mi muerte no sería de ningún modo atribuible al museo. Tuve que firmar un documento que decía que, si un cliente me contagiaba algo sin querer, el museo no tendría ninguna responsabilidad. Tuve que firmar otro documento que decía que, si un cliente me contagiaba algo a propósito, el museo no tendría ninguna responsabilidad. Tuve que firmar un DNR y luego un DNR para mi DNR. Mi oncóloga tuvo que calcular para cuándo preveía mi muerte (¡el día exacto!) y luego firmar un documento que decía que, si ocurría antes, el museo no sería responsable.

Por fin, el departamento legal estuvo satisfecho y montamos la galería. Paredes blancas, una iluminación tenue y sencilla. Dos sillitas negras, una mesita negra. Yo tenía una pequeña habitación privada en la parte trasera de la galería, con una cama, una nevera y un cuarto de baño, pero solo la usaba cuando lo necesitaba de verdad. Quería estar en la sala, con la gente. Todos nos moríamos, solía recordarles. La única diferencia era que yo me estaba muriendo más deprisa.

Veintinueve

Orkideh

Lo que quiero decir es que fui feliz. No siempre, ni siquiera casi siempre. Pero conocí la felicidad real y profunda. Tal vez todo el mundo dispone de una cierta cantidad de felicidad, que puede usar a lo largo de su vida, y lo que pasa es que yo gasté la que me habían asignado para toda la vida demasiado rápido, con Leila. Pero no creo que mi vida haya sido una tragedia. Las tragedias son implacables. Nadie puede pedir más de lo que yo he tenido.

Treinta

Lunes

Cyrus Shams y Sang Linh

BROOKLYN, DÍA 4

Cyrus pensó en lo que vería Sang: un joven desgreñado y mal vestido, con sudadera y vaqueros, sentado solo en un banco del parque. No miraba el móvil ni leía ningún libro. Estaba encorvado, mordiéndose las uñas. Tal vez las cuencas de sus ojos le recordarían los de Orkideh. Tal vez, por un momento, Sang se quedaría sin aliento.

—¿Cyrus? —preguntó una mujer.

Él levantó la vista; tenía los ojos enrojecidos y secos.

—¿Eres Sang? —preguntó, aunque se dio cuenta al momento de que lo era. Era mayor que en las fotos que había visto en Internet, pero el parecido era inequívoco: una mujer corpulenta y bajita, con los labios finos y pelo color Pepsi, que llevaba recogido en una coleta. Iba vestida con un abrigo negro fino abierto hasta las rodillas encima de una camisa gris oscuro. Los ojos grandes y las arrugas profundas que le bordeaban la boca daban a su rostro una expresión de preocupación permanente, a medio camino de una mueca de dolor. No había nada ostentoso en su aspecto, nada que sugiriera que era una figura prominente en la escena artística de la ciudad.

Sang asintió con la cabeza.

—¿Puedo sentarme? —preguntó.

—Por supuesto —respondió él, haciéndose a un lado.

Ninguno de los dos dijo nada durante unos segundos, y luego durante un minuto entero, ambos midiendo la textura de aquel silencio, la historia compartida. Pasó un paseador de perros tirado por un pastor ganadero australiano y dos *border collies*. Una niñera empujaba un cochecito doble. Sang se sacó un paquete de cigarrillos de colores llamativos, de la marca Nat Sherman, y le ofreció uno a Cyrus, que primero negó con la cabeza, pero luego recapacitó y cogió uno. Sang se lo encendió y siguieron sentados sin decir nada. A Cyrus, el humo de aquel cigarrillo le pareció un fantasma afable que regresaba tras una larga ausencia, llenándolo de calor y provocándole un hormigueo en la punta de los dedos. Incluso el suelo parecía estar más caliente bajo sus pies, aunque el día era muy frío. ¿Vibraba un poco? ¿Zumbaba?

—¿Oyes eso? —preguntó por fin Cyrus.

—¿La ciudad? —preguntó Sang.

Cyrus volvió a concentrarse en aquel zumbido, en la vibración, pero no la encontró.

—No, da igual —dijo. El frío le provocaba palpitaciones en el cuello—. Aquí el frío es diferente —añadió Cyrus—. Huele distinto que en el Medio Oeste. Y el cielo también es diferente. ¿Más húmedo? ¿Más pesado?

—¿Dónde vives? —preguntó Sang, exhalando un denso penacho al aire.

—En Indiana. Cerca de Chicago. Aunque no es Chicago.

Sang asintió y siguieron fumando sin decir nada durante otro minuto. Ambos agradecían el silencio, mientras sus corazones se recalibraban para aquel momento, para las descabelladas y vertiginosas revelaciones que estaban a punto de producirse.

—Cuando Orkideh empezó a perder peso —dijo Sang—, el peso del cáncer, nos obsesionamos con tratar de alimentarla. Mi mujer le preparaba unos cuencos de macedonia, con kiwi, pera, carambola y unas rodajas de melocotón tan finas que bastaba un hálito para magullarlas. Mi hijo mediano, Truong, es chef y tiene un pequeño restaurante en Jackson Heights. Le preparaba unos festines increíbles, caldos de carne, *dumplings*, rollitos de primavera al vapor... Le hacía unos pastelitos de arroz con coco que le encantaban. Todo el mundo quería alimentarla, darle de comer. Y aquí estás tú, flaco y encorvado por el frío, y de lo que tengo ganas es de llevarte con Truong y darte de comer a ti también, atiborrarte de patatas fritas y fideos.

Cyrus esbozó una débil sonrisa y Sang siguió hablando:

—Orkideh, Roya, solía decir que en una relación había tan solo dos tipos de personas: el que se encarga de la comida y el que come; una persona quiere cuidar y la otra, que la cuiden. A lo mejor ella lo expresaba de forma más rudimentaria: la mamá y el bebé, o algo horrible por el estilo. —Sang sonrió y sacudió la cabeza—. No soportaba estar en una situación en la que necesitara algo de los demás. Supongo que en el fondo era una rebuscada forma de autodesprecio.

—Suena agotador —dijo Cyrus.

—Era una mujer complicada —se limitó a añadir Sang, el tipo de comentario vacío con el que uno pretendía desahogarse, o algo, pero que se quedó ahí.

«No sabría decirte», pensó Cyrus con amargura, pero no lo dijo. Se dio cuenta de que gran parte de lo que sentía era rabia. Tragándosela como pudo, dijo con un hilo de voz:

—Te agradezco que hayas venido a verme. Pero es que no sé qué decir.

Sang asintió con la cabeza y miró su teléfono, que estaba vibrando.

—Mierda, tengo que contestar —dijo, levantándose del banco—. Dos minutos —susurró, levantando dos dedos, y se alejó unos pasos.

Cyrus la vio caminar de aquí para allá, enfrascada en lo que parecía una llamada de negocios. Levantó la vista hacia el cielo, que había empezado a coagularse con manchas de color púrpura. ¿Por qué Orkideh no le había dicho quién era? ¡Su propia madre! ¿Por qué no había intentado encontrarlo? ¿O a su marido? ¿Y qué pasaba con el vuelo? Nada de aquello tenía sentido. Cyrus sacó otro cigarrillo del paquete que Sang había dejado sobre el banco, pero al darse cuenta de que no tenía encendedor, y de que Sang no había dejado el suyo, soltó un suspiro de exasperación y lo volvió a meter en el paquete. Una oleada de autocompasión se lo tragó. Estaba solo en una ciudad extraña donde no pintaba nada y tenía frío. No tenía amigos, ni padrino, seguramente olía aún a orina y de pronto era también aún más huérfano de madre que esa mañana al despertar. «Si esto es una señal, es una señal tontísima», pensó, medio dirigiéndose a Dios. El pie le latía con aquel dolor sordo tan familiar. El viento rasgaba el aire del parque como si fuera un arpa abandonada.

Sang terminó su llamada, se acercó y volvió a sentarse junto a él. Desprendía un olor agradable, intenso, a estragón y tabaco.

—Lo siento, querido. Sigo siendo su representante —se excusó Sang.

—No pasa nada —repuso Cyrus—. Me sorprende que tengas tiempo para hablar conmigo —añadió, consciente de que sonaba un poco patético.

Sang puso los ojos en blanco.

—Orkideh me contó que estás en rehabilitación —dijo. Cyrus la miró y asintió con la cabeza—. Yo llevo sobria casi tres décadas —añadió Sang—. En Narcóticos Anónimos.

—Ostras —dijo Cyrus—. Eso es una eternidad.

Sang sonrió.

—Te lo cuento porque, cuando empecé a ir a mis reuniones en Tribeca, estaba hecha un asco. Reuniones a mediodía, bajo unas espesas nubes de humo. Después, mi madrina, o mejor dicho, Janet, que con el tiempo se convertiría en mi madrina, me llevaba al Possum Diner de al lado a tomar café y sándwich de huevo. Era una vieja motera, con chupa de cuero y todo ese rollo. Repetimos el mismo ritual a diario, durante meses y meses. Mientras mis hijos estaban en la escuela, yo me escabullía cada mediodía para pasar un rato con una panda de borrachos y luego ir a comer sándwiches de huevo pringosos con esa vieja blanca chiflada.

»Un día, llevaba ya unos tres o cuatro meses limpia y mis hijos estaban desfasados, el mayor no paraba de meterse en peleas en el colegio y a mí me faltaba poco para perder la cabeza. Teníamos la reunión y yo estaba superansiosa por ir al *diner* con Janet, porque tenía una lista larguísima de injusticias, un montón de cosas de las que quería hablar con ella. Pero en cuanto terminó la reunión, invitó a una harapienta recién llegada a comer con nosotras. Estaba claro que la tipa vivía en la calle y que seguramente había ido a la reunión solo para tomar café gratis y gorronear un par de cigarrillos. Y claro, llegamos a la cafetería y la señora no se callaba. Nos contó que su novio la había jodido bien jodida y que ahora la andaba buscando, o algo así. Recuerdo quedarme allí sentada, furiosa con aquella intrusa, odiándola por cómo masticaba, por cómo engullía el agua y el café. La tía acaparaba toda la conversación y yo no podía decir ni mu. Entonces se levantó para ir al baño, y nos quedamos Janet y yo solas en el reservado. Pero antes de que yo pudiera abrir la boca, Janet se inclinó sobre la mesa y, hablando despacio y vocalizando mucho, dijo: «Sang, escúchame: hoy la paciente no eres tú».

»Eso fue todo. Pienso en ello todos los días. «Hoy la paciente no eres tú, Sang.» Es una suerte poder estar del otro lado. Es un buen día cuando el paciente no eres tú.

Cyrus sonrió. Su forma de hablar transmitía una dulzura que no encajaba con las arrugas de su rostro y con su postura severa. No le costaba entender que gente importante confiara en ella.

—Es una buena historia —dijo Cyrus, muy serio—. ¿Seguís juntas, Janet y tú?

—No, se fue unos años después de que yo me rehabilitara. Recayó y al cabo de apenas un par de meses murió de una sobredosis.

—Jesús, lo siento.

—¡No pasa nada! —dijo Sang—. Estuvo sobria durante una década; vivió diez años más de lo que debería haber vivido. Ayudó a muchas mujeres a rehabilitarse, y quién sabe a cuántas personas hemos ayudado nosotras, y a cuántas más han ayudado las que hemos ayudado nosotras. ¿Me entiendes? Janet hizo el bien y Dios la ama.

Cyrus sonrió débilmente. Aún se sentía mareado.

—Yo siempre digo eso de mí: «He vivido más años de los que me tocaban». Mi hígado estaba precirrótico cuando lo dejé. Solo tenía veinte años, era un bebé. Y aquí sigo, cuando tanta gente que estaba como yo ya se ha ido. Quiero decir, ¿quién decide lo que «te tocaba»? ¿De quién depende?

A su alrededor, había empezado a nevar. O tal vez hacía ya un rato que había empezado. Los copos flotaban en el aire, borrones que ni caían ni se elevaban, suspendidos en el aire, como sonidos.

—No tienes por qué reaccionar con elegancia —dijo Sang tras una pausa.

Cyrus asintió con gesto lento.

—Es que... siempre pensé que mi madre iba en ese vuelo, ¿sabes? Y lo que eso significaba para mí, la relación que tenía con una idea muy concreta del martirio...

—El deseo de que no hubiera muerto en vano —sugirió Sang.

—Sí, eso. Exacto. Y entonces mi amigo me habló de Orkideh y de su instalación, y pensé que podría escribir un libro sobre ello. Sobre el martirio. El abismo que había entre mi madre, que no había hecho nada con su muerte, y esta artista en

Brooklyn, que sí lo hacía. Estas dos mujeres iraníes que eran figuras opuestas... Excepto que en realidad eran la misma persona. —Cyrus se volvió y clavó la mirada en Sang—. ¿Cómo es posible que fueran la misma persona? ¿Cómo es que mi madre no iba en ese vuelo?

Sang suspiró:

—Le dio su billete a su amante. Leila. Intercambiaron pasaportes. Iban a fugarse por separado y luego iban a reunirse para empezar una vida nueva. Juntas. En otro lugar.

Las palabras de Sang —ni siquiera sus palabras, sino apenas los sonidos de esas palabras— aplastaron la frágil compostura que Cyrus había logrado reunir. Sacudió la cabeza por acto reflejo, desconcertado, intentando comprender lo que estaba diciendo Sang. Leila. Su amante. Empezar de nuevo. ¿Sin él? ¿Sang había dicho «sin ti»? No lograba recordarlo, aunque Sang acababa de hablar. Pero el «sin ti» estaba implícito en todo lo que Sang le había contado, aunque no hubiera pronunciado las palabras específicas. A su madre no la habían fulminado en el cielo. Había sido otra mujer, una desconocida. (¿«Leila», había dicho?). La madre de Cyrus era otra de esas mujeres que salían a por cigarrillos y abandonan a su familia. Él no era más que un bebé. Qué fulminantemente prosaico. Roya Shams, la madre negligente. O, por lo menos, planeaba ser negligente antes de que derribaran a su amante (¡su amante! ¡Leila!) en medio del cielo. Cyrus se sentía aniquilado, furioso. Estaba cabreado por su padre muerto, aquel hombre entrañable y enfermo. Cabreado por sí mismo. Y luego consigo mismo, por sentir rabia en lugar de algo más elevado: aceptación, o incluso compasión. Ahí es donde se instaló, con el vector de su rabia y de su dolor apuntando de lleno hacia sí mismo. Cada célula de su cuerpo quería beber, desertar aquel momento, abandonar la conciencia por completo.

Tras lo que pareció una eternidad, Cyrus se oyó a sí mismo preguntar:

—¿Lo sabía mi padre?

Sang miró a Cyrus y dio una última calada a su cigarrillo.

—Dudo que supiera gran cosa. Tal vez lo de Leila. El marido de Leila se enteró, por lo que es probable que, antes o después, le contara algo a tu padre. Pero el marido de Leila fue la...

Hizo una pausa, mirando a Cyrus.

—¿La razón por la que tuvieron que marcharse? —dijo él, terminando la frase.

Sang asintió. Una mujer enjuta y nervuda pasó ante ellos, tirando de una complicada caravana de maletas con ruedas. La nieve le caía sobre el pelo sin deshacerse, como algodón al viento.

—Odio todo esto —dijo Cyrus.

Sang lo miró. Le había salido la cadenita de su discreto collar de oro de debajo de la camisa y asomaba sobre una de las solapas del cuello de la blusa, creando un efecto extraño que contrastaba con la pulcritud de su aspecto.

—Gays muriendo por amor —balbuceó Cyrus; su mente iba demasiado rápido para su lenguaje—. Vaya gilipollez —añadió, lo único que se le ocurrió.

—Sucedió. Y sigue sucediendo —repuso Sang—. Los estadounidenses actuáis como si esto se hubiera acabado. En plan George Bush en la cubierta de ese barco, frente a la pancarta que decía «Misión Cumplida». Pero no ha terminado, ni mucho menos, no es cosa del pasado. Tú y yo estamos sentados aquí ahora mismo por eso.

Al verse incluido en la categoría «los americanos», Cyrus hizo una mueca, aunque a Sang no le faltaba razón.

—No soporto estar tan cabreado —dijo, con turbación.

—¿Crees que no ceder a la ira tiene algo de noble? —preguntó Sang—. La ira es un tipo de miedo. Y el miedo te salvó. Cuando el mundo era todo rótulas y mesitas de café de ángulos afilados, el miedo te mantuvo a salvo.

Cyrus no dijo nada.

—Cuando aún vivíamos en Vietnam, mi marido era un borracho —siguió diciendo Sang—. Se bebía todo nuestro dinero y apostaba lo que le sobraba. Yo también bebía, pero no como él. No había dinero para nada. Yo siempre tenía miedo de pasar hambre, de perder la casa. El universo, aunque si quieres puedes llamarlo Dios, no me importa, me dio mi primer hijo. Y entonces, en lugar de tener miedo solo por mí, empecé a tener miedo por los dos. Mi hijo me dio una razón para no abandonarme. Dejé la bebida; empecé a hacer mis propios pinceles con pinzas de la ropa y trozos de esponja vieja, y pintura con harina y colorante alimentario. Pintaba paisajes horteras y, cuando se los vendía a los turistas, escondía el dinero. El miedo me hizo trabajar duro, mejorar. Es un combustible sucio, pero funciona. ¿Y la ira? La ira me ayudó a dejar a mi marido. A alejar a mis hijos de él en cuanto pude. A prosperar en este país que ni siquiera nos consideraba personas; a demostrar que estaban equivocados. A la ira se le puede poner una montura, Cyrus.

Cyrus la miró y de pronto sintió vergüenza, una vergüenza tremenda por haber hecho que aquella mujer —poco menos que una viuda afligida— tuviera que acudir a consolarlo, ni más ni menos que aquel día. Quiso disculparse, decirle, de alguna forma que resultara convincente, que estaba bien, que no tenía por qué hablarle así. Pero antes de que pudiera expresarlo, Sang añadió:

—Yo también estoy enfadada con ella, que conste. Por muchas cosas, pero sobre todo por hacer que sea yo quien tenga esta conversación contigo.

—Ya —dijo Cyrus—. Me lo imagino.

Aunque en realidad no se lo podía imaginar.

El viento levantó una ráfaga de copos de nieve, que se elevaron de la hierba muerta como chispas de una hoguera en la playa. Cyrus se sentía a años luz del mundo.

—«Si alguien salta nuestra valla, saltaremos sobre su tejado» —murmuró Cyrus.

—¿Qué?

—Lo dijo Saddam, al inicio de la guerra entre Irán e Iraq. Ira retributiva, la gilipollez esa de media cara por un ojo. No hay nada más feo.

—Ajá.

—Pienso mucho en eso, en la fealdad de la ira. Y sí, ya sé que es posible canalizarla, pero es fea sin remedio.

—Eres un ser humano, Cyrus —dijo Sang con delicadeza—. Tu madre también lo era, y yo. No somos personajes de dibujos animados. No tenemos ninguna presión para ser éticamente puros, ni nobles. Ni, Dios no lo quiera, ambiciosos. Somos personas: nos enfadamos, actuamos por cobardía. Somos feos. Nos obsesionamos con nosotros mismos.

Cyrus parpadeó. Sang tenía razón: la tormenta de confusión, ira y traición que sentía en aquel momento empezaba y terminaba en sí mismo. Los copos de nieve caían de las nubes que, casi imperceptiblemente, habían empezado a perder densidad, como si alguien las estuviera vaciando con una cucharilla.

—Lo siento mucho, Sang —dijo Cyrus.

—¿Por qué?

—Por todo esto. Por acaparar así tu día. No puedo ni imaginar la de cosas pendientes que debes de tener ahora mismo. Y, por Dios, ni siquiera te lo he preguntado: ¿cómo estás? ¿Cómo llevas todo esto?

—Estoy bien, Cyrus —dijo ella—. Enfadada, como ya te he dicho, pero no sorprendida. Es así, no ha sido una sorpresa. Y, la verdad —añadió, respirando hondo—, es muy emocionante conocerte; nunca imaginé que sucedería. Además —prosiguió—, por cada minuto que me mantienes alejada de mi bandeja de entrada y de los carroñeros del mundo del arte me estás haciendo un favor.

Cyrus sonrió.

—Es emocionante conocerte a ti también, Sang.

Se quedaron en silencio durante un rato, con la nieve espolvoreándolos como si fuera azúcar glas.

—Una vez leí una historia —dijo entonces Cyrus—, un antiguo cuento de hadas musulmán, tal vez un hadiz descartado, que trata de la primera vez que Satanás ve a Adán. Satanás lo rodea y lo inspecciona como si fuera un coche usado, o algo así: esa nueva creación, la criatura preferida de Dios, al parecer. Pero a Satanás le parece poca cosa, no lo entiende. Entonces se mete en la boca de Adán y desaparece por completo dentro de él, recorre su estómago y sus intestinos, hasta emerger por el ano. Y, al salir, Satanás empieza a reír y a revolcarse por el suelo. Acaba de atravesar por completo al primer hombre y se está desternillando, llorando de risa, y entonces le dice a Dios: «¿Esta es tu creación? ¡Pero si está vacío! ¡No tiene nada dentro!». No puede creer la suerte que ha tenido, lo fácil que va a ser su trabajo. Los humanos no son más que un enorme vacío esperando a que alguien lo llene.

Sang sonrió.

—La descripción encaja con muchos de los hombres que he conocido, eso seguro —dijo.

Cyrus también se rio.

—¿Verdad? —preguntó—. Creo que la moraleja es que hay que llenar el vacío con Dios. Y que todo lo demás es una distracción.

—Ah. Entonces, ¿tú has llenado tu vacío con Dios? —preguntó.

—No, no, qué va —se apresuró a responder Cyrus—. Bueno, casi nunca. Tal vez un par de veces en mi vida. Diría que he intentado llenarlo con el alcohol, con las drogas. Tal vez escribiendo. Ninguna de esas cosas ha acabado de funcionar, claro...

—¿Y nunca con amor? Parece que tendría que ser lo primero.

Cyrus pensó un momento. El suelo ardía bajo sus pies. Sintió una punzada y pensó en Zee.

—No tanto, no. No tanto como debería, seguramente.

—Bueno, eso de «debería»... Pero sí, por lo general es un combustible más limpio que las drogas. Y más limpio que el arte también, por lo general.

—Entonces, ¿eso es lo que has hecho tú? —preguntó Cyrus—. ¿Es así como has llenado tu hueco?

—¿Con amor? —Sang pensó un momento—. De un tiempo a esta parte sí, puede ser. Quiero decir, también podría responder que con tu madre: su persona, su historia, su arte. Aferrándome a todo eso. Aunque luego también con mis hijos. Y con sus familias: sus esposas, mis nietos... Espero que los conozcas algún día, Cyrus. ¡Pero no sé qué es lo que me llena! —exclamó, y se echó a reír—. No tengo una parte del cerebro reservado para el amor romántico, otra para el amor narcótico, otra para la familia y otra para el arte. Todo está mezclado. Tintoretto me hace pensar en mi hijo pequeño. O'Keeffe me hace pensar en mi hijo mayor. Ahora mismo Roya me hace pensar en lavanda. En *Solitude*, de Sarah Vaughan. Y también en una canción de mi infancia, *Hạ Trắng*. Que también me hace pensar en mi mujer, lo cual es retorcido de cojones —añadió, y volvió a reírse. Cyrus se rio con ella.

—Creo que eso lo entiendo —dijo—, entiendo que es un lío.

—Sí, yo también creo que lo entiendes —respondió Sang.

Permanecieron un rato sentados en silencio, mirando a su alrededor. A Cyrus le latía el pie. Estaba enfadado, confuso y revuelto... pero también un poco emocionado, lo cual lo confundía. Una pareja atractiva pasó junto a ellos comiendo bocadillos de *kimchi*, un anciano canoso estudiaba un tablero de ajedrez que tenía sobre las rodillas... Cyrus leyó una vez a un antropólogo que sostenía que el primer artefacto de la civilización humana no era ni un martillo ni una punta de flecha, sino un fémur humano (descubierto en Madagascar) que mostraba signos de haberse soldado tras una fractura grave. En el mundo animal, romperse la pierna equivalía a morirse de hambre, de modo que un fémur curado significaba que un ser humano había ayudado a otro durante una larga recuperación: lo había alimentado, le había limpiado la herida... Y así, según el autor, era como había empezado la civilización. No con un instrumento mortífero, sino con una fractura reparada y un poco de comida que un humano le había llevado a otro. Era una idea seductora.

Cyrus vio que el sol empezaba a abrirse paso por el cielo, con oleadas de luz.

Treinta y uno

No hay operaciones «perfectas» en combate, ni siquiera cuando el resultado es satisfactorio. Pero decir que se han cometido errores aporta muy poco por sí solo. Parte de la información que recibió el capitán Rogers durante el combate resultó ser imprecisa. Por desgracia, la investigación no ha podido conciliar todas las inexactitudes.

William J. Crowe Jr., jefe del Estado Mayor Conjunto
de Estados Unidos, 5 de agosto de 1988

Orkideh

La primera vez que morí ni siquiera estaba allí. Respecto al tema de los asuntos pendientes o la respuesta a qué hay más allá, no tengo ni idea. A lo mejor Leila sí. A lo mejor a ella la explosión del avión le brindó una especie de claridad, o incluso paz, pero yo me quedé con toda la pérdida y sin recompensa alguna. Embarrancada y dando tumbos por la vida, dando tumbos de pena en pena. Solo inercia, avanzando con paso tambaleante, sin una zanahoria al final del palo. Esta vez quería por lo menos estar presente, presente en mi muerte. Mi última instalación, «Death-Speak», es una forma de presenciar el acontecimiento de primera mano.

Hay unos versos de Farrojzad en los que la poeta dice:

No veré la primavera,
estos versos son lo único que quedará.
Mientras el cielo gira me sumo en el caos.
Me he ido, el corazón lleno de dolor...
Oh, musulmanes, qué triste estoy esta noche.

Pienso en ellos a menudo. Ni siquiera me siento particularmente musulmana, y sospecho que Farrojzad tampoco. Pero cuando leí estas palabras por primera vez, quise prendérmelas al pecho con un alfiler. Por su sencillez, por su claridad.

Es como si la poeta nos hablara desde más allá de la tumba para decir no, no, esto no es decoración, no es artificio; esto es desesperado, es urgente. Dejémonos de tonterías, nos está diciendo. No podemos permitirnos nada de eso, y menos aún aquí, en el abismo.

Para nuestra especie, la idea del arte como ornamento es bastante nueva. Nuestros cerebros simiescos se hicieron demasiado grandes, demasiado grandes para nuestras cabezas, demasiado grandes para que nuestras madres nos dieran a luz. Por eso empezamos a depositar todo nuestro conocimiento extra en el lenguaje y en el arte, en historias y libros y canciones. El arte era una forma de almacenar nuestros cerebros en los cerebros de los demás. La idea del arte como mero ornamento no surgió hasta hace relativamente poco en la historia de la humanidad, cuando los terratenientes ricos empezaron a desear objetos bonitos que les alegraran la vista en invierno. Un cuadro de una rosa para colgar encima de la repisa de la chimenea cuando las flores de la ventana se helaban. Incluso en el siglo XXI, a la gente le cuesta superar eso, la idea de que la belleza es el horizonte hacia el que debe dirigirse el arte sublime. A mí nunca me ha interesado.

«Mientras el cielo gira me sumo en el caos.»

Es esa pureza, esa simplicidad, lo que busco. Me estoy muriendo. Aquí estoy. Es desagradable. Estoy conectada a todos estos tubos, mi cuerpo rezuma humores de todo tipo. A veces hay cosas demasiado colosales para el lenguaje, para la pintura, para el arte. Y entonces solo queda expresarse con claridad: «Oh, musulmanes, qué triste estoy esta noche». Esa es la esencia de «Death-Speak»: estar presente. Hablar de forma clara.

A Sang le pareció fatal, por supuesto. Nuestro romance había terminado hacía años; ella se había acomodado y yo me había vuelto aún más inquieta. Y hacía ya un tiempo que yo había encontrado a otra persona, desde luego. Era un síntoma, no la enfermedad. Una historia vieja como el tiempo mismo. A Sang y a mí nos iba mejor como amigas, como colegas. A veces todavía cenaba con ella y su nueva esposa, con sus hijos ya mayores. Pero, aunque una parte de nuestra historia terminara, seguía siendo mi galerista. Y era una buena galerista, a lo largo de los años había aprendido a confiar en su opinión. Le propuse mi última instalación, aquella en la que yo moría, y esa fue también mi forma de decirle que me estaba muriendo. Sang se me quedó mirando durante un instante, apenas una fracción de segundo, y entonces soltó un resoplido de desdén.

—¿La artista está presente y además se está muriendo? —dijo, poniendo los ojos en blanco—. Venga ya.

Fue un rechazo cruel, al que se le sumaba la rabia de que le hubiera ocultado mi diagnóstico. Lo cual, es verdad, había estado mal por mi parte. Sang era la única familia que me quedaba y merecía saberlo. La verdad, no sé por qué no se lo conté antes.

—Lo voy a hacer, Sang —fue lo único que me atreví a decir en ese momento—. Me gustaría que formaras parte de ello, pero no te necesito. Puedo hacerlo en el Met o con una silla plegable en Union Station, me da igual.

Sang estudió mi expresión y yo estudié la suya. En su día estuvo enamorada de mí, enamorada de verdad, y a mí me encantó ser testigo de cómo me amaba. Y ya sé que suena horrible, pero en realidad no lo es. Es fácil cogerle manía a quienes te aman, a quienes muestran su afecto con un entusiasmo excesivo, demasiado performativo. Pero a mí me encantaba ver la facilidad con la que Sang me amaba, como si su amor tuviera un alma propia que bombeara ese amor desde su pecho, aportándole vida con la misma naturalidad que la sangre. Y aunque yo no sintiera eso por ella. Ambas lo sabíamos, durante todos esos años en los que yo aguardaba patológicamente a que ella se durmiera antes de irme a la cama, y en los que Sang alimentaba la esperanza de que algo cambiara, aun sabiendo que no sucedería. Y, en el fondo, a ambas nos parecía bien, éramos lo bastante felices. Felices correteando de un museo a otro, yendo a las graduaciones de sus hijos, a inauguraciones de arte, a cenas elegantes... Relativamente felices, hasta que dejamos de serlo.

Cuando le conté la idea de mi instalación final, discutimos un poco más, pero yo sabía que terminaría cediendo.

—Si sigues adelante con esto —dijo Sang por fin—, deberías llamarlo «Death-Speak».

—Me encanta —respondí yo, y lo decía en serio. Hubo una pausa.

—Sabes que no todo está interconectado, ¿verdad? —preguntó entonces Sang—. ¿Que no todo tiene por qué estar relacionado con todo lo demás?

—Ya lo sé —dije yo.

—Y que no tienes que hacer esto —añadió.

—Ya lo sé —dije.

—Es que... —titubeó—. No sé cómo...

—Ya lo sé —dije.

Treinta y dos

Me siento peligroso. No sé cómo decirlo más a las claras y, sin embargo, ¿cómo puede un iraní ser peligroso sin convertirse en «un iraní peligroso»? ¿Sin volverse peligroso para todos los demás iraníes del mundo, o contribuir al mito del iraní patológicamente iracundo? ¿El que sale del vientre materno con una bandera en llamas entre los dientes?

Todo volcán que ha entrado en erupción desde el Holoceno, en los albores de la historia, se considera activo. Yo nunca he entrado en erupción. ¿Eso significa que estoy inerte? ¿O que ya me va tocando?

—extraído de LIBRODELOSMÁRTIRES.docx de Cyrus Shams

Lunes

Cyrus Shams

BROOKLYN, DÍA 4

Después de que Sang se marchara —tras hacerle prometer a Cyrus que la llamaría, que la avisaría cuando llegara sano y salvo a Indiana—, Cyrus dio una vuelta por el parque. El frío era estimulante, un ancla. Sacó el teléfono para ver si tenía algún mensaje de Zee y vio que tenía una sola notificación, un mensaje de texto de Sad James. Cyrus lo abrió y leyó: «¿Has visto esto?».

Debajo había un enlace. La vista previa decía: «Obituarios del *New York Times*: Orkideh, en sus propias palabras». Cyrus lo abrió y apareció una página con una foto gigante de Orkideh, la misma que el museo había utilizado para el cartel: una mirada pícara en los ojos pintados de negro, las mejillas aún lozanas, radiantes incluso en blanco y negro. Cyrus se paró a pensar un momento: de pronto comprendió que se trataba de una imagen y un texto que seguramente leería y releería una y otra vez durante el tiempo que le quedara de vida (aún no estaba seguro de cuánto tiempo sería), e intentó tomárselo con calma. Estudió la imagen, buscando su propio rostro en el de Orkideh, en su ceño, en su barbilla, o en las arrugas de su sonrisa, pero esta se parecía sobre todo a sí misma, irrepetible, como un ángel que hubiera adoptado un rostro humano como concesión a las convenciones. Cyrus sabía que mitificar a alguien de aquella forma era peligroso. Pero ¿y qué? Hizo *scroll*.

«Orkideh (1963-2017)», decía el encabezamiento. Y luego: «EN SUS PROPIAS PALABRAS». A continuación había una nota del editor, en cursiva:

Desde el 5 de enero, la artista visual iraní-estadounidense Orkideh se instaló en el Brooklyn Museum para su última instalación, «Death-Speak». Después de que hace unos meses le diagnosticaran un cáncer de mama terminal con metástasis en todo el cuerpo, la artista decidió pasar sus últimas semanas en una performance al estilo de Abramović, que invitaba a los visitantes del museo a sentarse con ella durante unos minutos y hablar de manera franca y abierta sobre la muerte. Nora N. Barskova, crítica de arte jefe de esta publicación, calificó en su día a Orkideh —cuya obra pública abarca tres décadas y diversos medios— de «emocionalmente revolucionaria, dolorosa y conmovedora». A continuación reproducimos la necrológica de Orkideh, en sus propias palabras.

Cyrus respiró hondo y siguió leyendo el texto de Orkideh, su madre:

He aquí lo importante: primero fui iraní y luego fui iraní en América. Hice mucho arte. Algunas de mis obras eran bastante buenas, creo; muchas no lo eran. Pero estuve viva durante mucho tiempo, lo suficiente para hacer mucho arte. La creatividad no vivía en mi mente más allá de lo que caminar vivía en mis piernas. Habitaba cada cuadro que veía, cada libro que leía, cada conversación que mantenía. El mundo estaba tan lleno que yo no necesitaba almacenar nada en mi interior.

Llevé joyas de oro que se calentaban con el sol. Hice sonreír a mis amigos. No perdí el tiempo fijándome en lo que hacían mis enemigos.

Incluso cuando me vi sometida a los caprichos asesinos de países y hombres claramente malvados, reconocí la maldad por aquello que la diferenciaba de la bondad. Nunca fui, en general, «una persona a la que le pasaban cosas». Y cuando lo fui, disponía del santuario de la imaginación, del arte.

Cuando digo «países» me refiero a «mercados armados». Siempre. Comprender eso hizo que el mundo fuera un poco más fácil de procesar, si no de tolerar. Fui un fraude y, en ese sentido, no fui menos que nadie. Me vi injertada en esta existencia desde una parte del universo que sigue sin tener nombre, como el humo que se eleva de un gran incendio.

Exijo que se me perdone.

Exijo la misma indulgencia y las mismas racionalizaciones de las que han gozado los hombres mediocres durante siglos.

Si estás leyendo esto, morí en un museo, de una enfermedad repugnante e imposible de adornar. Pero rechazo que mi vida quede reducida a este artefacto tan grotesco. Antes solía salir a la calle con una ramita de lavanda en el bolsillo: me bastaba con olerla para trasladarme a casi cualquier otro momento de mi vida, lo más parecido, creo yo, a viajar en el tiempo que nadie haya conseguido. Me gustaría que me lo reconocieran.

Halagarme es facilísimo y los elogios me desarman que da pena.

Forugh Farrojzad: «Esto no va de susurros aterrorizados en la oscuridad. Va de luz y de una brisa fresca a través de la ventana abierta».

Cuando el mundo era plano, la gente saltaba desde el borde todo el tiempo. Morir así no tiene nada de extraordinario, pero espero haber hecho algo interesante con mi vida. Un alfabeto, como una vida, es un conjunto finito de formas. Con él uno puede producir casi cualquier cosa.

Orkideh, 2017

Al terminar el artículo, Cyrus se descubrió a sí mismo rezando, de repente y sin darse cuenta. Sentado en el banco, dijo una plegaria, aunque no exactamente empleando el lenguaje, ni tampoco en voz alta. Una vez había oído que la forma más básica de oración era algo así como «ayúdame ayúdame ayúdame, por favor por favor por favor, gracias gracias gracias». La plegaria de Cyrus en el parque no era mucho más avanzada que eso, pero no dejaba de ser una plegaria, reconocible —como una balanza arquimediana— por el peso de aquello que desplazaba.

Lo que se formó en la mente de Cyrus fue una súplica contundente e inarticulable para que se terminara de una vez, un indulto que le permitiera navegar por lo que para él se había convertido en un mundo innavegable, para no tener que pasar la década o décadas siguientes desentrañando el significado que tenía todo aquello, el que había tenido, el que iba a tener. La rabia que sentía hacia su madre. La desaparecida. La abandonadora. Pero también el orgullo que ahora sentía por ella. La gran artista. Era demasiado. Rezó por el fin de la tiranía de todos los símbolos, empezando por el lenguaje. Con una claridad que hasta ese momento se le había escapado, comprendió que no estaba hecho para el mundo en el que vivía, y que el arte y la escritura solo le habían permitido compensar marginalmente esa deficiencia fundamental, del mismo modo que si te subes a un tejado solo estarás marginalmente más cerca de agarrar la luna que si lo intentas desde el suelo.

«Que se termine de una vez», pensó, esta vez con palabras, con la epístola de su madre aún en la pantalla del móvil. Cerró los ojos y volvió a decirlo, ahora en voz alta:

—Que se termine de una vez.

Cuando abrió los ojos, seguía solo en el banco del parque. Allí plantado, el movimiento de la ciudad a su alrededor parecía un videoclip defectuoso, como si los mismos quince segundos se reprodujeran una y otra vez, en bucle: taxis amarillos y copos de nieve que reseguían el horizonte para luego volver a su posición original. En el aire flotaba un leve olor a almendras. En el bolsillo le vibró el teléfono. Lo sacó y miró la pantalla: «ZEE NOVAK». Descolgó de inmediato.

—¡Hola!

—Cyrus, acabo de llegar al museo y... —dijo Zee, pero entonces se dio cuenta de que a lo mejor Cyrus aún no lo sabía e hizo una pausa—. ¿Tú has ido ya?

—Sí, esta mañana —dijo Cyrus.

—Lo siento, tío.

En la voz de Zee, Cyrus percibió sin lugar a duda el dolor que había provocado su partida del hotel, pero también que, en ese momento, su dolor estaba eclipsado por un intenso desasosiego por Cyrus, por la posibilidad de que la muerte del artista lo empujara a cometer una imprudencia. El amor y la angustia de su amigo se le revelaron en su fulminante nitidez. ¡Qué negligente había sido Cyrus con la lealtad de Zee y con su devoción! Cruel, incluso. Cyrus ya sabía que, al dejar el alcohol, tarde o temprano no le quedaría más remedio que verse a sí mismo tal como era. Y le dolió. Le repugnó lo que veía.

—Yo también lo siento mucho, Zee. No solo por lo de anoche, por todo. De verdad.

Pasó un momento, una hora, un segundo.

—¿Dónde estás? —preguntó Zee. Se oyó un susurró al otro lado de la línea mientras Zee se pasaba el teléfono de un oído a otro.

—En realidad sigo justo enfrente del museo, en Prospect Park.

—¡Ah! ¿Te parece bien si voy a verte?

—Sí, claro que sí. Ven, por favor —dijo Cyrus, emocionado ante aquella oportunidad de disculparse con Zee en persona, de abrazarlo, de ponerlo al día de todo lo que había ocurrido—. Te mando la ubicación. De verdad que lo siento, Zee.

Cyrus esperó, y mientras esperaba fue tomando conciencia de que el suelo estaba cada vez más caliente bajo sus pies. Notaba un zumbido, una vibración, como si la tierra fuera un papel muy fino que envolvía un avispero. Para cuando vio a Zee acercarse, a lo lejos, el suelo parecía ya un gran horno donde se cocía algo enorme y delicado, que convertía la arena en cristal. Al ver a Zee, a Cyrus se le paró el corazón y sintió algo que identificó casi de golpe como claridad; una claridad completamente nueva, dulce e inequívoca. El viento olía a nueces y a humo de leña. De pronto el aire parecía más denso. Se oía a alguien cantando a lo lejos.

—¡Zee! —le gritó Cyrus, haciéndole señas.

Este sonrió e hizo ademán de trotar hacia Cyrus, aunque en realidad iba muy despacio para no resbalar sobre el hielo con sus ridículas Crocs. Cyrus resplandecía. La mochila de tela de Zee rebotaba sobre su espalda al unísono con sus rizos. ¡Cyrus le quería tanto!

—Te quiero tanto —dijo Cyrus, y se fundió en un abrazo con Zee. Apartó con los pulgares los rizos que caían sobre la frente de Zee y lo besó allí—. Lo siento muchísimo —añadió. Lo sentía de verdad. La bondad de Zee lo llenaba como una droga.

—¡Ey! —dijo Zee, sonriendo, apartando la cabeza de la de Cyrus—. Yo también te quiero, tontorrón.

Se besaron en los labios, un beso rápido pero firme que pareció al mismo tiempo diminuto e irrompible, como un guijarro. Cyrus no había tratado bien a Zee. El exabrupto de la noche anterior había colmado el vaso, sí, pero en realidad se trataba de toda su relación. Se había comportado como si tuviera derecho a la adoración de su amigo. ¿Cómo había sido tan inconsciente? El amor era una habitación que solo aparecía cuando entrabas en ella. De pronto Cyrus lo entendió y entró.

A su alrededor, algo parecido a espuma marina flotaba a través del parque. Las ramas de los árboles habían descendido para encontrarse con la hierba nueva que asomaba entre la nieve.

Cyrus y Zee se sentaron. Zee admitió que había pasado la noche vagando por Brooklyn, alternando su enfado consigo mismo con su enfado con Cyrus, y que al final había dormido un par de horas sentado en el banco de una estación de tren. Zee confesó que había decidido ir a hablar con Orkideh y preguntarle... «bueno, no sé exactamente qué», había añadido. En el fondo solo quería verla con sus propios ojos; creía que eso cambiaría las cosas, que las palabras acudirían a él. Pero cuando llegó al museo, ella ya no estaba.

Cyrus se estremecía con cada nuevo detalle. No paraba de decirle que lo sentía. Y era verdad. «Ya lo sé», repetía Zee, una y otra vez, pero Cyrus esperó hasta que estuvo seguro de creerle para hablarle de su día: de cómo por la mañana había ido a ver a Orkideh, de cómo se había desmayado en las escaleras, de Prateek y su tía, del mensaje de voz de Sang y de cómo luego se había reunido con ella, de lo que esta le había contado sobre su madre, de su madre y del accidente de avión y de Leila y de la carta póstuma de Orkideh en el periódico, todo ello, la historia completa, emanando de su interior como si fuera vapor.

—¡No me jodas! —exclamaba Zee—. ¡No me jodas!

Cuando terminó de poner a Zee al día, Cyrus se sintió mucho más ligero. De pronto comprendió que todo lo que había de misericordioso en el universo habitaba en Zee: la forma en que este lo abrazaba, lo comprendía, lo conocía... Su gracia. Cómo, cuando veía un pájaro, un árbol o un insecto, Zee veía realmente ese pájaro, ese árbol o ese insecto, y no una idea de ellos. Y cómo veía a Cyrus de verdad, cómo le oía de verdad, por debajo de todos sus debajos. A Cyrus le encantaba que Zee fuera por el mundo libre de la aprensiva ansiedad que gobernaba y corroía su propia alma. Se sintió mareado por aquel amor, por su peso abrupto y arrollador.

A su alrededor, la silueta de la ciudad ausente parpadeaba desde sus torres resecas, algunas de las cuales habían empezado a desmoronarse. En algún momento, los árboles de Prospect Park se habían sacudido la nieve y habían florecido: capullos de lavanda, flores azules, amarillas y carmesí que Cyrus no reconocía.

—¿Tú estás viendo esto? —preguntó Zee, señalando el mundo asilvestrado que les rodeaba.

—Sí —Cyrus asintió—. Creo que tal vez es por nosotros.

Sus palabras no salían en sincronía con sus labios.

—¡Por supuesto que lo crees! —se rio Zee—. Pero no estás equivocado —añadió, con las manos sobre el regazo—. No estás equivocado.

Un olor a plumas y a cobre flotaba en el aire. Si antes había habido otras personas —Cyrus no lo recordaba—, habían desaparecido. Solo estaban Cyrus, Zee y quienquiera que hiciera la música que los rodeaba. Trompetas, un saxofón. Y, más lejos, voces. El zumbido se había convertido en una especie de chirrido constante, como un diente rasgando un suelo de madera. Cyrus se sintió mareado; el pie le latía con fuerza.

—Me recuerda a un poema de Miłosz —dijo Cyrus—. «Los que esperen trompetas de arcángeles, langostas y jinetes se llevarán una decepción», o algo así. Bueno, es probable que no haya dado ni una.

Cogió la mano de Zee y se la apretó con fuerza. Zee le dio un beso en la mejilla.

—Algunos poetas andan siempre pontificando sobre el precio del pecado —añade Zee—, pero nadie menciona nunca el precio de la virtud. El peaje de esforzarse tanto por ser bueno en un juego que está amañado contra la bondad.

Gemidos vidriosos apenas audibles sobre el horizonte. Nubecitas oscuras contra un cielo radiante, como moras en un tazón de leche.

—Eres muy bueno, Zee. Yo lo veo.

La nieve caía más rápido de lo que debería haber sido posible.

—No me refiero a eso —repuso Zee con una voz repentinamente aguda, extraña—. Pero es que... ¿adónde va a parar todo nuestro esfuerzo? Es difícil no envidiar a los monstruos cuando ves lo bien que les va. Y lo poco que les importa ser monstruos.

—De ahí salen el cielo y el infierno, ¿no? Por eso la gente habla de esas cosas.

—No, que le den al infierno —espetó Zee, sacudiendo la cabeza—. El infierno es una prisión, y estamos siempre construyéndolas en la Tierra. No hace falta imaginar nada más.

Cyrus esbozó una sonrisa.

—¡Y a la mierda también el cielo! —añadió Zee—. Como si la bondad fuera un lugar al que uno puede llegar, un destino. Un espacio en el que o estás o no estás. Pensar así te vuelve loco. «Te vuelve loco» en sentido impersonal, pero también en sentido personalísimo: te vuelve loco a ti, Cyrus. Todos esos símbolos son superliterales.

La topografía de la silueta urbana de Brooklyn (y, de algún modo, también la de Manhattan y de diversas otras partes de la ciudad) estallaba a su alrededor. Grietas gigantescas subían ahora por las fachadas de los rascacielos, líquido fundido en ebullición, humeando, encharcándose junto al mármol, el acero y el cristal. Lava solidificada, convertida en tierra nueva.

—Veo que alguien se está poniendo juguetón —bromeó Cyrus. Zee inclinó la cabeza hacia atrás y enarcó las cejas.

—¿Ves? Así es como sabes que todo esto es real —respondió, abarcando con un gesto la ciudad entera.

—¿Qué quieres decir?

—Pues que esa es la diferencia entre la vida real y los sueños: nadie es irónico en un sueño. Nadie va por ahí guiñando el ojo y lanzando sonrisitas.

Los pajaritos surcaban el cielo de manera casi imperceptible, lanzando medias baladas entrecortadas a sus amigos. Dos palomas chocaron entre sí y luego siguieron volando en la misma dirección, rumbo al este. Un halcón se elevó verticalmente con un estornino diminuto entre las garras.

—¿Nadie sonríe en tus sueños? —preguntó Cyrus.

—Claro que no —dijo Zee, tajante—. Los sueños son el último gran reducto de la seriedad. ¿La gente sonríe en tus sueños?

Cyrus se lo pensó un segundo.

—Pues ahora no te sabría decir. No, creo que no. Es posible que tengas razón.

El suelo respiraba, revelando pequeñas fisuras doradas en la tierra a medida que se hinchaba. Los árboles dejaban caer las flores y luego las ramas al suelo, despacio, casi con delicadeza, como nuevos amantes desnudándose el uno frente al otro por primera vez. El cielo había pasado del blanco al gris y luego al naranja brillante, un enorme cigarrillo que alguien había devuelto a la vida de una calada. Había truenos, pero no llovía. O tal vez no eran truenos, sino unos crujidos colosales que retumbaban a su alrededor.

—Ya falta poco —dijo Zee.

Cyrus volvió a apretarle la mano y respiró hondo.

—¿Por qué nada de esto me alarma? —preguntó—. ¿No debería estar más asustado?

—Debajo de la sensación de alarma está la expectativa de calma —dijo Zee y luego hizo una pausa—. Es decir, una persona da un grito ahogado cuando la tranquilidad que esperaba se ve interrumpida. Es probable que tu vida no te haya preparado para esperar la tranquilidad.

—Por Dios, tienes razón —dijo Cyrus.

—Mucha gente confunde el abandono con la calma; ya sea un abandono cósmico o de cualquier otro tipo. Pero a ti nadie te ha abandonado, Cyrus. Ahora lo ves, ¿verdad?

—Sí, creo que estoy empezando a verlo —respondió Cyrus—. ¿De dónde sale todo esto?

Pequeñas espirales de nieve en el horizonte, inmóviles a pesar del calor que subía del suelo. Olor a bosque profundo, a humedad y descomposición. Estragón, melaza de granada, vetiver. De nuevo la sección de metales: trompetas, saxofón, trompas. Y ahora también tambores. Un silbido en el aire, casi desenfadado.

—He tenido un montón de tiempo para pensarlo —respondió Zee, riendo—. Mucho, mucho tiempo.

—Ya veo —dijo Cyrus, riendo también un poco, aunque seguía confundido.

Se quedaron sentados mientras una manada de caballos salvajes pasaba galopando junto a ellos, a través del parque, los ollares dilatados, los músculos humeando con el frío. Detrás de ellos, un enorme semental negro, el doble de grande que el resto, con un jinete iluminado que empuñaba las riendas, vestido con una larga túnica negra.

—¿En serio? —preguntó Cyrus.

Zee sonrió y se encogió de hombros.

—Perdónale al universo su momento de drama.

Siguieron sentados un momento más, viendo cómo el cielo se arremolinaba y se agitaba, como la leche en el café. Se cogieron de la mano, contemplando el espectáculo, pensando felizmente en casi nada.

—¿Te sientes preparado? —preguntó entonces Zee.

—Creo que sí —dijo Cyrus. El pie le ardía, un calor tan intenso que en un momento parecía abrasador y luego se convertía en una sensación de frío. Cyrus bajó la mirada hacia su zapato, hacia aquel pie que solía latirle, y vio un remolino vacío, un cosmos de gravedad profunda que dejaba los huesos a la vista. Vio a su familia, a sus dos padres, su libro, su propio rostro. Carente de futuro, como una bola de cristal hecha añicos.

Cyrus y Zee se levantaron, juntos. La luz dorada que se abría paso por el suelo se había ido acumulando hasta formar un estanque ancho, profundo y cálido, que borboteaba distraídamente, como un bebé desatendido. Cyrus se arrodilló sobre el remolino y se le escapó un jadeo. En algún lugar de su mente era consciente de que estaba llorando y de que Zee estaba arrodillado a su lado, secándole las lágrimas de las mejillas con los labios. Estar allí juntos, bajo la luz dorada del estanque, le proporcionaba una sensación sumamente plácida, de una calidez casi insoportable. El sentimiento propio de la plegaria (no la plegaria en sí, sino la calma que la sigue) se elevó desde la tierra, con olor a hierba y a humo. Cyrus metió la mano en el estanque y cerró los ojos. Sintió que otra mano —¿era la suya, tal vez la de Zee?— se la agarraba.

A su alrededor, pájaros y flores radiantes caían del cielo como puños de nieve.

Coda

Sang Linh

NUEVA YORK, 1997

Recuerdo que, mientras desmontábamos Why we Put Mirrors in Birdcages con Roya y Duy, pensé que ya estaba, que habíamos llegado a la cima. Mis dos hijos pequeños estaban en casa con la niñera, Mytoan, la hija adolescente de un conocido. Eso fue antes de que pudiéramos permitirnos a Marguerite, la niñera favorita de los niños, pero muy poco antes. Birdcages era la tercera exposición de Orkideh en mi galería, y también la tercera que se vendió completa. No conseguía fijar unos precios lo bastante altos.

Yo seguía empeñándome en asumir las tareas de transportista, y a instalar y desinstalar mis propias exposiciones con la ayuda de mi hijo mayor, Duy, al que pagaba cincuenta dólares diarios por ayudarme. A los dos nos parecía una barbaridad, y sus hermanos protestaban con vehemencia, pero necesitaba su ayuda y, además, me gustaba tenerlo cerca. Roya también insistía en ayudar a montar y desmontar, más por obsesión que como muestra de amabilidad. Desde que trasladó sus cuadros de su antiguo apartamento en el Meatpacking District a su primer estudio, nunca creyó que nadie —ni siquiera yo— fuera a tratar su obra con el cuidado necesario.

Estábamos escuchando pop en la radio mientras lijábamos la masilla para volver a pintar una parte de la pared para la siguiente exposición, cuando Duy se acercó con uno de los cuadros más grandes de la muestra, Odi et Amo, protegido con papel y plástico de burbujas.

—¿Dónde va este? —preguntó.

El cuadro en cuestión (una mano crucificada con los dedos enroscados alrededor del clavo que sobresalía de la palma) era uno de los preferidos de Roya, aunque no de los míos. La mano asía el clavo casi con ternura, como quien agarra el dedo de un niño al cruzar la calle. En la carne de la palma casi se insinuaba una cara, un rostro infantil. Los colores diluidos transmitían una sensación imprecisa, indefinida. A veces, por la noche, mientras yo me estaba bañando, mi madre vertía el té sobrante de su tetera en el agua; los colores de Odi et Amo me recordaban aquel momento, el marrón disipándose en el agua jabonosa. El parecido era tan insólito que la primera vez que vi el cuadro creí notar el olor a hojas de pandan. La impresión que da el recuerdo. No había sido una sensación del todo agradable, y me alegré de que el cuadro fuera a terminar en un lugar donde lo más probable era que no volviera a verlo.

Señalé el palé de obras destinadas a David J. T. Swartzwelder, un magnate de la industria sanitaria que había comprado un tercio de la exposición. Roya miró a Duy con recelo mientras este llevaba el cuadro con los demás. Me di cuenta de que intentaba contenerse, pero al final no pudo más y gritó:

—¡Cuidado con las esquinas! ¡Por favor!

Duy puso los ojos en blanco con expresión teatral. Toqué la mano de Roya y, cuando ella se volvió hacia mí, me topé con sus ojos y sentí cómo me invadía una gratitud eclipsante. Como un ataque de pánico, pero en versión positiva. Aquella mujer brillante y curiosa me quería y estábamos haciendo lo que siempre habíamos soñado. Mis hijos estaban bien y eran felices. Nos habíamos forjado una buena vida. Por supuesto, tanto a Roya como a mí nos esperaban mayores cotas de éxito profesional, financiero y creativo. Dinero, premios, viajes. Eso lo sabía ya entonces. Pero para nosotras dos, para nuestro matrimonio, el nosotras íntimo, la sensación incluso en ese momento era que habíamos alcanzado una especie de clímax.

A menudo, a lo largo de mi vida, en el pozo de la desesperación y de los maltratos de mi marido, experimenté la certeza de los condenados, la sensación de que «todo va a ser así, esta miseria durará para siempre, hasta que me muera». Un horror irreprimible, ineludible, que se extendía hasta el infinito en todas direcciones. Es muy triste que esa sensación solo la provoque el terror. Que incluso en los momentos más geniales que compartí con Roya supiera de forma instintiva que debía conservarlos en mi memoria, almacenarlos como una reserva de grasa para las épocas de vacas flacas que sin duda vendrían más tarde.

—Sabe lo que se hace —dije yo, con un gesto de cabeza dirigido a Duy, y vi que Roya se relajaba un poco.

Dejó la lija. En la radio sonaba una balada sexy que yo no había oído nunca. La letra decía: «If I could wear your clothes, I'd pretend I was you and lose controoool». Justo entonces, Roya se puso detrás de mí, me rodeó la cintura con los brazos y me besó en el cuello.

—¿Sabes qué es lo primero que me voy a comprar? —preguntó.

—¿Cómo?

—Con el dinero de la exposición —añadió.

—Ah —respondí—. No sé, ¿un desodorante?

Me dio un cachete juguetón en el brazo.

—He pasado estos últimos dos días aquí encerrada por tu culpa —dijo—. Si no fueras tan buena en tu trabajo, no tendríamos que enviar todo esto.

Puse los ojos en blanco.

—Se habrían vendido en cualquier parte.

Roya se encogió de hombros.

—¡Pregúntame qué voy a comprar! —insistió, tal vez demasiado alto, en mi oído.

—¿*Ese era el último cuadro para este tío?* —*gritó Duy desde los palés.*

Yo negué con la cabeza y señalé un cuadrito pequeño que quedaba en el pasillo: Un Murmullo, *se titulaba.* La sombra de la sombra de una paloma. Blanco sobre blanco.

—*Ese también* —*dije, y Duy soltó un suspiro*—. *¡Gracias, cariño!* —*añadí. Entonces me volví hacia Roya*—. ¿*Qué vas a comprar, osezna mía?* —*le pregunté.*

—*¡Vaya, me alegro mucho de que me hagas esa pregunta!* —*dijo, fingiendo sorpresa*—. *Me voy a comprar la puerta de un Cadillac, la más grande que encuentre.*

Seguía detrás de mí, rodeándome aún la cintura con las manos, y entonces me acercó un poco más a ella y apoyó la barbilla en mi hombro. Yo doblé el cuello hacia atrás para estudiar su rostro. Me miró con aquella sonrisa de satisfacción tan suya, que —*no podía evitarlo*— *me encantaba.*

—¿*Solo la puerta?* —*pregunté.*

—*Sí.*

Solté un suspiro y le seguí el juego.

—¿*Y por qué solo la puerta del Cadillac, amor?*

Me apretó más fuerte y me susurró al oído:

—*Porque así, cuando se acabe el mundo y tengamos que buscarnos la vida, ¡podré bajar la ventanilla cuando haga calor!*

Entonces se echó a reír con una carcajada tan estruendosa que, por un segundo, irracionalmente, pensé que iba a derribar los cuadros de la pared, más fuerte que cualquier otro ruido que hubiera hecho nunca. No entendí del todo la broma, ni tampoco a quién incluía aquel plural. Pero oírla reírse de aquella forma tan exagerada por un chiste tan malo resultaba tan ridículo que no tardé en echarme a reír yo también, riendo con todas mis fuerzas de que ella se riera tanto de la forma en que se reía. Duy se volvió hacia nosotras, sacudió la cabeza y se rio también un poco. Era un buen chico, cuidaba de sus hermanos, solía ayudarlos a vestirse cuando eran pequeños y a hacer los deberes cuando se hicieron mayores. Le enseñó a Truong a usar los fogones.

Una vez, cuando Duy era más pequeño, vimos cómo un vagabundo se tropezaba en la calle y se le caían por el suelo todas las latas que llevaba en dos grandes bolsas de basura. Duy se rio al verlo, al oír el escándalo, y cuando yo lo regañé, me dijo, en inglés: «¡Mamá, es que me da la risa!».

Y yo no entendí aquella frase hecha, que era nueva para mí, y le grité: «¡Pero si es un vagabundo, ¿cómo te va a dar nada?!».

Eso lo hizo reírse aún más. Por alguna razón, aquella frase me vino de nuevo a la mente estando ahí con Roya, en la galería, riendo de su chiste malo, «cuando haga calor bajaré la ventanilla del coche», una broma sin sentido, deliciosa, que hizo que me diera la risa. Nos dio la risa, y la risa nos dio aquel momento, la risa nos sostuvo, plenas, perfectas, allí donde nada podía hacernos pedazos, nada podía borrarnos del mapa. Nos quedamos los tres toda la noche en mi galería, trabajando, cantando las canciones de la radio que conocíamos y bailando las que no, riéndonos de todo, absolutamente todo, de aquella absurda producción que había alcanzado la plenitud de repente y había florecido en nuestras caras, a propósito.

Dios mío, acabo de recordar que morimos.
Pero... ¡¿yo también?! No olvides que, por ahora,
es temporada de fresas.

Clarice Lispector

Agradecimientos

Gracias, Tommy Orange: compañero de banda y maestro. Esta novela no existiría sin tu ejemplo dentro y fuera de la página. Gracias, Lauren Groff, por ver lo que intentaba escribir más allá de lo que había escrito, y por decírmelo. Gracias, Dan Barden, Marie-Helene Bertino, Ingrid Rojas Contreras, Paige Lewis, Anne Meadows, Angel Nafis, Ben Purkert, Arman Salem y Clint Smith, por vuestro apoyo vital a lo largo de los diversos borradores: el libro y yo somos mucho mejores gracias a que vosotros nos hayáis amado.

Gracias a mi editora, Jordan Pavlin, por saber siempre lo que intento hacer, incluso cuando no lo sé ni yo, por ser un modelo de competencia exuberante y apasionado, y por permitirme ponerle *¡Mártir!* de título al libro. Gracias a mi agente, Jacqueline Ko, por su confianza, paciencia y firmeza a la hora de guiarme. Tabia Yapp, gracias por cuidar de mí todos estos años. Gracias a mis mentores, estudiantes, amigos y familia por borrar las líneas que separan esas categorías.

A Paige Lewis, gracias por dejar que te siga y te observe mientras tú observas el mundo. Ha sido mi verdadera educación y todo un privilegio.

Lector: tu atención —una forma de medir el tiempo, tu recurso más irreemplazable— es un regalo precioso al que he intentado hacer justicia tan bien como he sabido. Muchas, muchas gracias.